Kiepenheuer ist ein charaktervoller Name, mit dem Klang nach der norddeutschen Küste. Hat ein Vorfahre im Hafen die Schiffe bestiegen, mit Körben, ganzen Türmen leerer Körbe, die er den ausfahrenden Fischern abtrat? Aus ihren Netzen schütteten sie nachher das Gewimmel der gefangenen Fische in die Kiepen. Ihr Heuer schätzte die Ware und trug sie zum Markt.

Heinrich Mann

Božena Němcová

Das goldene Spinnrad

und andere
tschechische und slowakische
Märchen

Mit 72 Illustrationen von
Jutta Hellgrewe

1990
Gustav Kiepenheuer Verlag
Leipzig und Weimar

Ins Deutsche übertragen und mit einem Nachwort
herausgegeben von Günther Jarosch
Zusammenstellung der Auskünfte unter Mitarbeit
des Herausgebers
Mit Illustrationen von Jutta Hellgrewe und einem Porträt
Boženy Němcovás von Karel Svolinsky

© 1967 Paul List Verlag Leipzig
(Übersetzung, Auswahl, Nachwort und Illustrationen)
© 1981 Gustav Kiepenheuer Verlag Leipzig und Weimar
(für diese Ausgabe)

ISBN 3-378-00378-2

Dritte Auflage
Lizenz Nr. 396/265/48/90   LSV 7238
Gesamtherstellung: Karl-Marx-Werk Pößneck V 15/30
Reihengestaltung: Renate Reitz-Schiwek
Typografie: Angelika Kuhrt
Schrift: Garamond-Antiqua
Printed in the German Democratic Republic
Bestell-Nr. 788 274 1
01080

Das goldene Spinnrad

Eine arme Witwe hatte zwei Töchter. Das waren Zwillinge. Im Gesicht waren sie einander so ähnlich, daß man sie kaum unterscheiden konnte. Um so unterschiedlicher aber war ihr Charakter. Dobrunka war folgsam und fleißig, freundlich und verständig, kurz, ein ausgesprochen gutes Mädchen. Sloboha dagegen war böse, rachsüchtig, ungehorsam, faul und stolz, ja, sie hatte alle Untugenden, die nur nebeneinander bestehen können. Die Mutter liebte trotzdem nur Sloboha, und wo es anging, verschaffte sie ihr Erleichterungen.

Sie wohnten im Walde in einer kleinen Hütte, wohin selten ein Mensch kam, obwohl es nicht weit von der Stadt war. Damit Sloboha etwas lernte, verschaffte ihr die Mutter in der Stadt eine Stellung, in der es ihr recht gut ging. Dobrunka mußte sich indessen zu Hause um die kleine Wirtschaft kümmern. Wenn sie am Morgen die Ziege versorgt und ein bescheidenes, aber schmackhaftes Essen bereitet, Stube und

Küche saubergefegt und aufgeräumt hatte, mußte sie sich, wenn sie nicht gerade eine dringendere Arbeit unter den Händen hatte, ans Spinnrad setzen und fleißig spinnen. Das dünne Garn verkaufte die Mutter sodann in der Stadt und beschenkte von dem Erlös oft Sloboha mit neuen Kleidern, die arme Dobrunka aber ging immer leer aus. Trotzdem liebte sie ihre Mutter, und obwohl sie von ihr den ganzen Tag keinen freundlichen Blick erhaschte und kein freundliches Wort zu hören bekam, gehorchte sie ihr, ohne eine Miene zu verziehen oder ihr je zu widersprechen.

Eines Tages ging die Mutter in die Stadt. »Das sage ich dir, daß du nicht Maulaffen feilhältst, wenn ich fort bin!« ermahnte sie Dobrunka, die ihr das Garnbündel ein Stück des Weges trug.

»Ihr wißt doch, Mütterchen, daß ich mich nie zur Arbeit nötigen lasse. Ich werde also auch heute, sobald ich die Wohnung aufgeräumt habe, fleißig spinnen, damit Ihr mit mir zufrieden seid.«

Nachdem sie der Mutter das Bündel gereicht hatte, kehrte sie in die Hütte zurück. Rasch machte sie Stube, Küche und Flur sauber, dann setzte sie sich ans Spinnrad und begann zu spinnen. Es war ihre Gewohnheit, daß sie, wenn sie allein zu Hause war, beim Spinnen sang. Deshalb begann sie auch jetzt, kaum daß sie sich gesetzt hatte, mit zarter Stimme alle Lieder, die sie kannte, nacheinander zu singen.

Da vernahm sie von draußen Pferdegetrappel. Sie dachte bei sich: Wer hat sich denn da zu uns verirrt? Ich muß doch einmal nachsehen. Sie stand also auf und blickte durch das kleine Fenster auf den Hof, wo sie einen jungen Mann von einem stolzen Rappen steigen sah. »Das ist aber ein schöner Herr!« flüsterte Dobrunka für sich und konnte ihren Blick kaum von dem Fremden reißen. »Wie gut ihm das Lederwams steht! Und wie prächtig die Kappe mit der weißen Feder zu seinem schwarzen Haar paßt! Jetzt bindet er sein Pferd fest und kommt zu uns. Ich bin neugierig, was er wünscht!«

In diesem Augenblick trat auch schon der junge Herr ein, denn damals gab es an den Türen noch keine Riegel und Schlösser, und trotzdem wurde niemandem etwas gestohlen. »Grüß dich Gott, Mädchen!« sagte er zu Dobrunka.

»Euch ebenfalls, gnädiger Herr!« erwiderte Dobrunka. »Womit kann ich Euch dienen?«

»Ich möchte dich um einen Schluck Wasser bitten, ich habe großen Durst.«

»Ich bringe es Euch sofort. Nehmt doch inzwischen Platz!« Sie lief fort, ergriff in der Küche einen Krug, und nachdem sie ihn sauber ausgespült hatte, schöpfte sie am Brunnen Wasser und brachte es dem Herrn. »Gern würde ich Euch mit etwas Besserem aufwarten, aber ich habe nichts anderes.«

»Schau nur, wie es mir geschmeckt hat!« erwiderte der Herr, als er ihr den leeren Krug zurückgab.

Dobrunka stellte ihn wieder an seinen Platz, ohne zu bemerken, daß der junge Herr inzwischen heimlich einen mit Goldstücken gefüllten Beutel ins Bett steckte.

»Ich danke dir für die Erfrischung. Wenn du erlaubst, komme ich morgen wieder.«

»Wenn es Euch beliebt, so kommt nur!«

Darauf reichte der Fremde Dobrunka die Hand, ging auf den Hof, schwang sich auf sein Pferd und ritt davon.

Dobrunka setzte sich wieder ans Spinnrad, aber das Bild des jungen Mannes stand ihr ständig vor Augen. Nie war ihr der Faden so oft gerissen wie an diesem Tage.

Am Abend kam die Mutter nach Hause und erzählte viel, was Sloboha alles könne und daß sie täglich schöner werde. Schließlich fragte sie Dobrunka: »Hast du nichts gehört? Hier soll doch eine große Jagd gewesen sein!«

»Ach ja, ich habe ganz vergessen, Euch zu sagen, daß ein Herr bei uns eingekehrt ist. Er hat mich um etwas Wasser gebeten, und ich habe es ihm auch gleich gebracht. Er war schön ausstaffiert und trug ein Lederwams. Wißt Ihr, als ich einmal mit Euch in der Stadt war, haben wir dort auch Herren gesehen, die ein solches Lederwams trugen. Auf dem Kopf hatte er eine kleine Kappe mit weißer Feder. Über der Schulter hing ihm eine Armbrust, sicherlich war er einer von den Jägern. Nachdem er getrunken hatte, bestieg er wieder seinen Rappen und ritt davon.« Eines aber verschwieg Dobrunka: daß er ihr zum Abschied die Hand gedrückt und versprochen hatte, am nächsten Tag wiederzukommen.

Als Dobrunka am Abend für die Mutter aufbettete, fiel ein schwerer Geldbeutel aus dem Bett. Verwundert hob ihn Dobrunka auf und reichte ihn der Mutter.

»Wer hat dir so viel Geld gegeben?«

»Mir? Niemand. Aber vielleicht hat es der Herr ins Bett gesteckt, sonst wüßte ich wirklich nicht, wie es hierherkommen sollte.«

Die Mutter schüttete die Münzen auf den Tisch. Es war lauter Gold. »Um Himmels willen, so viel Geld!« wunderte sie sich. »Das muß ein reicher Herr gewesen sein. Sicherlich hat er gesehen, wie ärmlich es bei uns zugeht, und hat ein Werk der Barmherzigkeit getan. Gott gebe ihm dafür Glück!« Darauf nahm sie das Geld und legte es in die Truhe.

Wenn Dobrunka sonst zu Bett ging, war sie von der Tagesarbeit ganz ermattet und schlief sofort ein. In dieser Nacht aber wollte und wollte sich der Schlummer nicht einstellen. Immer wieder stand das Bild des jungen Reiters vor ihr, und erst spät in der Nacht sank sie in Schlaf.

Da träumte sie, sie sei in einem großen Schloß und sei die Gemahlin eines mächtigen Herrn. Dieser Herr aber war kein anderer als der Reiter, den sie gestern gesehen hatte. Es wurde eben ein großes Fest gegeben, zu dem viele Gäste gekommen waren. Sie erhob sich mit ihrem Gemahl vom Tisch und ging mit ihm in ein anderes Gemach. Er umfing sie und wollte sie küssen, da sprang eine schwarze Katze dazwischen und schlug ihre scharfen Krallen in Dobrunkas Herz, so daß das Blut ihr weißes Kleid bespritzte. Dobrunka schrie auf — und erwachte.

›Das war ein sonderbarer Traum‹, sagte sie zu sich, ›was hat er wohl zu bedeuten? So hübsch hat er begonnen, aber die grausame Katze hat alles verdorben. Das bedeutet nichts Gutes.‹ Mit solchen Gedanken erhob sich Dobrunka und begann sich anzukleiden. Sonst brauchte sie dafür nicht viel Zeit, heute aber erschien ihr nichts schön genug, immer wieder glättete und ordnete sie alles. Sie kämmte ihr Haar gründlich und flocht rote Bänder hinein, wie sie es sonst an Feiertagen tat. Sie besaß nur einen Zeugrock, aber der war blitzsauber und mit Bändern eingefaßt, dazu ein Mieder aus Damast und ein Hemd, so weiß wie Schnee. Als sie sich angekleidet hatte, bot sie einen lieblichen Anblick. Dann ging sie ihrer Arbeit nach.

Als die Mittagsstunde nahte, hatte sie am Spinnrad keine Ruhe mehr. Immer wieder machte sie sich draußen etwas zu schaffen, aber eigentlich nur, um den jungen Reiter rechtzeitig zu erspähen.

Der ließ nicht lange auf sich warten. Als ihn Dobrunka schon von weitem erblickte, lief sie wieder ans Spinnrad, damit er nicht merken sollte, daß sie nach ihm Ausschau gehalten hatte.

Als der Reiter auf den Hof kam, sprang er rasch vom Pferd, trat in die Stube und grüßte sie ehrerbietig.

Dobrunkas Herz schlug so heftig, daß es fast hinter dem Mieder hervorsprang. Die Mutter sammelte gerade im Walde Holz, und Dobrunka war also mit ihm allein. Nachdem sie ihn begrüßt und zum Setzen aufgefordert hatte, wandte sie sich wieder dem Spinnrad zu.

»Wie hast du geschlafen, Dobrunka?« fragte der junge Mann und faßte ihre Hand.

»Gut, gnädiger Herr.«

»Und was hast du geträumt?«

»Ach, ich hatte einen sonderbaren Traum.«

»Erzähl ihn mir, ich verstehe Träume zu deuten.«

»Gerade Euch kann ich ihn nicht sagen.«

»Warum?«

»Nun, weil ich von Euch geträumt habe.«

»Gerade deshalb mußt du ihn mir erzählen.«

So stritten sie miteinander, bis ihm Dobrunka den Traum doch anvertraute.

»Siehst du, bis auf die Katze«, sagte der Fremde, »kann dein Traum in Erfüllung gehen.«

»Wie sollte das geschehen, daß ich eine solche Herrin wäre?«

»Willst du nicht meine Frau werden?«

»Gnädiger Herr, ich verstehe ja einen Spaß!«

»Nein, Dobrunka, das ist kein Spaß, ich meine es ernst, und heute bin ich gekommen, um dich zu fragen, ob du mir deine Hand reichen willst.«

Dobrunka besann sich einen Augenblick, dann streckte sie dem Reiter, leicht errötend, ihre Hand entgegen.

Gerade zu diesem Zeitpunkt trat die Mutter in die Stube herein.

Der junge Mann grüßte sie und bekannte gleich ohne Umschweife, daß er Dobrunka liebe und daß sie ihn auch gern habe, so daß zu ihrem völligen Glück nur die Einwilligung der Mutter fehle. »Ich habe mein eigenes Haus«, fügte er hinzu, »und kann eine Frau wohl ernähren. Auch für Euch, Mutter, ist in meinem Haus und an meinem Tisch genügend Platz.«

Als das die Alte hörte, zögerte sie nicht lange, den beiden ihren Segen zu geben.

Darauf sagte der Reiter zu Dobrunka: »Spinne nur, meine Liebe, Allerliebste! Wenn du genug für das Hochzeitshemd gesponnen hast, komme ich wieder und hole dich.« Er küßte sie, gab der Mutter die Hand, schwang sich auf seinen Rappen und ritt schnell davon.

Von diesem Augenblick an behandelte die Mutter Dobrunka viel freundlicher als zuvor. Für das Geld, das sie von dem jungen Herrn erhalten hatte, kaufte die Alte für Dobrunka manches Nützliche, wenn auch Sloboha den größten Teil davon bekam.

Dobrunka beachtete das aber kaum. Sie war glücklich, daß sie am Spinnrad sitzen, fleißig spinnen und an ihren Liebsten denken konnte.

So verging ihr die Zeit rasch, und schneller als gedacht war das Garn für das Hemd gesponnen.

Ihr Liebster mußte es genau ausgerechnet haben, denn er kam am selben Tage, wie er es versprochen hatte.

Dobrunka lief ihm entgegen, und er drückte sie innig an sein Herz. »Hast du das Garn für das Hemd gesponnen?« fragte er sie im Scherz.

»Gewiß!«

»So kannst du also gleich mit mir reiten?«

»Warum so hastig?«

»Ich kann nicht anders, meine Liebe. Morgen schon muß ich in den Kampf ziehen, und deshalb möchte ich gern, daß du mich inzwischen zu Hause vertrittst und mich, wenn ich zurückkomme, als meine Frau begrüßt.«

»Aber was wird die Mutter dazu sagen?«

»Die muß sich damit abfinden.«

Sie gingen also zur Mutter in die Stube, wo ihr der Bräutigam seinen Wunsch vortrug.

Die Mutter machte freilich ein finsteres Gesicht, denn sie hatte sich einen ganz anderen Plan zurechtgelegt, aber was sollte sie tun? Sie mußte sich in den Willen des reichen Bräutigams fügen.

Nachdem sie dem jungen Paar ihren Segen gegeben hatte, sagte der Fremde zu ihr: »Packt Eure Sachen zusammen und zieht zu meiner Dobrunka, damit sie nicht so allein ist! Sobald Ihr in die Stadt kommt, geht zum fürstlichen Schloß und fragt nach Dobromil! Die Leute werden Euch dann zeigen, wohin Ihr gehen müßt.« Danach nahm er die in Tränen aufgelöste Dobrunka bei der Hand, setzte sie vor sich aufs Pferd und sprengte nach Hause.

Im fürstlichen Schloß war viel Volk versammelt. Alles rüstete sich zum Kampf. Einige aber standen am Tor und schienen jemanden zu erwarten. Da sprengte ein Reiter auf das Schloß zu, vor sich auf dem Pferd ein Mädchen, schön wie der helle Tag. »Er kommt!« riefen sie, daß es im ganzen Schloß widerhallte. Jeder ließ seine Arbeit liegen und eilte ans Tor.

Als Dobromil mit Dobrunka den Hof erreichte, liefen alle zusammen und begannen wie auf ein verabredetes Zeichen

einstimmig zu rufen: »Gegrüßt sei unsere Fürstin, Heil unserem Fürsten!«

Dobrunka war wie verzaubert und wußte nicht, was sie davon halten sollte. »Sag, Dobromil, bist du denn ein Fürst?« fragte sie und blickte forschend in sein strahlendes Gesicht.

»Ja, ist dir das nicht recht?«

»Mir ist es ganz gleich, was du bist, doch sag, warum hast du mich belogen?«

»Ich habe dich nicht belogen, ich habe dir doch versprochen, daß dein Traum in Erfüllung geht, wenn du mich zum Manne nimmst.«

Damals bedurfte es noch nicht so vieler Vorbereitungen zum Ehestand. Wenn zwei einander gern hatten und die Eltern ihre Einwilligung gaben, war alles erledigt. Darum stellte Dobromil seinen Untertanen Dobrunka gleich als seine Frau vor. Alle begaben sich in den Festsaal, wo sie — außer dem Fürsten und der Fürstin — bis tief in die Nacht aßen und tranken.

Am nächsten Tag nahm der junge Ehemann von seiner teuren Dobrunka Abschied und zog in den Kampf.

Wie ein verirrtes Schaf ging die junge Fürstin durch das prächtige Schloß. Lieber wäre sie durch den Wald gelaufen und hätte in der einsamen Hütte die Rückkehr des Gatten erwartet als hier, wo sie sich wie in der Fremde vorkam. Doch das dauerte nicht lange. Innerhalb eines halben Tages hatte sie durch ihre natürliche Güte und Aufrichtigkeit jedes Herz gewonnen.

Am nächsten Tag schickte sie nach ihrer Mutter. Die kam und brachte ihr auch das Spinnrad mit. Jetzt war es mit der Langeweile vorbei.

Dobrunka hatte gedacht, ihre Mutter würde freudig überrascht sein, wenn sie hörte, wen ihre Tochter geheiratet hatte, doch die sah neidisch drein, denn insgeheim hatte sie gewünscht, daß dieses Glück ihrer Sloboha beschieden gewesen wäre. Nun lief ihr die Galle über. Als mehrere Tage verflossen waren, sagte sie zu Dobrunka: »Ich weiß, meine liebe Tochter, daß dir deine Schwester oftmals Unrecht zugefügt hat, aber das tut ihr jetzt von Herzen leid. Daher verzeih es ihr und nimm sie zu dir aufs Schloß!«

»Das hätte ich von Herzen gern gleich getan, wenn ich nur geahnt hätte, daß sie zu mir kommt. Wenn Ihr wollt, können wir sofort zu ihr fahren und sie holen.«

»Ja, tu das!«

Die Fürstin befahl anzuspannen. Dann nahm sie mit der Mutter in der Kutsche Platz, und sie fuhren zum Wald. Am Waldrand stiegen beide aus. Dobrunka befahl den Dienern, dort auf sie zu warten, und ging mit der Mutter zu der Hütte.

Sloboha lief ihnen entgegen und küßte die glückliche Schwester, wobei sie den Wunsch aussprach, es möge ihr immer so gut ergehen.

Kaum aber hatte Dobrunka die Schwelle überschritten, fielen Mutter und Schwester über sie her, und Sloboha stieß ihr ein bereitliegendes Messer in die Brust. Dann schnitten sie ihr Arme und Beine ab, rissen die Augen aus ihren Höhlen und warfen den so verstümmelten Körper in den Wald; die Augen, die Beine und die Arme aber verwahrten sie gut und nahmen sie mit ins Schloß, weil sie der Meinung waren, daß der Fürst Sloboha nicht so gern haben würde, wenn nicht etwas von seiner früheren Frau im Hause wäre.

Sloboha zog Dobrunkas Kleider an und verließ mit der Mutter die Hütte. Am Waldrand stiegen sie in die Kutsche und fuhren zum Schloß.

Dort bemerkte niemand, daß nicht die richtige Herrin zurückgekehrt war. Der Dienerschaft fiel nur auf, daß ihre Herrin an den ersten Tagen viel gütiger gewesen war als jetzt.

Die arme Dobrunka war jedoch nicht tot. Nach einigen Stunden erwachte sie und spürte, daß eine warme Hand über ihr Gesicht strich und ihr heilende Tropfen in den Mund träufelte. Allerdings konnte sie nicht sehen, wer es war, weil sie keine Augen mehr hatte. Als ihr allmählich alles zu Bewußtsein kam, was ihr widerfahren war, begann sie über ihre entmenschte Mutter und die grausame Schwester bitter zu klagen.

»Sei still und jammere nicht!« ertönte da eine dunkle Stimme neben ihr. »Alles wird gut!«

»Ach, wie könnte das geschehen, ich habe ja weder Augen

noch Arme, noch Beine! Nie mehr werde ich die klare Sonne und den grünen Hain erblicken, nie wieder kann ich meinen Dobromil umarmen noch jemals Garn für Hemden spinnen. Was habe ich getan, du böse Mutter und du noch weit bösere Schwester, daß ihr mich derart verstümmelt habt?«

Inzwischen ging der Alte, der vorher zu ihr gesprochen hatte, aus der Höhle hinaus und rief dreimal. Da kam ein Knabe gelaufen und fragte nach seinem Begehr. Der Alte befahl ihm zu warten, bis er zurückkehre. Nach einer kleinen Weile brachte er ein goldenes Spinnrad und sagte: »Mit diesem Spinnrad gehst du in die Stadt zum fürstlichen Schloß. Dort setzt du dich ans Tor, und wenn dich jemand fragt, wofür das Spinnrad zu haben ist, sagst du: ›Für Augen!‹ Und du gibst es auch niemandem als dem, der dir dafür zwei Augen bringt.« Nachdem er den Knaben mit diesem Befehl fortgesandt hatte, kehrte er zu Dobrunka zurück.

Der Knabe ging indes zur Stadt und unmittelbar zum Schloß, wo er sich am Tor niederließ, gerade, als Sloboha mit ihrer Mutter von einem Spaziergang zurückkam.

»Schaut doch, Mutter!« rief Sloboha. »Was das für ein herrliches Spinnrad ist! Darauf könnte ich auch als Fürstin spinnen. Wartet, ich frage, ob es zu verkaufen ist.« Mit diesen Worten ging sie zu dem Knaben und fragte ihn, wofür es zu haben sei.

»Für Augen, gnädige Frau.«

»Für Augen?«

»Ja.«

»Das ist sonderbar. Warum gerade für Augen?«

»Das weiß ich nicht. Mein Vater hat es mir so aufgetragen, und daher darf ich es nicht für Geld verkaufen.«

Sloboha konnte ihre Blicke nicht von dem goldenen Spinnrad losreißen; je länger sie es betrachtete, desto besser gefiel es ihr.

Da erinnerte sie sich an Dobrunkas Augen. »Mutter, schaut doch, als Fürstin muß ich etwas haben, was nicht jede hat.

Wenn der Fürst zurückkehrt, wird er wünschen, daß ich spinne. Und denkt nur, wie herrlich es sein wird, wenn ich dann auf dem goldenen Spinnrad spinne. Wir haben doch Dobrunkas Augen verwahrt. Geben wir sie dafür! Uns bleiben ja noch ihre Beine und ihre Arme.«

Die Mutter, die ebenso leichtsinnig war wie ihre Tochter, stimmte zu. Sloboha holte die Augen ihrer Schwester und gab sie für das Spinnrad.

Der Junge eilte mit den Augen zum Wald. Als er zu der Höhle kam, übergab er sie dem Alten und zog sich zurück. Der ging mit ihnen zu Dobrunka und drückte sie ihr leicht in die Höhlen.

Da konnte Dobrunka plötzlich wieder sehen. Sie erblickte vor sich einen alten Mann, dessen weißer Bart bis auf die

Brust niederwallte. Ein graues Gewand hüllte seine hohe Gestalt von Kopf bis Fuß ein. Die letzten Strahlen der untergehenden Sonne fielen durch den schmalen Eingang der Höhle auf sein ernstes und doch so freundliches Gesicht und übergossen es mit einem roten Schein. Dobrunka war nicht anders zumute, als wenn ein Heiliger vor ihr stände. »Wie soll ich dir, du heiliger Mann, deine Liebe lohnen? Ach, wenn ich doch deine Hände küssen könnte!«

»Sei still«, unterbrach sie der Alte, »und erwarte alles in Ruhe!« Dann brachte er einen Holzteller mit schmackhaften Früchten und stellte ihn auf das aus duftendem Laub und Moos bereitete Lager. Er wählte die schönsten roten Erdbeeren aus und fütterte Dobrunka wie eine fürsorgliche Mutter ihr Kind. Schließlich gab er ihr aus einer hölzernen Tasse zu trinken.

Am nächsten Tag stand der Alte am frühen Morgen wieder vor der Höhle und rief den Knaben. Als der gelaufen kam, übergab er ihm eine goldene Spindel und sagte: »Mit dieser Spindel gehst du wieder zum fürstlichen Schloß und setzt dich ans Tor. Wenn dich jemand fragt, wofür sie zu haben sei, antwortest du: ›Für Beine!‹ Und du gibst sie auch keinem andern als dem, der dir zwei Beine bringt.«

Der Knabe machte sich mit der Spindel auf den Weg, und der Alte kehrte in die Höhle zurück.

Sloboha stand gerade am Fenster und blickte auf den Hof, als sich der Knabe mit der Spindel am Tor niederließ. Gleich lief sie zu ihrer Mutter und sagte es ihr. »Kommt und schaut, am Tor sitzt wieder der Knabe und hält eine herrliche Spindel feil!« Und sie gingen zu ihm. »Wofür ist die Spindel zu haben?« fragte Sloboha.

»Für Beine, gnädige Frau.«

»Für Beine?«

»Ja.«

»Sag mir, was dein Vater damit tut!«

»Das kann ich Euch nicht sagen, denn ich frage meinen Vater nie, warum dies oder jenes geschehen soll. Was er mir aufträgt, das führe ich aus, und deshalb kann ich Euch die Spindel auch für nichts anderes geben als für Beine.«

»Hört, Mutter, da ich schon das Spinnrad habe, wäre es doch gut, wenn ich auch die Spindel besäße. Wir haben ja Dobrunkas Beine aufbewahrt. Wie wäre es, wenn ich sie ihm gäbe? Wir besitzen dann ja noch ihre Arme.«

»Mach, was du willst!« erwiderte die Mutter.

Sloboha brachte also die eingepackten Beine und gab sie dem Knaben für die Spindel. Darauf ging sie voll Freude in ihre Gemächer.

Der Knabe aber eilte mit den Beinen zum Wald. Als er zur Höhle kam, übergab er sie dem Alten.

Dieser trug sie in die Höhle, nahm eine Salbe, bestrich damit Dobrunkas Wunden und fügte ihre Beine wieder an.

Sie wollte von ihrem Lager aufspringen, doch der Alte ließ es nicht zu. »Noch mußt du ruhig liegen«, sagte er, »bis du ganz gesund bist. Dann erst erlaube ich dir aufzustehen.«

Damit mußte sie sich zufriedengeben, was sie auch gern tat, denn sie war davon überzeugt, daß ihr der Alte keinen schlechten Rat geben würde.

Am Morgen des dritten Tages rief der Einsiedler wieder den Knaben, gab ihm einen goldenen Spinnrocken und sagte: »Bring auch den zum fürstlichen Schloß und verkaufe ihn dort! Wenn dich jemand fragt, wofür er zu haben sei, dann sage: ›Für Arme.‹ Und wer dir zwei Arme bringt, dem übergibst du ihn.«

Als der Knabe mit dem Spinnrocken zum Schloß kam und sich damit am Tor aufstellte, kam Sloboha, die eben mit der Mutter auf dem Hof spazierenging, zu ihm gelaufen. »Wofür ist der Spinnrocken zu haben, Knabe?« fragte sie.

»Für Arme, gnädige Frau.«

»Das ist aber sonderbar, daß du nichts gegen Geld verkaufst!«

»Hohe Herrin, ich kann nicht anders handeln, als es mir mein Vater aufgetragen hat.«

Jetzt war Sloboha in Verlegenheit. Der Spinnrocken war reizend, und sie hätte ihn gar zu gern zum Spinnrad hinzugekauft, um sich damit brüsten zu können. Es verdroß sie aber, daß sie dafür die Arme hergeben sollte, denn dann wäre ihr von Dobrunka nichts geblieben. »Sagt mir doch, Mutter, ob ich unbedingt etwas von Dobrunka haben muß, damit mich der Fürst so liebt wie sie?«

»Nun«, erwiderte die Mutter, »besser wäre es freilich, wenn du sie behieltest. Ich habe schon oft gehört, daß das ein gutes Mittel ist, die Liebe im Hause zu halten. Aber meinetwegen mach, was du willst!«

Sloboha überlegte eine Weile, doch dann lief sie, vom Vertrauen in ihre Schönheit und vom Leichtsinn verführt, ins Schloß, holte die Arme und brachte sie dem Knaben. Der Spinnrocken, auf dem der mit einem roten Band zusammengehaltene Flachs noch feiner als Seide glänzte, bestand aus purem Gold. Erfreut über ein so kostbares Gerät, legte ihn Sloboha zum Spinnrad und zur Spindel.

Die Mutter aber schüttelte den Kopf, verdrossen über die Torheit ihrer Tochter.

Der Knabe war inzwischen wieder bei der Höhle angelangt. Nachdem er dem Alten die Arme übergeben hatte, zog er sich leise zurück.

Der Alte ging damit zu Dobrunka, bestrich, wie er es tags zuvor getan hatte, ihre Wunden und fügte die Arme wieder an den Körper.

Kaum konnte Dobrunka ihre Arme bewegen, hielt es sie nicht länger auf dem Lager. Sie sprang auf, fiel dem Alten zu Füßen und küßte die Hände, die ihr soviel Gutes getan hatten. »Tausend Dank dir, mein Wohltäter!« rief sie aus und vergoß Tränen der Freude. »Vergelten kann ich es dir nie, das weiß ich, aber verlange von mir, was du willst, und wenn es noch so schwer wäre, ich will es gern für dich tun.«

»Ich verlange von dir nichts«, erwiderte der Alte und hob sie empor. »Was ich für dich getan habe, hätte ich auch für jeden anderen getan, das ist meine Pflicht. Nun aber bleib so lange hier, bis dich jemand holt! Um das Essen brauchst du dich nicht zu sorgen, das schicke ich dir.«

Dobrunka wollte ihm noch manches sagen, aber er verschwand aus ihren Augen. Nun lief sie aus der Höhle, um wieder einmal die herrliche Welt betrachten zu können, denn erst jetzt hatte sie den Wert ihrer Gesundheit erkannt. Sie warf sich auf die Erde und küßte sie, dann wieder tanzte sie und umfing die schlanken Tannen, bald streckte sie in Liebessehnsucht und unter Tränen die Arme gegen die Stadt. Vielleicht wäre sie auch in die Stadt gelaufen, hätten sie nicht die Worte des Greises zurückgehalten.

Inzwischen geschahen im Schloß sonderbare Dinge. Fahrendes Volk brachte die Nachricht, daß der Fürst aus dem Kampf zurückkehre. Alle freuten sich auf den guten Herrn, denn sie waren mit ihrer Herrin nicht sehr zufrieden. Nur Sloboha und ihre Mutter hatten ein wenig Angst, ob ihr Plan gelingen werde.

Wenige Tage später traf der Fürst ein. Mit freudigem Gesicht lief ihm Sloboha entgegen, und er drückte sie innig an sein Herz. So hatte sie keine Angst mehr, daß er sie durchschauen könnte.

Es wurde ein Festmahl bereitet, denn mit dem Fürsten waren viele Gäste gekommen, die sich bei ihm ausruhen und in Vergnügungen Zerstreuung finden wollten.

Sloboha, die an Dobromils Seite saß, konnte sich an ihm kaum satt sehen. Ihr gefiel der stattliche Fürst, und sie war froh, daß es ihr und ihrer Mutter so leicht gelungen war, die Schwester beiseite zu schaffen.

Als das Mahl beendet war, fragte Dobromil seine vermeintliche Frau: »Was hast du immer gemacht, meine liebe Dobrunka? Gewiß hast du viel gesponnen?«

»Da habt Ihr recht, mein lieber Gemahl«, erwiderte Sloboha hinterlistig, »aber mein altes Spinnrad ist zerbrochen. Da ist ein Knabe gekommen und hat ein goldenes Spinnrad zum Kauf angeboten, und ich habe es gekauft.«

»Das mußt du mir gleich zeigen!« erwiderte der Fürst, legte seinen Arm um Sloboha und führte sie aus dem Saal. Sie ging mit ihm in das Zimmer, wo das Spinnrad aufgestellt war, und zeigte es ihm.

Dobromil gefiel das Spinnrad sehr. »Setz dich, Dobrunka«, sagte er, »und spinne darauf! Ich möchte dir gern wieder einmal beim Spinnen zusehen.«

Sie ließ sich nicht lange bitten, nahm rasch am Spinnrad Platz und stellte ihren Fuß auf das Tretbrett, um das Rad in Bewegung zu setzen.

Da begann etwas im Spinnrad zu singen:

> »Dobromil, ach, trau ihr nicht,
> Weil sie nicht die Wahrheit spricht!
> Brachte deine Frau ums Leben,
> Hat sich für sie ausgegeben.«

Sloboha saß wie betäubt da. Der Fürst aber fuhr erschrokken auf, und sein Blick streifte durch jeden Winkel des Zimmers, um festzustellen, woher der Gesang kam. Als er niemanden entdecken konnte, forderte er Sloboha auf, weiterzuspinnen.

Am ganzen Körper zitternd, gehorchte sie. Doch kaum begann sie zum zweiten Male zu spinnen, ertönte die Stimme von neuem:

> »Dobromil, ach, trau ihr nicht,
> Weil sie nicht die Wahrheit spricht!
> Hat die Schwester totgeschlagen
> Und sie in den Wald getragen.«

Ganz außer sich wollte Sloboha vom Spinnrad fortlaufen, doch der Fürst, der plötzlich an ihrem angstverzerrten Gesicht erkannte, daß sie nicht seine zarte Dobrunka war, packte sie am Arm, zwang sie, sich wieder hinzusetzen, und befahl ihr mit strenger Stimme, weiterzuspinnen. Noch einmal setzte sie das unglückselige Rad in Bewegung, und da ertönte die Stimme zum drittenmal:

>»Sattle deinen Rappen bald,
Reite in den tiefen Wald!
Eine Höhle findst du da,
Dort ist deine Dobrunka.«

Nach diesen Worten ließ Dobromil von Sloboha ab, stürzte aus dem Zimmer, eilte auf den Hof und befahl, ihm augenblicklich das schnellste Pferd zu satteln.

Die Knechte erschraken ob des furchtbaren Aussehens ihres Herrn und liefen, so rasch es der Atem erlaubte, seinen Befehl auszuführen. Im Nu stand das gesattelte Pferd vor Dobromil, und kaum spürte es die Sporen seines Herrn, jagte es mit ihm über Berg und Tal, daß seine Hufe kaum den Boden berührten.

Als der Fürst den Wald erreichte, wußte er nicht, wo er die Höhle suchen sollte; er ritt also geradeaus. Kaum war er ein Stück geritten, lief ihm plötzlich eine weiße Hirschkuh über den Weg. Das Pferd scheute, warf sich nach rechts, jagte mit seinem Herrn durch dick und dünn und blieb schließlich am Fuße eines Felsens stehen.

Dobromil sprang vom Pferd, band es an einen Baum und wollte zu Fuß weiter nach Dobrunka suchen. Zunächst kroch er auf den Felsen. Da sah er etwas durch die Bäume schimmern. Begierig zu erfahren, was das wohl sei, kroch er weiter und stand plötzlich vor einer Höhle.

Wie erfreut war er, als er in die Höhle trat und dort seine Dobrunka lebendig erblickte! Er fiel ihr um den Hals, umarmte und küßte sie, blickte lange in ihr liebes Gesicht und sagte: »Wo habe ich nur meine Augen gehabt, daß ich dich, mein Engel, nicht gleich von deiner teuflischen Schwester unterschied!«

»Was weißt du von meiner Schwester? Wer hat dir etwas gesagt?« fragte Dobrunka, die weder von dem Spinnrad noch von den anderen Dingen etwas wußte.

Da erst erzählte ihr der Fürst, was sich ereignet hatte, und sie berichtete ihm darauf, was seit seinem Fortgang geschehen war. »Seit der Alte verschwunden ist«, so beendete sie schließlich ihren Bericht, »bringt mir jeden Tag ein Knabe das Essen.«

Danach setzten sie sich ins Gras, und sie bot ihm Obst auf dem Holzteller, den ihr der Alte geschenkt hatte, zur Erfrischung an. Nachdem sie gegessen und sich noch ein wenig unterhalten hatten, nahmen sie den Holzteller und die Holztasse zur Erinnerung mit und stiegen vom Felsen hinab. Dobromil setzte seine Frau vor sich aufs Pferd und sprengte mit ihr zum Schloß.

Seine Gefolgsleute erwarteten ihn bereits, um ihm zu berichten, was sich in seiner Abwesenheit ereignet hatte. Doch sie blickten einander verdutzt an, als sie sahen, daß ihr Herr die gleiche Herrin mit sich brachte, die der Teufel kurz zuvor samt ihrer Mutter vor ihren Augen durch die Lüfte entführt hatte.

Der Fürst, der merkte, was sie verwirrte, erzählte ihnen in kurzen Worten die Geschichte seiner Frau. Da waren sich alle darin einig, daß der gottlosen Schwester die Strafe zu gönnen sei.

Das goldene Spinnrad war verschwunden, Dobrunka aber suchte ihr altes hervor und spann eifrig Garn zu Hemden für ihren lieben Mann. Keiner im ganzen Land trug so feingesponnene Hemden und war so glücklich wie Fürst Dobromil.

Die zwölf Monate

Es war einmal eine Mutter, die hatte zwei Töchter; die eine war ihre eigene, die andere eine Stieftochter. Ihre eigene Tochter liebte sie sehr, aber beim Anblick der Stieftochter kam ihr die Galle hoch, schon deshalb, weil Maruschka schöner war als ihre Holena.

Die gute Maruschka war sich ihrer Schönheit nicht bewußt; sie konnte sich nicht denken, wie es kam, daß die Mutter jedesmal, sooft sie sie ansah, in Zorn geriet. Alle Arbeiten mußte sie allein verrichten: Sie brachte die Hütte in Ordnung, kochte, wusch, nähte, spann, webte, holte Gras und versorgte die Kuh. Holena putzte sich den ganzen Tag oder faulenzte in der Kammer. Doch Maruschka tat alles gern, sie war geduldig und ertrug das Schelten und die bösen Worte von Schwester und Mutter wie ein Lämmchen.

Aber das nützte nichts, es wurde von Tag zu Tag schlimmer, und zwar allein deshalb, weil Maruschka immer schöner und Holena immer häßlicher wurde. Da sagte die Mutter zu sich: »Wozu soll das gut sein, wenn ich die schöne Stieftochter im Hause behalte? Wenn Burschen zur Brautschau kommen, verlieben sie sich in Maruschka und wollen von Holena nichts wissen.«

Von Stund an trachtete die Stiefmutter mit ihrer Tochter danach, die arme Maruschka loszuwerden. Sie ließen sie hungern und schlugen sie, aber Maruschka erduldete alles und wurde dabei von Tag zu Tag noch schöner. Die beiden dachten sich Qualen für sie aus, wie sie einem ordentlichen Menschen gar nicht in den Sinn gekommen wären.

Eines Tages, es war Mitte Januar, bekam Holena Verlangen nach dem Duft von Veilchen. »Höre, Maruschka, du gehst jetzt in die Berge und bringst mir einen Strauß Veilchen; ich möchte sie am Gürtel tragen und daran riechen«, befahl sie der Schwester.

»Ach, liebe Schwester, was fällt dir ein? Hat das je einer gehört, daß unter dem Schnee Veilchen wachsen?« erwiderte das arme Mädchen.

»Du Schlampe, du dumme Gans, du willst mir widersprechen, wenn ich dir etwas befehle? Marsch, fort, und wenn du nicht aus den Bergen einen Strauß Veilchen bringst, schlage ich dich tot!« drohte ihr Holena.

Die Stiefmutter aber packte Maruschka, schob sie zur Tür hinaus und schloß hinter ihr ab.

Bitterlich weinend, ging das Mädchen in die Berge. Der Schnee lag hoch, und nirgends war eine Spur zu sehen. Das Mädchen irrte durch den Wald, irrte lange umher. Hunger quälte sie, sie zitterte vor Kälte, und sie bat Gott, sie lieber von dieser Welt zu nehmen.

Da erblickte sie in der Ferne ein Licht. Sie ging dem Schein nach und kam zum Gipfel eines Berges. Dort brannte ein großes Feuer, und um das Feuer lagen zwölf Steine. Darauf saßen zwölf Männer. Drei von ihnen waren weißhaarig, drei etwas jünger, drei noch jünger, und die drei jüngsten waren die schönsten. Sie sprachen kein Wort, saßen nur still da und blickten ins Feuer. Diese zwölf Männer waren die zwölf Monate.

Der Januar saß obenan, Haar und Bart waren weiß wie Schnee, und in der Hand hielt er einen Axtstock.

Maruschka erschrak. Sie blieb eine Weile verwundert stehen, dann aber faßte sie sich ein Herz, trat näher und bat: »Ihr guten Leute, erlaubt, daß ich mich am Feuer wärme, ich zittere vor Kälte.«

Der Januar nickte zustimmend und fragte sie: »Warum bist du gekommen, mein Kind? Was suchst du hier?«

»Ich suche Veilchen«, antwortete Maruschka.

»Jetzt ist nicht die Zeit zum Veilchensuchen, solange Schnee liegt!« meinte der Januar bedächtig.

»Ja, das weiß ich, aber meine Schwester Holena und meine Stiefmutter haben mir befohlen, Veilchen aus den Bergen zu holen. Wenn ich keine bringe, schlagen sie mich tot. Ich bitte Euch, sagt mir, wo ich welche finde!«

Da erhob sich der Januar, ging zu dem jüngsten Monat, gab ihm den Axtstock in die Hand und sagte: »Bruder März, setz du dich nach oben!«

Da setzte sich der Monat März auf den obersten Stein und schwang den Axtstock über dem Feuer. Im selben Augenblick flammte das Feuer höher, der Schnee begann zu schmelzen, die Bäume schlugen aus, unter den Buchen grünte das Gras, im Gras glänzten die Knospen der Gänseblümchen — und es war Frühling. Im Strauchwerk blühten, unter den Blättern versteckt, Veilchen, und ehe sich Maruschka dessen versah, war der Rasen wie mit einem blauen Tuch bedeckt. »Pflücke rasch, Maruschka, rasch!« befahl ihr der März.
Erfreut pflückte Maruschka die Veilchen und hatte bald

einen großen Strauß beisammen. Dann bedankte sie sich herzlich bei den Monaten und eilte fröhlich nach Hause.

Da wunderte sich Holena, und es wunderte sich die Stiefmutter, als sie sahen, daß Maruschka Veilchen brachte. Sie öffneten ihr die Tür, und bald durchströmte der Duft der Veilchen die ganze Hütte.

»Wo hast du sie gepflückt?« fragte Holena barsch.

»Hoch oben in den Bergen, dort wachsen viele unter den Sträuchern«, erwiderte Maruschka.

Holena nahm die Veilchen, steckte sie sich in den Gürtel, roch selbst daran, ließ auch die Mutter riechen, aber zu ihrer Schwester sagte sie nicht: »Riech einmal!«

Am nächsten Tag rekelte sich Holena am Kachelofen. Da bekam sie Appetit auf Erdbeeren. Sie rief die Schwester herbei und sagte zu ihr: »Höre, Maruschka, du gehst jetzt in die Berge und bringst mir frische Erdbeeren!«

»Ach, liebe Schwester, wo soll ich zu dieser Jahreszeit Erdbeeren finden? Hat das je einer gehört, daß unter dem Schnee Erdbeeren wachsen?« erwiderte das arme Mädchen.

»Du Schlampe, du dumme Gans, du willst mir widersprechen, wenn ich dir etwas befehle? Marsch, fort, und wenn du keine Erdbeeren bringst, schlage ich dich tot!« drohte ihr die böse Holena.

Die Stiefmutter aber packte Maruschka, schob sie zur Tür hinaus und schloß hinter ihr ab.

Bitterlich weinend, ging das Mädchen in die Berge. Der Schnee lag hoch, und nirgends war eine Spur zu sehen. Das Mädchen irrte durch den Wald, irrte lange umher. Hunger quälte sie, und sie zitterte vor Kälte.

Da erblickte sie in der Ferne dasselbe Licht, das sie tags zuvor gesehen hatte. Voll Freude ging sie darauf zu. Wieder kam sie zu dem großen Feuer, um das herum die zwölf Monate saßen. Der Januar saß noch immer obenan.

»Ihr guten Leute, erlaubt, daß ich mich am Feuer wärme, ich zittere vor Kälte«, bat Maruschka.

Der Januar nickte zustimmend und fragte sie: »Warum bist du wiedergekommen? Was suchst du hier?«

»Ich suche Erdbeeren«, antwortete Maruschka.

»Jetzt ist doch Winter, und im Schnee wachsen keine Erdbeeren«, sagte der Januar.

»Das weiß ich«, erwiderte Maruschka traurig, »aber meine Schwester Holena und meine Stiefmutter haben mir befohlen, Erdbeeren zu suchen. Wenn ich keine bringe, schlagen sie mich tot. Ich bitte Euch, sagt mir, wo ich welche finde!«

Da erhob sich der Januar, ging zu dem Monat, der ihm gegenübersaß, gab ihm den Axtstock in die Hand und sagte: »Bruder Juni, setz du dich nach oben!«

Da setzte sich der Monat Juni auf den obersten Stein und schwang den Axtstock über dem Feuer. Hoch empor schlugen die Flammen, von ihrer Glut taute der Schnee im Nu, die Erde grünte, die Bäume hüllten sich in Laub, die Vögel begannen zu singen, allerlei Blumen erblühten im Wald — und es war Sommer. Unter den Buchen war das Gras mit weißen Sternen übersät. Zusehends aber verwandelten sich diese weißen Sterne in Erdbeeren, die sofort reiften — und ehe sich Maruschka dessen versah, waren sie rot wie Blut. »Pflücke rasch, Maruschka, rasch!« befahl der Juni.

Erfreut pflückte Maruschka die Erdbeeren und hatte bald die ganze Schürze voll. Dann bedankte sie sich herzlich bei den Monaten und eilte fröhlich nach Hause.

Da wunderte sich Holena, und es wunderte sich die Stiefmutter, als sie sahen, daß Maruschka wirklich Erdbeeren nach Hause brachte, eine ganze Schürze voll. Sie eilten, ihr die Tür zu öffnen, und bald durchströmte der Duft der Erdbeeren die ganze Hütte.

»Wo hast du sie gepflückt?« fragte Holena barsch.

»Hoch oben in den Bergen, dort wachsen viele unter den Buchen«, erwiderte Maruschka.

Holena nahm die Erdbeeren, aß sich daran satt, auch die

Stiefmutter aß davon, aber zu Maruschka sagten sie nicht: »Nimm dir eine!«

Am dritten Tage bekam Holena Appetit auf rote Äpfel. »Höre, Maruschka, du gehst jetzt in die Berge und bringst mir rote Äpfel!« befahl sie der Schwester.

»Ach, liebe Schwester, wo soll ich zu dieser Jahreszeit Äpfel finden? Hat das je einer gehört, daß im Winter rote Äpfel wachsen?« erwiderte das arme Mädchen.

»Du Schlampe, du dumme Gans, du willst mir widersprechen, wenn ich dir etwas befehle? Marsch, fort, und wenn du keine roten Äpfel bringst, fürwahr, dann schlage ich dich tot!« drohte ihr die böse Holena.

Die Stiefmutter aber packte Maruschka, schob sie zur Tür hinaus und schloß hinter ihr ab.

Bitterlich weinend, lief das Mädchen in den Wald. Der Schnee lag hoch, und nirgends war eine Spur zu sehen. Das Mädchen aber irrte nicht mehr umher, sondern eilte schnurstracks auf den Gipfel des Berges, wo das große Feuer brannte, um das herum die zwölf Monate saßen. Sie saßen dort, saßen schweigend, und der Januar saß obenan.

»Ihr guten Leute, erlaubt, daß ich mich am Feuer wärme, ich zittere vor Kälte«, bat sie und trat näher.

Der Januar nickte zustimmend und fragte sie: »Warum bist du diesmal gekommen? Was suchst du hier?«

»Ich suche rote Äpfel«, antwortete Maruschka.

»Es ist Winter, da wachsen keine roten Äpfel«, sagte der Januar.

»Das weiß ich«, erwiderte Maruschka traurig, »aber meine Schwester Holena und meine Stiefmutter haben mir befohlen, aus den Bergen rote Äpfel zu bringen. Wenn ich keine bringe, schlagen sie mich tot. Ich bitte Euch, sagt mir, wo ich welche finde!«

Da erhob sich der Januar, ging zu einem der älteren Monate, gab ihm den Axtstock in die Hand und sagte: »Bruder September, setz du dich nach oben!«

Da setzte sich der Monat September auf den obersten Stein und schwang den Axtstock über dem Feuer. Das Feuer flammte mit rotem Schein auf, der Schnee schmolz, aber die Bäume umhüllten sich nicht mit Laub, denn ein Blatt nach dem andern fiel sofort wieder ab, und ein kalter Wind wehte sie über das gelbe Gras, eines hierhin, eines dorthin. Maruschka hatte noch nie so viele verschiedene Blumen gesehen. Auf dem Hang blühte blaue Dürrwurz, Nelken leuchteten rot, in den Tälern wuchsen Herbstzeitlosen, unter den Buchen hohes Farnkraut und dichtes Immergrün, doch Maruschka hielt nur nach roten Äpfeln Ausschau. Und da erblickte sie wirklich einen Apfelbaum. Darauf schimmerten, hoch in den Zweigen, rote Äpfel.

»Rasch, Maruschka, schüttle rasch!« befahl der September.

Erfreut schüttelte Maruschka den Apfelbaum, da fiel ein Apfel herunter. Sie schüttelte ihn zum zweiten Male, und es fiel ein zweiter.

»Rasch, Maruschka, eile nach Hause!« rief ihr da der September zu, und Maruschka gehorchte sofort, hob die beiden heruntergefallenen Äpfel auf, bedankte sich herzlich bei den Monaten und eilte fröhlich nach Hause.

Da wunderte sich Holena, und es wunderte sich die Stiefmutter, als sie sahen, daß Maruschka Äpfel nach Hause brachte. Rasch öffneten sie die Tür, und Maruschka überreichte ihnen die beiden Äpfel.

»Wo hast du sie gepflückt?« fragte Holena barsch.

»Hoch oben in den Bergen wachsen sie, und es sind noch genug dort«, antwortete Maruschka.

»Warum hast du dann nicht mehr gebracht? Oder hast du sie unterwegs aufgegessen?« herrschte Holena ihre Schwester an.

»Ach, liebe Schwester, ich habe kein einziges Stück gegessen. Als ich den Baum das erstemal schüttelte, fiel ein Apfel herab, und als ich ihn dann zum zweitenmal schüttelte, fiel der zweite herunter. Mehr ließen sie mich nicht schütteln. Sie riefen mir zu, ich solle nach Hause gehen«, erwiderte Maruschka.

»Daß dich der Teufel hole!« fluchte Holena und wollte Maruschka schlagen.

Maruschka begann bitterlich zu weinen. Sie bat Gott, sie lieber zu sich zu nehmen, bevor die böse Schwester und die Stiefmutter sie totschlügen, und lief in die Küche.

Die naschhafte Holena ließ inzwischen das Schimpfen sein und machte sich über einen Apfel her. Er erschien ihr so schmackhaft, daß sie glaubte, etwas derart Gutes habe sie ihr Lebtag noch nicht gegessen. Auch der Stiefmutter schmeckte der Apfel über alle Maßen. Sie aßen beide Äpfel auf und hatten Verlangen nach mehr.

»Mutter, gib mir das Körbchen, ich gehe selbst in die Berge«, sagte Holena, »diese Schlampe würde sie wieder unterwegs aufessen. Ich werde die Stelle schon finden und alle pflücken, mögen sie mir noch soviel zurufen!«

Vergeblich versuchte die Mutter, sie von diesem Entschluß abzubringen. Holena nahm das Körbchen, band sich ein Tuch um und ging in die Berge. Die Mutter stand auf der Schwelle und blickte ihr lange nach.

Der Schnee lag hoch, und nirgends war eine Spur zu sehen. Holena irrte durch den Wald, irrte lange umher, aber ihre Naschhaftigkeit trieb sie weiter und weiter. Da erblickte sie in der Ferne ein Licht. Sie ging darauf zu und kam zu dem Gipfel, wo das große Feuer brannte, um das herum auf zwölf Steinen die zwölf Monate saßen.

Holena erschrak. Gleich aber faßte sie sich wieder, trat an das Feuer und streckte ihre Hände aus, um sich zu wärmen. Sie fragte die Monate nicht, ob sie das dürfe oder nicht, ja sie würdigte sie keines Wortes.

»Warum bist du gekommen, was suchst du hier?« fragte sie der Januar verdrossen.

»Wozu fragst du mich, du alter Narr? Du brauchst nicht zu wissen, wohin ich gehe«, fiel ihm Holena barsch ins Wort, wandte sich vom Feuer ab und ging in den Wald.

Der Januar legte die Stirn in Falten und schwang den

Axtstock über dem Kopf. Im selben Augenblick verdunkelte sich der Himmel, das Feuer brannte nur ganz niedrig, Schnee begann zu stieben, als wäre ein Federbett zerrissen, und ein eisiger Wind blies über den Berg.

Holena sah keinen Schritt weit vor sich. Sie irrte, irrte umher, fiel in Schneewehen, ihre Glieder wurden schwach und kalt.

Unablässig fiel der Schnee, der eisige Wind wehte, Holena schimpfte über Maruschka und fluchte Gott. Trotz des warmen Pelzes erfror sie im tiefen Wald.

Inzwischen wartete die Mutter auf die Rückkehr ihrer Tochter. Sie blickte aus dem Fenster, trat vor das Haus, doch sie konnte Holena nicht erspähen.

Stunde um Stunde verging, Holena kehrte nicht zurück. Ob ihr die Äpfel so gut geschmeckt haben, daß sie nicht wieder nach Hause findet? Oder was mag sonst der Grund sein?

Ich muß selbst einmal nachschauen, wo sie steckt! dachte die Stiefmutter schließlich, nahm ein Körbchen, band sich ein Tuch um und ging Holena suchen.

Der Schnee lag hoch, und nirgends war eine Spur zu sehen. Sie rief nach Holena, doch es kam keine Antwort. Sie irrte durch den Wald, irrte lange umher, der Schnee fiel dicht, ein eiskalter Wind wehte über das Gebirge.

Maruschka kochte inzwischen das Essen und versorgte die Kuh. Doch weder Holena noch die Stiefmutter kamen. Wo sie nur so lange bleiben? dachte sie und setzte sich ans Spinnrad. Schon war die Spindel voll, schon wurde es dunkel in der Stube, doch noch immer waren Holena und die Stiefmutter nicht zurück.

»O Gott, was mag ihnen zugestoßen sein?« seufzte das gute Mädchen und blickte ängstlich zum Fenster hinaus. Der Himmel funkelte, der Schnee glitzerte, doch weit und breit war kein Mensch zu sehen. Traurig schloß sie das Fenster, machte das Kreuzeszeichen und betete für Mutter und Schwester.

Am nächsten Tag wartete sie mit dem Frühstück, wartete mit dem Mittagessen, doch Holena und die Stiefmutter erschienen nicht wieder; beide waren im Gebirge erfroren.

Der guten Maruschka verblieben die Hütte, die Kuh und ein Stück Feld. Es fand sich auch ein Bauer dazu, und beide lebten glücklich und zufrieden.

Die drei goldenen Federn

Ein Kaufmann war ungemein reich. Selbst ein Königsschloß konnte nicht schöner ausgestattet sein als das Haus dieses Kaufmanns, sowohl von außen als auch von innen. Aber mehr als allen Reichtum liebte er seine schöne Frau und seine kleine Tochter namens Svatava. Das war ein Mädchen, wie geschaffen zum Liebhaben. War jemand zu Tode betrübt, so wurde er, wenn ihm ihre blauen Äuglein zulachten, die so klar und rein waren wie der Himmel, wieder von Herzen froh.

Das empfand keiner so wie Tschestmir, der Sohn eines armen Hirten, der nicht weit vom Palast dieses Kaufmanns wohnte. Er hatte keine Mutter mehr, nur seinen alten Vater, der sich von dem kargen Lohn bescheiden ernährte. Eine windschiefe Hütte und zwei Kittel aus ungebleichter Leinwand — das war ihr ganzes Vermögen. Trotzdem war Tschestmir immer frohen Sinnes und trug kein Verlangen nach einem besseren Leben.

Tag für Tag ging die Amme mit der kleinen Svatava im Park spazieren, in dessen Nähe Tschestmir singend die Schafe hütete. Kaum vernahm das Mädchen die Stimme des Hütejungen, war es nicht mehr zu halten, und die Amme mußte mit ihm zum nahen Hügel.

Dann flocht Tschestmir für Svatava schöne Kränzchen, zeigte ihr die jungen Lämmlein oder erfreute sie durch seine Lieder, von denen er sehr viele kannte. Da war Svatava still und lauschte, bald aber sprang sie wieder um ihn herum, streichelte seine braunen Wangen oder drehte seine schwarzen Locken um ihren rosaroten Finger.

Tschestmir wäre für dieses Kind durchs Feuer gegangen, doch nie wagte er es, die Kleine anzurühren, denn sie war immer in kostbaren Batist gekleidet, der mit Spitzen verziert war. Er dagegen trug nur einen groben Kittel. Trotzdem hatten die Kinder einander gern und spielten täglich miteinander.

Inzwischen war Tschestmir zwölf und Svatava acht Jahre alt geworden. Da kam das Mädchen eines Tages auf den Hügel, fand aber Tschestmir nicht. Sie ging weiter und weiter, bis sie zu der kleinen Hütte kam. Erst wußte sie nicht, ob sie eintreten sollte oder nicht, aber als sie von drinnen herzzerreißendes Weinen vernahm, erkannte sie Tschestmirs Stimme und eilte hinein.

Der arme Junge saß vor dem Leichnam seines Vaters.

»Warum weinst du, mein Tschestmir? Was ist geschehen?«

»Wie sollte ich nicht weinen, ist doch mein Vater gestorben, und ich arme Waise habe nun niemanden mehr auf der Welt.«

Lange versuchte ihn Svatava, die selbst die Tränen nicht zurückhalten konnte, zu trösten, aber Tschestmir war nicht zu beruhigen. Da begab sich das Mädchen nach Hause, ging zu ihrer Mutter und erzählte ihr alles.

Die gute Frau ließ den Jungen gleich holen und befahl, seinen Vater anständig zu begraben.

Tschestmir dachte nicht anders, als daß er im Himmel sei, als ihn ein Diener in den Palast führte und Svatava ihn durch die prunkvollen Gemächer zu ihrer Mutter geleitete.

Der Frau gefiel der hübsche Junge. Von Mitleid gerührt, fragte sie ihn, ob er im Palast bleiben wolle. Voll Freude stimmte Tschestmir zu, denn er wußte nicht, wohin er sich wenden sollte. Darauf nahm ihn die Frau an der Hand, führte ihn zu ihrem Gemahl und bat für ihn.

Dem Kaufmann gefiel der Junge ebenfalls. Deshalb fragte er ihn, ob er mit ihm in die Welt gehen wolle.

Tschestmir war zu allem willig, und als der Herr zu ihm sagte, er könne mit der Zeit ebenfalls ein Kaufmann werden, hatte er darob noch größere Freude.

Aber Svatava legte ihre Stirn in tiefe Falten, weil sie den Gefährten ihrer kindlichen Spiele verlieren sollte, und als sie allein waren, machte sie ihm Vorwürfe, daß er mit ihrem Vater in die Welt gehen wollte.

»Warum sollte ich nicht mit deinem guten Vater gehen, meine liebe Svatava, wenn er mich mitnimmt? Ich habe doch sonst niemanden mehr auf der Welt.«

Svatava sah langsam ein, warum Tschestmir in die Welt wollte, aber dennoch verdroß es sie.

Der Kaufmann ließ für Tschestmir in der Zwischenzeit neue Kleider nähen, denn schon in wenigen Tagen sollte die Reise beginnen.

Am Abend vor der Abreise durchstreiften die Kinder noch einmal miteinander alle Plätze, an denen sie so gern gespielt hatten, und gingen schließlich in den Park zum Grab von Tschestmirs Vater, das sie mit Blumen schmückten.

»Weine nicht, mein lieber Tschestmir, ich werde jeden Tag Blumen hierher bringen, wie du es getan hast. Mein Vater wird bald wiederkommen, und du mit ihm. Dann bringst du mir einen schönen Kranz aus fremdländischen Blumen mit. Wir werden wieder miteinander durch Wald und Feld laufen, werden miteinander spielen, und du wirst mir deine Lieder vorsingen.« So trösteten sich die armen Kinder.

Am nächsten Tag begann der Kaufmann seine Reise in fremde Länder, um dort kostbare Waren und Kleinodien einzukaufen, die er dann wieder in anderen Ländern verkaufen wollte. Lange blickte Svatava Tschestmir nach, und dieser sah nach dem lieben Mädchen zurück.

Nun lebte Svatava allein mit ihrer Mutter. Sie fand keine Freude mehr an kindlichen Spielen, nur abends lief sie regelmäßig in den Park, um das Grab des alten Hirten zu bekränzen. Die Mutter lehrte sie allerlei Arbeiten sowie das Spiel auf der Harfe. Sie freute sich darauf, daß sie nach Tschestmirs Rückkehr auf der Harfe spielen und er mit ihr singen würde.

Ein Jahr war bald vergangen, und der Kaufmann sollte zurückkehren. Was war das für eine Freude, als er eine Nachricht schickte, die seine Ankunft für den nächsten Tag ankündigte! Die arme Svatava hatte bisher nicht erfahren, daß die Hoffnung oft trügerisch ist. Der Vater kam zwar, aber

Tschestmir brachte er nicht mit. Er machte sich daran, kostbare Spielsachen auszubreiten, die er der Tochter mitgebracht hatte, und maß ihr ein Kleid an. Schließlich holte er auch ein vertrocknetes Kränzlein hervor. »Das schickt dir Tschestmir, weil du Blumen so liebst. Es sind kostbare Blüten, aber unterwegs sind sie verwelkt.«

Svatava nahm das Kränzlein und netzte es mit Tränen, die größer waren als Perlen. »Ach, lieber Vater, warum hast du ihn nicht mitgebracht? Ich hatte mich so auf ihn gefreut.«

»Ich habe ihn zu einem reichen Kaufmann in die Lehre gegeben. Sobald er ausgelernt hat, kommt er wieder zu uns zurück.«

»Aber wann wird das sein?«

»Das kann ich dir nicht sagen, liebes Kind. Vielleicht in wenigen Jahren.«

Ach, so lange kann ich nicht warten, dachte Svatava, ging in den Park und weinte bitterlich.

Aber die Jahre flossen dahin wie Wasser, und man möchte gar nicht glauben, was man alles abwarten kann. Svatava wuchs heran und blühte auf wie eine Rose im Moos. Jedes Jahr kam ihr Vater aus den fremden Ländern zurück, aber Svatava weinte nicht mehr, wenn er Tschestmir nicht mitbrachte. Von einem Jahr zum andern verblaßte sein Bild in ihrem Herzen mehr und mehr, obwohl es niemals ganz verlosch.

Inzwischen war Tschestmir bei dem reichen Kaufmann in der Lehre. Fast das ganze Jahr fuhr er mit ihm zur See und besuchte die verschiedensten Völker. Der Kaufmann hatte keine Kinder und sorgte für Tschestmir mit großer Liebe. Der war ihm dafür sehr dankbar; er tat für seinen Beschützer, was er ihm nur von den Augen ablesen konnte, und wäre für ihn durchs Feuer gegangen. Er hatte einen klugen Kopf, war in allem sehr gewandt und brachte es binnen kurzer Zeit so weit, daß er dank seiner Gerechtigkeit und Umsicht seinem Herrn nicht Hunderte, sondern Tausende bewahrte.

Wenn er einen freien Augenblick hatte, ging er auf einem Feld, in einem Garten oder an Deck des Schiffes auf und ab und schickte seine Blicke über die weiten Lande und Meere zu seiner Heimat, wo er außer dem Grab seiner Eltern zwei blaue Augen wußte, die ihm auf seinem Lebensweg wie Sterne leuchteten. Wenn ihm besonders traurig ums Herz war, begann er, jene Liebeslieder zu singen, die Svatava so gern gehört hatte, und dann vergaßen die Schiffer oft das Rudern, und die Herren verließen ihre Kajüten und lauschten dem schlichten, aber zu Herzen gehenden Gesang des ehemaligen Hütejungen.

Schon brach das zehnte Jahr an, seit er die Heimat verlassen hatte, da rief ihn eines Tages sein Herr zu sich und sagte zu ihm: »Mein Freund, dein ehemaliger Herr, will eine große Warenladung voraus nach Hause schicken. Weil er aber niemanden hat, auf den er sich verlassen könnte, hat er mich gebeten, dich damit zu beauftragen. Ich habe es ihm nicht abgeschlagen, denn ich weiß, daß du auch gern wieder einmal nach Hause willst. Habe ich recht?«

Mit fröhlichem Gesicht stimmte Tschestmir seinem gütigen Herrn zu, empfing das Reisegeld und eilte auf das Schiff zum Vater seiner teuren Svatava. Der übergab ihm die Waren, trug ihm einen Gruß an Frau und Tochter auf und fügte hinzu, er werde ihm nach einiger Zeit folgen.

Wie lang kam Tschestmir der Weg in die Heimat vor! Warum eilt es mir so? fragte er sich immer wieder, wenn er sich alles vor Augen hielt. Wen finde ich dort? Das Grab meiner Eltern und die schöne Tochter des reichen Herrn, die dem armen Waisenknaben gewiß keine Beachtung schenken wird!

Es war später Nachmittag, jene Zeit, zu der Svatava immer zu ihm gekommen war, als Tschestmir nach fast zehnjähriger Abwesenheit die Hütte, in der er das Licht der Welt erblickt hatte, wiedersah. Dann eilte er raschen Schrittes in den Park des Herrn zum Grabe seines Vaters.

Auf dem Altan des prunkvollen Palastes saß Svatava und sang zur Harfe. Der rote Schein der untergehenden Sonne fiel auf ihr liebliches Gesicht, als wolle er ihre Wangen zur Nacht küssen. Sie dachte an Tschestmir, den braungebrannten Jungen, und sang ein Lied, das er sie vor seiner Abreise gelehrt hatte. Da raschelte das Laub, und eine weiche, sanfte Stimme vereinigte sich mit der ihren. »Das ist Tschestmirs Geist!« flüsterte sie und lauschte bebenden Herzens den Tönen, die immer voller und sehnsüchtiger zu ihr empordrangen. Die Harfe entsank ihrer weißen Hand, das Seidenkleid knisterte im Zimmer, und schon eilte sie durch den Park. Da stand ein hochgewachsener junger Mann vor ihr. Wie sollte sie ihn nicht erkennen? Das waren jene braungebrannten Wangen, die sie als Kind so oft gestreichelt, das waren die schwarzen Locken, mit denen sie so gern gespielt hatte, es war Tschestmir, der Gefährte ihrer Kinderjahre, allerdings viel schöner, als sie ihn sich vorgestellt hatte.

»Verzeiht, Fräulein!« sagte er, und seine Stimme zitterte, während seine Seele in seinen Blicken zu ihr flog. »Verzeiht, daß ich zuerst das Grab meines Vaters aufgesucht habe, bevor ich in den Palast ging, um den Auftrag Eures Vaters zu erfüllen.«

»Wie sprichst du zu mir, Tschestmir«, sagte Svatava, und eine Träne glänzte auf ihrem Gesicht wie ein Tautropfen auf einem Rosenblatt. »Bin ich denn nicht mehr deine liebe Svatava? Haben die zehn Jahre so viel verändert?«

»Ja, sie haben es getan. Die Rose, die ich als eine Knospe verlassen habe, ist gewachsen und voll erblüht, aber die Hand des armen Waisenknaben darf die kostbare Blüte nicht berühren.«

»Und wenn sich die Rose selbst dir zuneigt und dir die Hand zur Begrüßung reicht?« erwiderte Svatava und gab dem lieben Jugendfreund mit lieblichem Lächeln ihre Rechte, die dieser an sein pochendes Herz drückte. Dann führte sie ihn zu ihrer Mutter, die ihn voll Freude willkommen hieß und wie einen Sohn behandelte.

Svatava und Tschestmir waren wieder spielende Kinder, spazierten wie vor Jahren durch den Park, und am Abend spielte Svatava auf der Harfe, und Tschestmir sang mit ihr. Die Tage verflogen wie Stunden, und die Zeit nahte heran, zu der der Vater kommen und Tschestmir abreisen sollte.

Sie saßen im Park, sprachen von der bevorstehenden Trennung, und der Schmerz machte ihnen das Herz schwer. Tschestmirs Arm umfing den schlanken Körper Svatavas und — da stand ihr Vater vor ihnen.

»Verräterischer Betrüger!« rief er mit zornbebender Stimme. »So lohnst du mir, daß ich dich aus dem Staub emporgehoben habe? Du Bettler, bildest du dir ein, du könntest deine Augen zu meiner Tochter erheben?«

Eine dunkle Röte übergoß Tschestmirs Wangen, seine Zähne gruben sich in die vollen Lippen. Wut und Schmerz wogten in seiner Brust.

»Vater, verzeih mir, ich liebe ihn!« rief Svatava bittend und streckte ihm die gefalteten Hände entgegen.

»Du bist eine mißratene Tochter, die dem Willen ihres Vaters zuwiderhandeln will. So vernimm denn den Schwur, der mich bindet: Nur der bekommt dich zur Gemahlin, der mir drei goldene Federn vom Riesenvogel bringt.«

»Und bleibst du auch einem armen Waisenknaben gegenüber bei deinem Wort?« fragte Tschestmir mit flammendem Blick.

»Jawohl, auch einem Waisenknaben gegenüber!« erwiderte der Kaufmann.

»Gott sei mit dir, meine teure Svatava! Ehe sich die grünen Bäume in ein gelbes Gewand hüllen, bringe ich dir die drei goldenen Federn, oder du siehst mich nie wieder.« Mit diesen Worten küßte Tschestmir das todblasse Mädchen, verließ den Park und stürmte bald darauf aus dem Palast hinaus ins freie Feld.

Ohne innezuhalten, eilte er bis zu der Stadt, in der sein Herr wohnte, dem er betrübten Herzens von seinem Mißgeschick berichtete.

»Und wo lebt dieser Vogel?«

»Das weiß ich nicht, aber ich werde so lange durch die Welt wandern, bis ich ihn gefunden habe.«

»Mein Lieber, du hast dir zwar eine schwere Aufgabe gestellt, aber geh nur und versuche dein Glück! Vielleicht wird dir Perun gnädig sein.«

Am nächsten Tag erhielt Tschestmir das bei seinem Herrn hinterlegte Geld, zu dem dieser noch einiges hinzugefügt hatte, setzte sich aufs Pferd und begab sich in die weite Welt.

Er war schon lange geritten, als er eines Tages eine Stadt erreichte, die ganz mit schwarzem Tuch überzogen war. Er fragte in der Herberge, was das zu bedeuten habe, worauf ihm der Wirt erzählte: »Wir hatten hier in der Stadt einen Brunnen mit heilsamem Wasser. Mochte jemand eine noch so schlimme Krankheit haben, wenn er von diesem Wasser trank, wurde er gesund. Jetzt aber ist das Wasser im Brunnen seit langer Zeit getrübt, und wer davon trinkt, muß sterben. Ärzte haben wir keine, denn wir hatten sie nicht nötig, und nun stirbt das Volk, und wir wissen uns keinen Rat.«

»Und kann denn niemand herausbekommen, was im Brunnen liegt?«

»Niemand will es wagen, weil ein tödlicher Gestank von diesem Brunnen ausgeht. Einzig und allein der Riesenvogel könnte wissen, was darin steckt.«

»Gerade den suche ich«, sagte Tschestmir.

»Lieber Herr, da könntet Ihr uns die Wohltat erweisen und auch nach dem Unglück, das unseren Brunnen betroffen hat, fragen.«

»Wenn ich zu ihm gelange, will ich es gern tun.«

Als Tschestmir das Wirtshaus verließ, hatte sich eine große Volksmenge eingefunden, die vom Wirt das Ziel seiner Reise erfahren hatte, und alle baten ihn, er möge den Riesenvogel, den sie auch Goldkopf nannten, um Rat fragen.

Wieder kam er in eine Stadt. Dort war der Königspalast ganz mit schwarzem Tuch überspannt. Er ritt zur Herberge und fragte, was das zu bedeuten habe. Da sagte man ihm, im königlichen Garten stehe ein Baum, der goldene Äpfel getragen habe. Solange der Baum grünte, sei auch die königliche Familie glücklich und gesund gewesen, nun aber sei der Baum plötzlich verdorrt, die goldenen Äpfel seien abgefallen, und seit dieser Zeit sei die einzige Tochter des Königs blaß und sieche dahin, und niemand könne ihr helfen.

»Und weiß man nicht, mit welchem Mittel man den Baum wieder zum Grünen bringen kann, damit die Prinzessin gesund wird?«

»Das weiß man nicht. Nur der Riesenvogel Goldkopf weiß es.«

»Den suche ich auch, aber ich habe bisher nicht erfahren, wo ich ihn finden kann.«

»Er wohnt auf einem hohen Felsen über dem schwarzen Meer, den noch kein Menschenfuß betreten hat. Aber wenn Ihr, lieber Herr, so glücklich sein solltet, zu ihm zu gelangen, so fragt ihn, wie unserem König geholfen werden kann!«

»Das will ich gern tun, wenn ich zu ihm gelange.«

Von dieser Stadt ritt Tschestmir über hohe Berge und durch tiefe Täler, wo er oft den ganzen Tag keine Menschenseele zu Gesicht bekam. Schließlich blieben die tiefen Wälder hinter ihm, und er sah vor sich das weite schwarze Meer und auf dem Meer ein einziges Boot, das auf den Wellen schaukelte. Vielleicht gehört das dem Fährmann, dachte er bei sich und wartete, daß sich das Boot dem Ufer nähere.

Es kam auch langsam heran und legte schließlich an. Darin saß der Teufel. »Was suchst du Erdenwurm in dieser Einöde?« fragte er Tschestmir.

»Ich suche den Vogel Goldkopf, der soll am anderen Ufer des Meeres wohnen. Bist du der Fährmann?«

»Der bin ich. Aber wer mir nicht gefällt, den setze ich nicht über.«

»Wenn ich dich gut bezahle, wirst du es mir wohl nicht abschlagen?« fragte Tschestmir, voller Angst, was der Teufel wohl erwidern würde.

»Für Geld fahre ich niemanden. Wenn du aber den Vogel Goldkopf fragst, wie lange ich noch hierbleiben muß, setze ich dich über.«

»Warum sollte ich ihn nicht fragen? Bist du zur Strafe hier? Du bist doch der Teufel, hilf dir selbst!«

»Wenn ich wüßte, wie, hätte ich nicht auf dich zu warten brauchen. Schon zweihundert Jahre fahre ich jetzt über dieses Meer — zur Strafe dafür, daß ich einmal gegen meinen

Herrn aufbegehrt habe, und weiß nicht, wie ich mich loskaufen kann.«

Tschestmir ließ sein Pferd grasen, bestieg das Boot, und der Teufel fuhr ihn ans andere Ufer. Schon von weitem erblickte Tschestmir den Felsen, auf dem der Vogel Goldkopf wohnte. ›Entweder finde ich dort mein Glück oder den Tod‹, sagte er zu sich, als er das Boot verließ.

»Vergiß nicht zu fragen, sonst bringe ich dich nicht zurück«, wiederholte der Teufel seinen Auftrag.

Auf gefährlichen Wegen erklomm Tschestmir den Gipfel des Felsens. Dort befand sich eine Höhle, die er nach langem Suchen und großer Anstrengung endlich fand. Am Eingang stand eine alte Frau.

»Wo kommst du her, du Erdenwurm?« fragte ihn die Alte, als er zu ihr kam.

»Ach liebe, goldige Großmutter, ich habe mich in den grausamen Wäldern und Wüsteneien verirrt, die Nacht ist mir auf den Fersen, und ich weiß nicht, wohin. Gönnt mir ein Nachtlager! Wenn ich im Freien bleiben muß, zerreißen mich die wilden Tiere!«

»Mein lieber Junge, wenn du Angst hast, zerrissen zu werden, kehr lieber um! Denn hier wohnt mein Herr, der Riesenvogel Goldkopf, und wenn der dich hier findet, siehst du das Tageslicht nie wieder.«

»Ich bitte Euch, liebe, gute Großmutter, laßt mich doch hier und versteckt mich in einem Winkel! Ich kann keinen Schritt mehr tun.«

Da erbarmte sich die Großmutter über Tschestmir, nahm ihn mit in die Höhle, machte Feuer an und kochte ihm etwas zu essen. Tschestmir, der die Alte zu gern auf seine Seite gezogen hätte, begann allerlei von der Welt zu erzählen, was ihr gar wohl gefiel. Schließlich rückte er mit seinem Anliegen heraus.

Als die Alte verstand, was ihr Gast wünschte, wunderte sie sich sehr über seinen Wagemut und sagte, nachdem sie eine

Weile überlegt hatte: »Auch ich bin einmal in dieser Welt gewesen. Das ist schon so lange her, daß ich mich kaum noch daran erinnere. Aber deshalb bin ich doch nicht so wild wie mein Herr und habe Mitleid mit einem armen Menschen. Ich will auch, was in meinen Kräften steht, für dich tun. Aber die Zeit, zu der mein Herr gewöhnlich zurückkehrt, rückt immer näher. Komm deshalb lieber mit mir, damit es nicht zu spät ist!« Darauf führte ihn die Alte zu einer Grube, hieß ihn sich hineinlegen, bedeckte ihn mit Moos und warf Zweige und Reisig darauf. »Rühr dich nicht, bevor ich dich rufe!« befahl sie sodann und ging davon, um ihrem Herrn ein gutes Abendessen zu bereiten.

Plötzlich erhob sich über dem Wald auf der anderen Seite des Meeres ein Brausen wie bei einer großen Springflut, das Tosen kam näher und näher und erreichte schließlich die Höhle. Das war der Vogel Goldkopf. Wenn er mit den Flügeln schlägt, ist das eine Meile weit zu hören, und tritt er auf, so brechen unter seinen Füßen die Wurzeln der Bäume. Sein Gefieder aber strahlt wie die Sonne, und sein Gehirn übertrifft das aller Weisen dieser Welt. »Ich rieche, rieche Menschenfleisch! Wen hast du eingelassen?« brüllte er die Alte an, als er die Höhle betrat.

»Du Stern des Meeres, wen sollte ich eingelassen haben?« erwiderte die Alte und ging ihrer Arbeit nach.

Der Vogel beruhigte sich, nahm Platz und verzehrte, was ihm die Alte vorsetzte. Nach einer Weile aber begann er von neuem: »Ich rieche, rieche Menschenfleisch! Sag, Alte, wen hast du hier?«

»Denk doch selbst nach, Herr! Wer könnte wohl zu uns gelangen?«

Der Herr gab sich damit zufrieden und aß weiter. Aber als er aufstand und am Herd vorbeiging, begann er von neuem: »Ich rieche, rieche Menschenfleisch! Sag, Alte, wen du hier versteckt hast, sonst ergeht es dir schlecht!«

»Ach, Herr, wie kannst du nur annehmen, daß ich hier jemanden verstecke! Dein Auge entdeckt doch jeden auf zwei Meilen Entfernung, selbst bei dunkelster Nacht. Aber du hattest wohl heute einen schmackhaften Braten, der kitzelt noch immer deine Nase.«

Der Vogel schnupperte noch eine Weile und suchte, aber dann begab er sich doch in sein Nest.

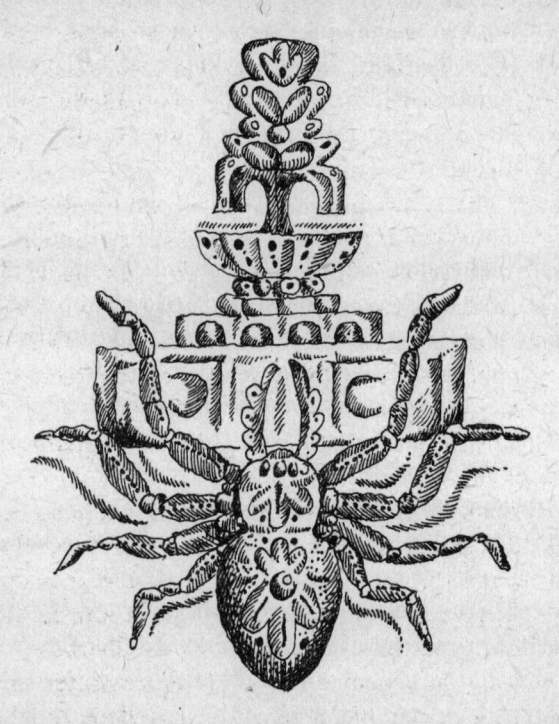

Die Alte legte sich neben ihm nieder, schlief aber nicht. Als der Vogel zu schnarchen begann, tastete sie sich näher und riß im Nu eine Feder aus seinem Flügel.

»Verdammtes Weib, was fällt dir ein, mich aus dem Schlaf zu wecken?« brauste der Vogel auf, und seine Augen glühten wie feurige Kugeln.

»Ach, verzeih mir, lieber Herr! Ich hatte einen schrecklichen Traum und berührte in meiner Angst deinen Flügel. Mir träumte, ich sei in eine Stadt gekommen, wo Weinen und Wehklagen herrschte. Ich fragte, warum sie so klagten, und erfuhr, sie hätten in ihrem Brunnen ein heilkräftiges Wasser gehabt, aber das sei jetzt vergiftet, und wer von dem Wasser trinke, müsse sterben. Sag mir, Herr, ob es wirklich so einen Brunnen auf der Welt gegeben hat!«

»Natürlich hat es so einen Brunnen gegeben. Aber plötzlich begannen die Menschen in dieser Stadt, ein leichtfertiges und liederliches Leben zu führen, und vergaßen, den Göttern Opfer zu bringen. Da zürnten die Götter und setzten zur Strafe eine alte Spinne in den Brunnen; die vergiftet nun das Wasser und verbreitet rings um den Brunnen tödlichen Gestank. Wenn sich das Volk besserte und den Göttern wieder Opfer darbrächte, könnte es den Brunnen ausschöpfen, die Spinne töten, und der Heilbrunnen würde wieder sprudeln. Jetzt aber schlaf und gib endlich Ruhe!« Der Vogel drehte sich auf die andere Seite, und bald schnarchte er wie zuvor.

Darauf hatte die Alte nur gewartet, und wenig später riß sie ihm eine zweite Feder aus.

»Was ist denn nur in dich gefahren, du Hexe?« schnaubte da der Vogel, und seine Augen funkelten vor Zorn.

»Sei nicht böse, lieber Herr! Ich weiß nicht, was heute mit mir los ist. Ich war wieder in einer Stadt, dort war das königliche Schloß ganz mit schwarzem Tuch überzogen. Ich fragte, was das zu bedeuten habe, und da erzählten mir die Leute, sie hätten einen Baum gehabt, der goldene Äpfel trug, doch der sei jetzt verdorrt. Seit der Zeit aber sei die Prinzessin krank und sieche dahin. Ich bitte dich, sag mir doch, wie diesen Menschen geholfen werden kann!«

»Die Königstochter liebte einen Pagen und er sie. Doch der König erfuhr davon und verbot seiner Tochter mit aller Strenge, an ihn zu denken, den Pagen aber ließ er ins Gefängnis werfen. Die Prinzessin härmte sich, und vor einiger

Zeit vergrub sie die tote Frucht ihrer Liebe unter dem heiligen Baum. Von diesem Augenblick an verdorrte der Baum, die goldenen Äpfel fielen ab, und die Prinzessin siechte dahin. Wenn der König den Pagen freiließe, seine Tochter mit ihm verlobte und die Gebeine des Kindes ausgraben ließe, würde der Baum wieder goldene Früchte tragen, und die königliche Familie würde von neuem Glück und Zufriedenheit finden. Aber das sage ich dir, Alte, wenn du mich noch einmal weckst, ergeht es dir schlecht!«

Die Alte beteuerte, sie werde ihn nicht mehr wecken, doch kaum war er eingeschlafen, riß sie ihm die dritte Feder aus.

»Du niederträchtiges Weib, reitet dich der Teufel?« brüllte der Vogel und packte die Alte am Hals.

»Mein lieber Herr, ich kann nichts dafür! Ich habe von einem Teufel geträumt und mich vor Angst an deinem Flügel festgehalten. Mir war, als ginge ich am Ufer des Meeres entlang, das am Fuße des Felsens tost. Da kam ein schwarzes Boot gefahren, darin saß ein Teufel und jammerte herzzerreißend. Ich fragte ihn, was ihm fehle, und er berichtete mir, sein Herr habe ihn dorthin verbannt, und er wisse nicht, wie er sich helfen könne.«

»Nun, wenn er nicht hätte in der Hölle befehlen wollen, brauchte er jetzt nicht über das Meer zu fahren. Aber er könnte sich helfen, wenn er das Glück hätte, einen Menschen überzusetzen. Dann müßte er in der Nähe des Ufers an Land springen, den Menschen aber im Boot lassen und sagen: ›Du bleib auf dem Meer, ich bleibe an Land.‹ Doch wenn du mich jetzt nicht schlafen läßt, Alte, stehe ich auf und stürze dich vom Felsen hinunter.«

Die Alte aber wußte nun alles, was sie wissen wollte, und ließ ihren Herrn bis zum Morgen schlafen. Als er aufstand, war bereits ein gutes Frühstück vorbereitet. Der Vogel Goldkopf aß sich satt und flog in den Wald zur Jagd.

Als ihn die Alte nicht mehr spürte, eilte sie zu der Grube und schob die Äste und das Reisig zur Seite, damit der Gast

herauskriechen konnte. Rasch erzählte sie ihm alles, was ihr
der Vogel in der Nacht gesagt hatte, gab ihm ein Frühstück,
überreichte ihm die drei goldenen Federn und führte ihn aus
der Höhle hinaus. Dann sagte sie zu ihm, er solle sich nur
immer rechts halten, das sei der richtige Weg zum Meer.

Tschestmir dankte der guten Alten tausendmal und eilte
voll Freude durch den lichten Wald hinab.

Am Fuße des Felsens wartete der Fährmann, und kaum war
Tschestmir in seiner Nähe, rief er ihm auch schon zu, ob er
wisse, wie ihm zu helfen sei.

»Freilich weiß ich es, aber ich sage es dir erst, wenn du
mich ans andere Ufer übergesetzt hast.«

»Ich setze dich nicht über, bevor du es mir nicht sagst!«

»Da könnten wir bis zum jüngsten Tage streiten. Wenn du
mich nicht übersetzt, suche ich mir einen anderen Weg, und
du erfährst es nie.«

Der Teufel mußte ihm recht geben und fuhr ohne Widerrede ans andere Ufer.

Dort sprang Tschestmir rasch an Land, und dann erst sagte
er dem Teufel, was ihn befreien könne.

»Warte, du ausgekochter Halunke! Wenn ich das früher
gewußt hätte, würdest du jetzt gewiß nicht am Ufer stehen.«

»Da hätte ich ja ein Narr sein müssen! Jeder ist sich selbst
der Nächste. Für den Fährdienst danke ich dir, und wenn
sich dir eine Gelegenheit bietet, weißt du ja jetzt, wie du dich
erlösen kannst.« Er pfiff seinem Pferd, das gleich gelaufen
kam, schwang sich hinauf und ritt, das Herz voll süßer Hoff-
nungen, wie der Wind davon.

Als er in jene Stadt kam, in der das Schloß mit schwarzem
Tuch überzogen war, ließ er sich gleich beim König melden.
Kaum hatte der erfahren, daß der Fremde vom Vogel Goldkopf komme, sandte er ihm eine vierspännige goldene Kale-
sche entgegen.

Als Tschestmir mit dem König allein war und ihm alles berichtete, was der Vogel gesagt hatte, erschrak der König

sehr. Aber ohne lange zu überlegen, reichte er Tschestmir die Hand und lud ihn zur Hochzeit seiner Tochter ein. Tschestmir hätte gern gewußt, ob alles in Erfüllung geht, und versprach deshalb zu bleiben.

Der König begab sich gleich zu seiner Tochter und sagte ihr alles. Im gleichen Augenblick empfand die Prinzessin keine Schmerzen mehr; sie bekannte alles und dankte ihrem Vater tausendmal für seine Liebe. Der Page wurde sofort aus dem Gefängnis befreit, und der König grub selbst die Gebeine des Kindes unter dem heiligen Baum aus und verbrannte sie. Als der oberste Priester das junge Paar segnete, begann der dürre Baum zu grünen und zu blühen, und noch bevor die Zeremonie beendet war, hing er voll goldener Äpfel. In der Stadt herrschte eitel Freude, und der König wußte nicht, wie er Tschestmir danken solle. Er gab ihm einen Diener und ein Pferd, auf das er Gold und Edelsteine in Hülle und Fülle aufpacken ließ.

Tschestmir mußte alles ohne Widerrede annehmen. Am dritten Tage nahm er von dem König Abschied, und das junge Paar begleitete ihn bis vor die Stadt.

Glücklich kam er mit seinem neuen Diener in die andere Stadt. Kaum hatte ihn der Wirt erblickt, fragte er ihn gleich, ob er sein Versprechen nicht vergessen habe, und als er hörte, daß Tschestmir gute Kunde bringe, lief er unverzüglich in den königlichen Palast. Der König kam selbst, Tschestmir zu holen, und führte ihn ins Schloß, wo er alles erzählen mußte.

Als er geendet hatte, rief der König die obersten Priester und befahl, das Opfer zu bereiten. Mit größtem Prunk und tiefer Frömmigkeit begab sich alles Volk zu dem wundertätigen Brunnen und opferte dort den Göttern. Nach dem Opfer töteten sie, ohne Schaden an ihrer Gesundheit zu erleiden, die Spinne und reinigten den Brunnen. Die Quelle sprudelte hell wie Silber empor, und als sie von dem Wasser schöpften und es einem Kranken zu trinken gaben, wurde dieser augenblicklich gesund. Da dankten sie zuerst den Göttern und dann Tschestmir, den sie mit Gaben überschütteten. Es war aber nun höchste Zeit für ihn zur Heimkehr, denn die Blätter auf den Bäumen begannen bereits gelb zu werden.

Wieder neigte sich der Tag seinem Ende zu. Blaß wie eine Lilie saß Svatava auf dem Altan und dachte an ihren Liebsten, und Träne um Träne fiel in ihren Schoß. Da vernahm sie hastiges Pferdegetrappel. Sie hob ihre tränenfeuchten Augen, ihr Gesicht hellte sich auf, wie wenn die Sonne aus dunklen Wolken hervorbricht, und ein liebliches Lächeln umspielte ihren süßen Mund. Ihr Liebster war zurückgekehrt, alles Leid war zu Ende!

Der Kaufmann und seine Frau hatten Tschestmir ebenfalls kommen sehen und eilten ihm entgegen. Aber Tschestmir war nicht allein. Sein guter alter Herr, der reiche Kaufmann, war bei ihm. Er hatte ihn an Kindes Statt angenommen und ihm sein ganzes Vermögen geschenkt.

Tschestmir überreichte dem Kaufmann die drei goldenen Federn und erhielt dafür die schöne Svatava. Am nächsten Tag war Hochzeit, und die Braut zierten die Kleinodien, die Tschestmir von den beiden Königen zum Geschenk erhalten hatte. Er wurde ein gerecht denkender reicher Kaufmann und war weit und breit ob seiner Rechtschaffenheit und Güte berühmt. Wenn er von seinen Reisen nach Hause kam, führte er seine Kinder stets auf den Hügel, wo er vor Jahren die Schafe gehütet hatte, und erzählte ihnen von dem armen Waisenkind, das durch drei goldene Federn sein Glück gemacht hatte.

Der Adler, die Nachtigall und die Rose

Burka war eine mächtige und böse Hexe. Sie hatte alle Truhen voll von Gold und Edelsteinen, besaß ein schönes Schloß, Wälder und Wiesen, aber für all das konnte sie sich keine Schönheit kaufen, und von der war ihr sehr wenig zuteil geworden. Um schön und jung zu werden, sollte sie im Blute eines unschuldigen zwanzigjährigen Jünglings baden, der freiwillig bei ihr bleiben würde.

Sie wußte von einem solchen Jüngling. Er war Jäger und wohnte in einem Forsthaus unweit ihres Schlosses. Nur schade, daß er nicht freiwillig zu ihr kommen wollte! Wenn ihm Burka so gefallen hätte, wie sie war, hätte dieser hübsche Bursche bei ihr sein gutes Auskommen haben können, und alles, was er sich nur wünschen konnte, wäre ihm augenblicklich zuteil geworden. Aber der Jäger wollte von der

Alten nichts wissen, und Burka kam es nicht in den Sinn, daß ihr eine mächtigere Zauberin zuvorgekommen war und das Herz des Jägers auf ewig an sich gebunden hatte, und zwar allein durch den Zauber ihrer blauen Augen. Doch was ein Geheimnis war, blieb nicht ewig geheim. Als Burka davon erfuhr, hatte der junge Mann seine schöne Zauberin bereits in sein einsames Häuschen im Wald geholt, und die Hexe hatte das Nachsehen.

Ein böser Mensch verzeiht eine Kränkung nicht so leicht, und erst recht nicht eine solche alte Hexe. Sie schwor, sich an dem jungen Paar zu rächen, doch erst, sobald sein Glück die höchste Stufe erreicht haben würde.

Das geschah nach einem Jahr, als die Frau des Jägers einem Töchterchen das Leben geschenkt hatte. Als die junge Mutter zum erstenmal wieder an der Seite ihres Mannes unter den freien Himmel trat, standen die Bäume in voller Blüte, die Vögel sangen, als wollten sie das Kindlein begrüßen, und die Blumen glänzten in all ihrer Pracht — wie an einem Feiertag. Voll Stolz und Freude legte die Mutter ihr Kind unter einen Apfelbaum, faltete die Hände zum Gebet und blickte zum Himmel empor. Da fielen die Sonnenstrahlen auf das schlafende Kind und küßten seine Stirn und umstrahlten es. Kleine Engel stiegen auf den Sonnenstrahlen zur Erde, neigten sich über das Kind und küßten ihm die Wangen rot. Die Blumen umströmten es mit lieblichem Duft, die Vögel sangen es mit ihren schönsten Liedern in den Schlaf, und der Wind hüpfte nur ganz leise über das Kindlein hin, damit es nicht erwache. Der Apfelbaum stand ganz still da, nur einmal schüttelte er sich und warf eine rosarote Blüte auf das weiße Wickelbett, als wolle er dem Kindlein ein Geschenk machen. Damals gab es noch keine Kirchen, und die junge Mutter brachte ihr Kind Gott unter freiem Himmel dar. Die Erde war der Altar, die Natur der Dom, der Duft der Blumen der Weihrauch, die Vögel waren die Sänger, und vom blauen Himmelszelt blickte der himmlische

Vater herab und segnete das Kind und die Mutter, die ihm für das Kind dankte und es ihm darbrachte.

Die Hexe Burka stand unweit davon, aber solange der göttliche Schein die jungen Leute überstrahlte, vermochte sie ihnen nicht zu schaden. Erst als die beiden im Garten spazierengingen und der junge Mann seine Frau in unsagbarem Entzücken umarmte, hüllte sie plötzlich dichter Nebel ein. Ein schriller Pfiff durchschnitt die Luft und fuhr bis ins Innere der Erde, so daß sie vor Schreck erzitterte; ein Wind erhob sich, die Vögel verstummten, und Bäume und Sträucher erbebten, als ahnten sie, daß ein böser Geist in der Nähe sein Unwesen treibe.

Nach einer Weile lichtete sich der Nebel, der Sturm beruhigte sich, aber der Jäger und seine Frau waren nicht mehr zu sehen — an ihrer Stelle saßen neben dem Kind ein großer schwarzer Adler und eine graubraune Nachtigall. Das waren die Eltern des Kindes, die im Augenblick höchsten Glücks von Burka in Vögel verwandelt worden waren. Die Brust des Adlers wogte, als wollte sie zerspringen, und seine Augen blitzten vor Zorn und Schmerz, die Nachtigall aber schmiegte sich an das Wickelbett und wandte ihr verständnisvolles Auge mit unaussprechlichem Schmerz bald dem Kinde, bald dem Adler zu.

Da erbarmte sich Gott. Er schickte einen Schutzengel auf die Erde, der das Kind behüten sollte. Dieser trug die kleine Viola ins Haus und versorgte sie wie die eigene Mutter, die ihm nur noch mit Gesang behilflich sein konnte, wenn er das Töchterchen in den Schlaf wiegte.

Der Adler bewachte das Haus, und sein starker Flügel war immer bereit, das Kind vor Schaden zu bewahren. Solange aber der Schutzengel bei ihm wachte, war es außer Gefahr. Geliebt, behütet und betreut, wuchs Viola wie eine Blume auf, die Gottes Sonne bestrahlt und himmlischer Tau benetzt.

Zum fünfzehnten Male blühte der Apfelbaum, seit das

Neugeborene Gott dargebracht worden war, da sagte der Engel zu Viola: »Du bist nun kein Kind mehr, du weißt, was gut und böse ist, und kannst deinen Verstand gebrauchen. Nun mußt du allein für dich sorgen. Trachte immer nur nach edlen Taten und sieh zu, daß dein Herz so gut und rein bleibt wie bisher! Verlaß deine Eltern nie und hoffe darauf, daß sie durch dich erlöst werden! Auch wenn du Qualen erdulden mußt, vertraue immer auf den barmherzigen Gott! Ich kehre zurück zu meinem Vater, aber wenn du mich brauchst, werde ich bei dir sein.« Nach diesen Worten nahm der Engel, der immer nur in Gestalt eines schönen Mädchens bei Viola geweilt hatte, von ihr Abschied.

Unter Tränen und mit schmerzendem Herzen begleitete ihn diese ein Stück hinter die Försterei und trennte sich nur schwer von ihm, doch bald dachte sie daran, um wieviel unglücklicher ihre armen Eltern waren, und nahm sich vor, ohne zu klagen, nur für sie zu leben.

Fortan brachte ihr der Adler alle Nahrung vor das Haus, und die Mutter erfreute sie durch Gesang, wenn sie spann oder etwas anderes arbeitete.

Nachdem sich Burka gerächt hatte, gab sie Ruhe. Über das Kind hatte sie keine Macht, es sei denn, es beträte ihr Gebiet.

Um so mehr war sie darauf bedacht, einen unschuldigen Jüngling zu finden, der freiwillig bei ihr bliebe und durch den sie schön und jung würde. Sie hatte Glück. Von armen Eltern bekam sie einen fünfjährigen Jungen, der gern mit ihr ging, gern bei ihr in ihrem schönen Schloß wohnte und ihr wegen alles Guten, das sie ihm gewährte, zugetan war. Der Arme wußte ja nicht, warum ihm das alles zuteil wurde!

Dieser Junge namens Mladon lernte früh herrschaftliche Vergnügungen kennen, aber sein Herz blieb gut, unschuldig und edel. Darüber freute sich Burka; ja mehr noch, als er zu einem schönen Jüngling heranwuchs, hätte sie ihm sogar das Leben geschenkt, wenn er sie nur ein wenig geliebt hätte. Aber von Liebe wußte Mladon nichts, und er hätte sich auch gewiß nicht in die Alte verlieben können. Eines Tages, als Burka in den Spiegel schaute und ihr häßliches Gesicht erblickte, lachte sie in Gedanken daran, daß sich schon bald darin das Bild einer schönen Frau zeigen würde, der keine im Lande glich.

Zur selben Zeit, in der Burka so freundlich an Mladon dachte, ging dieser im Feld spazieren. Nachdenklich beobachtete er, wie die Tiere auf der Wiese paarweise miteinander tändelten, wie sich das Junge an die Mutter schmiegte, wie die Tauben miteinander schnäbelten, die Bäume sich einander zuneigten, eine Blume zur anderen strebte. Und er dachte an sein Zuhause, an Vater und Mutter, Brüder und Schwestern. Sein Herz wurde schwer und schmerzte, er begann zu weinen und wünschte sich weit weg vom Schloß.

Da raschelte zu seinen Füßen Schilf, dazwischen sah er ein Boot und dahinter einen großen, blaugrünen See. Er setzte sich ins Boot, und dieses trug ihn, von den Wellen geschaukelt, ans andere Ufer, an dem er noch nicht gewesen war. Dort durchquerte er einen grünen Eichenwald und erblickte vor sich ein Tal, dahinter einen Hügel und auf diesem Hügel eine Hütte, die von blühenden Bäumen, Lauben und Blumenbeeten umgeben war. Aus einer Laube aber ertönte der Gesang einer Nachtigall. Er ging näher und näher, ohne auf den Weg zu achten, schritt über alles hinweg, bis er bei der Hütte angelangt war. Dort saß Viola in der grünen Laube und spann, neben ihr saß der Adler und auf ihrer Schulter die Nachtigall. Mladon konnte seine Blicke nicht von ihr losreißen, denn sie war wunderschön. Gewachsen war sie so schlank wie eine Palme, auf ihren weißen Wangen lag ein rosa Schimmer wie von der Morgenröte, ihre Haut war glatt und zart wie Hermelin, ihr Haar wogte über den Nacken wie reife Ähren, und ihr Mund glich zwei Schnüren reifer Walderdbeeren. Doch die Augen, womit sollte Mladon diese Augen vergleichen? Er hatte ja noch gar nicht in sie hineingesehen.

Eine ganze Weile bemerkte Viola den jungen Mann nicht; erst als die Nachtigall verstummte und zu ihm hinübersah, hob auch sie die Augen, und ihr Blick blieb am Gesicht des schönen Jünglings haften. Sicherlich hat er sich verirrt und ist hungrig, dachte das gute Mädchen und eilte so leichtfüßig, daß sich nicht einmal das Gras unter ihren Füßen bog, auf den Fremden zu.

Da sah er ihre Augen, und ihm war, als blicke er in einen kristall-klaren See, in dem sich der blaue Himmel samt der Sonne spiegelte. Und als sie sprach, erschien ihm ihre Stimme noch weit lieblicher als vorher der Gesang der Nachtigall.

»Junger Herr, du hast dich sicherlich verirrt und willst, daß ich dir den Weg zeige, oder du hast Durst, und dir wäre eine Erfrischung erwünscht. So tritt denn unter unser Dach, damit wir dich bewirten, und dann erzählst du, was dich hierhergeführt hat!«

»Ja, ich habe mich verirrt«, erwiderte Mladon. »Ich empfand Bangigkeit auf der Welt, da hat sich der liebe Gott meiner erbarmt und mich zu dir ins Paradies geführt. Oh, wenn doch kein Weg aus diesem Tale führte, damit ich ewig bei dir bleiben müßte! Doch wenn ich auch wieder fortgehen muß, du bleibst für alle Zeiten mein Leitstern. Meinen Mund willst du erfrischen, aber meine Seele hast du entflammt, und sie wird von diesem Augenblick an nach deinem Anblick verlangen wie ein durstiger Wanderer nach einem Tropfen Wasser.«

»Sprich nicht so zu mir, ich verstehe dich nicht! Ich bin nur ein einfaches Mädchen und heiße Viola«, sagte das Mädchen errötend und führte Mladon ins Haus.

»Alles an dir ist reizend. Auch dein Name. In deiner Bescheidenheit gleichst du einer Blume, die sich unter dem Laub verbirgt, aber trotzdem gesucht wird, weil sie schöner als alle anderen ist. — Aber sag mir, wo hast du Vater und Mutter, wo Brüder und Schwestern?« fragte der junge Mann, als er niemanden erblickte.

»Brüder und Schwestern habe ich nicht, und Vater und Mutter können dich nicht willkommen heißen, weil ihre Zunge durch einen Fluch stumm geworden ist. Meine Mutter hat dich schon mit Gesang begrüßt; du hast sie und meinen Vater bereits im Garten gesehen.«

»Ich habe nur Gesang gehört, aber niemanden bei dir gesehen außer einem Adler und einer Nachtigall.«

»Das sind meine unglücklichen Eltern«, sagte Viola und begann zu weinen.

»Wenn es mir möglich wäre, deine Eltern aus ihrer Verwünschung zu befreien, glaub mir, ich würde dafür gern mein Leben einsetzen.«

»Du bist gut, aber nur durch mich können meine Eltern befreit werden. Wann und wie, das weiß ich freilich noch nicht.« Darauf erzählte ihm Viola, wie sie all die Jahre gelebt hatte, zwischendurch aber forderte sie ihn fleißig auf, von der Milch und dem Obst zu kosten, das sie ihm vorgesetzt hatte.

Schweren Herzens trennte sich Mladon von dem schönen Tal, doch er mußte gehen. »Würdest du es gern sehen, wenn ich wiederkäme?« fragte er Viola beim Fortgehen. Dabei sah er ihr in die blauen Augen und durch den kristallenen Spiegel bis ins Herz. Dort schwärmten ihre Gedanken wie kleine Fischlein, ihre guten Eigenschaften lagen da wie eine Perle in der Muschel, und auf dem Grunde hatte die Liebe gleich einer Wasserrose ihre Wurzeln geschlagen. Der Stengel ragte empor, aber noch hatte sich die Blüte nicht geöffnet. Da sagte etwas: »Erwache!«, und sie hob ihr Köpfchen und öffnete ihren Kelch. So erwachte die Liebe in Violas Herzen, ohne daß sie selbst wußte, wie ihr geschehen war. Als Mladon sie so freundlich fragte, ob sie ihn gern wiedersehen würde, log sie nicht, sondern sagte mit einem freundlichen Blick ja. Und dieses Wort versetzte die Seele des jungen Mannes in Entzücken. Er nahm sich vor, bald wieder einen Blick in dieses Paradies zu werfen, ja am liebsten wäre er gar nicht fortgegangen.

Als er nach Hause kam, sagte er Frau Burka nichts von seiner Entdeckung, aber diese wußte bereits davon und war wütend. Liebe und Geduld verwandelten sich in Zorn und Rachedurst, und wenn es ihr möglich gewesen wäre, hätte sie Mladon und Viola auf der Stelle umgebracht. Aber der junge Mann wurde erst in drei Tagen zwanzig Jahre alt, und sie durfte ihn nicht durch ihren Zorn vergrämen, und Viola mußte erst ihren Boden betreten, damit sie Gewalt über sie bekam. Doch zu allem Unglück geschah das.

Am nächsten Tag verspürte Viola nämlich Lust zu einem Spaziergang, und Adler und Nachtigall begleiteten sie. In tiefen Gedanken ging sie immer weiter und bemerkte gar nicht, daß die Eltern sie zurückzuhalten suchten. Sobald ich den Wald hinter mir habe, dachte sie bei sich, kann ich sicherlich weit sehen und werde das Haus erblicken, in dem Mladon wohnt. Sie ging und ging, bis der Wald zu Ende war, und da sah sie den See, die Wiesen, den Park und das Schloß; aus dem Schloß aber eilte ihr Liebster gerade auf den See zu. Voll Freude tat sie drei Schritte nach vorn. Da rauschte der Flügel des Adlers, der sein Kind mit Gewalt zurückdrängen wollte.

Doch es war schon zu spät. Nebel hüllte sie ein, ein schriller Pfiff durchschnitt die Luft und fuhr wie ein Dolch durch Mladons Herz. Zwar klarte es augenblicklich wieder auf, aber nun sah er am Waldrand weder Viola noch den Adler und die Nachtigall, und als er über den See wollte, bemerkte er, daß dieser ringsum von einer undurchdringlichen Wand aus goldenem Schilfrohr umgeben war. Nirgends konnte man durchschlüpfen. Auf einer Seite des Sees ragte steil ein hoher Felsen auf. Mladon blickte hin und prüfte, ob er darüber hinwegklettern könne, aber er erkannte, daß nur ein Vogel imstande wäre, dorthin zu gelangen. Als er voll Verzweiflung hinaufblickte, sah er auf der höchsten Spitze eine Rose und daneben den Adler und die Nachtigall, die eben ein schmerzerfülltes Lied anstimmte. Mladon erkannte diese Stimme und rief klagend aus: »Das sind ja Violas Eltern, und vielleicht ist auch sie vom bösen Geist dorthin verwünscht. Oh, wer sagt mir, wie ich sie erlösen kann?« In seinem Schmerz warf er sich unter einen Baum und weinte bitterlich.

Da vernahm er über sich das Zwitschern zweier Schwalben.

»Ach, liebe Schwester«, sagte die eine, »warum bist du traurig? Hat jemand deinen Jungen ein Leid angetan?«

»Meine Jungen sitzen gesund im warmen Nest. Ich trauere nicht ihretwegen, sondern wegen meiner Wohltäterin, denn sie ist in die Hand der bösen Hexe gefallen, die dort in dem schönen Schloß wohnt.«

»Sag mir doch, Schwester, was ist deiner Wohltäterin widerfahren, und wo befindet sie sich jetzt?« fragte wieder die erste.

»Hinter diesem Wald ist ein Tal, dahinter ein Hügel und darauf eine Hütte. In dieser Hütte hat meine Wohltäterin gewohnt. Ihre Mutter ist in eine Nachtigall verwandelt, ihr Vater aber in einen Adler. Das hat die böse Hexe getan, weil er sie nicht lieben und freiwillig bei ihr bleiben wollte, damit sie ihn, sobald er zwanzig Jahre alt wäre, töten und sich in seinem Blute baden könnte, wodurch sie Schönheit und Jugend erlangen sollte. Nachdem sie die beiden so unglücklich gemacht hatte, blieb noch ein Kind am Leben, aber der liebe Gott wollte nicht, daß es zugrunde ginge, und schickte einen Engel, es zu bewachen und zu behüten. Bis zu ihrem fünfzehnten Lebensjahr hat er Viola erzogen, doch dann ist er zum Himmel zurückgekehrt. Viola war ein vernünftiges, schönes und gutes Mädchen. Nie brauchte ich für meine Jungen Nahrung auf dem Felde zu suchen, denn jeden Tag waren Körner auf den Hof gestreut, von denen die Vögel fraßen. Sie war immer allein. Doch gestern ist ein junger Mann gekommen, den die Hexe großgezogen hat, damit er unschuldig bleibt und sie ihn, sobald er zwanzig Jahre alt ist, töten kann. Der hat an Viola Gefallen gefunden und sie an ihm. Heute morgen, als sie den Wald verlassen und unbewußt das Gebiet der Hexe betreten hat, wurde sie von ihr aus Bosheit in eine Rose verwandelt und auf den Gipfel jenes Felsens gesetzt, wo sich auch ihre Eltern befinden. Hier unter dem Baum ruht dieser Jüngling, und wenn er wüßte, daß er sie erlösen kann, würde er es gewiß tun.«

»Sag doch, wie könnte das geschehen?« fragte die andere.

»Nicht anders, als daß er einen Scheiterhaufen für Burka errichtet, sich in ihr Schlafzimmer stiehlt und sie ins Feuer wirft. Burka hat aber am linken Arm eine Schlange, die ihr Stärke verleiht. Wer die Hexe angreift, den beißt die Schlange, daß er gleich tot zu Boden fällt. Der junge Mann müßte sich also gut vorsehen und der Schlange mit einem Dolch den Kopf durchbohren; dadurch würde die Hexe schwach und könnte sich nicht zur Wehr setzen. Die Asche müßte er in den See streuen, dann würde ihm Gott auf den Felsen helfen. Wenn das aber nicht geschieht, muß der junge Mann am dritten Tage sterben, und Viola bleibt für alle Zeiten verhext.« Nachdem die Schwalbe ihren Bericht beendet hatte, flog sie mit ihrer Gefährtin wieder in den Wald.

Mladon, der alle ihre Worte gehört hatte, bewahrte sie tief in seinem Herzen. Fröhlich sprang er auf, warf noch einen Blick auf den Felsen und kehrte ins Schloß zurück. Frau Burka gegenüber verhielt er sich, als wäre nichts geschehen, ja er schmeichelte ihr, worüber sie große Freude empfand. In der Dämmerung sammelte er Holz, und als sich alle zu Bett begeben hatten, gelang es ihm, es zu einem Scheiterhaufen zu schichten. Mit flehender Stimme bat er dann an der Tür des Schlafzimmers, die Frau möge ihm öffnen, er habe ihr etwas Wichtiges zu sagen. Frau Burka ließ sich betören und öffnete ihm. Da packte er sie an der Schulter, aber gleichzeitig blickte er auf ihren linken Arm, wo sich bereits der Schlangenkopf bewegte. Kaum hatte er Burka stärker umfaßt und versucht, sie zur Tür hinauszuzerren, schoß das feurige Maul vor, doch schon hatte die Schlange den Dolch im Rachen und wand sich voll Schmerz um den Arm der Hexe. Diese fiel zu Boden, Mladon ergriff sie, schleppte sie auf den Hof, und im Nu stand der Scheiterhaufen in Flammen. Als von der Hexe nichts übrig war als ein Häufchen Asche, sammelte Mladon diese in ein Gefäß und wandte sich zum See. Eben ging die Sonne auf, als er die Asche in das stille Wasser warf.

Da begann das Wasser zu schäumen und zu tosen, als wollte es die Asche wieder ausspeien. Die goldene Wand stürzte ein, und die Wellen warfen ein Schilfrohr nach dem anderen ans Ufer, bis kein einziges mehr im Wasser war. Doch siehe, was am Ufer geschah! Die Schilfrohrstengel stellten sich auf, verflochten sich und wuchsen höher und höher, bis daraus eine goldene Leiter wurde, die am Ufer verankert war und mit der Spitze bis zum Gipfel des Felsens reichte, wo die Rose stand.

Mladon stieg ohne Furcht über die goldenen Sprossen hinan und gelangte glücklich zu seiner Geliebten. Die zarte

Rose nahm er an seine Brust, die Nachtigall setzte sich auf seine Schulter, der Adler aber flog allein hinab.

Neuerlich schäumte das Wasser, spritzte hoch empor und netzte alle mit tausend Perlen. Durch diese Taufe aber verwandelte sich der Adler in einen kräftigen Mann, die Nachtigall in eine schöne Frau und die Rose in das zarte Mädchen, ohne daß etwas von den bisherigen Gestalten übriggeblieben wäre außer zwei Rosenblättern, die auf den Wangen der zarten Viola hafteten.

Vater und Mutter sanken einander in die Arme, das Mädchen aber schmiegte errötend ihren Kopf an die Brust des jungen Mannes, wo es vor einer Weile noch als Rose geruht hatte. Auf den Strahlen der Sonne stieg Violas Schutzengel hernieder und segnete sein geliebtes Pflegekind.

Als die beiden Paare zu sich kamen, war von der goldenen Leiter nichts mehr zu sehen, der See aber war nicht mehr mit der unbeweglichen goldenen Wand umgeben, sondern an seinen Ufern wogte dunkelgrünes Schilf im Winde und neigte sich dem Wasser zu.

Alle vier setzten sich ins Boot und fuhren zu der Hütte. Dort feierten Mladon und Viola ihre Verlobung, und dann erst siedelten sie in das Schloß über, das Mladon als Erbe zugefallen war. Vater und Mutter aber wollten sich nicht von dem kleinen Haus im Walde trennen.

Salz ist wertvoller als Gold

Es war einmal ein König, der hatte drei Töchter, die er wie seinen Augapfel hütete. Als sein Haar schneeweiß wurde und die Glieder ihm den Dienst versagten, dachte er oft darüber nach, welche von den Töchtern nach seinem Tode Königin werden solle. Das bereitete ihm nicht geringe Sorgen, denn er hatte alle drei sehr lieb. Schließlich kam ihm der Gedanke, jene zur Königin zu bestimmen, die ihn am meisten liebe. Gleich rief er seine Töchter zu sich und sagte zu ihnen: »Liebe Töchter, wie ihr seht, bin ich schon alt und weiß nicht, ob ich noch lange bei euch bin. Deshalb will ich festlegen, welche von euch nach meinem Tode Königin werden soll. Vorher aber möchte ich gern wissen, meine Kinder, wie mich jede von euch liebt. Nun, älteste Tochter, sag du zuerst: Wie liebst du deinen Vater?«

»Ach, mein Vater, Ihr seid mir lieber als Gold«, erwiderte die älteste Tochter und küßte ihrem Vater schmeichelnd die Hand.

»Nun gut. Und du, mittlere Tochter, wie liebst du deinen Vater?«

»Oh, mein lieber Vater, ich liebe Euch wie meinen Jungfernkranz!« versicherte ihm die mittlere Tochter und schmiegte sich an ihn.

»Nun gut. Und du, jüngste Tochter, wie liebst du mich?« fragte der König schließlich die dritte, die Maruschka hieß.

»Ich, lieber Vater, liebe Euch wie das Salz«, erwiderte Maruschka und sah ihn liebevoll an.

»Du nichtsnutziger Fratz, du liebst unseren Vater nicht mehr als das Salz?« brausten die älteren Schwestern auf.

»Ja, wie das Salz!« wiederholte Maruschka wahrheitsgemäß und betrachtete ihren Vater noch liebevoller.

Der König aber zürnte ihr, daß sie ihn nur so liebe wie das Salz, eine derart gewöhnliche, alltägliche Sache, die jeder hat und haben kann und der keiner besondere Beachtung schenkt. »Geh, fort aus meinen Augen, wenn du mich nicht höher achtest als gewöhnliches Salz!« schrie der König Maruschka an und fügte hinzu: »Wenn einmal solche Zeiten kommen, daß den Menschen das Salz wertvoller erscheint als Gold und Edelsteine, dann kannst du dich wieder sehen lassen — dann wirst du Königin!« Er war fest davon überzeugt, daß das niemals der Fall sein werde.

Maruschka, die gewohnt war, ihrem Vater aufs Wort zu gehorchen, verließ augenblicklich das Schloß. In ihren Augen standen Tränen, und ihr Herz war voll Kummer. Es schmerzte sie, daß der Vater sie verjagte und nicht erkannte, daß sie ihn nicht weniger als ihre Schwestern liebte. Da sie nicht wußte, wohin sie ihre Schritte lenken sollte, ging sie immer der Nase nach, über Berg und Tal, bis sie in einen tiefen Wald kam.

Plötzlich vertrat ihr eine alte Frau den Weg. Maruschka grüßte freundlich, und die Alte dankte. Als sie Maruschkas tränenfeuchtes Gesicht sah, fragte sie, warum sie weine.

»Ach, Großmutter, wozu soll ich Euch das erzählen? Ihr könnt mir ja doch nicht helfen«, erwiderte Maruschka.

»Sag es mir nur, Mädchen, vielleicht weiß ich Rat. Graue Haare wissen oft viel«, sagte darauf die Alte.

Da erzählte Maruschka der Alten alles und fügte weinend hinzu, es liege ihr nichts daran, Königin zu werden, doch wünsche sie von Herzen, ihren Vater davon zu überzeugen, daß sie ihn innig liebe.

Die Alte glaubte Maruschka. Übrigens hatte sie schon im voraus gewußt, was ihr Maruschka erzählen würde, denn sie war eine weise Frau, eine Wahrsagerin. Freundlich nahm sie Maruschka bei der Hand und fragte sie, ob sie nicht Lust habe, bei ihr zu arbeiten.

Ohne sich lange zu besinnen, sagte Maruschka, sie gehe gern mit, wußte sie doch nicht, wohin sie ihr Haupt betten sollte.

Hierauf führte die weise Frau das Mädchen in ihre Waldhütte und gab ihr dort erst einmal zu essen und zu trinken. Das war Maruschka sehr lieb, denn sie war schon recht hungrig und durstig.

Als sie gegessen und getrunken hatte, wurde sie von der Alten gefragt: »Kannst du Schafe hüten? Kannst du sie melken? Kannst du spinnen und Leinen weben?«

»Das kann ich nicht«, sagte Maruschka, »aber wenn Ihr mir sagt, wie es gemacht wird, will ich es gewiß gut machen.«

»Nun, ich bringe dir alles bei. Tu nur immer, was ich dir sage! Wenn die Zeit da ist, wird es dir gut zustatten kommen.«

Maruschka versprach, immer folgsam zu sein, und machte

sich auch gleich an die Arbeit, denn sie war ein fleißiges und gewissenhaftes Mädchen.

Während Maruschka bei der weisen Frau diente, lebten ihre älteren Schwestern in eitel Lust und Freude. Dauernd umschmeichelten sie ihren Vater und erbaten sich von ihm jeden Tag neue Dinge. Die älteste fand den ganzen Tag lang kein größeres Vergnügen, als sich in kostbare Gewänder zu kleiden und sich mit Silber und Gold zu schmücken, und die mittlere gefiel sich in Tanz und Unterhaltung. Ein Festmahl folgte dem anderen, und die Töchter taumelten von Freude zu Freude.

Der König bemerkte bald, daß der ältesten Tochter das Gold lieber war als ihr Vater, und als ihm die mittlere Tochter eines Tages eröffnete, daß sie gern heiraten würde, sah er, daß sie ihren Jungfernkranz auch nicht besonders hoch schätzte. Da kam ihm oft Maruschka in den Sinn, und er erinnerte sich daran, wie sie ihn immer geliebt und für ihn gesorgt hatte, und er merkte, daß er sie am liebsten als Königin gesehen hätte. In solchen Augenblicken hätte er gern nach ihr geschickt, wenn er nur gewußt hätte, wo sie weilte, doch von ihr fehlte jede Spur. Wenn er aber wieder daran dachte, daß sie ihn nur so liebte wie das Salz, war er stets aufs neue gegen sie aufgebracht.

Eines Tages sollte wieder ein großes Festessen sein. Da kam der Koch ganz erregt zum König gelaufen. »Herr König, uns ist ein großes Unglück widerfahren«, jammerte er, »alles Salz ist verdorben. Womit soll ich nur salzen?«

»Könnt ihr denn nicht anderes besorgen?« fuhr ihn der König barsch an.

»Ach, Herr, das dauert lange, bis die Wagen aus dem fremden Land zurückkommen! Womit soll ich in der Zwischenzeit salzen?«

»Dann salze eben mit etwas anderem!« fertigte ihn der König ab.

»Aber, Herr König, was salzt so wie Salz?« fragte wieder der Koch.

Darauf wußte der König nichts zu sagen, denn daß der Mensch ohne Salz nur schwer leben kann, hatte er bisher nicht bedacht. Er wurde böse, wies den Koch aus dem Zimmer und trug ihm auf, eben ohne Salz zu kochen.

Der Koch dachte bei sich: Wie es der Herr will, so soll es geschehen, und kochte die Speisen ohne Salz.

Das war ein sonderbares Mahl! Den Gästen wollte nichts schmecken, obwohl die Speisen sonst sehr schön aussahen und gut zubereitet waren.

Da war der König sehr verdrossen. Er ließ nach allen Seiten Boten ausreiten, die Salz holen sollten, aber alle kamen mit leeren Händen zurück und sagten, überall seien die Salzvorräte erschöpft, es herrsche allgemein Mangel an Salz, und wer welches habe, gebe es nicht her, selbst wenn man eine Prise mit Gold aufwiege.

Nun schickte man Wagen aus, die Salz aus dem Ausland holen sollten. Bevor diese zurück wären, sollte der Koch, so befahl der König, nur Speisen kochen, die man nicht zu salzen brauchte.

Der Koch dachte: Wie es der Herr wünscht, will ich es tun, und kochte fortan nur noch süße Speisen und solche, zu denen kein Salz nötig war. Aber auch diese Mahlzeiten fanden nicht den Beifall der Gäste, und als diese sahen, daß keine anderen Speisen zu erwarten waren, empfahl sich einer nach dem anderen.

Das ärgerte die Töchter sehr, aber was nutzte es — der König konnte keine Gäste einladen, wenn er ihnen nicht einmal Salz und Brot als Willkommensgruß reichen konnte.

Tag für Tag wurden salzlose Speisen aufgetragen, und den Menschen verging nach und nach der Appetit: Jeder verlangte nur nach Salz. Auch das Vieh litt, und Kühe und Schafe gaben weniger Milch, weil sie kein Salz bekamen. Das war eine allgemeine Plage. Die Menschen schlichen kraftlos umher, und Krankheiten breiteten sich aus. Auch der König und seine Töchter wurden krank. Das Salz war so wertvoll, daß die Menschen eine einzige Prise mit dem Kostbarsten, das sie besaßen, bezahlt hätten.

Da erkannte der König, was für eine köstliche Gottesgabe das Salz ist, das ihm wertlos erschienen war, und er machte sich Gewissensbisse, daß er seiner Tochter Maruschka unrecht getan hatte.

Inzwischen lebte Maruschka in der Waldhütte recht zufrieden. Sie wußte nichts davon, wie es dem Vater und den Schwestern ging, aber die weise Frau wußte alles genau. Eines Tages sagte sie zu Maruschka: »Mein Töchterchen, ich habe dir gesagt, daß die Zeit für dich kommen werde. Nun ist es soweit; es ist Zeit, nach Hause zurückzukehren.«

»Ach, liebe Großmutter, wie soll ich nach Hause gehen, wenn mich mein Vater nicht haben will?« erwiderte Maruschka und begann zu weinen.

Da erzählte ihr die weise Frau alles, was zu Hause vorgegangen war, und sagte, weil das Salz jetzt kostbarer geworden sei als Gold und Edelsteine, dürfe sich Maruschka wieder bei ihrem Vater sehen lassen.

Nur ungern verließ Maruschka die weise Frau, die sie geliebt und von der sie vieles gelernt hatte, aber nach dem Vater sehnte sie sich auch.

»Du hast mir treu gedient, Maruschka«, sagte die Alte zum Abschied, »deshalb will ich dich auch gut entlohnen. Sag mir, was willst du haben?«

»Ihr habt mich gut beraten und gut behandelt, Großmutter. Ich will nichts haben außer einer Handvoll Salz, die ich meinem Vater als Geschenk mitbringen kann.«

»Und sonst wünschst du dir nichts?« fragte die weise Frau noch einmal. »Ich könnte dir alles verschaffen.«

»Ich wünsche nichts als das Salz«, erwiderte Maruschka.

»Nun, wenn du das Salz so schätzt, soll es dir nie daran fehlen. Hier hast du eine Rute. Wenn der Wind zum erstenmal von Mittag weht, wandere dem Winde nach, geh durch drei Täler und über drei Höhen, dann bleib stehen und schlage mit dieser Rute auf den Erdboden! An dieser Stelle wird sich die Erde öffnen, und du kannst ins Erdinnere gehen. Was du dort findest, soll mein Geschenk für dich sein.«

Maruschka nahm die Rute, verwahrte sie gut und dankte der Großmutter herzlich.

Außerdem übergab ihr die Alte einen Beutel voll Salz, und Maruschka machte sich bereit zum Gehen. Weinend nahm sie von der Waldhütte und der guten Alten, die sie noch bis an den Waldrand begleiten wollte, Abschied. Sie tröstete sich nur damit, daß sie bald wiederkommen und die Alte ins Schloß holen werde, doch die lächelte nur über diese Pläne.

»Bleib gut und brav, mein Töchterchen, und es wird dir immer wohl ergehen!« sagte die weise Frau, als sie am Waldrand stehenblieb. Maruschka wollte ihr noch einmal danken, doch da war sie schon verschwunden. Maruschka wunderte sich darüber, und es tat ihr leid, aber die Sehnsucht nach ihrem Vater ließ sie nicht länger verweilen; hurtig eilte sie nach Hause.

Weil sie einfache Kleidung trug und ein Tuch um den Kopf gebunden hatte, erkannte man sie im Schloß nicht und wollte sie nicht zum König lassen. Die Höflinge sagten, er sei krank.

»Ach, laßt mich doch zu ihm!« bat Maruschka. »Ich bringe dem König ein Geschenk, das kostbarer ist als Silber und Gold und das ihn sicherlich gesund machen wird.«

Das wurde dem König bestellt, und er befahl, das Mädchen gleich vorzulassen.

Als sie zu ihm kam, bat sie, man möge ihr Brot reichen. Der König befahl, sofort Brot herbeizubringen, fügte aber hinzu: »Salz haben wir leider nicht.«

»Aber ich habe Salz!« sagte Maruschka, schnitt eine Scheibe ab, griff in ihren Beutel, streute Salz auf das Brot und übergab es samt dem Beutel dem König.

»Salz!« rief dieser erfreut aus. »Ach, Mädchen, das ist eine köstliche Gabe! Sag, wie kann ich dich dafür belohnen? Verlange von mir, was du willst, alles sollst du haben.«

»Ich verlange nichts, lieber Vater, nur daß Ihr mich so lieb habt wie das Salz!« erwiderte Maruschka mit ihrer natürlichen Stimme und nahm das Tuch vom Kopf.

Als der König seine Tochter Maruschka erkannte, sank er fast in Ohnmacht. Er bat sie um Verzeihung, doch sie liebkoste ihn nur und dachte nicht mehr an das Böse.

Mit Windeseile verbreitete sich im Schloß und in der Stadt die Kunde, daß die jüngste Königstochter zurückgekehrt sei und Salz mitgebracht habe. Da freute sich ein jeder.

Ihre älteren Schwestern freilich freuten sich nicht so sehr über die Schwester als über das Salz. Sie waren sich dessen bewußt, daß sie ihr übel mitgespielt hatten. Aber Maruschka erwähnte nichts davon und freute sich nur, daß sie ihrem Vater und den anderen hatte helfen können.

Jedem, der zu ihr kam, gab sie etwas von dem Salz, und als der Vater sie ermahnte, nicht alles Salz zu verschenken, antwortete sie: »Es ist ja noch genug da, lieber Vater!« Und tatsächlich — soviel Salz auch aus dem Beutel genommen wurde, es nahm nicht ab.

Den König hatte mit einem Schlage alle Krankheit verlassen. Er war über die Rückkehr seiner Tochter so erfreut, daß er sofort den Kronrat einberufen ließ und Maruschka als Königin einsetzte, was das ganze Volk guthieß.

Als Maruschka unter freiem Himmel zur Königin ausgerufen wurde, spürte sie plötzlich, wie ein warmer Wind ihre Wangen liebkoste; er wehte von Mittag. Da erinnerte sie sich an das, was ihr die Alte gesagt hatte. Sie vertraute es ihrem Vater an, nahm die Rute und machte sich sogleich auf den Weg. Wie ihr aufgetragen worden war, ging sie dem Winde nach. Als sie durch drei Täler und über drei Höhen gegangen war, blieb sie stehen und schlug mit der Rute auf den Boden. Kaum hatte sie das getan, öffnete sich die Erde, und Maruschka konnte ins Innere der Erde gehen.

Es dauerte nicht lange, da stand sie in einem riesigen Saal, dessen Wände wie aus Eis gehauen zu sein schienen. Der

Fußboden machte den gleichen Eindruck. Von diesem Saale aus führten Stollen nach allen Seiten; aus denen kamen kleine Bergmännchen mit brennenden Fackeln und hießen Maruschka willkommen: »Sei uns gegrüßt, Königin, wir haben schon auf dich gewartet. Unsere Herrin hat uns befohlen, dich hier zu führen und dir alle Schätze zu zeigen, denn alles, was du hier siehst, gehört dir!« Sie redeten von allen Seiten auf sie ein, sprangen um sie herum, liefen mit den Fackeln hin und her und krochen sogar wie die Fliegen an den Wänden auf und ab, die Wände aber glitzerten im Schein der Lichter wie Edelsteine.

Maruschka konnte vor Staunen kaum sprechen und war von der Schönheit dieses unterirdischen Saales wie geblendet.

Dann führten die Bergmännchen sie durch die Stollen. Dort hingen von der Decke Eiszapfen herab, die wie Silber glänzten. Schließlich kamen sie in einen Garten, in dem rote Rosen und andere wunderbare Blumen das Auge entzückten. Die Bergmännchen brachen eine solche Rose und reichten sie der Königin.

Die roch daran, aber die Rose gab keinen Duft. »Was ist das?« fragte sie. »Ich habe noch nie solche Schönheit gesehen.«

»Das ist alles Salz«, antworteten die Männchen.

»Wirklich? So wächst das Salz?« wunderte sich die Königin, und sie dachte bei sich, es wäre doch schade, etwas davon zu nehmen.

Aber die Bergmännchen errieten ihre Gedanken und sagten, sie möge sich deshalb keine Sorgen machen und so viel Salz nehmen, wie sie brauche, denn selbst wenn sie täglich etwas nähme, würde es doch nie zu Ende gehen.

Maruschka dankte den Bergmännchen herzlich und verließ dann den unterirdischen Raum, doch der Eingang blieb hinter ihr offen.

Als sie nach Hause zurückkehrte, ihrem Vater die Rose zeigte und ihm alles erzählte, was sie gesehen und gehört hatte, erkannte der König, daß die Alte seine Tochter Maruschka reicher beschenkt hatte, als er selbst es je vermocht hätte.

Maruschka vergaß die Alte nicht. Wie sie es sich vorgenommen hatte, ließ sie gleich eine schöne Kutsche anspannen und fuhr mit ihrem Vater aus, die Großmutter als Dank für alle ihre Wohltaten ins Schloß zu holen. Doch obwohl Maruschka den Weg zur Waldhütte genau kannte, war diese nicht zu finden. Sie gingen kreuz und quer durch den Wald und suchten die Hütte wie eine Stecknadel, doch von der war nichts zu sehen und von der Alten nichts zu hören. Nun wurde Maruschka klar, wer die Alte gewesen war.

Das Salz im Beutel ging zur Neige, aber Maruschka wußte ja nun, wo es wuchs, und soviel sie auch davon nahmen, es ging nicht aus.

Die älteren Schwestern gönnten Maruschka dieses Glück

nicht, aber wenn sie auch vor Wut fast zersprangen, es nützte ihnen nichts, der Vater trug seine Maruschka auf Händen, und jeder liebte sie und war ihr dankbar.

Maruschka aber blieb immer so bescheiden und brav, wie sie gewesen war, und vergaß die gute Alte bis zu ihrem Tode nicht.

Sternberg

Es war einmal ein armer Fischer, der hatte viele Kinder. Einmal ging er am frühen Morgen fischen. Lange saß er mit der Angel in der Hand da, doch kein einziger Fisch biß an.

Da sah er plötzlich ganz in der Nähe einen riesigen Vogel aus dem Schilf auffliegen und in den Lüften schweben. Rasch lenkte er sein Boot zum Schilf, um das Nest des Vogels zu suchen. Als er hierhin und dorthin schaute, vernahm er aus der Luft eine Stimme: »Was du findest, zerstöre nicht!« Verwundert wandte er sich um und entdeckte den Vogel, der mit den Flügeln schlug und dann fortflog. So suchte er denn weiter, bis er ein Nest voll großer Eier fand. Ohne lange zu überlegen, holte er eines nach dem andern heraus und legte sie in sein Boot. Es waren ihrer neun. Gern hätte er auch noch ein paar Fische gefangen, aber die Eier füllten fast das ganze Boot, so daß er kaum noch darin stehen konnte. So wandte er sich denn heimwärts.

Seine Kinder standen am Ufer. Als sie das Boot erblickten, riefen sie der Mutter zu, der Vater bringe ein Abendessen heim. Wie staunten aber die Kinder und die Mutter, als der Vater anlegte und keine Fische, sondern Vogeleier auslud.

»Mein Gott, wo hast du denn die Eier her, Vater?« fragte ihn seine Frau verwundert.

Da erzählte ihr der Fischer den Vorfall mit dem Riesenvogel. Aus dem Abendessen wurde nichts, die Eier aber fanden ihren Platz auf dem Ofen.

Am nächsten Tag stand der Fischer noch früher auf und fuhr zum Fischen aus, um den Verlust vom Vortage wettzumachen.

Als er an seinen Platz kam, sah er denselben Vogel aus dem Schilf auffliegen und hörte ihn rufen: »Was du findest, zerstöre nicht!« Da ruderte er in das Schilf hinein und fand in demselben Nest wiederum neun Eier. Er lud sie in sein Boot und fuhr nach Hause.

Seine Frau verdroß es bereits, daß ihr Mann, statt Fische zu fangen, Vogelnester ausnahm. Voll Wut nahm sie die Eier und warf sie hinter den Ofen, obwohl ihr der Fischer aufgetragen hatte, mit ihnen behutsam umzugehen. Doch sonderbar – die Eier nahmen nicht den geringsten Schaden.

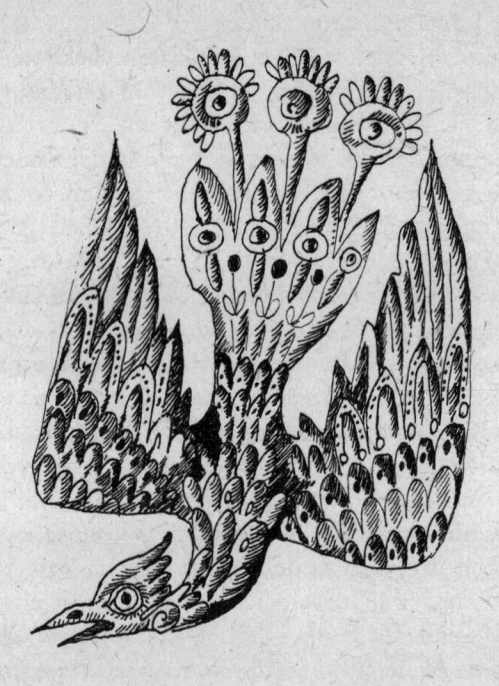

Am dritten Tag fuhr der Fischer wieder aus und, ohne zu wissen, wie es geschah, befand er sich wieder beim Schilf. Da flog derselbe Vogel auf und rief: »Was du findest, zerstöre nicht! Es wird dein Glück sein.« Er fuhr an die bekannte Stelle und fand wieder neun Eier. Auch sie nahm er mit nach Hause. Unterwegs grübelte er darüber nach, was wohl aus diesen Eiern ausschlüpfen werde.

Seine Frau aber begrüßte ihn gar nicht freundlich. Wenn er

die Eier nicht selbst auf den Ofen gelegt hätte, wären sie von seiner Frau gewiß vor Wut zerschlagen worden.

Was sollte er tun, um sie wieder freundlich zu stimmen? Er fuhr am folgenden Tag wieder hinaus, und als er nach ein paar Stunden zurückkam, brachte er das ganze Boot voll Fische mit. Da heiterte sich der häusliche Himmel auf, als wäre die Sonne hervorgetreten.

Die erste Zeit gingen sie aller paar Augenblicke zum Ofen, um nach den Eiern zu sehen, doch bald vergaßen sie die Eier, als wären sie gar nicht in der Stube.

Eines Tages flickte der Fischer die Netze, seine Frau besorgte die Hausarbeit, und die Kinder spielten draußen. Da gab es hinter dem Ofen einen Knall, so laut wie ein Schuß, und ehe noch der Fischer aufspringen konnte, um nachzusehen, was geschehen sei, hüpfte ein allerliebster Junge vom Ofen. Erstaunt betrachtete der Fischer den Gast, der zusehends wuchs. Da knallte es zum zweiten-, zum dritten- und zum viertenmal, und so siebenundzwanzigmal nacheinander, und nach jedem Knall sprang ein strammer Junge hinter dem Ofen hervor.

Der Fischer schlug die Hände über dem Kopf zusammen, als er die ganze Jungenhorde umherspringen und wie die Pilze im Wald emporschießen sah. »So sieht also das Glück aus, das mir der Vogel verheißen hat?« jammerte er. »Hätte ich gewußt, was in den Eiern steckt, so hätte ich sie allesamt ins Wasser geworfen!«

»Das wäre aber nicht klug gewesen, Vater!« rief ihm einer der munteren kleinen Kerle zu. »Wir werden dir schon noch Glück bringen. Geh in die Stadt, laß dich beim König melden und sag ihm, daß wir zu ihm kommen wollen! Er soll uns nur Kleider und Essen schicken und dann für uns eine Arbeit vorbereiten.«

»Wenn ich das ausrichte, läßt mich der König gewiß hinauswerfen.«

»Das soll nicht deine Sorge sein! Geh nur und richte aus, was ich gesagt habe!«

Der Fischer zog seinen guten Anzug an und ging. Draußen stand seine Frau mit den Kindern in tausend Ängsten; sie hatten das Knallen in der Stube gehört und fürchteten sich hineinzugehen. Als ihnen der Fischer von der Bescherung erzählte, die ihnen zuteil geworden war, schimpfte die Frau zwar, ging dann aber doch ins Haus, sich die ungebetenen Söhne anzusehen.

Der Fischer begab sich inzwischen in die Stadt. Als er zum Schloß kam, ließ er sich beim König melden und wurde gleich vorgelassen.

»Was wünschst du?« fragte ihn der König.

»Gnädigster Herr König! Ich habe siebenundzwanzig Söhne, die schicken mich zu Euch mit der Bitte, Ihr mögt ihnen Kleidung und Essen geben und Arbeit für sie vorbereiten. Sie wollen kommen und bei Euch arbeiten.«

»Warum sorgst du nicht selbst für sie?«

»Ich habe schon fünf eigene Kinder und für die nicht genug zu essen. Die siebenundzwanzig Söhne aber habe ich erst heute bekommen.« Und er erzählte dem König, was sich zugetragen hatte.

Der König wunderte sich darüber sehr und befahl, Kleidung für die siebenundzwanzig und reichlich Essen auf einen Wagen zu laden und in die Fischerhütte zu schaffen. Dem Fischer aber trug er auf, die Söhne gleich zu ihm zu schicken, was dieser voll Freude versprach.

Als sich die Jungen angekleidet hatten und die Speisen von der königlichen Tafel auf dem Tische stehen sahen, forderten sie die Familie des Fischers auf, mit ihnen zu essen.

Bei Tische fragte der Fischer: »Welcher von euch ist der jüngste?«

»Ich«, meldete sich der hübscheste und größte von allen.

»Du bist es also gewesen, der mich zum König geschickt hat?«

»Ja, das bin ich gewesen.«

»So sollt ihr alle auf den Jüngsten hören«, sagte der Fischer,

»und euch stets nach seinen Worten richten, denn ich sehe, daß er der klügste von euch ist.«

Das wollte den Brüdern nicht recht gefallen, aber da sie dem Vater Gehorsam schuldeten, versprachen sie, stets auf den Jüngsten zu hören. Dann nahmen sie Abschied und begaben sich ins Königsschloß.

Am nächsten Tag zeigte ihnen der König eine große Wiese, die sollten sie mähen, das Heu trocknen und es zu Haufen schichten. Die Jungen nahmen Sensen und machten sich an die Arbeit. Wenn sich siebenundzwanzig Paar flinke Arme regen, geht die Arbeit rasch voran, und so war denn die Wiese auch bis zum Abend gemäht. Damit aber niemand nächtlicherweile über das Heu käme, blieben sie die Nacht über auf der Wiese, und der Jüngste ordnete an, daß einer von ihnen Wache hielt.

Aber der schlief, statt zu wachen, und am Morgen war das Heu über die ganze Wiese verstreut und völlig zerstampft, so daß sie den ganzen Tag zu tun hatten, bevor es wieder zu Haufen geschichtet war.

Am Abend befahl der Jüngste, daß vier der Brüder Wache halten sollten; sie sollten sich nicht vom Schlaf übermannen lassen, sondern gut achtgeben, wer das Heu durcheinander werfe. Doch gegen Mitternacht überfiel sie eine unwiderstehliche Müdigkeit, und im Nu schnarchten sie wie die anderen. Am Morgen war das Heu wieder über die ganze Wiese verstreut und zerstampft. Da zürnten alle dem Übeltäter, der ihnen so unnötige Arbeit machte, der Jüngste aber zürnte noch mehr den Wächtern.

Deshalb schickte er, als der Abend kam, alle schlafen und sagte, er werde heute selbst wachen. Ihm gelang es auch glücklich, bis Mitternacht seine Müdigkeit zu überwinden. Da kam eine ganze Herde kohlrabenschwarzer Pferde angestürmt und begann, das Heu zu zerstampfen und es mit den Hufen über die Wiese zu verstreuen.

Bevor er aber zu seinen Brüdern laufen konnte, um sie zu

wecken, gesellte sich ihm ein hagerer kleiner Schimmel zu und sagte mit menschlicher Stimme: »Willkommen, Sternberg, ich habe schon lange auf dich gewartet!«

»Welchen Namen legst du mir da bei? Wie kommt es, daß du mich kennst, und wer bist du?«

»Ich kenne deinen Namen gut, doch wer ich bin, darf ich dir nicht sagen. Willst du aber meinen Rat befolgen, werde ich dein Beschützer sein.«

»Wenn du mir einen guten Rat gibst, warum sollte ich ihn nicht befolgen?«

»Sieh, dort laufen sechsundzwanzig feurige Rappen umher; ich, das siebenundzwanzigste Pferd, bin ein Schimmel, klein und hager. Wecke deine Brüder und sag ihnen, jeder solle ein Pferd nehmen. Du aber behalte mich! Du brauchst nicht zu befürchten, daß du dabei zu kurz kommst.« Nach diesen Worten lief der Schimmel zu den anderen Pferden zurück.

Sternberg aber ging zu seinen Brüdern, weckte sie und sagte, jeder möge sich ein Pferd aussuchen. Den hageren Schimmel wollte keiner haben, so blieb er für Sternberg.

Am Morgen brachten sie das Heu in Ordnung, und da es bereits trocken war, kehrten sie zum König zurück, die Pferde aber stellten sie vor der Stadt unter. Der König gab ihnen viel Geld und schickte sie vorläufig nach Hause, was die Brüder nicht sonderlich freute.

Vor der Stadt bestiegen sie wieder ihre Pferde und ritten zum Fischer. Der erschrak zuerst, doch als ihm jeder eine Handvoll Goldstücke in den Schoß warf, war er zufrieden.

Als die Brüder in der Nacht merkten, daß Sternberg tief und fest schlief, stahlen sie sich hinaus und verabredeten dort, von ihm wegzureiten, denn es gefiel ihnen nicht, daß sie die Befehle des jüngsten Bruders befolgen sollten. Gesagt, getan; sie schwangen sich in den Sattel, und als die Sonne aufging, lag die Hütte schon weit hinter ihnen.

Als Sternberg erwachte, dachte er, seine Brüder seien bereits aufgestanden und versorgten ihre Pferde. Er lief hinaus, aber der Schimmel stand dort ganz allein, und von den Brüdern war nichts zu sehen. »Wo sind meine Brüder?« fragte er den Schimmel.

»Die sind dir davongeritten, lieber Herr, und werden wohl schon ziemlich weit sein.«

»Oh, diese Falschen!« rief Sternberg zornig aus.

»Mach dir nichts daraus, frühstücke kräftig, und dann sitz auf, wir werden sie schon einholen!«

Nach dem Frühstück verabschiedete sich Sternberg für immer von dem guten Fischer, schwang sich auf seinen Schimmel und ritt mit ihm in die weite Welt.

In einem großen Wald saßen die Brüder im Gras und verzehrten ihr Mittagsbrot. Lachend unterhielten sie sich darüber, was für Augen wohl ihr Bruder gemacht haben mochte, als er aufstand und seinen Klepper allein vorfand.

Auf einmal wieherten die weidenden Pferde und liefen alle in eine Richtung. Und wen sahen die Brüder von dort heransprengen? Den hageren Schimmel und auf seinem Rücken ihren Bruder Sternberg. Voll Angst gingen sie ihm entgegen und baten ihn um Verzeihung. Er verzieh ihnen, und sie ritten einträchtig weiter.

Schon hatten sie ein großes Stück Weges zurückgelegt, da sahen sie einen an einen Baum gebundenen und vor Hunger ganz entkräfteten Windhund.

»Geh einer von euch hin und binde den Hund los!« sagte Sternberg zu seinen Brüdern.

»Wer wird denn einen Hund losbinden? Laß ihn nur, wer weiß, warum er angebunden ist!«

Da sprang Sternberg selbst vom Pferd und befreite den Windhund von seinen Fesseln.

»Wenn du einmal in großer Not bist, erinnere dich an mich!« sagte der Windhund und verschwand im Dickicht.

Sternberg wunderte sich insgeheim über das seltsame Tier, sagte aber seinen Brüdern nichts davon.

Wieder hatten sie ein tüchtiges Stück Weges zurückgelegt,

da erblickten sie einen Adler, der an einem Fuß angebunden war. Sein Kopf hing herab, und seine Flügel waren erschlafft.

»Geh einer von euch hin und binde den Adler los, damit er nicht vor Hunger umkommt!«

»Was kümmert uns der Raubvogel? Bist du ein so gutmütiger Narr, so binde ihn selbst los!« antworteten die Brüder.

Sternberg sprang vom Pferd und band den Adler los.

»Wenn du einmal in großer Not bist, erinnere dich an mich!« sagte der Adler und verschwand im Dickicht.

Sternberg wunderte sich über den seltsamen Vogel, sagte aber seinen Brüdern nichts davon.

Als sie den Wald hinter sich hatten, kamen sie an einen Teich. Dort sahen sie einen riesigen Karpfen, der sich im Schlamm hin und her warf.

Da sprang Sternberg vom Pferd, nahm den Karpfen und ließ ihn ins tiefe Wasser gleiten.

»Wenn du einmal in großer Not bist, erinnere dich an mich!« flüsterte der Karpfen und schwamm behende davon.

Das sind aber sonderbare Tiere! dachte Sternberg bei sich.

Wieder ritten sie weiter und kamen zu einer großen Stadt. Dort hörten sie, der König ziehe gerade gegen einen Feind ins Feld. »Für ihn werden siebenundzwanzig so stattliche Soldaten eine willkommene Hilfe sein«, sagte Sternberg zu seinen Brüdern, »und deshalb bin ich der Meinung, wir sollten uns bei ihm melden.«

Den Brüdern gefiel dieser Rat, sie folgten dem Bruder ins Schloß und ließen sich beim König melden.

Als der König die Schar der jungen Burschen sah, die so gerade wie Tannen gewachsen waren, nahm er sie voll Freude in seinen Dienst. Sternberg aber gefiel ihm von allen am besten; deshalb ernannte er ihn gleich zum Offizier. Das verdroß die Brüder nicht wenig, doch sie konnten ihm keinen Vorwurf machen, sahen sie doch, daß er sich um diesen Rang nicht beworben hatte. So vereinbarten sie denn, sich am König zu rächen.

Am nächsten Tag zogen sie ins Feld. In der Schlacht rückte die Flanke, auf der Sternberg auf seinem Schimmel kämpfte, siegreich vor, während die Flanke, auf der die Brüder standen, ins Wanken geriet. Als der König ihre Gleichgültigkeit bemerkte, sprengte er auf Sternberg zu und führte Klage darüber.

Sternberg kannte seine Brüder zu gut, um nicht den Grund dafür zu wissen. Deshalb erwiderte er dem König: »Gnädigster Herr König, wären sie Offiziere gleich mir, würden sie gewiß mit größerem Eifer kämpfen.«

»Meinst du das im Ernst?«

»Tut nur nach meinen Worten, und Ihr werdet sehen, daß ich die Wahrheit gesagt habe!«

Der König ritt zu Sternbergs Brüdern und sagte, er wolle sie alle zu Offizieren ernennen, wenn sie sich tapfer schlügen. Diese Worte feuerten sie an, und sie kämpften so heldenhaft, daß durch ihr Zutun die Schlacht im Nu ein glückliches Ende nahm.

Da bedankte sich der König bei Sternberg, und weil er ihn an seinem Hofe halten wollte, machte er ihn zum Minister und verlieh auf seine Bitte auch den Brüdern hohe Würden. Aber selbst das nutzte nicht viel; sie neideten Sternberg sein Glück und warteten nur auf eine günstige Gelegenheit, um sich seiner zu entledigen.

Dazu bot sich bald ein Anlaß. Der König besaß eine herrliche Gemäldesammlung, die die Brüder noch nicht gesehen hatten. Sternberg bat deshalb den König, sie ihnen zu zeigen, was dieser gern tat. Unter den Bildern befand sich auch eines, das ein wunderschönes Mädchen zeigte. Sternberg fragte den König, wen das Bild darstelle.

»Das ist die Tochter eines mächtigen Königs. Ich wollte sie zur Frau nehmen, aber vor der Hochzeit ist sie verschwunden, und niemand weiß, wohin sie geraten ist. Obwohl ich dem, der sie findet, Schätze über Schätze versprochen habe, ist bisher jeder unverrichteterdinge zurückgekehrt.«

»Wenn Sternberg den Versuch machte, würde er sie gewiß finden«, sagte einer von den Brüdern, und die anderen stimmten eifrig zu.

»Mein halbes Leben wollte ich dafür geben, wenn ich den Aufenthaltsort meiner Braut erführe, aber Sternberg möchte ich darum nicht gern verlieren.«

»Gnädigster Herr König! Sollte deine Braut auch am äußersten Ende der Welt sein, hier hast du meine Hand darauf, daß ich sie dir zurückbringe, und sollte es mein Leben kosten.« So sprach Sternberg zum König, denn er wollte sich vor den Brüdern nicht beschämen lassen, obwohl er wußte, was ihr Herz bei diesem Vorschlag empfand.

Der König wollte nicht darauf eingehen, aber die Hoffnung, das schöne Mädchen wiederzusehen, siegte schließlich über Freundschaft und Zuneigung, und er willigte in Sternbergs Abreise ein.

Bevor sich Sternberg aber auf den Weg machte, suchte er seinen besten Freund und Berater, den hageren Schimmel, auf, der, obwohl er in einem schönen Stall stand und Speisen vom Tische seines Herrn bekam, noch genauso hager war wie zuvor.

»Lieber Herr«, sagte der Schimmel, als sich ihm Sternberg anvertraut hatte, »da hast du eine schwere Aufgabe übernommen. Aber sei unbesorgt! Mit meiner Hilfe wirst du es vollbringen, und deine gottlosen Brüder werden der gerechten Strafe nicht entgehen. Doch zuvor laß einen goldenen Pantoffel anfertigen, den nimmst du mit. Unterwegs werde ich dir sagen, wo die Prinzessin wohnt.«

Nachdem Sternberg den goldenen Pantoffel besorgt hatte, bekam er vom König Geld und ritt auf seinem Schimmel fort. Da er davon überzeugt war, daß dieser am besten wußte, wohin er sich wenden solle, ließ er ihm die Zügel schießen.

So zogen sie viele Tage kreuz und quer über Berg und Tal, bis sie an einen See mit undurchsichtigem Wasser kamen.

Dort blieb der Schimmel stehen. »Nun steig ab«, sagte er zu Sternberg, »und warte! Die Prinzessin wird in einem Kahn auf dem See fahren, und wenn sie hier einen Menschen erblickt, kommt sie ans Ufer. Fragt sie dich, was du hier suchst, so sag, du seist ein Kaufmann aus fremden Landen und hättest allerlei Kleinodien bei dir, darunter auch einen goldenen Pantoffel. Sie wird ihn sehen wollen, und du zeigst ihn ihr. Wenn sie ihn dann mit Wohlgefallen betrachtet, nimm sie in die Arme, schwinge dich auf mich, und ich entführe euch beide.«

Sternberg setzte sich ans Ufer, und der Schimmel graste in der Nähe. Nach einer Weile sah Sternberg einen Kahn über den See gleiten. Es währte nicht lange, da stieß der Kahn ans Ufer, und ein schönes Mädchen sprang an Land. Auf den ersten Blick erkannte Sternberg das wunderbare Antlitz, das er in der Gemäldesammlung des Königs gesehen hatte. Er erhob sich und trat zu ihr.

»Was suchst du in dieser Einöde, Fremder?« fragte sie mit lieblicher Stimme.

»Ich bin ein Kaufmann aus fremden Landen und ziehe schon lange durch die Welt. Heute bin ich mit meinem Schimmel vom Weg abgeirrt und wollte hier ein wenig rasten.«

»Und was hast du in deinem Bündel?«

»Köstliche Kleinodien, schöne Herrin, darunter auch einen überaus fein gearbeiteten goldenen Pantoffel.«

»Kannst du ihn mir nicht zeigen?«

»Sehr gern. Ich habe aber nur einen.«

»Ich brauche nur einen, denn ich habe einen verloren. Es ist nur die Frage, ob er mir paßt.«

»Ihr könnt ihn probieren, schöne Frau«, sagte Sternberg, holte das Kästchen mit dem Pantoffel hervor und reichte ihn der Prinzessin.

Während sie ihn anzog, kam der Schimmel langsam näher. Plötzlich faßte Sternberg die Prinzessin an den Hüften, hob sie aufs Pferd, schwang sich selbst in den Sattel, und ohne daß ihm Sternberg die Sporen zu geben brauchte, galoppierte der Schimmel davon.

Die Prinzessin litt es gern, daß der hübsche Kaufmann sie entführte. Aber die Hexe, bei der sie gefangen gewesen war, wütete, als sie das sah, und schickte ihnen alle erdenklichen Schrecken nach. Die erschrockene Prinzessin klammerte sich an Sternberg und barg ihr Gesicht an seiner Brust, als plötzlich blaue Blitze vor ihnen aufzuckten, vom Blitz gespaltene Bäume donnernd niederkrachten und entsetzliche Ungeheuer von allen Seiten ihre Köpfe nach ihnen ausstreckten und sie zu verfolgen begannen.

Sternberg aber fürchtete sich nicht. Er preßte seine teure Beute ans Herz und vertraute auf seinen Freund. Und der Schimmel enttäuschte ihn nicht. Wohlbehalten trug er sie mitten durch alle Schrecknisse und hielt erst weit hinter dem Zauberwald inne.

Auf dem Weg zum Schloß erzählte Sternberg der Prinzessin Velenka, wer ihn ausgesandt habe und wohin er sie bringe.

Die Prinzessin entgegnete kein Wort; im Grunde ihres Herzens aber war sie betrübt, denn sie hatte den ehemaligen Bräutigam nicht sonderlich ins Herz geschlossen, um so mehr hatte sie sich in Sternberg verliebt.

Als sie in die Residenzstadt kamen, begrüßte der König sie voll Freude und mit großem Gepränge. Von Stund an war Sternberg sein bester Freund und Mitregent.

Das aber ging seinen Brüdern gegen den Strich. Bei Tag und bei Nacht sannen sie darüber nach, wie sie ihm schaden könnten, aber es wollte und wollte sich keine Gelegenheit dazu einstellen.

Eines Tages kam der König mit Sternberg in die Gemächer, in denen Velenka als künftige Königin wohnte. Sie saß traurig am Fenster und sang. Der König setzte sich zu ihr und fragte nach einer Weile, wann die Hochzeit gefeiert werden solle. Sternberg verspürte einen Stich in der linken Seite, und voll Angst wartete er auf die Antwort.

»Ich kann nicht Hochzeit feiern, solange ich nicht meine Truhe mit dem Brautkleid hier habe, und die ist dreihundert Meilen weiter, als ich war, bei einer Hexe versteckt!«

Schmerzvoll blickte der König auf Sternberg, als bäte er ihn um Hilfe, und der verstand den Blick. »Ich werde die Truhe holen, meine Herrin!« sagte er und trat vor.

»Nein, König, schicke nicht Sternberg, er könnte dabei sein Leben verlieren!« bat die Prinzessin.

Doch was machte es dem König aus, daß seinem Freund Gefahr an Leib und Leben drohte, wollte er ihm doch alles mit Gold und Ruhm lohnen!

Froh darüber, daß er der Prinzessin einen Dienst erweisen konnte, lief Sternberg zu seinem Schimmel und bat ihn um Rat.

»Wenn du klug und vorsichtig bist«, sagte der Schimmel, »kannst du es vollbringen. Rüste dich nur bald zur Reise, und wir brechen auf!«

Sternberg versah sich mit Geld, nahm vom König und der schönen Velenka Abschied und verließ noch am selben Tag die Stadt.

Lange waren sie unterwegs. Endlich blieb der Schimmel in der Nähe eines schwarzen Schlosses stehen und sagte zu Sternberg: »Hier ist das Schloß der Hexe, in deren Obhut sich die Truhe der Prinzessin befindet. Geh hinein und verlange die Herausgabe der Truhe! Die Hexe wird das ablehnen, bevor du ihr nicht drei Pferde zugeritten hast. Diese drei Pferde sind ihre Töchter. Fürchte dich nicht, doch sei auf der Hut! Wenn du ihr das dritte Pferd zuführst, wirst du sehen, daß sie eine Rute in der Hand hält; mit der wird sie dich zu schlagen suchen, aber das darfst du nicht zulassen.

Weiche dem Schlag aus, nimm ihr die Rute weg und schwinge sie rasch! Dann ergreife die Truhe und eile zu mir!«

Erfreut über die Worte des treuen Ratgebers, ging Sternberg ins Schloß. Als er ans Tor pochte, öffnete ihm ein altes Weib und fragte nach seinem Begehr.

»Prinzessin Velenka, die Braut meines Königs, hat hier eine Truhe mit ihrem Brautkleid, die soll ich holen«, antwortete Sternberg.

»Das stimmt, sie hat eine Truhe bei mir, aber ich gebe sie nicht eher heraus, als bis du mir drei Pferde zugeritten hast.«

»Hole nur zuerst die Truhe! Dann kannst du die Pferde herbringen.«

Nach einer kleinen Weile brachte die Alte eine schön beschlagene Truhe auf den Schloßhof, dann schlurfte sie in den Stall.

Das erste Pferd war ein Rotfuchs. Als Sternberg sich auf seinen Rücken schwang, begann er wild auszuschlagen. Sternberg zügelte ihn aber mit fester Hand und ließ sich nicht abwerfen, auch nicht, als er mit ihm zum Tor hinausjagte und wie toll über das Feld raste. Auf einmal aber war der Rotfuchs unter dem Reiter verschwunden und rannte in Gestalt eines Hasen durch die Furchen.

»Wenn ich doch jetzt den Windhund da hätte!« seufzte der erschrockene Reiter.

Kaum hatte er das gesagt, jagte auch schon der Windhund blitzschnell hinter dem Hasen her, packte ihn am Rücken, rannte mit ihm zurück, legte ihn Sternberg zu Füßen und sagte: »Das ist der Lohn dafür, daß du mich im Walde losgebunden hast.« Dann verschwand er.

Sternberg packte den hinterhältigen Hasen bei den Ohren und brachte ihn zu der häßlichen Alten zurück.

Voll Wut ging diese in den Stall und holte den Braunen. Der betrug sich noch toller als der Rotfuchs. Doch Sternberg war bereits gewitzigt. Nachdem das Pferd im freien Felde sein Unwesen getrieben hatte, dann auf einmal unter ihm verschwand und sich in Gestalt eines Raben in die Lüfte erhob, dachte er gleich an den Adler.

Im selben Augenblick stürzte sich ein Adlerschwarm gleich einer Wolke auf den Raben; der größte Adler griff ihn mit seinen Fängen, trug ihn zu Sternberg und sagte: »Das ist der Lohn dafür, daß du mich im Walde losgebunden hast.« Dann verschwand er.

Die Alte platzte schier vor Wut, als ihr Sternberg den Raben vor die Füße warf. Sie lief in den Stall und brachte einen Rappen. Der trieb es am ärgsten. Wie ein böser Drache flog er mit Sternberg aus dem Schloß, schnaubte und tobte, scharrte und schlug aus, daß die Erdschollen drei Klafter weit flogen, und endlich sprang er in den nahen Teich, wo er sich in einen Fisch verwandelte.

Sternberg erinnerte sich an den Karpfen. Und gleich tauchte dieser aus der Tiefe empor, warf den in einen Fisch verwandelten Rappen ans Ufer und sagte: »Das ist der Lohn dafür, daß du mich nicht hast zugrunde gehen lassen.« Sternberg packte den Fisch und kehrte zu der Alten zurück.

Mit funkelnden Augen kam sie ihm entgegen und rief ihm zu: »Laß den Fisch los und nimm die Truhe!«

Sternberg aber hatte bereits die Rute erblickt, die die Hexe hinter dem Rücken versteckt hielt. Als er sich bückte, um die Truhe aufzunehmen, wollte die Alte hinzuspringen und nach ihm schlagen. Er wich aber schnell zur Seite, entriß ihr die Rute und versetzte ihr einen tüchtigen Streich. Gleich wurde die Hexe zu Stein, Sternberg aber steckte die Rute zu sich, packte die Truhe und lief zu seinem Schimmel, der schon am Tor wartete und seinen Herrn freudig begrüßte. Wohlbehalten langten sie zu Hause an.

»Lieber Sternberg«, sagte Prinzessin Velenka, als er ihr die Truhe überbrachte, »was nützt mir die Truhe, wenn ich keinen Schlüssel dazu habe?«

»Und wo ist der Schlüssel?« fragte der König, den das neue Hindernis verdroß.

»Der Schlüssel befindet sich noch dreihundert Meilen weiter in einem Schloß.«

Der König getraute sich nicht, Sternberg um einen weiteren Dienst zu bitten, doch dieser bot sich selber an, den Schlüssel zu holen. Darüber war der König sehr erfreut, und die Brüder waren es noch mehr.

Wieder ging Sternberg zu seinem Schimmel und bat ihn um Rat.

»Lieber Herr, mach dich nur bereit! Ich will dich hintragen. Vergiß aber nicht, die Rute mitzunehmen!«

Am nächsten Tag, als sich Sternberg ein wenig ausgeruht hatte, bestieg er seinen lieben Schimmel und ritt aus, den Schlüssel zu holen. Wieder kamen sie zu einem Schloß.

Da sagte der Schimmel zu Sternberg: »Am Tor wirst du vier schlafende Löwen erblicken. Such dir eine günstige Stellung, damit du alle vier mit einem einzigen Rutenstreich auf die Augen triffst. Sie werden dann gleich zu Stein, und du kannst getrost eintreten. In der Mitte des Hofes befindet sich nur ein einziger Löwe, aber der ist stärker als die ersten vier zusammen. Der hat den Schlüssel zur Truhe im Maul. Auch er wird schlafen. Mach dich leise an ihn heran und gib auch ihm einen Schlag über die Augen! Wenn er zu Stein geworden ist, nimm ihm den Schlüssel aus dem Maul und komm zu mir! Gib aber acht, daß keiner von den Löwen erwacht, sonst ist es um dich geschehen!«

Sternberg nahm die Rute und ging zum Schloß. Als er ans Tor kam, erblickte er dort vier furchtbare Löwen, die schliefen. Mit einem Schlag verwandelte er sie zu Stein. Dann ging er in den Hof. Dort lag ein gewaltiger Löwe, einen goldenen Schlüssel im Maul. Sternberg machte sich leise heran und versetzte ihm plötzlich einen Schlag über die Augen. Der Löwe wurde zu Stein, und der Schlüssel entfiel seinem Maul. Sternberg hob den Schlüssel auf und eilte zu seinem Schimmel.

Es war aber auch höchste Zeit, denn ein entsetzliches Gewitter brach los, und die Blitze zuckten vor seinen Augen wie feurige Pfeile. Der Schimmel jagte dahin, und bald hatten sie den Bezirk des bösen Zauberers hinter sich und brauchten nichts mehr zu befürchten.

Nach wenigen Tagen langten sie zu Hause an. Nachdem Sternberg der Prinzessin Velenka den Schlüssel überreicht hatte, befahl sie ihm, ihr zusammen mit dem König zu folgen. Als sie in das Zimmer kamen, in dem die Truhe stand, sperrte sie diese mit dem goldenen Schlüssel auf. Statt eines Brautkleides aber holte sie ein breites Schwert heraus. »Kniet nieder!« sagte sie zu den entsetzten Männern. »Ich will euch beiden den Kopf abhauen. Wer von edlem Geblüt ist, wird wieder aufleben, und den nehme ich zum Mann.«

Sternberg hatte nichts zu verlieren, und deshalb kniete er, ohne sich lange zu bedenken, vor der Prinzessin nieder. Der König aber beugte nur unwillig sein Knie; allein das starke Vertrauen in sein edles Geblüt konnte ihn dazu bewegen.

Doch welches Wunder! Sternberg lebte wieder auf, und der König blieb tot!

Nach einer Weile trat die Prinzessin aus dem Zimmer und stellte Sternberg dem Volk als ihren Gemahl und zukünftigen König vor.

Im ganzen Land gab es nur sechsundzwanzig Herzen, die sich nicht darüber freuten, und das waren die von Sternbergs Brüdern. Ein grimmiger Haß gegen den glücklichen Bruder hatte sich in ihnen eingenistet. Sie leisteten einander den schrecklichen Schwur, nicht zu rasten und zu ruhen, bevor sie nicht ihren Bruder vernichtet hätten. Ihn zu erschlagen, fehlte ihnen freilich der Mut.

Bald aber fand sich, was sie begehrten. Sie hörten nämlich, ein paar Wegstunden entfernt wohne ein zauberkundiges altes Weib. Zu der gingen sie und versprachen ihr viel Geld, und die Alte ließ sich nicht lange bitten und sagte ihnen ihre Hilfe zu.

Bald danach lockten die Brüder Sternberg auf die Jagd.

Schade, daß er diesmal seinen Schimmel zu Hause ließ, denn er bemühte ihn ungern ohne besondere Not! In der Eile nahm er von ihm nicht einmal Abschied, wie er es sonst immer tat. Das war ein großer Fehler.

Am Abend kamen die Jäger anscheinend ganz betrübt zurück. Sternberg war nicht unter ihnen. »Wir haben ihn verloren«, erzählten die gottlosen Brüder der Königin, »und obwohl wir ihn fast den ganzen Tag suchten, haben wir keine Spur von ihm gefunden.«

Das war ein Jammern und Wehklagen bei Hofe! Den größten Kummer aber hatte Velenka. Sie schickte nach allen Seiten Boten aus, nach ihrem Geliebten zu fragen und ihn zu suchen, aber alle kamen unverrichteterdinge zurück.

Die Brüder hatten gedacht, sie könnten nun, nachdem sie Sternberg beseitigt hatten, im Königreich nach Gutdünken schalten und walten, doch da hatten sie sich geirrt. Velenka haßte sie und räumte ihnen keine Macht ein.

Eines Tages ging sie ganz bekümmert über den Hof. Da sah sie einen Knecht den Schimmel aus dem Stall holen und einen von den Brüdern, der befahl, die Schindmähre aus dem Schloß zu treiben, sie sei eine Schande für den Stall. Wohl wußte Velenka nicht, wieviel Gutes der Schimmel Sternberg erwiesen hatte, aber sie hatte ihn schon deshalb gern, weil er ihren Geliebten aus so vielen Gefahren wohlbehalten heimgebracht hatte. Erzürnt rügte sie Sternbergs Bruder wegen dieses unfreundlichen Befehls und ordnete an, den Schimmel wieder in den Stall zu führen. Dann kehrte sie ins Schloß zurück, holte einige Süßigkeiten, ging in den Stall und legte sie dem Schimmel in die leere Raufe.

Das Pferd wollte aber nicht fressen; traurig blickte es sich nach Velenka um und sagte: »Ich danke dir, meine Herrin, daß du mich nicht hast aus dem Schloß treiben lassen. Lange habe ich auf dich gewartet, doch du hattest mich in deinem Leid vergessen und bist nicht gekommen. Ich habe dir so viel zu sagen.«

Velenka wunderte sich, als sie den Schimmel sprechen hörte, gleich aber faßte sie sich und sagte: »Freilich war ich schon lange nicht bei dir, mein lieber Schimmel, aber du weißt ja, daß ich seit der Stunde, da ich Sternberg verloren habe, vor lauter Kummer nicht weiß, was ich tue.«

»Das glaube ich dir gern, liebe Herrin, auch mir ist nach ihm bange, und deshalb habe ich dich mit solcher Sehnsucht erwartet, damit wir ausreiten und ihn nach Hause holen.«

»Was sagst du da — ihn nach Hause holen? Du weißt, wo er ist? Oh, so komm schnell und trag mich zu ihm!«

»Beruhige dich und warte bis zur Nacht! Bei Tage würden uns seine Brüder sehen; sie würden uns nachsetzen und könnten alles vereiteln. Sobald es dunkel wird, sag deinen Mägden, sie dürften niemandem verraten, daß du nicht im Hause bist, dann komm her, und wir machen uns auf den Weg!«

Erfreut verließ Velenka den Stall und traf alle Anstalten für den abendlichen Ausritt.

Sobald die Nacht ihr schwarzes Gewand ausgebreitet hatte, befahl Velenka ihren treuen Dienerinnen, sie jedem gegenüber zu verleugnen, und eilte zu dem Schimmel. Leise führte sie ihn aus dem Schloß, stieg auf, und schon flogen sie durch die dunkle Nacht dahin.

Als der Morgen graute, kamen sie an einen Wald; dort hielt der Schimmel an und sagte: »Was dir in diesem Wald am besten gefällt, das nimm mit! Bis zum Einbruch der Nacht bringe ich dich zu einer Quelle. Dort steigst du ab und besprengst das, was du aus dem Walde mitgenommen hast, dreimal mit dem Wasser der Quelle. Was du auch sehen magst, achte auf nichts und laß dir weder vorher noch nachher auch nur ein einziges Wort entschlüpfen! Dann komm zu mir, und wir reiten wieder fort!«

Als Velenka in den Wald ging und sich unter einem Baum ein wenig ausruhte, vernahm sie über sich einen traurigen, aber gar lieblichen Gesang. Tief ins Herz drangen die sehnsuchtsvollen Töne, und ihr war, als vernähme sie Sternbergs holde Stimme. Erfreut sah sie sich nach dem Sänger um und erblickte zu ihren Häupten eine Nachtigall, die so zutraulich war, daß sie sich leicht haschen ließ. Mit ihrem Schnäbelchen berührte sie zärtlich Velenkas Hand, als wollte sie dafür Dank sagen. Eingedenk der Worte des Schimmels, nahm Velenka das Vöglein mit. Sie ritten weiter bis in die späte Nacht und erreichten endlich die Quelle.

Da blieb der Schimmel stehen. Velenka stieg ab, ging etwa hundert Schritt weit und kam zu der Quelle. Es ward taghell. Als sie aber ins Wasser griff und die Nachtigall zum erstenmal besprengte, begann es zu donnern und zu blitzen, und ein Sturmwind brauste wild dahin. Velenka achtete nicht darauf und griff zum zweitenmal ins Wasser. Da grinste ihr aus der Quelle ein fürchterliches Drachenmaul entgegen und spie Feuer und Flammen. Furchtlos schöpfte Velenka jedoch zum drittenmal Wasser und besprengte die Nachtigall. Da ward es plötzlich wieder hell, die Nachtigall war verschwunden, und vor ihr stand Sternberg. Fast hätte sie vor Freude laut aufgeschrien, doch besann sie sich rechtzeitig auf die Worte des Schimmels, legte den Finger an die Lippen, nahm Sternberg bei der Hand und eilte mit ihm, schweigend und ohne sich umzusehen, zu dem guten Schimmel. Zur Rechten und zur Linken lauerten schreckliche Ungeheuer, die glücklichen Ehegatten aber achteten nicht darauf, sondern bestiegen ihren Schimmel, der sie am nächsten Tage wohlbehalten in ihr Königreich zurückbrachte.

Die gottlosen Brüder hatten inzwischen alles in Erfahrung gebracht. Da sie sich leicht ausrechnen konnten, wie es ihnen ergehen würde, hielten sie es für das beste, Reißaus zu nehmen. Noch bevor König Sternberg in sein Schloß zurückkehrte, waren die Brüder über alle Berge.

Da fragte Sternberg den Schimmel, ob er sie einholen könne, und als es der Schimmel bejahte, nahm er seine Zauberrute, stieg wieder zu Pferd und setzte den Flüchtigen nach. Er holte sie auf einer Wiese ein, wo sie ermüdet um ein großes Feuer saßen. Dreimal ritt er um sie herum, dann nahm er seine Rute und gab jedem einen Schlag. Sofort saßen sechsundzwanzig Steinbilder da. Dann warf er die Zauberrute in das knisternde Feuer, und schon wuchs daraus ein hoher Felsen empor und überdeckte die undankbaren Brüder.

Als er zurückritt und nicht mehr weit von der königlichen Residenz war, sagte der Schimmel zu ihm: »Nun steig ab, mein lieber Sternberg, und tu, worum ich dich bitten werde!«

»Du bist mein Wohltäter, und deshalb will ich dir gern jeden Wunsch erfüllen.«

»Von nun an wirst du mich nicht mehr brauchen. So nimm denn dein Schwert und schlage mir als Dank für alles Gute, das ich dir erwiesen habe, den Kopf ab!«

»Wie kannst du von mir etwas so Grausames verlangen?«

»Wenn du es nicht tust, muß ich weitere hundert Jahre leiden, bevor ich einen neuen Reiter finde.«

Da zog Sternberg sein Schwert aus der Scheide, holte unter Tränen zum Schlage aus und hieb dem Schimmel den Kopf ab. Aus dessen totem Körper flog eine weiße Taube auf, umflatterte dreimal Sternbergs Haupt, schlug mit den Flügeln und stieg dann zum blauen Firmament empor.

Traurig ging Sternberg nach Hause. Aber das frohe Jauchzen des Volkes und die liebevolle Umarmung seiner teuren Frau heiterten sein bekümmertes Antlitz bald auf.

Weise und gerecht herrschte er viele Jahre und wurde von allen geliebt. Wenn er später als alter Mann seine Enkel auf den Knien schaukelte, erzählte er ihnen am liebsten von dem guten, treuen Schimmel.

Der unerschrockene Mikesch

Mikesch war der Sohn eines Schmiedes. Erst als er achtzehn Jahre alt war, hörte seine Mutter auf, ihn zu stillen, und nun begann sein Vater, ihn in das Handwerk einzuführen. Als Mikesch ausgelernt hatte, wollte er nicht länger daheim bleiben und sagte: »Vater, gebt mir Eisen, ich will mir einen Wanderstab schmieden.«

Der Vater gab ihm fünfundzwanzig Pfund Eisen.

»Aber, Vater«, sagte Mikesch da, »was soll ich mit einem solchen Binsenrohr anfangen? Gebt mir wenigstens sieben Zentner Eisen!«

»Du meine Güte, eine solche Brechstange kannst du ja gar nicht tragen!« entgegnete der Vater.

»Ihr sollt sehen, wie ich damit herumfuchteln werde«, gab der starke Mikesch zur Antwort, und als der Stock fertig war, bewies er seinem Vater, daß er die Wahrheit gesagt hatte.

Der Vater gab ihm Geld, die Mutter buk für ihn Kuchen aus Schrotmehl, und Mikesch machte sich damit auf den Weg.

Eines Tages kam er zu einer Mühle und sah, wie der Junggeselle einen frischbehauenen Mühlstein auf der Schulter ins Mahlhaus trug. Da dachte er bei sich: Das ist ein kräftiger Bursche! Wenn der mit mir gehen wollte, das wäre eine Freude! Als der Müllerbursche wieder ins Freie trat, redete ihm Mikesch zu, mit ihm in die Welt zu ziehen.

Der ließ sich nicht lange bitten, kündigte den Dienst in der Mühle auf und schloß sich ihm an.

Im Walde holten sie einen Wanderburschen ein. »Wohin des Wegs?« fragte ihn Mikesch.

»In die Welt auf Wanderschaft.«

»Was bist du deines Zeichens?«

»Ein Tischler.«

»Hast du auch Kraft?«

»Das will ich meinen«, erwiderte der Tischler, packte eine Tanne und riß sie samt den Wurzeln aus.

»Du bist ein tüchtiger Kerl!« sagte Mikesch anerkennend. »Wie heißt du?«

»Bobesch.«

»Möchtest du nicht mit uns gehen, Bobesch? Was wir verzehren, bezahle ich, solange das Geld reicht. Ist es verbraucht, besorgen wir uns neues.«

»Und was seid ihr beide von Beruf?« fragte Bobesch.

»Ich bin ein Schmied und heiße Mikesch, und mein Kamerad hier ist ein Müllerbursche und heißt Kuba. Wir beide sind ebenso stark wie du, wenn nicht noch ein bißchen stärker.«

»Gut, ich gehe mit euch«, sagte Bobesch und gab seinen neuen Kameraden die Hand.

Sie zogen also durch die Welt, ließen sich Speise und Trank gut schmecken und führten ein Leben wie große Herren.

So war es kein Wunder, daß Mikesch bald den Boden seiner Tasche spürte. »Kameraden«, sagte er eines Tages, als sie sich einer großen Stadt näherten, »ich besitze nur noch drei Rheintaler, aber hol's der Kuckuck, hat das Auge dran glauben müssen, so sei auch der Zahn nicht geschont! Wir gehen in die Stadt und lassen uns für die drei Taler ein gutes Abendessen auftischen. Der liebe Gott wird wohl auch weiterhin für uns sorgen.«

Die anderen waren damit einverstanden, und sie schritten fröhlich auf die Stadt zu.

»Herr Wirt, einen Krug Wein für jeden von uns und ein gutes Abendessen, aber rasch, wir haben Hunger!« So riefen sie, als sie ins Gasthaus kamen, und taten ganz so, als hätten sie die Taschen voll Geld.

Der Wirt trug das Beste auf, was in Küche und Keller zu finden war, und die Burschen aßen und tranken nach Herzenslust.

»Was gibt es bei Euch Neues, Herr Wirt?« fragte Mikesch, der immer alles wissen wollte.

»Nicht viel Gutes, verehrte Herren. Habt Ihr nicht unterwegs von unserem König und seinen unglücklichen Töchtern gehört?«

»Kein Sterbenswort! Wir kommen von weit her.«

»Dann muß ich es Euch erzählen. — Unser König hatte drei schöne Töchter, eine immer um ein Jahr älter als die andere. Als die älteste achtzehn Jahre alt wurde, verschwand sie aus dem Schloß, und niemand wußte, wohin. War das ein Jammern und Wehklagen! Die Eltern grämten sich fast zu Tode. Doch hört, was weiter geschah! Ein Jahr darauf feierte die mittlere Prinzessin ihren achtzehnten Geburtstag, und am selben Tage verschwand auch sie und ward nicht mehr gesehen. Von Stund an standen Wachen an allen Ecken und Enden des Schlosses, und die jüngste Prinzessin durfte nicht einmal ihr Zimmer verlassen. Doch ach, vor wenigen Tagen, als auch sie ihr achtzehntes Lebensjahr vollendete, wurde am Abend ein Festmahl veranstaltet, und am Morgen war auch die dritte Prinzessin verschwunden. Der König hat gelobt: Wer herausbekommt, wohin seine Töchter verschwunden sind, und sie ihm lebend wiederbringt, der soll eine von ihnen zur Frau bekommen und dazu das halbe Königreich.«

»Kameraden«, sagte Mikesch, als der Gastwirt geendet hatte, »habe ich es euch nicht unterwegs gesagt, daß Gott für uns sorgt? Da habt ihr es.«

»Wie hat er denn für uns gesorgt?« fragte Kuba.

»Dir muß man alles auf einer Schaufel reichen! Ich meine, wenn uns der König genug Geld auf den Weg gibt, werden wir die Prinzessinnen suchen.«

»Das ist ein Wort«, warf Bobesch ein, »aber wo wollen wir sie suchen?«

»Nun, wir gehen eben immer der Nase nach«, rief Mikesch lachend, »wenn wir die ganze Welt umrunden, werden wir sie wohl irgendwo finden, und müßten wir uns ihretwegen in die Hölle wagen. Geht nur gleich, Herr Wirt, laßt uns beim König melden und sagt, wir wollten die Prinzessinnen suchen, wenn er uns genug Geld auf den Weg gibt!«

So gebot Mikesch, und der Wirt eilte voll Freude zum König.

Bald darauf kam ein Diener ins Gasthaus gelaufen und berichtete, die drei Wanderburschen möchten ins Schloß kommen.

Sie machten sich auf und gingen hin. Der König fragte sie nach allem und befahl dann, ihnen so viel Geld zu geben, wie sie verlangen würden. Die Burschen bedankten sich beim König und machten sich auf den Weg.

Sie waren schon viele Wochen gegangen, da kamen sie eines Tages in einen Wald, aus dem sie sich nicht wieder herausfinden konnten.

»So geht es nicht weiter, Kameraden«, sagte Mikesch als

Oberhaupt der drei Starken, »was sollen wir dauernd im Kreis laufen und doch nicht ans Ende des verdammten Waldes kommen? Hier stecke ich meinen Stab in den Boden. Jeder von uns geht nach einer anderen Seite, bis er ans Ende des Waldes oder zu einer menschlichen Behausung kommt. Wer zuerst etwas findet, der kehrt zu diesem Stab zurück und bläst auf der Pfeife, die daran hängt. So finden wir uns wieder zusammen.«

Die Burschen waren es zufrieden, und jeder ging in eine andere Richtung.

Es dauerte nicht lange, da gab Bobesch das vereinbarte Zeichen.

»Nun, was hast du gefunden?« fragte Mikesch, als sie wieder beisammen waren.

»Kommt nur mit, ich habe ein Abendessen gefunden wie für Fürsten!«

»Mir will scheinen, daß uns Bobesch zum Narren hält«, meinte Mikesch zu Kuba, und beide gingen ungläubig hinter Bobesch her.

Aber der hatte sie nicht zum Narren gehalten. Als sie ein Stück Weges gegangen waren, erblickten sie eine Höhle. Sie traten ein und sahen auf einem Tisch ein gutes Abendessen und drei Krüge Wein stehen, daneben drei vorbereitete Betten. Das gefiel den Burschen, sie setzten sich an den Tisch und aßen und tranken. Als sie sich satt gegessen hatten, begannen sie, sich in der Höhle umzusehen. Da es aber schon dämmerte und sie kein Licht hatten, konnten sie nicht herausfinden, ob die Höhle noch einen zweiten Ausgang hatte. Sie waren müde, deshalb ließen sie das Suchen sein und wollten sich jeder in eines der Betten legen.

Da sagte Mikesch: »Hört, Kameraden, ich glaube, das ist eine Räuberhöhle. Kommt die Bande heim und findet kein Essen vor, ergeht es uns schlecht. Ich fürchte mich zwar selbst nicht vor dreißig Kerlen, aber Vorsicht kann niemals schaden. Deshalb denke ich, wir sollten uns nicht so ruhig wie daheim auf den Ofen legen, sondern einer von uns muß die Wache übernehmen. Heute soll Bobesch wachen!«

»Du bist verdammt klug, warum willst du es nicht selbst tun?«

»Sei still und halte Wache, ich komme ja auch noch an die Reihe!«

Damit war Bobesch einverstanden, und die beiden anderen legten sich schlafen. Doch bald fielen ihm die Augen zu, und der Kopf sank ihm schwer auf die Brust. Da gab ihm jemand eine so derbe Ohrfeige, daß ihm Funken vor den Augen sprühten, und als er aufsprang, sah er vor sich ein Männlein, das ihm kaum bis zu den Knien reichte. Ein schwarzer Bart hing ihm bis auf die Brust, und es trug ein rotes Mäntelchen. Bobesch wollte das Männlein anfahren, doch als er dessen schwarzem brennendem Blick begegnete, brachte er kein Wort heraus, und kalter Angstschweiß trat ihm auf die Stirn. Das Männlein sah Bobesch eine Weile starr an, dann wandte es sich um, ging zu den Schläfern, riß ihnen die Decken weg und verließ die Höhle.

Als die Kameraden am Morgen erwachten, machten sie Bobesch Vorwürfe, daß er sie aufgedeckt habe. Der bestritt es aber und sagte, er wisse von nichts. Er verschwieg auch, wer in der Nacht bei ihm gewesen war, denn er fürchtete, Mikesch würde ihn auslachen.

»Ob uns wohl wieder jemand ein Frühstück bringt?« meinte Kuba.

»Das ist wahr«, sagte Mikesch, »Freund Kuba träumt immer nur vom Schlaraffenland, wo einem die gebratenen Tauben ins Maul fliegen. Aber ohne Fleiß kein Preis, hat mein Vater immer gesagt. Deshalb meine ich, wir sollten nicht faul herumsitzen, sondern uns in der Höhle umsehen.«

Sie taten es und fanden in einer Ecke eine Tür. Die brachen sie auf und befanden sich in einer zweiten, kleineren Höhle. In der Mitte war ein Herd, auf dem standen Kessel, Schüsseln und anderes Küchengerät, aber von Lebensmitteln war keine Spur.

»Seht ihr, Kameraden«, sagte Mikesch, »ich habe euch ja gesagt, daß sich hier eine Räuberbande aufhält oder aufgehalten hat. Vielleicht hat jemand die Kerle von dem guten Essen aufgescheucht, das wir gestern vorgefunden haben. Doch sei es, wie es wolle, jetzt sind wir die Herren. Zuerst gehen wir auf die Jagd. Aber einer muß hierbleiben, Feuer machen und alles vorbereiten. Bobesch, du hast heute nacht wenig geschlafen, bleib also hier! Wenn du alles vorbereitet hast, kannst du dich ja ein Stündchen aufs Ohr legen.«

»Ich bin nicht im mindesten schläfrig. Kuba soll dableiben!«

»Du hast doch nicht etwa Angst, Bobesch? Wüßte ich so etwas von dir, würde ich mich für immer von dir lossagen.«

Bobesch schämte sich, schwieg und blieb in der Höhle.

Mikesch und Kuba gingen auf die Jagd. Als sie aus der Höhle traten, sah Mikesch auf der Erde ein Blatt Pergament liegen. Darauf stand, wer diese Worte über einem Toten lese, könne ihn im Nu wieder zum Leben erwecken. Mikesch steckte das Blatt ein, und sie gingen weiter.

Inzwischen hatte Bobesch Wasser geholt, alles Geschirr gewaschen und Feuer angemacht. Da sah er plötzlich das Männlein im roten Mäntelchen vor sich stehen.

»Was willst du Gutes kochen?« fragte ihn das Männlein.

»Ich weiß es noch nicht. Das hängt davon ab, was meine Kameraden mitbringen.«

»Warte nicht auf sie, schau in den Rauchfang, was dort an Fleisch hängt! Steig nur hinauf, nimm ein schönes Schulterstück und koche es!«

»Aber wie soll ich da hinaufkommen?« fragte Bobesch, der aufatmete, als er das Männlein so freundlich sprechen hörte.

»Da hast du eine Leiter, stelle sie in den Rauchfang, ich will sie halten.«

Bobesch ließ sich das nicht zweimal sagen, lehnte die Leiter an und stieg hinauf. Als er auf den obersten Sprossen stand und schon nach dem Fleisch griff, warf das Männlein die Leiter um, und Bobesch fiel herunter und brach sich den Hals.

»Verdammter Faulpelz!« schimpfte Mikesch, als er die Höhle betrat, das Feuer erloschen fand und Bobesch hinter dem Herd liegen sah. »Da liegt er und schnarcht, statt sich ums Essen zu kümmern! He, Bobesch, steh auf!«

Aber Bobesch stand nicht auf, obwohl sie ihn wie ein Sieb schüttelten.

»Er ist doch nicht etwa tot?« meinte schließlich Kuba, nachdem sie ihn immer und immer wieder zu wecken versucht hatten.

»Ist er tot, so helfe ich ihm bald auf die Beine«, sagte Mikesch, zog das Pergament aus der Tasche und begann laut zu lesen. Als er in der Mitte des Textes war, schlug Bobesch die Augen auf, und ehe Mikesch zu Ende gelesen hatte, stand Bobesch wieder auf den Beinen.

»Was ist dir eigentlich zugestoßen?« fragten ihn seine Kameraden.

»Ich bin ohnmächtig geworden«, antwortete Bobesch, der sich schämte, daß er sich von dem Männlein hatte verleiten lassen. Die anderen glaubten ihm, und sie bereiteten, ohne weiter davon zu sprechen, das Abendessen. Dann aßen sie und begaben sich zur Ruhe.

Als sie am Morgen erwachten, lagen ihre Decken weit von ihnen entfernt. Sie wußten nicht, was geschehen war, und sahen einander verwundert an. Bobesch hätte es ihnen erklären können, aber der dachte: Habe ich meine Erfahrungen machen müssen, sollt ihr es auch tun. Und er schwieg.

Am nächsten Tag übernahm Kuba die Wache in der Höhle. Nachdem er Feuer angemacht und einen Topf mit Wasser auf den Herd gestellt hatte, sah er auf einmal das fremde Männlein im roten Mäntelchen vor sich stehen. »Wo kommst du her? Was suchst du hier?« fragte er es verdutzt.

»Ich will einmal sehen, was du Gutes zu Mittag kochst«, erwiderte das Männlein und heftete seine schwarzen Augen auf Kuba.

»Das weiß ich noch nicht. Das hängt davon ab, was meine Kameraden mitbringen.«

»Ei, du brauchst doch nicht auf sie zu warten! Dort hängt Fleisch, steig hinauf, hol es herunter und koche es!«

»Es hängt für mich viel zu hoch.«

»Da hast du eine Leiter; ich werde sie halten.«

Auch Kuba ging dem Männlein auf den Leim. Als er oben war, warf dieses die Leiter um, Kuba stürzte herunter und brach sich den Hals.

»Ihr seid wie die Schafe, wenn sie die Drehkrankheit haben«, schimpfte Mikesch, als er mit Bobesch von der Jagd heimkam und Kuba hinter dem Herd liegen sah. Sie bemühten sich, ihn zum Leben zu erwecken, aber er stand nicht früher auf, als bis Mikesch über ihm die Worte von dem Pergamentblatt verlesen hatte.

Da auch Kuba befürchtete, Mikesch würde ihn auslachen, gebrauchte er ebenfalls die Ausrede von der Ohnmacht.

Am dritten Morgen war die Reihe an Mikesch. Als sich die anderen beiden zum Gehen anschickten, wollte Kuba von

Mikesch das Pergamentblatt haben, um ihm im Notfall ebenfalls helfen zu können.

»Seid unbesorgt, ich bin nicht so unbeholfen wie ihr beide«, entgegnete Mikesch und machte sich flink an die Arbeit.

Als er Feuer angemacht hatte, kam wieder das Männlein mit dem roten Mäntelchen. Mikesch aber erschrak nicht im mindesten und konnte sich gleich denken, warum seine Kameraden wohl in Ohnmacht gefallen waren. »Was hast du hier zu suchen, du häßlicher Maulwurf?« fuhr er den Zwerg barsch an.

»Ich will nur sehen, was du Gutes zu Mittag kochst.«

»Was geht das dich an?«

»Weil du darauf wartest, was deine Kameraden mitbringen, und nicht siehst, daß im Rauchfang reichlich Fleisch hängt.«

»Aha, ich verstehe, was du willst, du Knirps. Wenn du nicht augenblicklich verschwindest, hänge ich dich an deinem Bart auf und lasse dich räuchern, damit du die Menschen nicht länger betrügst.«

Das Männlein kümmerte sich aber nicht darum, ja es ging auf Mikesch los.

»Da sieh einer den Knirps an, will sich wohl gar mit mir einlassen! Na warte, du Maulwurf, du sollst mich kennenlernen!« rief Mikesch, sprang vor, packte das Männlein am Bart und schleuderte es so heftig gegen die Wand, daß ihm der ganze Bart in der Hand blieb.

Im selben Augenblick verwandelte sich das Männlein in ein häßliches altes Weib, drohte Mikesch mit der Faust und verschwand aus der Höhle.

»Meinetwegen kannst du dich in den Höllenfürsten persönlich verwandeln, ich fürchte mich nicht vor dir«, rief Mikesch ihr nach und steckte den Bart in die Tasche.

Als die Kameraden heimkamen, wunderten sie sich sehr, daß Mikesch am Leben war.

Der aber fuhr sie grob an: »Ihr Falschen, ihr Memmen! Warum habt ihr nicht das Maul aufgemacht? Habt ihr dazu so starke Knochen, daß ihr sie von einem solchen Knirps zerschlagen laßt? Fürwahr, am liebsten würde ich euch hierlassen und allein in die Welt ziehen.«

»Tu das nicht, Bruder, und sei uns nicht böse! Wir können ja nichts dafür. Als uns dieser verdammte Kerl ansah, war es, als hätte er uns verhext. Wir mußten ihm gehorchen, ob wir wollten oder nicht. Aber warum hast du ihn nicht getötet?«

»Warum hätte ich ihn töten sollen? Ich habe ihm nur einen Denkzettel verpaßt, damit er sich künftig hütet, mit mir seine Possen zu treiben. — Kennt ihr das?« fragte er schließlich seine Kameraden und zeigte ihnen den Bart, den er mit einer Hand festhielt, während er ihn mit der anderen glättete.

Im selben Augenblick stand das alte Weib vor ihm und bat ihn flehentlich, er möge nicht über den Bart streichen, das bereite ihr entsetzliche Schmerzen.

Der schlaue Mikesch aber nahm sich vor, daraus Vorteil zu schlagen. »Umsonst ist nur der Tod«, sagte er zu dem alten Weib, »das merk dir! Wenn du keine Schmerzen erdulden willst, mußt du tun, was ich von dir verlange.«

»Was in meiner Macht steht, will ich tun.«

»Zuerst mußt du uns beim Essen bedienen, dann werde ich dir sagen, was ich weiterhin von dir verlange.«

Die Burschen setzten sich an den Tisch, und die Alte bediente sie. Als sie gegessen hatten, sagte Mikesch: »Hexen, wie du eine bist, wissen genau, was in der ganzen Welt vorgeht. So weißt du gewiß, wo die Töchter des Königs, der über das benachbarte Land herrscht, hingeraten sind.«

»Das weiß ich nicht, gnädiger Herr!«

»Du wirst dich schon erinnern«, sagte Mikesch und griff in die Tasche, um den Bart hervorzuholen.

»Ach, quäle mich nicht!« bat die Alte, die seine Bewegung ängstlich verfolgte. »Die Töchter des Königs aus dem Nachbarland hat ein Drache entführt; nun hält er sie hier unter dieser Höhle versteckt.«

»Und wie kann man zu ihm gelangen?«

»Kommt, ich will euch den Weg zeigen«, erwiderte die Alte und ging zur Tür hinaus.

Mikesch folgte ihr, Kuba und Bobesch aber blieben zurück.

Hinter der Tür befand sich ein riesiges Loch, durch das ein Weg in die Tiefe führte.

»Du Giftkröte denkst wohl, daß ich wie eine Zieselmaus in Löcher kriechen kann? Verschaffe mir ein Seil, damit ich mich daran hinunterlassen kann!«

Die Alte kroch in das Loch und war im Nu mit einem Seil zurück.

»Kommt her, ihr Mamelucken!« rief Mikesch nun seinen Kameraden zu. »Wenn ihr schon zu nichts anderem taugt, so haltet wenigstens das Seil, damit ich mich daran hinunterlassen kann!«

Um sich aber davon zu überzeugen, daß er durch das pechschwarze Loch auf festen Grund und Boden gelangen würde, warf er seinen Stab hinunter; erst, als er ihn aufschlagen hörte, ließ auch er sich hinab. Vorher gebot er seinen Kameraden, sie sollten ihn sofort wieder emporziehen, wenn er ihnen mit dem Seil ein Zeichen gebe. Dann faßte er das Seil und ließ sich rasch bis auf den Grund hinab.

Doch wie groß war seine Verwunderung, als ihn plötzlich helles Licht umgab und er einen schönen Park erblickte, in dem ein prächtiges Schloß stand! Sofort fragte er die Alte, wer in diesem Schlosse wohne.

»Dort wohnen zwei von den Königstöchtern«, antwortete die Alte, »nur schade, daß du zu ihnen erst dann gelangst, wenn du die zwei Löwen und die zwei Drachen getötet hast, die am Tor Wache halten.«

»Das wird wohl nicht so schwer sein!«

»Bilde dir nur nicht ein, daß das eine leichte Sache ist! Solange du sie nicht geblendet hast, kannst du ihnen mit deinem Stab keinen Schaden zufügen. Hier hast du eine Kerze, geh langsam und gib acht, daß sie nicht erlischt! Wenn du zu den Löwen und Drachen kommst, so sag:

›Brenne hell, mein Licht,
Böse Augen vernicht!‹

Davon werden sie erblinden, und erst dann kannst du sie mit deinem Stab erschlagen. Hierauf führe die Prinzessinnen aus dem Schloß, aber ganz leise, denn unweit von dem Ort schläft noch ein Drache. Wenn der dich hört, ist es um uns geschehen.«

Mikesch nahm die Kerze und machte sich auf den Weg. Als er zum Schloß kam, wo zwei Löwen und zwei schreckliche Drachen lagen, aus deren Augen Flammen schlugen, sagte er:

>Brenne hell, mein Licht,
Böse Augen vernicht!«

Im selben Augenblick schlossen sich die Augen der blutgierigen Wächter, und er erschlug die Ungeheuer mit seinem sieben Zentner schweren Wanderstab.

Ohne auf ein weiteres Hindernis zu stoßen, betrat er nun das Schloß. Alle Zimmer waren prächtig ausgestattet, im schönsten aber saßen auf einem seidenen Ruhebett zwei Mädchen, die sich eng umschlungen hielten. Es war, als neige sich eine Rose der anderen zu. Als sie einen so hübschen Mann ins Zimmer treten sahen, dachten sie, er könne nur ein guter Geist sein, und fielen auf die Knie.

»Macht keine Umstände!« sagte Mikesch leise. »Kommt rasch und folgt mir, aber ohne Lärm, damit wir glücklich von hier fortkommen!«

Diese Worte klangen den Mädchen wie liebliche Musik in den Ohren; ohne Fragen zu stellen, folgten sie rasch ihrem Befreier.

Als sie das Seil erreicht hatten, sagte Mikesch: »Nun laßt euch nacheinander hinaufziehen, ich folge als letzter. Oben warten meine Kameraden, habt keine Angst vor ihnen! Sobald ich oben bin, eilen wir alle zu euren Eltern.« Dabei zog er am Seil.

Das erste Mädchen hielt sich daran fest, und die Burschen zogen es hinauf. So geschah es auch mit dem zweiten.

Aber als Mikesch das Seil ergreifen wollte, faßte ihn die Alte an der Hand und sagte: »Wenn du dich hinaufziehen läßt, wird es dein Tod sein. Deine Kameraden wollen dich aus großer Höhe fallen lassen; du sollst dir das Genick brechen. Wenn du mir nicht glauben willst, so binde deinen Stab an das Seil, und gleich wirst du sehen, daß ich die Wahrheit gesagt habe!«

Mikesch befolgte den Rat und band seinen Wanderstab an das Seil. Als dieser schon fast oben war, fiel er plötzlich mit furchtbarem Getöse in die Tiefe und schlug auf dem Gestein auf. Nun sah Mikesch, daß die Alte nicht gelogen hatte und daß es sein Tod gewesen wäre, wenn er sich von den beiden falschen Kameraden hätte hinaufziehen lassen.

Mehr als der Verlust der Freiheit schmerzte ihn die Treulosigkeit seiner Kameraden, denen er soviel Gutes erwiesen und obendrein noch zwei so hübsche Mädchen als Gefährtinnen geschickt hatte. »Komme ich noch einmal mit euch, ihr Falschen, zusammen, zahle ich es euch mit einer Münze heim, für die sich selbst der Teufel nicht bedanken würde!« rief er, um seinem Grimm Luft zu machen, und drohte mit der Faust hinauf. Dann aber erinnerte er sich an die Alte und fuhr sie barsch an: »Nun sag mir, wie ich von hier fortkomme!«

»Von hier gibt es kein Entrinnen, es sei denn, du befreist auch mich. Ich bin die jüngste Schwester der beiden Mädchen, denen du eben zur Freiheit verholfen hast.«

»Warum hast du das nicht schon früher gesagt?«

»Weil ich es nicht sagen durfte. Mich und meine Schwestern hat ein Zauberer verwünscht. Aus übergroßem Haß hat er mich in einen häßlichen Zwerg verwandelt, solange sich nicht einer fände, der mir den Bart ausrisse; dem sollte ich dann bei der Befreiung meiner Schwestern behilflich sein dürfen. Ich selbst aber muß in der Gestalt eines alten Weibes hierbleiben, wenn jener Mann nicht den Drachen, der dort drüben schläft, im Meer ersäuft. Das wäre niemals in Erfüllung gegangen, hättest du nicht zufällig hierbleiben müssen. Hab Erbarmen mit mir und befreie auch mich!«

»Wie kann ich einen so gefährlichen Drachen im Meer ersäufen?« fragte Mikesch.

»Das will ich dir sagen. Geh ins Schloß, dort findest du in der Nähe der Tür ein Faß mit Fleisch; dieses Faß mußt du dir über die Schulter hängen. Dann nimm deinen Wanderstab und das Licht in die Hand, verstecke dich und warte! Sobald der Drache gekrochen kommt, mach dich an ihn heran und spring ihm auf den Rücken! Er wird sich mit dir in die Lüfte erheben und gewaltig schnauben. Gib ihm aus dem Faß ein Stück Fleisch, damit er sich beruhigt! Das wiederholst du so lange, bis du in der Ferne das Meer erblickst. Wenn ihr dann über dem Meer schwebt, sagst du, das Fleisch sei hinuntergefallen. Dann holst du die Kerze hervor und sprichst die bekannte Zauberformel. Der Drache fliegt hinab, du gibst ihm einen Schlag über den Kopf, und er wird betäubt im Meer versinken. Sobald er tot ist, erlange ich wieder meine frühere Gestalt, denn der Zauberer hat dann keine Gewalt mehr über mich, und alle Schätze, die im Schloß sind, gehören mir. Damit du mich erkennst, wenn du zurückkommst, nimm diesen Ring und brich ihn in zwei Hälften! Die eine behältst du, die andere gibst du mir. Nur dem, der mir den halben Ring bringt, werde ich Glauben schenken. Nun geh und tue, wie ich dir gesagt habe!«

Mikesch nahm den halben Ring, verabschiedete sich von der Alten, ging ins Schloß, holte das Faß und band es sich auf den Rücken. In die eine Hand nahm er seinen Wanderstab, in die andere die Kerze, und so wartete er hinter einer Säule auf den Drachen.

Es dauerte nicht lange, da kam der Drache mit fürchterlichem Lärmen und Tosen gekrochen. Kaum hatte er sich der Säule genähert, sprang Mikesch vor und schwang sich auf seinen Rücken. Der Drache bäumte sich auf, doch vergeblich. Als sich der Reiter nicht abwerfen ließ, erhob er sich mit ihm in die Lüfte.

Mikesch gab ihm ein Stück Fleisch, worauf er sich etwas beruhigte. So fütterte er ihn immerzu, bis das Faß nahezu leer war. Da erblickte er unter sich das Meer und ließ das leere Faß hinabfallen. Dann sprach er die Worte:

> »Brenne hell, mein Licht,
> Böse Augen vernicht!«

Dabei trieb er den Drachen an, sich auf das Meer hinabzulassen und das hinuntergefallene Fleisch zu holen.

Gierig nach Fraß und von dem Zauberlicht geblendet, flog der Drache aufs Wasser, und Mikesch schlug ihm mit seinem schweren Wanderstab so gewaltig auf den Kopf, daß er betäubt wurde und im Meer versank.

Im gleichen Augenblick gewahrte Mikesch ein Boot; er sprang hinein und wurde ans Ufer getragen. Kaum hatte er festes Land unter den Füßen, verschwand das Boot, und Mikesch ging den Weg zurück, den der Drache mit ihm geflogen war. Er kam durch Städte und Wälder, wanderte über Berg und Tal, doch die Höhle und das Schloß konnte er nicht wiederfinden.

Kuba und Bobesch hatten inzwischen die erste Prinzessin, gleich, nachdem sie bei ihnen angekommen war, nach allem ausgefragt. Während sie die zweite emporzogen, hatten sie vereinbart, Mikesch umzubringen und von den Prinzessinnen unter Todesandrohung zu verlangen, daß sie ihren Eltern sagen sollten, Bobesch und Kuba seien ihre Befreier gewesen. Gesagt, getan; nur wußten sie nicht, wie klug Mikesch gehandelt hatte, und hielten ihn deshalb für tot.

Die Prinzessinnen hätten zwar zehnmal lieber Mikesch um sich gesehen als seine ungeschlachten, groben Gefährten, doch als diese sie mit dem Tode bedrohten, wenn sie auch nur einen Ton sagten, waren sie beide mucksmäuschen still.

Die wertvollen Edelsteine, mit denen sich die Prinzessinnen geschmückt hatten, verkauften die Burschen unterwegs. Ohne jede Widrigkeit kamen sie zu den Eltern der beiden Mädchen. Was sie von dem Geld bis dahin nicht verbraucht hatten, behielten sie für sich.

Der König war unaussprechlich froh, als er seine Töchter wiedersah, und machte ihre Befreier gleich zu seinen Schwiegersöhnen. Als er nach Mikesch fragte, sagten sie, er habe sich unterwegs von ihnen getrennt und suche wohl noch die dritte Prinzessin, von deren Verbleib niemand etwas wisse.

Der König wollte, daß die Hochzeit bald gefeiert werde. Seine Töchter aber baten, das möge erst nach Jahr und Tag geschehen, und der König entsprach ihrem Wunsch.

Während das Jahr verging, durchwanderte Mikesch ein gutes Stück der Welt. Eines Tages kam er in eine Gegend, die ihm bekannt vorkam. Müde betrat er das Gasthaus. Als er gegessen und getrunken hatte, fragte er seiner Gewohnheit gemäß, was es Neues gebe.

»Neu ist bei uns nur«, erwiderte der Wirt, »daß es in unserem Schloß nicht mehr spukt.«

»Wo ist denn das Schloß, in dem es gespukt hat?«

»Etwa eine halbe Wegstunde von hier. Was dort gespukt hat, wissen wir nicht, aber viele Jahre durfte es niemand betreten, sonst war es sein Tod, und deshalb machte jeder einen weiten Bogen um das Schloß, und mit der Zeit wurde alles ringsum zur Wüstenei. Vor kurzem aber wurde bekannt, daß jetzt eine schöne Frau dort wohne, zu der jedermann Zutritt habe. Wie es dazu gekommen ist, weiß niemand. Seitdem kommt dort jeden Tag viel Volk zusammen, die Frau aber ist immerzu traurig und schwermütig und verläßt das Schloß nicht. Viele Freier haben schon bei ihr vorgesprochen, aber sie hat alle abgewiesen.«

»Wollen wir wetten, daß sie mich nicht abweist?« sagte Mikesch, der sich gleich denken konnte, wer die Frau war. Er nahm den halben Ring, den er von der Alten bekommen hatte, warf ihn in einen Becher, goß Wein darüber, übergab den Becher dem Wirt und sagte: »Bringe den Wein ins Schloß zu der schönen Frau und sag, sie möge ihn auf das Wohl ihres Befreiers trinken. Wenn du alles gut bestellst, erhältst du ein anständiges Trinkgeld.«

Der Wirt säumte nicht lange, nahm den Becher und brachte ihn ins Schloß. Bevor noch eine Stunde vergangen war, hielt schon ein prächtiger Wagen vor dem Gasthaus, und eine wunderschöne junge Frau sprang behende heraus. Es war die Alte von einst, die Schwester der beiden befreiten Mädchen.

Sie hatte am Boden des Bechers, den der Wirt brachte, den halben Ring gefunden und war voll Freude herbeigeeilt, um etwas über ihren Liebsten zu erfahren, auf den sie schon so lange wartete. Wie groß war ihre Freude, als sie ins Gasthaus trat und ihn selbst antraf!

Mikesch war ganz außer sich vor Freude. Als ihn das schöne Mädchen freundlich willkommen hieß, pries er im Geiste sogar die Heimtücke seiner Weggefährten und wäre vor lauter Wonne beinahe dem Wirt um den Hals gefallen.

Am nächsten Tag wurde ein frohes Fest gefeiert, und am dritten Tage fand die Hochzeit statt, zu der auch der Wirt geladen war. Nach der Hochzeit fuhr Mikesch mit seiner jungen Frau zu ihren Eltern, denn beide waren in größter Sorge um die beiden Prinzessinnen.

Und es war höchste Zeit! Denn als sie in der Hauptstadt ankamen, in der der Vater regierte, vernahmen sie auf den Straßen frohes Jauchzen, Musik erklang, und das ganze Schloß war mit Blumen geschmückt und mit rotem Tuch ausgeschlagen. Da fragten sie die Leute, was das zu bedeuten habe, und vernahmen, es werde die Hochzeit der Prinzessinnen mit den beiden Gesellen gefeiert, die sie aus der Macht eines bösen Zauberers befreit hätten. Rasch eilten die Jungvermählten ins Schloß, um die unerwünschte Hochzeit zu verhindern. Die Eltern und die blassen Bräute waren vor Freude einer Ohnmacht nahe, die Bräutigame aber erbleichten vor Schreck, als hinter dem Diener, der dem König die unverhofften Gäste meldete, Mikesch mit der jüngsten Prinzessin den Saal betrat.

»Dies ist mein Befreier und mein Gemahl«, sagte die Prinzessin, als sie sich aus der Umarmung ihrer Eltern und Schwestern gelöst hatte.

»Er ist auch unser Befreier, nicht diese Betrüger!« riefen nun die anderen beiden Prinzessinnen, durch Mikeschs Anwesenheit ermutigt.

Alle sahen sich um, aber die Bräutigame waren schon auf

und davon. Sie waren keinen Augenblick darüber im Zweifel, was ihnen bevorstand; deshalb schwangen sie sich auf schnelle Pferde und nahmen Reißaus. Keiner hinderte sie daran, und niemand weinte ihnen eine Träne nach.

Zunächst wurde ein Wiedersehensfest gefeiert, doch nach einiger Zeit auch die Hochzeit der beiden Prinzessinnen, die ihnen ebenbürtige Männer gefunden hatten.

Dann begab sich Mikesch zu seinen Eltern in die Schmiede und kehrte mit ihnen und seiner Frau in sein Schloß zurück, wo er glücklich und zufrieden lebte. Den Erstgeborenen aber mußte die Amme so lange stillen, bis er den sieben Zentner schweren Wanderstab heben konnte, der in der königlichen Rüstkammer zur Erinnerung aufbewahrt wurde.

Der Schafhirt und der Drache

Es war einmal ein Schafhirt, der wohnte hoch oben in den Bergen auf einer Alm. Wenn er die Schafe auf die Weide trieb, blies er gewöhnlich auf einer Hirtenflöte oder lag auf dem Erdboden und betrachtete den Himmel, die Berge, die Schafe und die grüne Wiese.

Einmal, es war im Herbst, gerade zu der Zeit, in der sich die Schlangen in das Innere der Erde zum Winterschlaf zurückziehen, lag unser Hirt wieder auf dem Erdboden, stützte den Kopf auf die Ellbogen und blickte vom Berg ins Tal.

Da wunderte er sich plötzlich: Zahlreiche Schlangen kamen

von allen Seiten zu dem Felsen gekrochen, der dem Hirten unmittelbar vor Augen stand. Sobald sie ihn erreicht hatten, nahm jede Schlange ein Kraut, das dort wuchs, auf die Zunge und berührte damit den Felsen. Der öffnete sich, und die Schlangen verschwanden eine nach der andern darin.

Neugierig erhob sich der Hirt, befahl seinem Hund Bello, die Schafe zurückzutreiben, und ging selbst zu dem Felsen. Er dachte bei sich: Ich muß doch einmal schauen, was das für ein Kraut ist und wohin die Schlangen kriechen. Das Kraut kannte er nicht. Als er es aber pflückte und den Felsen damit berührte, öffnete sich dieser auch vor ihm.

Der Schafhirt ging hinein und befand sich in einer Höhle, deren Wände von Gold und Silber glitzerten. Inmitten der Höhle stand ein goldener Tisch, und darauf lag zusammengeringelt eine riesige alte Schlange. Sie schlief. Rings um den Tisch lagen lauter Schlangen. Alle schliefen und rührten sich nicht, als der Hirt eintrat.

Dem Hirten gefiel die Höhle, und er ging einige Male darin auf und ab, doch dann überkam ihn die Langeweile, er erinnerte sich an die Schafe und wollte wieder auf die Alm, denn er dachte bei sich: Ich habe gesehen, was ich wollte, jetzt kehre ich zurück.

Es war leicht zu sagen: Jetzt kehre ich zurück, aber wo ging es hinaus? Der Felsen hatte sich hinter dem Hirten geschlossen, als er die Höhle betreten hatte, doch was zu tun, was zu sagen war, damit sich der Felsen wieder öffnete, wußte er nicht, und deshalb mußte er in der Höhle bleiben.

»Nun, wenn ich nicht hinaus kann, lege ich mich eben schlafen«, sagte er schließlich zu sich, wickelte sich in eine Decke, legte sich auf die Erde und schlief ein.

Es kam ihm vor, als hätte er nicht lange geschlafen, als ihn Rascheln und Wispern weckten. Er blickte sich um, denn er dachte, er liege in der Schäferhütte. Da sah er um sich die glitzernden Wände, vor sich den goldenen Tisch, auf dem

Tisch die alte Schlange und rings um den Tisch eine große Menge Schlangen, die am goldenen Tisch leckten und nach einer Weile fragten: »Ist es schon Zeit?«

Die alte Schlange ließ sie reden, doch schließlich hob sie langsam den Kopf und sagte: »Es ist Zeit!« Kaum hatte sie das gesprochen, streckte sie sich vom Kopf bis zum Schwanz wie eine Rute, kroch vom Tisch auf die Erde und begab sich zum Ausgang der Höhle. Alle Schlangen krochen ihr nach.

Der Hirt reckte und streckte sich, gähnte, stand auf und folgte den Schlangen. Er dachte bei sich: Wo die hingehen, dorthin gehe auch ich.

Es ist leicht zu sagen: Dorthin gehe auch ich. — Doch wie sollte das geschehen?

Die alte Schlange berührte den Felsen, der öffnete sich, und die Schlangen krochen eine nach der andern hinaus.

Als die letzte Schlange draußen war, wollte der Hirt ebenfalls hinaus, aber der Felsen schloß sich unmittelbar vor seiner Nase, und die alte Schlange zischte ihm mit pfeifender Stimme zu: »He, Mensch, du mußt hierbleiben!«

»Ach, was sollte ich hier tun? Eine Wirtschaft habt ihr nicht, und schlafen kann ich auch nicht ewig. Laßt mich hinaus! Ich habe meine Schafe im Pferch und zu Hause ein böses Weib. Das keift, wenn ich nicht rechtzeitig heimkomme«, sagte er.

»Du kommst nicht von hier fort, bevor du nicht einen dreifachen Schwur geleistet hast, daß du niemandem sagst, wo du gewesen und wie du zu uns gekommen bist!« pfiff die Schlange.

Was sollte der Hirt tun? Er verpflichtete sich gern durch dreifachen Schwur, nichts zu sagen, nur um hinauszukommen.

»Wenn du deinen Eid nicht hältst, ergeht es dir schlecht!« drohte die Schlange dem Hirten, als sie ihn endlich doch hinausließ.

Was für eine Veränderung war draußen vorgegangen! Dem

Hirten begannen vor Schreck die Beine zu zittern, als er sah, wie sich die Zeit verändert hatte und daß statt des Herbstes der Frühling herrschte.

»Weh mir!« klagte er. »Ich armer Mensch, was habe ich getan! Ich habe ja den Winter im Felsen verschlafen! Oh, meine Schafe, wo werde ich euch finden! Ach, was wird meine Frau sagen!« So jammernd, ging er auf die Alm zu. Dort sah er seine Frau mit etwas hantieren. Da er auf ihre Vorwürfe noch nicht vorbereitet war, versteckte er sich erst einmal im Pferch.

Als er im Pferch saß, sah er, daß ein schöner Herr auf seine Frau zutrat, und hörte, wie er sie fragte, wo ihr Mann sei.

Die Frau des Hirten erzählte diesem Menschen unter Tränen, der Hirt sei eines Tages im Herbst mit den Schafen auf den Berg gegangen und nicht mehr zurückgekehrt; der Hund Bello habe die Schafe zurückgetrieben, der Hirt aber sei seither nicht mehr gesehen worden. »Vielleicht haben ihn die Wölfe gefressen, oder die Waldfeen haben ihn auf dem Berg in Stücke gerissen«, schloß die Frau ihren Bericht.

»Weine nicht, Frau!« rief ihr da der Hirt vom Pferch aus zu. »Ich bin ja am Leben! Mich haben nicht die Wölfe gefressen und auch nicht die Waldweiber zerrissen, sondern ich habe den Winter im Pferch verschlafen.«

Damit war der Hirt aber nicht gut beraten, denn als seine Frau diese Worte hörte, trocknete sie ihre Tränen und begann wütend zu schimpfen: »Da sollen doch tausend Blitze in dich fahren, du Narr, du Nichtsnutz! Du willst ein Mann sein? Was bist du für ein Hirt! Überläßt deine Schafe dem Zufall, kriechst in den Pferch und schläfst wie eine Schlange im Winter! Wer hat so etwas je gehört?«

Der Hirt mußte seiner Frau innerlich recht geben, doch weil er die Wahrheit nicht sagen durfte, schwieg er und gab keinen Laut von sich.

Der schöne Herr aber sagte zu der Frau, sie möge sich beruhigen, ihr Mann habe nicht im Pferch geschlafen, er sei ganz woanders gewesen, und wenn ihm der Hirt sagen werde, wonach er ihn frage, werde er ihm viel Geld geben.

Da giftete sich die Frau des Hirten noch mehr, weil ihr Mann sie belogen hatte, und wollte erst recht wissen, wo er gewesen sei. Wer weiß, was noch geschehen wäre, aber der schöne Herr versprach ihr Geld, damit sie schweige, und redete ihr zu, nach Hause zu gehen, er werde sich ihren Mann selbst vornehmen.

Als die Frau gegangen war, nahm der schöne Herr seine natürliche Gestalt an, und da sah der Hirt den Zauberer aus den Bergen vor sich stehen. Er erkannte ihn gleich, denn der Zauberer hatte in der Mitte der Stirn ein drittes Auge. Dieser Zauberer war ein ungemein mächtiger Mann, der sich in jede Gestalt verwandeln konnte, und wer es wagte, sich ihm entgegenzustellen, den verwandelte er auf der Stelle, beispielsweise in einen Widder.

Der Hirt zitterte am ganzen Körper, denn er hatte vor dem Zauberer noch mehr Angst als vor seiner Frau.

Der Zauberer fragte ihn, wo er gewesen sei und was er gesehen habe.

Der Hirt erschrak über diese Frage sehr. Was sollte er sagen? Er fürchtete die alte Schlange und den Bruch seines Schwurs, doch den dreiäugigen Zauberer fürchtete er auch. Als ihn aber der Zauberer zum zweitenmal und schließlich zum drittenmal mit drohender Stimme fragte, wo er gewesen sei und was er gesehen habe, als seine Gestalt vor ihm, wie ihm schien, ins Ungeheure wuchs, vergaß er seinen Schwur. Er bekannte, wo er gewesen war, was er im Felsen gesehen hatte und wie er dorthin gelangt war.

»Nun gut«, sagte der Zauberer, »so komm mit, zeig mir den Felsen und das Kraut!«

Der Hirt mußte mit ihm gehen. Als sie zum Felsen kamen, pflückte der Hirt das Kraut, berührte damit den Felsen, und dieser öffnete sich.

Der Zauberer aber wollte nicht, daß der Hirt hineingehe,

auch er selbst ging nicht weiter, sondern er zog nur ein Buch heraus und begann darin zu lesen.

Der Hirt stand schreckensbleich daneben.

Da erzitterte plötzlich die Erde, aus dem Felsen ertönte ein Zischen und Pfeifen, und heraus kroch ein furchtbarer Drache, in den sich die alte Schlange verwandelt hatte. Aus seinem Rachen schlug Feuer, sein Kopf war schrecklich anzusehen, mit seinem Schweif schlug er nach links und nach rechts, und jeder Baum, den er traf, zerbarst.

»Leg ihm das Halsband um!« befahl der Zauberer und reichte dem Hirten einen Gürtel, ohne die Augen vom Buch zu wenden.

Der Hirt nahm den Gürtel, aber er fürchtete sich, näher an den Drachen heranzutreten. Erst als es ihm der Zauberer zum zweiten- und zum drittenmal befahl, war er bereit zu gehorchen.

Doch wehe dem Hirten! Als er dem Drachen das Band um den Hals legen wollte, drehte sich dieser nach ihm um, und ehe es sich der Hirt versah, saß er auf dem Rücken des Drachen, und der erhob sich mit ihm über die Wälder.

In diesem Augenblick wurde es völlig dunkel, nur die Flammen, die dem Drachen aus Maul und Augen schlugen, leuchteten ihnen auf den Weg. Die Erde erbebte, Steine fielen hinab. Wütend scheuerte sich der Drache die Seiten, und jede Buche, jede Tanne, die er streifte, knickte er wie eine Rute, und er spie so viel Wasser auf die Erde, daß es die Berge hinabbrann wie die Waag. Es war entsetzlich, und der Hirt starb fast vor Angst.

Allmählich aber verrauchte der Zorn des Drachen, er schlug nicht mehr mit dem Schwanz um sich, hörte auf, Wasser zu speien, und aus seinem Maul schlugen keine Flammen mehr.

Der Hirt kam zu sich und glaubte, der Drache lasse sich wieder zur Erde hinab.

Aber es war noch nicht genug. Der Drache schien ihn noch

weiter bestrafen zu wollen. Langsam, ganz langsam hob er sich höher und höher über die Berge, bis die gewaltigen Höhen und Gipfel nur noch wie Ameisenhügel erschienen. Erst als der Hirt nichts mehr sah als die Sonne, die Sterne und die Wolken, blieb der Drache mit ihm in der Luft stehen.

»Ach Gott, was soll ich beginnen? Da hänge ich nun in der Luft. Springe ich hinunter, erschlage ich mich, und in den Himmel kann ich auch nicht fliegen!« So jammerte der Hirt und begann bitterlich zu weinen.

Der Drache erwiderte nichts.

»Ach, Drache, großmächtiger Herr, erbarmt Euch«, bat er den Drachen nach einer Weile, »fliegt wieder hinab, ich schwöre Euch, ich werde Euch bis zu meinem Tode nicht mehr erzürnen.«

Ein Stein hätte sich des armen Hirten erbarmt, aber der Drache schnaubte nur, sagte kein Wort und rührte sich nicht von der Stelle.

Da drang plötzlich an das Ohr des Hirten die Stimme einer Lerche. Der Hirt empfand darob unbändige Freude. Immer näher kam die Lerche zu ihm. Als sie sich über seinen Kopf erhob, bat der Hirt: »Lerche, du gottgefälliger Vogel, ich bitte dich, flieg zum himmlischen Vater und berichte ihm von meiner Not! Sag ihm, daß ich ihn grüßen lasse und seine Hilfe erflehe!«

Die Lerche flog zum himmlischen Vater und überbrachte ihm die Bitte des Hirten. Da erbarmte sich seiner der himmlische Vater, schrieb mit goldener Schrift etwas auf ein Birkenblatt, legte dieses Blatt der Lerche in den Schnabel und trug ihr auf, es auf den Kopf des Drachen fallen zu lassen.

Die Lerche flog durch die Lüfte, und als sie sich über dem Kopf des Drachen befand, ließ sie das mit goldenen Lettern beschriebene Birkenblatt auf ihn hinabfallen.

Im selben Augenblick flog der Drache mit dem Hirten zur Erde nieder.

Als der Hirt zu sich kam, sah er, daß er bei seiner Hütte auf der Alm stand und daß sein Hund Bello die Schafe zurücktrieb.

Und plötzlich sah er eine Maus —
und das Märchen ist aus.

Der Weg zur Sonne und zum Mond

Es waren einmal zwei junge Leute, die hatten einander gern. Sie hieß Hanuschka und war wie ein Täubchen, er hieß Hans und war wie ein Falke. Ihr Vater war ein reicher Edelmann, sein Vater aber ein armer Hirt. Daß Hans arm war, machte Hanuschka nichts aus, Hauptsache, er war ein hübscher Bursche. »Aber was wird mein Vater dazu sagen?«

Eines Tages ging Hans zum Edelmann, um ihn zu fragen, ob er ihm Hanuschka zur Frau gebe.

Der Edelmann hörte ihn an und sagte dann zu ihm: »Höre, Hans, wenn du meine Tochter haben willst, geh zuerst zur Sonne und frage sie, warum sie nicht bei Nacht so leuchtet und wärmt wie am Tage, und dann frage den Mond, warum er nicht wärmt und am Tage so leuchtet wie in der Nacht!

Wenn sie es dir sagen, komm zurück, und ich will dir meine Tochter und allen Reichtum geben.«

Als Hans das hörte, schob er seinen breitkrempigen Hut zur Seite, nahm von Hanuschka Abschied und machte sich auf den Weg zur Sonne.

Eines Tages kam er zu einer einsamen Burg, und weil es Abend war, bat er um ein Nachtlager. Man gewährte es ihm und lud ihn auch zu Tisch. Dort fragte man ihn, woher er komme und wohin er gehe. Als er sagte, daß er zur Sonne und zum Mond gehe, bat ihn der Herr, ihm einen Freundschaftsdienst zu erweisen und nicht zu vergessen, die Sonne danach zu fragen, warum sein schönster Birnbaum schon seit Jahren keine Früchte mehr trage, obwohl er doch früher die süßesten Früchte gehabt habe. Hans versprach gern, danach zu fragen. Am nächsten Morgen zog er weiter.

Wieder ging er über Berg und Tal, über Höhen und durch tiefe Wälder. Da kam er in ein Dorf, das Not an gutem Wasser litt. Die Einwohner fragten ihn nach dem Woher und dem Wohin, und als sie hörten, daß er zur Sonne und zum Mond gehe, baten sie, er möge die Sonne auch danach fragen, warum ihr Brunnen nicht mehr so gutes Wasser gebe wie früher. Hans versprach, es nicht zu vergessen, und ging frohgemut weiter.

Nach langer Wanderung kam er schließlich zur Sonne. Sie war gerade beim Aufgehen. »He, warte, ich muß dich etwas fragen!« rief ihr Hans zu.

»Rasch, komm her, ich muß noch die ganze Welt umwandern«, erwiderte die Sonne.

Hans beeilte sich, und als er bei der Sonne war, fragte er sie: »Warum leuchtest und wärmst du nicht bei Nacht wie am Tage?«

»Wenn ich bei Nacht leuchten und wärmen wollte wie am Tage, würde die Erde verbrennen«, antwortete ihm die Sonne.

Hans fragte sie noch nach dem Wasser und dem Birnbaum, aber die Sonne erwiderte, das werde wohl der Bruder Mond wissen. Dann begann sie rasch ihre Bahn.

Hans ging weiter, bis er den Mond traf. »He, Mond, warte, ich muß dich etwas fragen!« rief ihm Hans zu.

»Sag es schnell, die Welt erwartet mich!« erwiderte der Mond und blieb stehen.

»Warum leuchtest du nicht am Tage wie in der Nacht, und warum wärmst du nicht?« fragte Hans.

»Wenn ich bei Tage so leuchtete wie bei Nacht, gäbe es keine Fruchtbarkeit. Ich wärme nicht, aber ich gebe der Erde den Tau, damit alles grünt und wächst«, antwortete der Mond und wollte weiter.

Hans aber hielt ihn zurück und erkundigte sich, warum in jener Burg der Birnbaum nicht mehr wie früher Früchte trage.

»Solange die älteste Tochter des Herrn eine Jungfrau war, trug der Birnbaum gut; aber seit ich gesehen habe, daß sie ihr Kind unter dem Birnbaum verscharrt hat, trägt er nicht mehr. Sie sollen das Kind ausgraben und das Mädchen unter die Haube bringen, dann wird der Birnbaum wieder tragen«, erwiderte der Mond und wollte weiter.

Aber Hans hielt ihn nochmals zurück und fragte, warum sie in jenem Dorf nicht mehr so gutes Wasser hätten wie früher.

»Das ist deshalb, weil dort, wo das Wasser entspringt, ein flacher Stein liegt; unter dem Stein aber sitzt eine große Kröte, die das Wasser ständig trübt und verunreinigt. Sie sollen den Stein herausbrechen und die Kröte erschlagen, dann werden sie wieder so gutes Wasser haben wie früher.« Nach diesen Worten eilte der Mond rasch weiter.

Hans hielt ihn nicht länger auf, denn er wußte ja bereits, was er wissen wollte. So trat er denn den Heimweg an.

Als ihn die Leute in jenem Dorf, wo sie kein gutes Wasser hatten, kommen sahen, eilten sie ihm entgegen, denn sie wollten erfahren, welche Nachricht er ihnen bringe.

Hans ging mit ihnen zum Brunnen und sagte ihnen, was sie tun müßten. Tatsächlich fanden sie unter einem flachen Stein eine Kröte, die das gute Wasser verdarb, Sie erschlugen sie, und das Wasser war wieder so gut wie vordem. Von allen reich beschenkt, zog Hans weiter.

Als er zur Burg kam, begrüßte ihn der Herr voll Freude und fragte gleich, ob er sein Anliegen nicht vergessen habe.

»Ach, Herr Bruder, ich habe es nicht vergessen, nur weiß ich nicht, ob es Euch lieb sein wird, die Antwort zu hören. Solange Eure Tochter eine Jungfrau war, trug der Birnbaum gut; seit sie aber ihr Kind unter dem Birnbaum verscharrt hat, trägt er nicht mehr. Wenn Ihr das Kind ausgrabt und Eure Tochter unter die Haube bringt, wird der Birnbaum wieder tragen wie zuvor.«

Der Herr ging gleich hin, um sich zu überzeugen, ob es so sei. Und es war so. Sie gruben das Kind aus, brachten die Tochter unter die Haube und beschenkten Hans reichlich. Sie gaben ihm auch ein Pferd, damit er rascher nach Hause käme.

Hanuschka wußte kaum, was sie vor Freude beginnen sollte, als ihr Liebster zurückkam.

Ihr Vater freilich freute sich nicht, denn er hatte gehofft, Hans nie wiederzusehen. Deshalb hatte er ihn ja zur Sonne geschickt, überzeugt, sie werde ihn verbrennen.

Aber Hans war gesund und um vieles klüger zurückgekehrt. Nun wußte er, warum die Sonne nicht bei Nacht scheint und wärmt wie bei Tage und warum der Mond nicht wärmt und nicht am Tage leuchtet wie in der Nacht. Und er brachte große Reichtümer mit, mehr, als der Edelmann selbst besaß, sowie ein schnelles Pferd. Dazu war er ein hübscher, stattlicher Bursche.

Hanuschka wollte keinen anderen haben als ihn. Was sollte da der Vater sagen? Er sagte nichts, und Hans nahm Hanuschka zur Frau.

Es gab ein fröhliches Hochzeitsfest. Brei und Honig flossen so reichlich, daß sie überflossen, und die Musik spielte so laut, daß die Berge widerhallten.

Katinka und der Teufel

In einem Dorf wohnte eine alte Jungfer namens Katinka. Sie besaß ein kleines Häuschen, einen Garten und außerdem ein paar Gulden, doch wenn sie auch in Gold geschwommen wäre, hätte sie der ärmste Häusler nicht genommen, denn sie war böse und großmäulig wie der Teufel. Sie hatte nur ihre alte Mutter im Haus und benötigte manchmal Hilfe, doch selbst wenn einem, den schon Kreuzer retten konnten, Dukaten geboten worden wären, hätte er nicht das geringste für sie getan, denn ein Wort genügte, und sie begann zu zanken und zu streiten, daß man es zehn Hufen weit hören konnte. Zu alledem war sie keineswegs hübsch, und so blieb sie sitzen und ging schon bald in die Vierziger.

Wie das auf dem Lande üblich ist, war auch hier jeden Sonntagnachmittag Musik. Sobald beim Dorfrichter oder im Gasthaus der Dudelsack erklang, war die Stube gleich voller Burschen, auf dem Flur und vor dem Hause standen die Mädchen, und an den Fenstern drückten sich die Kinder die Nasen platt. Als erste war stets Katinka zur Stelle. Die Burschen winkten den Mädchen, und die traten freudig in den Kreis, aber Katinka war dieses Glück in ihrem Leben noch kein einziges Mal zuteil geworden. Trotzdem ließ sie keinen Sonntag aus.

Einmal, als sie gerade wieder zur Musik ging, dachte sie bei sich: Nun bin ich schon so alt und habe noch mit keinem Burschen getanzt! Da kann man sich ja grün und gelb ärgern! Fürwahr, heute würde ich selbst mit dem Teufel tanzen!

Verärgert betrat sie das Gasthaus, setzte sich an den Ofen und schaute zu, wie die Burschen die Mädchen zum Tanze holten.

Plötzlich trat ein Herr in Jägerkleidung durch die Tür. Er setzte sich unweit von Katinka an einen Tisch und bestellte etwas zu trinken. Die Kellnerin brachte einen Krug Bier, der

Herr nahm ihn, trug ihn zu Katinka und bat sie, ihm zuzutrinken.

Katinka wunderte sich, daß ihr der fremde Herr soviel Ehre erwies, zierte sich ein bißchen, tat ihm aber schließlich gern Bescheid.

Der Fremde stellte den Krug auf den Tisch, zog einen Dukaten aus der Tasche, warf ihn dem Dudelsackpfeifer zu und rief: »Ein Solo!«

Die Burschen traten zurück, und der Herr forderte Katinka zum Tanze auf.

»Zum Teufel, wer ist denn das?« fragten die Alten und steckten die Köpfe zusammen; die Burschen grinsten, die Mädchen versteckten sich hinter dem Rücken der anderen oder hielten die Schürze vors Gesicht, damit Katinka ihr Lachen nicht bemerken sollte.

Die sah jedoch keinen, sie war glücklich, endlich einmal tanzen zu können, und hätte die ganze Welt sie ausgelacht, sie hätte sich nichts daraus gemacht.

Den ganzen Nachmittag und den ganzen Abend tanzte der fremde Herr nur mit Katinka, er kaufte ihr Marzipan und Likör, und als es Zeit war, nach Hause zu gehen, begleitete er sie durchs Dorf.

»Ach, könnte ich doch bis an mein Lebensende so mit Euch tanzen wie heute!« sagte Katinka beim Abschied.

»Das kann geschehen. Komm mit!«

»Wo wohnt Ihr denn?«

»Faß mich am Hals! Ich will es dir zeigen.«

Katinka tat es, aber im selben Augenblick verwandelte sich der fremde Herr in einen Teufel und flog mit ihr geradewegs in die Hölle. Am Tor hielt er an und pochte an die Tür. Seine Kameraden öffneten ihm, und als sie sahen, daß er ganz außer Atem war, wollten sie ihm helfen und ihm Katinka abnehmen. Doch die hielt sich wie eine Klette fest und wollte sich um nichts in der Welt von ihm trennen. Der Teufel mußte, ob er wollte oder nicht, mit Katinka auf dem Rücken zum Rapport beim Höllenfürsten erscheinen.

»Wen bringst du denn da?« fragte ihn Satan.

Da erzählte ihm der Teufel, daß er über Land gegangen sei und Katinkas Seufzer nach einem Tänzer vernommen habe; in der Absicht, sie ein wenig zu erschrecken, habe er mit ihr getanzt und ihr schließlich kurz die Hölle zeigen wollen. »Ich wußte ja nicht«, beendete er seinen Bericht, »daß sie mich nicht wieder loslassen würde.«

»Weil du ein Dummkopf bist und meine Belehrungen nicht beachtest«, fuhr ihn der Höllenfürst an. »Bevor du mit jemandem etwas anfängst, sollst du seine Gesinnung prüfen; hättest du das getan, als Katinka mit dir ging, so hättest du sie nicht mitgenommen. Geh mir aus den Augen und sieh zu, wie du sie wieder loswirst.«

Verdrossen quälte sich der Teufel, die Jungfer Katinka auf

dem Rücken, auf die Erde zurück. Er versprach ihr das Blaue vom Himmel, wenn sie ihn loslasse, und er verfluchte sie, doch alles war vergebens.

Ermattet und erbost kam er schließlich mit seiner Last auf eine Wiese, wo ein junger, in einen riesigen Pelz gehüllter Schäfer seine Schafe hütete. Der Teufel hatte sich wieder in einen gewöhnlichen Menschen verwandelt, und so erkannte ihn der Schäfer nicht. »Wen tragt Ihr denn da, Freund?« fragte er vertraulich.

»Ach, lieber Mann, ich kann kaum noch schnaufen. Denkt Euch nur, ich gehe ganz friedlich meines Weges, da springt mir dieses Weibsstück an den Hals und will mich um keinen Preis wieder loslassen. Ich wollte sie ins nächste Dorf tragen und sie dort irgendwo absetzen, aber ich bin nicht mehr dazu imstande, die Beine versagen mir den Dienst.«

»Wartet, ich nehme Euch den Huckauf ab, aber nicht für lange, weil ich zu meiner Herde zurück muß; den halben Weg trage ich sie.«

»Da bin ich aber froh!«

»Höre, du, halt dich jetzt bei mir fest!« rief der Schäfer Katinka zu.

Kaum hatte Katinka das vernommen, ließ sie den Teufel los und packte den zottigen Pelz des Schäfers.

Nun hatte der hagere Schäfer eine gewaltige Last zu tragen: Katinka und den schweren Pelz, den er sich am Morgen vom Großknecht geliehen hatte. Bald bekam er es satt; er überlegte, wie er Katinka loswerden könnte. Eben lag ein Teich vor ihm, und da kam ihm der Gedanke, sie dort hineinzuwerfen. Doch wie? Nur zusammen mit dem Pelz würde es gehen. Der war freilich weit genug, und deshalb versuchte er es. Und siehe, ein Arm war heraus, ohne daß es Katinka gemerkt hatte, und er zog vorsichtig auch den zweiten aus dem Ärmel. Katinka merkte immer noch nichts. Da löste der Schäfer die erste Schlaufe vom Knopf, die zweite, die dritte, und plumps! — lag Katinka samt dem Pelz im Teich.

Der Teufel war dem Schäfer nicht gefolgt, er hatte sich am Feldrain niedergelassen und achtete auf die Schafe; dabei hielt er nach dem Schäfer Ausschau. Und er brauchte nicht lange zu warten. Den nassen Pelz auf der Schulter, kam der Schäfer über die Wiese gelaufen, da er dachte, der Fremde sei wohl schon im Dorf und die Schafe seien ohne Aufsicht.

Als die beiden einander erblickten, sahen sie sich erstaunt an: der Teufel, weil der Schäfer ohne Katinka kam, der Schäfer, weil der fremde Herr noch nicht fort war.

Schließlich sagte der Teufel zum Schäfer: »Ich danke dir, du hast mir einen großen Dienst erwiesen, denn ich hätte Katinka vielleicht bis zum Jüngsten Tag herumschleppen müssen. Das werde ich dir nie vergessen, und eines Tages werde ich dich dafür reich belohnen. Damit du aber weißt, wem du aus der Not geholfen hast, will ich es dir sagen — ich bin der Teufel.« Nach diesen Worten verschwand er.

Der Schäfer stand eine Weile wie vom Donner gerührt da, dann aber dachte er: Wenn alle so dumm sind wie der, dann ist es ja gut.

Über das Land, in dem unser Schäfer lebte, herrschte ein junger Fürst. Er war sehr reich, und da er ein freier Herr war, genoß er alles in vollen Zügen. Tag für Tag ergötzte er sich an den Vergnügungen, wie sie die Welt nur bieten kann, und wenn die Nacht anbrach, ertönte noch immer aus den fürstlichen Gemächern der Gesang prassender Männer.

Das Land verwalteten zwei Verwalter, die um nichts besser waren als der Herr selbst. Was der Fürst nicht verschwendete, behielten die beiden, und das arme Volk wußte nicht, wo es noch Geld aufbringen sollte. Wer eine schöne Tochter oder erspartes Geld besaß, hatte keinen ruhigen Augenblick, denn er konnte mit Sicherheit den Befehl erwarten, daß der Fürst kraft seines Rechtes beides für sich forderte, und wehe dem, der sich seinem Willen widersetzte! Wer hätte einen solchen Herrscher lieben können? Im ganzen Land verfluchte das Volk den Fürsten und die beiden Verwalter.

Eines Tages, als der Fürst nicht mehr wußte, was er sich noch alles ausdenken sollte, ließ er einen Sterndeuter kommen und befahl ihm, sein Schicksal und das seiner beiden Verwalter aus den Sternen zu lesen.

Der Sterndeuter gehorchte und forschte in den Sternen, welches Ende das Leben der drei Verschwender nehmen werde. »Verzeiht, fürstliche Gnaden«, sagte er schließlich, nachdem er seine Untersuchungen abgeschlossen hatte, »Eurem Leben und dem Eurer Verwalter droht eine solche Gefahr, daß ich mich fürchte, es auszusprechen.«

»Sprich, was immer es auch sei! Du mußt aber hierbleiben, und gehen deine Worte nicht in Erfüllung, kostet es dich den Kopf.«

»Einem gerechten Befehl unterwerfe ich mich gern. So vernehmt denn: Noch bevor der Mond ins zweite Viertel tritt, holt der Teufel die beiden Verwalter, und zwar zu der und der Stunde an dem und dem Tag, und bei Vollmond holt er auch Euch, fürstliche Gnaden; alle drei bringt er bei lebendigem Leibe in die Hölle.«

»Werft diesen lügnerischen Gaukler ins Gefängnis!« befahl der Fürst, und die Diener taten nach seinem Geheiß.

Im Herzen freilich war dem jungen Fürsten nicht so zumute, wie er sich stellte; die Worte des Sterndeuters hatten ihn wie die Stimme des Jüngsten Gerichts erschüttert. Zum ersten Male regte sich in ihm das Gewissen.

Die beiden Verwalter brachte man halbtot nach Hause. Keiner von ihnen tat den Mund auf. Sie rafften ihre ganze Habe zusammen, setzten sich in ihre Wagen, fuhren auf ihre Güter und ließen die Burgen von allen Seiten verrammeln, damit kein Teufel zu ihnen kommen und sie holen könne.

Der Fürst dagegen schlug den rechten Weg ein, lebte fortan still und zufrieden und kümmerte sich wieder um die Verwaltung des Landes, in der Hoffnung, daß sich das grausame Schicksal vielleicht doch nicht erfüllen werde.

Von alledem hatte der arme Schäfer keine Ahnung. Er weidete tagaus, tagein seine Herde und kümmerte sich nicht um das, was in der Welt vorging.

Eines Tages stand unverhofft der Teufel vor ihm und sagte: »Schäfer, ich bin gekommen, um dir für den Dienst zu danken, den du mir erwiesen hast. Sobald der Mond im ersten Viertel steht, soll ich die ehemaligen Verwalter des Landes in die Hölle holen, weil sie das arme Volk bestohlen und den Fürsten schlecht beraten haben. Aber weißt du was, weil ich sehe, daß sie sich bessern, lasse ich sie hier. Dabei kann ich mich dir gegenüber gleich erkenntlich erweisen. An dem und dem Tage begib dich zu der Burg des einen, vor der eine große Volksmenge versammelt sein wird. Sobald in der Burg Geschrei anhebt, die Diener das Tor öffnen und ich den Verwalter hinausführe, stell dich mir in den Weg und sage: ›Entweiche sofort, sonst ergeht es dir schlecht!‹ Ich werde dir gehorchen und das Weite suchen. Du aber läßt dir von dem Herrn zwei Sack Gold geben, und will er sie nicht herausrücken, so sag nur, daß du mich zurückrufst. Sodann geh zur zweiten Burg, mach es dort genauso und verlange den gleichen Lohn! Wirtschafte mit dem Geld aber sparsam und verwende es gut! Bei Vollmond muß ich den Fürsten selbst holen, aber ich rate dir, versuche nicht, auch ihn zu befreien, sonst mußt du deine Haut dafür zu Markte tragen.« Darauf verschwand er.

Der Schäfer merkte sich jedes Wort. Als der Mond im ersten Viertel stand, kündigte er seinen Dienst und ging zu der Burg des einen Verwalters. Er kam gerade zur rechten Zeit. Eine große Volksmenge war erschienen, um zu sehen, wie der Teufel den Herrn holen werde.

In diesem Augenblick ertönte aus der Burg ein Schrei der Verzweiflung, das Tor öffnete sich, und der Teufel zerrte den leichenblassen Herrn, der vor Angst halbtot war, heraus.

Da trat der Schäfer aus der Menge, nahm den Herrn bei der Hand, schob den Teufel beiseite und rief: »Entweiche sofort, sonst ergeht es dir schlecht!« Im selben Augenblick verschwand der Teufel.

Der Herr küßte dem Schäfer froh die Hand und fragte ihn, was er als Belohnung verlange. Der Schäfer sagte: »Zwei Sack Gold!«, und der Herr befahl, ihm das Verlangte unverzüglich auszuhändigen.

Zufrieden begab sich der Schäfer zur zweiten Burg, wo er ebensogut fuhr wie auf der ersten.

Es versteht sich von selbst, daß der Fürst bald von dem Schäfer Kunde erhielt, denn er fragte ohnehin ständig nach, wie es den Herren ergangen sei. Nachdem er erfahren hatte, wie es zugegangen war, schickte er sofort eine vierspännige Kutsche aus und ließ den Schäfer holen. Als man ihn zu ihm brachte, bat er inständig, sich auch seiner zu erbarmen und ihn aus den Klauen des Teufels zu befreien.

»Ach, Herr«, erwiderte der Schäfer, »Euch kann ich das nicht versprechen; es geht dabei um meine Haut. Ihr seid ein großer Sünder, aber wenn Ihr Euch wirklich bessern und

Euer Volk gerecht, gütig und weise regieren wollt, wie es sich für einen Fürsten geziemt, versuche ich es, und müßte ich an Eurer Stelle in die Hölle.«

Der Fürst gelobte es aufrichtigen Sinnes, und der Schäfer verabschiedete sich mit dem Versprechen, sich am bestimmten Tage pünktlich einzufinden.

Voll Angst und Furcht erwartete man allerorts den Vollmond. Sosehr man dem Fürsten anfänglich das schlimme Ende gewünscht hatte, so sehr bedauerte man ihn jetzt, denn seit der Stunde, da er Besserung gelobt hatte, konnte man sich keinen gütigeren Herrscher wünschen.

Doch die Tage vergehen, ob man sie voll Freude oder voll Kummer zählt. Ehe sich der Fürst dessen versah, war der Tag gekommen, an dem er von allem, was ihn freute, Abschied nehmen sollte. Schwarz gekleidet und leichenblaß saß er da und erwartete entweder den Schäfer oder den Teufel.

Plötzlich ging die Tür auf — und der Schwarze stand vor ihm. »Mach dich bereit, Fürst, dein Stündlein hat geschlagen, ich bin gekommen, dich zu holen.«

Ohne ein Wort zu erwidern, erhob sich der Fürst und folgte dem Teufel auf den Hof, wo eine riesige Menschenmenge stand.

Da drängte sich der Schäfer ganz außer Atem durch die Menge, lief geradewegs auf den Teufel zu und rief schon von weitem: »Lauf fort, rasch, sonst ergeht es dir schlecht!«

»Wie kannst du es wagen, mir in den Weg zu treten? Weißt du nicht mehr, was ich dir gesagt habe?« flüsterte der Teufel dem Schäfer zu.

»Narr, mir geht es doch nicht um den Fürsten, sondern um dich! Katinka kommt — sie hat nach dir gefragt!«

Kaum hatte der Teufel Katinkas Namen gehört, verschwand er und ließ den Fürsten in Ruhe.

Der Schäfer lachte ihn im Geiste weidlich aus und war froh, daß er durch diese List den Fürsten befreit hatte.

Dafür machte ihn der Fürst zu seinem ersten Höfling und

liebte ihn wie einen Bruder. Daran tat er gut, denn der arme Hirt war ein aufrichtiger Ratgeber und gerechter Verwalter. Von den vier Sack Gold behielt er keinen Kreuzer für sich; er half damit jenen, die von den ungerechten Verwaltern ausgepreßt worden waren.

Bestrafter Stolz

Es war einmal ein junger König, der hieß Miroslav und wollte gern heiraten. Unter den vielen Bildern, die er von Prinzessinnen und Fürstinnen erhalten hatte, befand sich eines von solcher Schönheit, daß er auf den ersten Blick für diese Prinzessin in Liebe entbrannte und keine andere zur Königin erwählen wollte. Deshalb ließ er alle Maler seines Reiches in sein Schloß rufen, denn er wollte ihr sein Bild senden und sie zugleich um ihre Hand bitten.

Eifrig machten sich die Künstler an die Arbeit. Bald waren mehrere Bilder des Königs in einem schönen Saal aufgestellt, und Miroslav ging mit seinen Ratgebern dorthin, um festzustellen, welches wohl am besten zur Absendung geeignet wäre.

»Ich glaube, gnädigster König«, sagte einer der Höflinge, »keines dieser Bilder kann einem Vergleich mit dem Gesicht Eurer Majestät standhalten.«

»Ich wollte auch gar nicht, daß mein Gesicht gut getroffen wird. Ich glaube, die Prinzessin ist nicht böse, wenn ich in Wirklichkeit ein wenig hübscher bin als mein Bild.«

Der König wählte nun jenes Bild aus, das ihm am wenigsten gefiel, ließ es in einen goldenen Rahmen setzen, der mit kostbaren Steinen geziert war, und schickte die angesehensten Edelleute mit großer Gefolgschaft und wertvollen Geschenken zum Vater der schönen Prinzessin, um deren Hand zu erbitten.

Voll unaussprechlicher Sehnsucht erwartete er ihre Rückkehr. Doch als die Abgesandten nach einer Woche wieder eintrafen, waren sie traurig und verdrossen.

»O Herr und König«, sagten sie, als sie vor Miroslav traten, »unerhört ist die Beleidigung, die uns widerfahren ist, und wir scheuen uns, Eurer Majestät alles zu entdecken.«

»Sprecht frei und ohne Furcht!« gebot Miroslav.

»Von dem König wurden wir gastlich aufgenommen. Der

ganze Hof war erfreut, daß Eure Königliche Majestät Prinzessin Krasomila zur Frau begehrt. Am nächsten Tage wurden wir zur Prinzessin geführt, um ihr unsere Reverenz zu erweisen. Niemandem ist es gestattet, ihre Hand zu berühren, und deshalb durften auch wir nur den Saum ihres Kleides küssen. Auf das Bild Eurer Majestät warf sie nur einen verächtlichen Blick, gab es uns zurück und sagte: ›Der hier dargestellte König ist nicht würdig, mir die Schuhriemen zu binden.‹ Unser Blut wallte vor Zorn und Scham, aber der alte König bat uns, die wahre Ursache zu verschweigen, und gestand, daß auch er selbst von seiner Tochter viel zu erdulden habe; trotzdem könnte vielleicht noch alles gut werden, und die Prinzessin müßte doch ihre Zustimmung geben. Aber eine solche Königin schien uns nicht die richtige Mutter unserer Landeskinder zu sein, und deshalb verließen wir lieber den Palast.«

»Das war das Klügste, was ihr tun konntet, und ich bin mit eurer Handlungsweise sehr zufrieden. Um das übrige will ich mich selbst kümmern«, erwiderte der König; doch seine Wangen brannten vor Zorn über die stolze Prinzessin. Lange überlegte er, was nun zu tun wäre. Schließlich fand sein scharfer Verstand einen Weg, den zu beschreiten ihm am besten schien. Er rief seinen alten Ratgeber und Verwalter und vertraute ihm allein seine Pläne an.

Am nächsten Tage herrschte im Schloß lebhaftes Treiben, denn der König rüstete zur Reise. Er übergab die Regierung des Landes seinen Ratgebern und die Burg dem alten Verwalter. Am dritten Tag machte er sich auf den Weg. An der Grenze seines Königreiches schickte er sein Gefolge zurück, behielt nur etwas Kleidung und ein wenig Geld bei sich und ging allein weiter.

Es war ein schöner Frühlingstag, und Prinzessin Krasomila ging im Park des väterlichen Schlosses spazieren. Sie war schön wie eine Göttin, aber ihr Gesicht glich einer Rose ohne Duft, einem Garten, der nicht von den Strahlen der

Sonne erwärmt wird. Und doch lebte in ihrer Seele ein zartes Gefühl, denn oftmals weinte sie über das Unglück eines Armen und gab reiche Almosen. In ihre Nähe aber durfte kein Bettler treten, damit er sie nicht mit seiner schmutzigen Hand berühre. Viele Herrscher hatten bereits um die Hand der Prinzessin angehalten, doch sie hatte jeden zurückgewiesen. Ihre Gedanken hatten Adlerschwingen und hätten sich gern bis zur Sonne erhoben. Der alte König machte ihr oft Vorwürfe und drohte ihr, zu großem Stolze folge die Strafe auf dem Fuße. Sie aber erwiderte ihm: »Mein Bräutigam muß sich durch Schönheit, Erhabenheit, Kunstsinn und Edelmut vor allen anderen Männern auszeichnen, sonst wird er nie der Meine.«

Als sie nun so im Garten spazierenging, trat ihr Vater zu ihr und sagte: »Meine Tochter, ich habe einen jungen Mann in meinen Dienst aufgenommen und ihn zum Obergärtner gemacht. Aber er erscheint mir für dieses Amt fast zu schade, denn er kennt sich in der Gärtnerei so gut aus wie in der Literatur und in dieser wieder so wie in der Musik. Ich war erstaunt, und voller Freude habe ich ihn an meinen Hof gezogen. Einen so gelehrten Mann hatten wir bei uns bisher nicht. Was meinst du dazu?«

»Ich kann nichts dazu sagen, weil ich ihn nicht gesehen habe. Aber ich glaube, Vater, du hast gut daran getan, denn ein solcher Mann ist bei Hofe wie ein Kleinod. Ist er in der Musik wirklich so erfahren, wie du sagst, und sonst ein Mensch von edlen Sitten, so könnte er mir Unterricht auf der Harfe erteilen. Nur ungern vermisse ich meinen verstorbenen Lehrer. Schick mir den Fremden her!«

Der König war damit einverstanden, und die Prinzessin ging in den Sommersaal, in den kurz darauf Miroslav trat.

»Meine tiefste Verehrung lege ich zu Euern Füßen, gnädiges Fräulein, und erwarte Eure Befehle«, sagte Miroslav, neigte sein Haupt zu ihren Füßen und küßte den Saum ihres kostbaren Gewandes, wobei er die Prinzessin mit einem

Blick bedachte, wie sie ihn bisher nicht gekannt hatte. Das stolze Fräulein errötete und heftete ihren Blick auf eine Rose, die sie kurz zuvor im Garten gepflückt hatte. Sie ahnte nicht, welches Mißgeschick ihr aus der eben entfalteten Blüte erwachsen würde. In diesem süßen Kelch saß wie auf rosafarbenem Kissen ein kleiner Gott mit gespanntem Bogen, auf dem ein in Gift getauchter Pfeil lag, und als Prinzessin Krasomila auf die schicksalhafte Rose blickte, ließ der Gott den Pfeil schnellen, und sie fühlte jenen Schmerz im Herzen, gegen den kein Kraut gewachsen ist.

»Wie ist Euer Name?« fragte sie nach einer Weile den Fremden mit freundlicher Stimme.

»Miroslav«, erwiderte er.

»Mein Vater hat mir gesagt, daß Ihr Euch in der Musik auskennt, und ich habe schon seit langem einen Lehrer gewünscht, der mich weiter im Harfenspiel unterrichtet. Ich wäre Euch sehr dankbar, wenn Ihr die Stelle meines verstorbenen Lehrers einnehmen wolltet.«

»Falls meine bescheidene Kunst imstande ist, diesen Dienst zu verrichten, werde ich mich glücklich schätzen.«

»Das übrige wird Euch der König sagen«, schloß die Prinzessin das Gespräch und gab ihm mit der Hand ein Zeichen, daß er entlassen sei.

Lange stand sie regungslos da und wußte nicht, was mit ihr geschehen war. In ihrem Kopfe flüsterte und summte es wie lockende Stimmen, wie süßes Spiel der Musik, im Herzen aber brannte es, und ihr war zumute wie einem Gefangenen, dem nach langer dunkler Nacht der erste Sonnenstrahl lacht und der die Tore seines Herzens weit öffnet, damit sich jeder Winkel mit himmlischem Licht erfülle.

Da ertönten Schritte, und die Prinzessin erwachte aus ihren Träumereien.

Es war der König. »Nun«, fragte er, »hast du Miroslav als Lehrer angenommen?«

»Ich habe es ihm vorgeschlagen. Aber darüber, wann ich anfangen soll, denke ich gerade nach.«

»Tu nur, was du willst! Ich muß freilich bei seinem Namen immer an König Miroslav denken. Ich fürchte, daß er den Schimpf nicht erträgt und mir den Krieg erklärt. Tochter, Tochter, damals hast du einen großen Fehler gemacht!«

»Quäle mich nicht, Vater! Ich wäre unglücklich gewesen, wenn ich diesen König hätte nehmen müssen. Deshalb bleibe ich bei meiner Meinung.«

Der König verfiel wieder ins Sinnen und ging verdrossen fort.

Am nächsten Tag aber schien alles vergessen, und der Unterricht begann. Miroslav war ein eifriger Lehrer und Prinzessin Krasomila eine aufmerksame Schülerin. Die Eiskruste, mit der der Stolz ihr Herz umgeben hatte, schmolz von Tag zu Tag mehr. Oft flüsterten ihre Gespielinnen einander zu: »Was mag nur mit unserer Prinzessin geschehen sein? Niemals durfte jemand es wagen, ihre Hand zu berühren, und jetzt macht sie sich nichts daraus, wenn ihr Miroslav beim Abschied die Hand küßt!«

Die Liebe hatte das stolze Mädchen überwunden. Schon war Miroslav geraume Zeit am Hofe. Alle hatten ihn gern, vor allem aber Prinzessin Krasomila, obwohl sie es sich nicht eingestehen wollte. Kam sie in den Park, so bedachte sie den Oberaufseher der Gärten nur mit einem stolzen Blick, ließ sich dann aber nirgendwo anders nieder als auf der Bank oder in der duftenden Laube, die Miroslav ihr zuliebe über Nacht hatte aufstellen lassen. Sie konnte auch nicht so unliebenswürdig sein und nicht mit einem freundlichen Wort für diesen Beweis seiner Verehrung danken. Aus den wenigen Worten entspann sich ein Gespräch, weil die Prinzessin viel zu fragen und zu befehlen hatte. Mit dem Unterricht war es ebenso. Wenn sie schlechte Laune hatte, mußte der Kammerdiener dem Lehrer sagen, die Prinzessin habe heute keine Lust zum Lernen. Bald aber besann sie sich eines anderen, und der Kammerdiener mußte sich nochmals bequemen und den Lehrer holen. Um sein düsteres Gesicht aufzuhellen, reichte sie ihm oft selbst die Hand zum Kuß, eine Ehre, die selbst den höchsten Edelleuten nicht zuteil wurde.

Eines Abends saß die Prinzessin am offenen Fenster, spielte auf der Harfe und sang dazu. Neben ihr stand Miroslav und verwandte kein Auge von ihrem Antlitz, das vom goldenen Schein der untergehenden Sonne bestrahlt war. Plötzlich hielt sie inne und reichte die Harfe ihrem Lehrer.

»Wenn Eure Hoheit gestatten, singe ich jetzt ein eigenes Lied«, sagte Miroslav, und die Prinzessin Krasomila nickte Gewährung.

Er begann — aber was war das für ein Gesang! Bald schien es Krasomila, als höre sie das Läuten silberner Glocken, die sie in das Haus des Herrn zu frommem Gebet riefen. Bald wieder kam es ihr so vor, als locke sie die Stimme einer Nachtigall in eine schattige Laube und in die Arme des Geliebten. Die Sonne versank hinter den hohen Bergen. Ihr letzter Schein fiel ins Fenster und brachte die Eiskruste, die das Herz der stolzen Prinzessin noch hauchdünn umgab, völlig zum Schmelzen. Leise neigte sie ihr Haupt Miroslav zu, und eine Träne fiel auf seine Hand.

Dieser aber sagte, als hätte er nichts bemerkt: »Das war das Abschiedslied, meine gnädigste Herrin. Morgen muß ich fort von hier.«

»Was sagst du da, Miroslav? Du darfst nicht fort, nein, so nicht!« rief Krasomila mit zitternder Stimme und ergriff Miroslavs Hand.

Da öffnete sich die Tür, und Krasomilas Vater trat über die Schwelle. »Das also ist der Mann, den du liebst?« fragte er kalt die erschrockene Tochter.

»Ja, Vater, ich liebe ihn!« erwiderte Krasomila und richtete sich stolz auf.

»Und weißt du auch, daß ihm eine jener Tugenden fehlt, die du von deinem künftigen Gatten verlangt hast?«

»Ich weiß, daß Miroslav nicht aus edlem Geschlecht ist, aber ich liebe ihn trotzdem, und ich würde ihn lieben, wäre er auch von noch niedrigerem Stande.«

»Nun gut, so soll er noch in dieser Stunde dein Mann sein. Aber länger bleibst du nicht in meinem Schloß, damit du nicht noch größeren Spott auf mein Haupt lädst.«

»O gnädigster König!« rief Miroslav und beugte sein Knie. »Ich kann nicht zulassen, daß die Prinzessin durch mich unglücklich wird! Ich verlasse das Schloß, und alles soll vergessen sein.«

Der König aber achtete dieser Worte nicht. Er ließ den Beichtvater rufen, und bald darauf war Krasomila, die stolze Prinzessin, die Frau des armen Miroslav und stand in ihrem einfachsten Kleid vor der Burg. Schweren Herzens nahm sie im Geiste Abschied von ihrem Vater, der sie so unfreundlich behandelt und sie wie eine arme Magd aus dem Hause gejagt hatte. Dann aber faßte sie guten Mut, reichte ihrem Manne die Hand und sprang mit ihm in die Kutsche, die sie aus dem Reich ihres Vaters bringen sollte.

Als sie an die Grenze jenes Landes kamen, wo Krasomila

einstmals Herrscherin werden sollte, verließen sie den Wagen und gingen zu Fuß weiter.

»Liebe Frau«, sagte Miroslav zu Krasomila, »was sollen wir jetzt beginnen? Ich habe zwar in der Hauptstadt einen Bruder, der bei Hofe ist und mir zu einem Dienst verhelfen kann, aber bis dahin werden wir wohl Not leiden.«

»Etwas Geld haben wir ja noch! Inzwischen will ich für die Leute arbeiten und mich bemühen, deine Sorgen zu erleichtern«, tröstete Krasomila ihren betrübten Mann, obwohl ihr selbst nicht leicht ums Herz war.

Als sie in die Hauptstadt des Königreiches kamen, mietete Miroslav eine kleine Stube. Sie vereinbarten, alle kostbaren Kleider zu verkaufen und einfachere anzuschaffen, was sie auch wirklich taten. Ja Krasomila opferte selbst den Ring, den sie am Finger trug, damit sie ihr Leben fristen konnten.

»Ich gehe jetzt«, sagte Miroslav am nächsten Tage, »um für dich Arbeit und für mich einen Dienst zu beschaffen, zu dem mir mein Bruder wohl verhelfen wird.«

Zu Mittag kehrte er mit einem kleinen Bündel zurück. Er schnürte es auf und nahm weiche Leinwand und etwas Obst heraus.

»Schau her, meine Liebe, hier bringe ich dir Arbeit, die, wenn du sie gut machst, auch gut bezahlt wird. Das Obst habe ich von meinem Bruder erhalten. Ach, meine liebe Frau, wie konnte ich nur dich, eine Königstochter, in ein solches Leben hineinziehen! Du, die du an jeden Luxus gewöhnt warst, sollst nun für fremde Leute arbeiten und mußt Not ertragen. Oh, ich Unglücklicher!« So klagte Miroslav und küßte die Hände seiner Frau, der er erst nach der Hochzeit gesagt hatte, wie sehr er sie liebte.

»Was jammerst du«, antwortete sie und lachte ihren Mann an, »ich habe es ja selbst so gewollt. Deine Liebe entschädigt mich für alles.«

Voll Freude nahm sie die feine Leinwand und machte sich an die Arbeit. Sie nähte fleißig und gönnte sich selbst in der

Nacht keine Ruhe. Eigentlich legte sie die Arbeit nur weg, um ihrem Mann das Essen zu bereiten. Als sie fertig war, setzte sie eine einfache weiße Haube auf und ging, die Arbeit abzuliefern. Es war ein schönes Haus, in das sie Miroslav gehen hieß, und der Diener führte sie durch prächtige Zimmer zur Kammerzofe. Ihr war doch ängstlich zumute, als die Kammerzofe die Arbeit genau betrachtete, einiges aussetzte und dafür den Lohn schmälern wollte. Das Blut schoß ihr in die Wangen, und Tränen stiegen ihr in die Augen. Da öffnete sich die Tür, und eine ernste Dame trat ein. Sie fragte die Kammerzofe, worum es gehe, und als sie die Arbeit betrachtet hatte, befahl sie, der Schneiderin den vollen Lohn zu zahlen. Krasomila verneigte sich zum Dank und verließ eilends das Haus. Miroslav aber sagte sie nichts von dem, was ihr widerfahren war. Immer mußte sie daran denken, daß wohl auch ihre eigenen Kammerzofen mit den armen Schneiderinnen und anderen Handwerkern auf gleiche Weise verfahren waren.

Nach zwei Tagen kam Miroslav wieder und bot ihr einen Dienst bei einer vornehmen Dame an, wo sie es sehr gut haben sollte. Krasomila war zufrieden, verhüllte ihr Gesicht und trat bei jener Dame den Dienst an. Diese musterte sie erst von Kopf bis Fuß, fragte, was sie alles könne, und sagte dann, Krasomila solle zwei Tage probeweise dableiben.

Das waren zwei bittere Tage! Nun sah sie, was so ein Dienstmädchen unter den Launen der vornehmen Damen zu leiden hat und wie verächtlich man es behandelt. War das ein Putzen, Laufen, Tragen, Schreien und Schelten, wenn eine Locke nicht ganz so ausfiel wie die andere oder wenn sich das Leibchen nicht genug wölbte. Und doch ist ein solches Geschöpf Gottes nicht schlechter als ein anderes. Das konnte Krasomila nicht ertragen, und nach zwei Tagen verließ sie den Dienst.

»Weißt du schon das Neueste, liebe Frau?« sagte Miroslav wenige Tage danach, als er mit heiterem Gesicht ins Zimmer trat. »Unser König hat eine Braut heimgeführt, und morgen findet im Schloß ein großes Festmahl statt, bei dem er sie seinen Edelleuten vorstellen will. Wie ich höre, sucht man viele Köche und Küchenhilfen. Und jeder bekommt für diesen Tag mehrere Dukaten. Du kannst doch kochen, und zuviel zu tun wirst du wohl auch nicht haben. Willst du nicht ins Schloß gehen und in der Küche helfen?«

»Warum nicht, ich gehe gern. So viel Geld verdient man nicht leicht an einem Tag«, erwiderte Krasomila.

Frühmorgens machte sie sich zurecht, band ein Kopftuch auf ländliche Art und ging mit ihrem Mann ins Königsschloß.

»Ich werde mir auch einen Verdienst suchen, und am Abend hole ich dich ab«, sagte Miroslav, als er die Küche verließ, in die er seine Frau geführt hatte.

Krasomila machte sich hurtig an die Arbeit, die ihr der

Oberkoch für den ganzen Tag anwies, und hatte infolge ihrer Niedergeschlagenheit kein Auge für das, was im Schloß vorfiel. Alles ging gut, schon kamen die Gäste angefahren, und die Wagenreihe nahm kein Ende. Als Krasomila einmal über den Gang lief, vertrat ihr ein Herr den Weg, mit eitel Gold und Silber geschmückt, so daß er vor lauter Glanz nicht zu erkennen war.

»Bitte«, sagte er mit tiefer Stimme zu Krasomila, »ruft doch jemanden, der mir den Schuhriemen bindet!«

Krasomila blickte scheu an ihm hinauf, und als sie an der Kleidung sah, daß es der König war, bückte sie sich und band ihm selbst den Schuhriemen. Der König dankte ihr und ging weiter.

Kurz darauf kam der Kammerdiener und fragte, wo das Küchenmädchen sei, das dem König den Schuhriemen gebunden habe; es solle in die oberen Gemächer zur Kammerzofe kommen. Krasomila tat, wie ihr geheißen war.

Als sie zur Kammerzofe kam, verneigte sich diese und bat sie weiterzugehen. Verwundert blickte sich Krasomila in den kostbaren Gemächern um, wo sie alles an ihr väterliches Schloß erinnerte. Es waren die Zimmer der Schloßherrin, und Krasomila dachte, sie werde endlich die junge Königin zu Gesicht bekommen. Was sie selbst hier zu tun hätte, wußte sie nicht. So gelangte sie in den Ankleideraum, wo mehrere Tische voll kostbarer Kleider und andere voll Schmuck lagen.

»Hier sollt Ihr Euch ein Kleid und passenden Schmuck auswählen, und ich werde Euch beim Ankleiden helfen. Unser König will Euch für den erwiesenen Dienst einmal zum Tanze holen.«

»Um Gottes willen«, rief die erschrockene Krasomila, »was würde mein Mann dazu sagen? Ich soll mit dem König tanzen und diese Kleider anziehen? Nein, das tue ich nicht!«

»Auch nicht, wenn ich dich darum bitte?« vernahm sie eine wohlbekannte Stimme hinter sich, und sie sah den König dastehen und erkannte in ihm ihren Miroslav.

Krasomila erschrak und fragte mit schmerzlicher Stimme: »Warum hast du das getan und mich so behandelt?«

»Du erinnerst dich vielleicht, mit welch stolzer Antwort du meine Edelleute abgefertigt hast, die dir mein Bild überbrachten? Damals habe ich geschworen, deinen Stolz zu brechen. Dein Vater hat mich in diesem Vorhaben bestärkt, und deine Liebe war mir dabei eine große Hilfe. Aber ich hätte dich nicht so lange geprüft, wenn es dein Vater nicht befohlen hätte. Ich habe mit dir gelitten.«

Da öffnete sich die Tür, und der alte König trat ein. Alle drei umarmten einander herzlich.

»Meine Tochter, die Prüfung war zwar hart, aber glaube mir, sie wird sich für dich und deine Kinder wohltuend auswirken«, sagte der Vater.

Da kamen die Gäste, und als sie die junge Königin in ihrem kostbaren, goldgewirkten Gewande und mit dem königlichen Diadem erblickten, waren sie alle von ihrer Schönheit bezaubert, denn bei aller Lieblichkeit vertraten jetzt die Stelle von Stolz und Hochmut Leutseligkeit und Güte.

Hocherhobenen Hauptes führte Miroslav seine geliebte Frau in den Saal, wo die Hofgesellschaft bereits versammelt war und die junge Königin jauchzend begrüßte.

Wie Jaromil das Glück fand

Vor langen, langen Zeiten stand in einem kleinen Tal eine bescheidene Hütte; darin wohnte ein Köhler mit seiner Frau und seinem siebenjährigen Söhnchen. Vom frühen Morgen bis zum späten Abend brannte er im Wald Kohle, die er dann, wenn sich ein genügend großer Vorrat angesammelt hatte, in den Dörfern verkaufte. Seine Frau spann inzwischen daheim, und der kleine Jaromil, so hieß ihr Sohn, war fast den ganzen Tag mit den wenigen Ziegen und Schafen, die sie ihr eigen nannten, auf den waldreichen Bergkuppen, die das Tal rings umschlossen.

Die Frau des Köhlers war nicht Jaromils leibliche Mutter, die hatte er bereits im zarten Kindesalter verloren. Sein Vater hatte, angeblich nur wegen Jaromil, zum zweiten Male geheiratet, doch diese Frau behandelte das arme Kind wie eine rechte Stiefmutter. Dem kleinen Jaromil ging es nie gut, außer im Winter, wenn der Vater nicht brennen konnte und zu Hause bleiben mußte. Beklagen aber durfte er sich beim Vater nicht, denn die Stiefmutter sagte jedesmal, wenn sie ihn geschlagen hatte: »Junge, wenn du es deinem Vater sagst, bekommst du morgen noch mehr!« Obwohl der arme Kerl schwieg, entging er der Prügel doch nur selten.

Darum war es ihm auch am liebsten, wenn er frühmorgens ein Stückchen trockenes Brot in die Tasche stecken und die Schafe auf die Weide treiben durfte. Hatte er mit ihnen eine fette Wiese erreicht, ließ er sie grasen und streifte selbst durch den Wald. Dort fühlte er sich frei wie der Vogel in der Luft. Entweder sang er mit den Vögeln um die Wette und schnitzte Pfeifchen aus Weidenruten, oder er sammelte schmackhafte Erdbeeren, die er zu dem trockenen Brot aß. Sein größtes Vergnügen aber war es, seltene Blumen zu suchen. Ihretwegen einen Felsen zu erklimmen oder über einen steilen Hang in ein Tal hinabzueilen war ihm nicht zuviel.

Die schönsten Blumen aber grub er mit allen Wurzeln aus

und verpflanzte sie in sein Gärtchen, das er sich am Fuße eines Hügels aus lauter Waldblumen angelegt hatte. Aus dem Bächlein, das sich wie ein silbergraues Band durch das grüne Tal schlängelte, holte er das Wasser, mit dem er sie goß. Bei seinen Blumen verbrachte er den größten Teil des Tages, und in ihrer Mannigfaltigkeit fand er seinen einzigen Trost.

Mit ihnen redete er, ihnen klagte er sein Leid, mit ihnen freute er sich. Dabei war ihm stets, als neigten sie ihm ihre zarten Köpfchen zu und gäben ihm Antwort. Reiche Leute, die für teures Geld berühmte Blumen aus der Fremde bestellen, für sie Glashäuser bauen lassen und Gärtner anstellen, finden mitunter Tag und Nacht keine Ruhe, bis die Blumen voll erblüht sind — um schließlich das zu erblicken, was sie in ihrer Heimat oft noch schöner auf Feldrainen gefunden hätten. Auf keinen Fall aber können diese Leute an ihren Blumen größere Freude empfinden, als sie Jaromil hatte, wenn eine seiner Blumen eine neue Knospe ansetzte. Sein Gärtchen hatte er mit einem dichten Naturzaun aus niedrigen Bäumchen umgeben; in der Mitte lud eine Rasenbank zum Verweilen ein.

Gegen Abend pfiff Jaromil stets seine kleine Herde zusammen. Da kamen die Ziegen und die Schafe angelaufen und sammelten sich am Gärtchen. Eine Ziege rieb ihr genäschiges Maul am Zaun, die Schafe schauten ihn mit ihren gutmütigen Augen an, aber keines der Tiere wagte es, zu seinem Hirten in das Gärtchen zu treten. Erst wenn er herauskam, umringten sie ihn und folgten ihm leise zur Hütte.

So war das Leben, das Jaromil im Sommer führte. Sobald die Erde aber ihr buntes Kleid ablegte, sang auch Jaromil seinen Blumen das Sterbelied, und hatte er die letzte zur Ruhe gebettet und ihr Grab mit Laub und Reisig zugedeckt, begann für ihn eine traurige Zeit; nun mußte er zu Hause sitzen und seinen Eltern bei der Hausarbeit helfen. Damals beherrschte die Mode noch nicht die Welt, die Menschen spannen selbst das Garn, webten selbst den Stoff und nähten selbst ihre Kleidung. Das war ihre Arbeit im Winter, wenn sie draußen nichts tun konnten. Deshalb mußte auch Jaromil der Mutter beim Zwirnen helfen, ja oftmals sogar spinnen oder für seinen Vater aus hartem Leder Schuhe verfertigen.

Nach getaner Arbeit saß die Familie am Herd, und der alte Köhler erzählte allerlei Geschehnisse oder etwas aus jener Zeit, als er noch in der Stadt gedient hatte.

Als sie wieder einmal so beisammen saßen, sagte der Köhler zu Jaromil: »Junge, du wächst auf wie die Bäume im Wald. Wir haben uns noch gar nicht überlegt, was aus dir werden soll. Du hast noch nichts gelernt, streifst nur mit den Schafen durch den Wald und vertrödelst Jahr um Jahr. Das geht nicht so weiter, Frau, ich muß ihn irgendwohin in die Lehre geben, damit aus ihm etwas Rechtes wird.«

»Dazu hat er noch genug Zeit«, widersprach ihm seine Frau.

»Das meinst du, ich aber denke anders. Sag einmal, Jaromil, was würdest du denn gern werden?«

»Am liebsten Gärtner.«

»Das ist nichts Rechtes, Junge, damit verdienst du dir dein Brot nicht! Such dir lieber etwas anderes!«

»Ich will aber nichts anderes werden.«

»Warum?« fragte der Vater.

»Weil es mir keine Freude macht, den ganzen Tag in der Stube eingesperrt zu sein und bei einer Arbeit zu hocken. Ich bin am liebsten draußen in der frischen Luft.«

»Dann werde doch Köhler! Das bringt mehr ein, und du bist auch in der frischen Luft.«

»Nein, nein, Vater, Ihr fällt und verbrennt die schönen Bäume, ich aber möchte sie hegen und vermehren.«

»Du Kindskopf, woran würdest du dich wärmen, wenn kein Holz gebrannt würde?«

»Im Wald stehen doch viele alte Baumstümpfe und kranke Bäume. Ihr brauchtet nicht die gesunden Bäume zu schlagen. Wäre ich König, dürfte in meinen Wäldern niemand Bäume fällen oder in meinen Gärten Blumen pflücken.«

»Weil du dumm bist; du würdest schon sehen, wie weit du mit einer solchen Ordnung kämst.«

So endeten gewöhnlich ihre Gespräche, wenn der Vater fragte, was Jaromil werden wolle, und es dauerte lange, bis er seinen Sohn davon überzeugte, daß es auf der Welt so sein müsse. Doch es gelang ihm nicht, ihn wegen seines künftigen Berufs auf einen anderen Gedanken zu bringen; Jaromil blieb dabei, daß er nichts anderes werden wolle als Gärtner.

Schließlich widersprach der Köhler nicht mehr, seine Frau aber sagte: »Ich würde mich mit dem Jungen nicht länger herumärgern! Was du willst, das muß er werden!«

»Aber ich möchte nicht, daß er sich später einmal über mich beklagt«, lautete stets die Antwort des gutmütigen Köhlers.

Kaum begannen die Vögel das Erwachen der Erde fröhlich zu

feiern, kaum zeigte sich auf den Höhen das erste Grün, eilte Jaromil auch schon in sein Gärtchen. Aber außer den Gänseblümchen hatten noch alle Blumen die Äuglein geschlossen. Von nun an besuchte er sie jeden Tag, wenn er nur ein bißchen Freizeit hatte, bis alle aufgeblüht waren und er wieder beim Schafehüten den ganzen Tag bei ihnen verbringen konnte.

Eines Tages streifte er durch den Wald, sang und betrachtete die Bäume. Da sah er auf einem Baum einen wunderschönen Vogel sitzen, dessen Köpfchen und Schopf goldgelb schimmerten, während Brust und Rücken vom dunkelsten ins hellste Blau spielten; die Flügel aber waren braun und das Schwänzchen dunkelrot. Eine Zeitlang starrte Jaromil den Vogel verzückt an. Als er aber bemerkte, daß der Vogel immer niedriger flog, schließlich die Zweige verließ und über den Erdboden hüpfte, dachte er bei sich: Warte, dich fange ich! Und gleich nahm er seine Mütze vom Kopf und schlich sich auf Zehenspitzen an ihn heran.

Doch der Vogel war nicht so dumm; als die Mütze zu Boden fiel, flog er weiter. Jaromil folgte ihm, denn er hatte es sich in den Kopf gesetzt, den Vogel zu erhaschen. Der aber flog ein Stückchen und setzte sich wieder nieder, und wenn Jaromil näher kam, flog er ein Stückchen weiter, als wollte er den Jungen hinter sich her locken. Der war schon ganz erschöpft, doch er gönnte sich keine Ruhe und verfolgte den Vogel unablässig. In seinem Eifer merkte er gar nicht, daß er sich schon recht weit von daheim entfernt hatte und sich in einer ganz fremden Gegend befand.

Nachdem er den Vogel mehrere Stunden so gejagt hatte, verschwand dieser plötzlich aus seinem Blickfeld. Er sah sich nach ihm um, doch der Vogel blieb verschwunden. Da bemerkte er erst, daß er sich verlaufen hatte. Er wollte umkehren, verirrte sich aber immer mehr. Plötzlich war er in einem Tal, aus dem er sich nicht herausfand. Hungrig und vom Laufen erschöpft, setzte er sich auf den Erdboden und begann zu klagen: »Ach, daß ich mich so weit fortlocken ließ! Wie komme ich jetzt nur wieder nach Hause? Was werden Vater und Mutter sagen?«

Als er so jammerte, vernahm er auf einmal über sich fröhlichen Gesang, und als er emporschaute, um den Sänger zu entdecken, sah er denselben Vogel, der ihn so weit fortgelockt hatte, auf einem Felsen sitzen. Warte, du Schelm, dir will ich es heimzahlen, dachte Jaromil, sprang auf und suchte einen Stein, um ihn nach dem Vogel zu werfen.

Aber der ließ sich dadurch nicht stören; er saß regungslos da, öffnete sein dunkles Schnäbelchen und sang so lieblich, daß der erzürnte Jaromil alle Rache vergaß und hingerissen dem Gesang lauschte. Plötzlich verstummte der kleine Sänger, flog herunter und verschwand im Felsen.

Jaromil, der kein Auge von ihm verwandt hatte, merkte sich genau, wo er verschwunden war, und ging näher an den Felsen heran. Da entdeckte er eine schmale Öffnung, durch die sich ein Erwachsener kaum hätte hindurchzwängen können. Jaromil war aber nicht ängstlich und kroch mutig in den Felsen hinein. Etwa zwanzig Schritt rutschte er so vorwärts — und war wieder draußen.

Dann tat er noch einen Schritt — und blieb wie betäubt mit gefalteten Händen stehen. Soweit das Auge reichte, erblickte es einen einzigen großen Garten, ein wahres Paradies. In der Mitte des Parks aber stand ein Elfenbeinschloß, kunstvoll mit Edelsteinen ausgelegt; an den Säulen, mit denen es hier und da geschmückt war, rankte Efeu bis zum goldenen Dach empor. Hunderterlei Blumen, wie sie kein menschliches Auge je erblickt hatte, blühten auf dem grünen Rasen, der gleich einem Samtteppich den ganzen Garten bedeckte. Auf den Ästen der Bäume, die zum Teil in voller Blüte standen, zum Teil aber schon Früchte trugen, wiegten sich Vögel von allerlei Farbe. Dazwischen aber wimmelte es von kleinen Menschen; die Männlein trugen graue, die Weiblein weiße Kleidung. Jaromil wußte nicht, wohin er zuerst schauen sollte.

Da kamen einige kleine Mädchen zu ihm gelaufen, und eines von ihnen sprach: »Was stehst du hier und trittst nicht zu uns? Komm lieber und hilf uns beim Blumengießen, dann wollen wir mit dir spielen.«

Jaromil war kein so unfreundlicher Junge, daß er sich hätte von hübschen Mädchen zweimal auffordern lassen; deshalb ging er gleich mit ihnen. Sie führten ihn durch den Garten, fast bis zum Schloß, wo sie aus einem Bächlein, das sich durch den Rasen schlängelte, Wasser schöpften und die Blumen gossen. »Hilf uns ein bißchen beim Gießen, dann zeigen wir dir noch schönere Blumen und geben dir süßes Obst.«

Das gefiel Jaromil. Sie schöpften Wasser in kleine Muscheln und gossen die Blumen. Jaromil bedeutete für sie jedoch keine große Hilfe; er betrachtete bald die herrlichen Blüten, bald die hübschen Mädchen, die über den Rasen schwebten, während ihre Wangen vor Eifer glühten und ihre Augen funkelten.

»Wie heißt du?« fragte Jaromil die größte, die ihm freilich kaum bis an die Knie reichte.

»Ich heiße Narzisse; meine Schwester dort heißt Lilie, die andere Hyazinthe.« Und die hübsche Narzisse nannte ihm eine ganze Reihe entzückender Namen ihrer Schwestern.

Als sie mit der Arbeit fertig waren, nahm Narzisse Jaromil bei der Hand und führte ihn durch den Garten. »Hier kannst du dir pflücken, worauf du Appetit hast!«

Das ließ sich Jaromil nicht zweimal sagen, denn er verspürte schon leichten Hunger; er pflückte von dem schmackhaften Obst und aß sich satt.

Es waren aber nicht nur jene Mädchen da, mit denen Jaromil umherspazierte, alle zehn Schritt konnte man eine Menge von ihnen treffen, doch schien ihm Narzisse von allen die schönste zu sein. Er sah auch, daß die kleinen Männer hin und her liefen, einige buntfarbig, andere nur grau gekleidet. Die aber wurden von den Mädchen nicht beachtet.

»Was sind das für Leute, Narzisse?« fragte Jaromil seine Begleiterin.

»Die graugekleideten arbeiten in den Bergen, die buntgekleideten im Garten, und einige bedienen den König, der mit seiner Gemahlin, unserer Mutter, in dem Elfenbeinschloß wohnt. Die großen Leute bei euch oben nennen sie angeblich Zwerge.«

Jaromil antwortete nicht, denn er konnte sich nicht erinnern, jemals etwas von Zwergen gehört zu haben.

»Wenn du willst«, sagte die gesprächige Narzisse, »führe ich dich jetzt zum König.«

»Warum nicht? Gehen wir!«

Narzisse schickte ihre Schwestern voraus und folgte mit Jaromil langsam nach. Die Schwestern meldeten sie inzwischen an und kamen ihnen nun wieder entgegen, um sie zum König und zur Königin zu geleiten.

In einem großen Saal saß auf einem Thron, der mit goldbesticktem und diamantenbesetztem rotem Damast überzogen war, der König der Zwerge mit der Königin, einer freundlichen und schönen Frau; zu beiden Seiten saßen oder wandelten viele junge Frauen und Mädchen.

»Wen bringst du da, meine liebliche Tochter?« sagte der König zu Narzisse, als sie Jaromil zum Thron führte.

»Einer der Söhne des irdischen Königs hat sich zu uns verirrt«, antwortete sie. »Erlaube, daß ich ihm unser Reich zeige und ihn kurze Zeit unter uns weilen lasse!«

»Du bist vorsichtig und klug, deshalb will ich deine Bitte nicht abschlagen; geh hin und tue nach deinem Belieben!«

Daraufhin trat Narzisse zu Vater und Mutter und küßte beide auf die Stirn.

»Wenn du hierbleiben willst, verhalte dich so, wie es dir Narzisse sagt«, gebot der König noch, als Jaromil mit Narzisse den Saal verließ.

Jaromil bewunderte Schönheit und Pracht der Säle: Die Fußböden bestanden aus verschiedenfarbigem Gestein und waren mit kunstvoll gewebten Teppichen bedeckt; silberne Gefäße und mancherlei Gerät und aus Gold verfertigtes Spielzeug standen in großer Zahl auf den Tischen und in den Schränken, die aus kostbaren Hölzern schön geschnitzt waren; die Sessel waren mit rotem Damast überzogen und mit goldenen Fransen verziert.

»Ach, bei euch ist es wie im Himmel!« sagte Jaromil zu Narzisse. »Erlaube, daß ich mich in einen der Sessel setze, damit ich weiß, wie die Herren der Ruhe pflegen!« Er legte den Kopf an die weiche Lehne, und es behagte ihm sehr.

»Möchtest du König sein?« fragte ihn Narzisse.

»Sicherlich ist das eine schöne Sache, alles in Hülle und Fülle zu haben und ohne Sorgen leben zu können. Wenn ich König werden sollte, wäre ich es nur deshalb gern, weil ich dann viele schöne Gärten haben könnte; um das übrige würde ich mich nicht kümmern.«

»Du wärst mir ein rechter König! Ein König muß für das ganze Land sorgen, wie ein Vater für seine Kinder, und hat somit mehr Sorgen als irgendein anderer. Unser König be-

handelt uns alle wie eigene Kinder, keiner gilt ihm mehr
oder weniger; wie er mit mir spricht, so spricht er auch mit
jedem seiner Untertanen, die den ganzen Tag im Berg arbeiten. Was er will, das wollen alle, und was sie wünschen, erfüllt er gern. Glaubst du, alles, was du hier siehst, gehöre dem
König? Keineswegs, er beansprucht darauf kein größeres
Recht als jeder andere; hier kann sich jeder so wie er gütlich
tun, das Schloß ist für uns alle da, und an seinem Tisch essen
wir alle. Oder meinst du, deine Untertanen würden dich lieben, wenn sie für dich schuften und dann zusehen müßten,
wie du ihr schwer verdientes Geld verpraßt und für ihre Bitten kein gnädiges Ohr hast? Mein Lieber, da wärst du ein
schlechter König!«

»Ich sehe schon«, sagte Jaromil zu Narzisse, die wie ein
Prediger vor ihm stand, und erhob sich aus dem Sessel, »daß
du in allem weit klüger bist als ich, und will dir gehorchen;
wenn ich auch nie König sein werde, will ich mir doch deine
Worte merken. Aber jetzt komm wieder mit mir in den Garten!«

Als sie so zwischen Blumen und Bäumen spazierten, fragte
Jaromil: »Sag mir doch, Narzisse, wie kommt es, daß hier
bei euch die Blumen so schön und ohne jeden Makel sind?«

»Höre, Jaromil«, erwiderte seine Begleiterin, »mit den Blumen und den Bäumen, die du hier siehst, sind wir verwachsen. Und das ist unser Gesetz: Vergeht unser Garten, so vergeht auch unser Reich. Deshalb kümmern wir uns nicht nur
um die einzelnen Blumen, sondern sorgen für die Erhaltung
des ganzen Gartens. Wir hegen jedes Bäumchen und jede
Blume, pflegen sie und säubern sie von schädlichem Unge-
ziefer. Freilich gibt es auch Pflanzen, die andere neidisch
umranken, ihnen keinen vollendeten Wuchs und keine
schöne Blüte gönnen; die rotten wir aus. Wir haben hier aber
auch viele Blumen, die zwar nicht so vollendet sind wie Rosen, Lilien und andere mehr, aber doch zu ihnen gehören,
weil sie gleichfalls gute Eigenschaften haben. Pflanzen, die

trotz aller Pflege nicht gut geraten, sind krank, und wir halten sie in einer besonderen Abteilung. Manche wieder sind zu schwach, um sich aus eigener Kraft hochzuranken, zum Beispiel der Efeu; die pflanzen wir neben Bäume, damit sie eine Stütze finden. Andere schließlich lieben die Kühle und das Wasser; setzt man sie den prallen Sonnenstrahlen aus, welken sie augenblicklich; für diese fließt das Bächlein hier. Wir verstoßen keine Blume und versuchen, alle zu vervollkommnen, damit eine jede in voller Schönheit prangt und unser Garten zu einem Paradies wird.« So belehrte Narzisse ihren Gast Jaromil, während sie mit ihm durch den Garten streifte.

Nachdem sie alles gesehen hatten, sagte sie zu ihm: »Nun komm, ich führe dich anderswohin.« Damit nahm sie ihn bei der Hand und führte ihn auf den Weg, auf dem sie die graugekleideten Zwerge gesehen hatten. Aus dem Garten schritten sie durch dunkle unterirdische Gänge, bis sie in einen Saal kamen, in dem es von solch kleinen Männlein wimmelte; die einen prüften Golderz, die anderen sortierten oder polierten Edelsteine, wieder andere verfertigten aus dem Gold allerlei schönes Spielzeug, wie es Jaromil schon im Schloß bewundert hatte. Oben am Tisch saß ein altes Männlein und legte funkelnde Diamanten, Granate und Rubine in goldene Kästchen. Er warf Jaromil einen verdrossenen Blick zu.

Narzisse aber trat zu ihm, strich leicht über seine runzeligen Hände und sagte: »Sei nicht böse, Alterchen, der König hat mir gestattet, den Jungen herzuführen.«

Da erlaubte der Greis, daß sie sich alles ansahen.

Nachdem sie durch den ganzen Saal gegangen waren und die schönen Dinge betrachtet hatten, die entlang der Wände in Vitrinen ausgestellt waren, bedankten sie sich bei dem Alten und verließen den Raum.

Narzisse führte Jaromil nun über einige Stufen auf eine grüne Wiese. Durch sie schlängelte sich ein Bach, auf dessen Wellen sich grünhaarige Nixen wiegten. Durchsichtige weiße Gewänder, zart wie aus Spinnweben, reichten ihnen bis zu den Knien, und auf den Köpfen trugen sie Kränze aus Wasserlilien. Kleine engelgleiche Mädchen schaukelten auf Korallenbäumchen, andere schwammen auf Perlenmuscheln um die Wette oder spielten miteinander. Narzisse und Jaromil sprangen in ein kleines, aus schwarzem Holz gezimmertes und mit Silber kunstvoll ausgelegtes Boot. Mit einem goldenen Ruder teilte Narzisse die das Boot umspielenden Wellen.

Als sie zu den Nixen kamen, wurden sie von ihnen sogleich umringt und willkommen geheißen. Die schönste aber stieg zu ihnen in das Boot. Anstelle des Kränzchens aus Wasserlilien trug sie einen perlenbestickten Schleier über dem Kopf; man sah, daß sie Herrin über die anderen war. »Wer ist dieser hübsche Junge, Narzisse?« flüsterte sie.

»Er hat sich in unseren Garten verirrt, und weil er mir gefällt, will ich ihm, solange er bei uns bleiben darf, unser Reich zeigen.«

»Und der König hat es dir erlaubt?«

»Ohne sein Wissen würde ich es gewiß nicht tun.«

»Sag mir, schöne Frau, wohin fließt dieser Bach?« bat Jaromil die Nixe.

»Sein Wasser tränkt die Pflanzen und die Bäume, die eure Erde schmücken«, antwortete sie.

Jaromil staunte über die vielfältige Schönheit. Die leichtfüßigen Nixen sprangen um sie herum und lächelten dem hübschen Jungen zu, die schönste aber tauchte unter, erschien augenblicklich wieder an der Oberfläche, reichte Jaromil eine Perlenmuschel und sagte: »Nimm diese Muschel von mir als Andenken! Sollte es einmal geschehen, daß du meine Hilfe brauchst, öffne die Muschel und wirf die Perle auf den Boden! Damit rufst du mich herbei.«

Jaromil bedankte sich bei der Nixe und steckte die Muschel ein. Dann verabschiedeten sie sich und gingen weiter.

Nun kamen sie zu einem Palast, der ganz aus weißem Marmor erbaut war. Sie traten ein und gelangten in einen schönen großen Saal, der voll Feuer war. Gelbliche und bläuliche Flammen vermischten sich in den Wölbungen der Decke oder züngelten an den glatten Wänden empor. In der Mitte aber war ein Stern, hell wie die Sonne, der funkelte in blaßgelbem Schein, und aus seinen Strahlen sprühten Millionen Funken. Dazwischen tanzten Kinder, klein, aber von hübscher Gestalt; sie schienen aus reinstem Kristall geschaffen zu sein und waren so durchsichtig, daß man erkennen konnte, wie ihre Herzen vor Freude hüpften.

»Daß die Kinder in dem Feuer nicht verbrennen!« sagte Jaromil zu Narzisse.

»Wie du auf der Erde lebst und die Nixen im Wasser, so leben sie im Feuer, ohne das sie nicht existieren könnten.«

»Wohin geht das Feuer, und warum ist es hier?«

»Wie alles, was wächst, Wasser braucht, so ist auch Feuer vonnöten. Meinst du, euer Wein wäre so feurig, wenn hier keine Wärme wäre?«

Während sie so sprachen, kam eines der kleinen Mädchen aus dem Feuer gelaufen und sagte: »Hat dir meine Schwester ein Andenken gegeben, so nimm auch etwas von mir!« Und sie überreichte Jaromil ein kleines Kristallfläschchen, in dem etwas Feuriges blitzte. »Bewahre es gut! Solltest du einmal etwas von mir brauchen, so öffne das Fläschchen, dann komme ich. Sonst aber öffne es nicht!«

Jaromil dankte dem brennenden Mädchen und verwahrte das Fläschchen neben der Muschel.

Dann kehrten sie zurück. Als sie wieder im Garten waren, sagte Narzisse: »Nun kannst du noch einmal mit zum König gehen, doch dann mußt du von uns Abschied nehmen.«

»Warum jagst du mich fort? Mir gefällt es bei euch; ich möchte für immer hierbleiben.«

»Das geht nicht, lieber Junge, wir dürfen keinen irdischen Menschen hierbehalten; ihr Menschen lebt nicht so einträchtig und zufrieden wie wir, und deshalb paßt ihr nicht zu uns. Glaubst du, es würde dir hier für immer gefallen? Du würdest nicht so bescheiden bleiben — je größer du wirst, desto mehr Sehnsucht empfändest du nach der eitlen Welt, und unser Garten käme dir klein vor; vielleicht erinnerst du dich später mitunter an unser Leben, sobald du die Welt kennenlernst.«

Unter solchen Reden waren sie wieder zum Elfenbeinpalast gekommen. Sie betraten den Saal, in dem König und Königin thronten.

»Wie gefällt es dir bei uns, Junge?« fragte der König Jaromil.

»So gut, Herr König, daß ich ewig bei euch bleiben möchte.«

»Da müßtest du sein wie diese«, erwiderte der König und deutete auf die leichtbekleideten kleinen Geschöpfe. »So aber mußt du wieder zurückkehren.«

»Ein Weilchen laß ihn noch bei uns, Vater! Dann begleite ich ihn selbst hinaus«, bat Narzisse den König. Der gestattete es. Da setzte sich Narzisse mit Jaromil auf ein Ruhebett, das kleine Völkchen samt der Königin umringten die beiden, und Jaromil mußte erzählen, wie es auf der Welt zugeht und wie die Menschen dort leben. Aber es staunte keiner, im Gegenteil, alle lachten.

Dann boten sie Jaromil wieder schmackhaftes Obst an. Nachdem er gegessen hatte, bedankte er sich bei der anmutigen Königin und beim König und verließ mit Narzisse das prächtige Schloß. Fast hätte er vor Schmerz darüber, daß er den herrlichen Garten verlassen mußte, geweint; traurig sah er sich noch einmal nach den entzückenden Blumen um, und es kam ihm vor, als neigten sie sich ihm zu und nähmen von ihm Abschied. Eben gingen sie an einem Rosenstrauch vorbei, der in voller Blüte prangte. Da bog Jaromil einen Zweig zu sich, um sein Gesicht ein letztes Mal in den lieblichen Duft zu tauchen; der Zweig entglitt jedoch seiner Hand, das Bäumchen erzitterte und überschüttete ihn mit tausend rosafarbenen Blütenblättern. Er nahm eine Handvoll davon und steckte sie in die Tasche. »Die behalte ich als Andenken an euren Garten«, sagte er zu Narzisse.

»Bewahre sie gut!« erwiderte diese.

Bald darauf waren sie auch schon bei dem Felsen, durch den Jaromil in den Garten gelangt war.

»Nun müssen wir voneinander Abschied nehmen«, sagte Narzisse, »du gehst in die Welt hinaus, ich bleibe hier. Hier hast du eine goldene Frucht. Sollte ich dir einmal behilflich sein können, dann brich sie auf und wirf den Kern auf den Erdboden! Damit rufst du mich herbei. Bis dahin halte sie gut versteckt! Und merke dir: Bis an dein Lebensende darfst du niemandem sagen, wo du gewesen bist, sonst würdest du dich und uns unglücklich machen.«

»Hab keine Angst, Narzisse, von mir erfährt niemand etwas über euch!«

Narzisse reichte ihm die Rechte und berührte mit der Linken den Felsen. Der öffnete sich, Narzisse verschwand, und Jaromil stand mutterseelenallein auf freiem Feld. Er sah weder den Wald noch den Felsen, durch den er ins Zwergenreich gelangt war, und vergeblich suchte er den Heimweg. Da erblickte er unweit vor sich weidendes Vieh und etwas weiter ein paar Hütten, ein Stück Feld und einen Garten, wo Menschen arbeiteten. Zu ihnen lenkte er seine Schritte, um sie nach dem Heimweg zu fragen.

Als er den ersten erreichte, der auf dem Feld Unkraut jätete, fragte er ihn: »Bitte, könnt Ihr mir nicht sagen, in welcher Richtung der Schwarze Wald liegt und wie weit es dorthin ist?«

»Der Schwarze Wald liegt in dieser Richtung, aber wie weit es dorthin ist, das kann ich Euch nicht sagen, junger Mann; es muß ein gutes Stück Weges sein, denn als uns der Köhler Matthes noch die Kohle brachte, brauchte er einen Tag her und einen Tag zurück.«

Als Jaromil den Namen seines Vaters hörte, war er froh und fragte weiter: »Bringt er Euch denn keine Kohle mehr?«

»Wie könnte er es? Er wohnt ja nicht mehr dort. Vor zehn Jahren ist sein siebenjähriger Sohn, seine einzige Freude, verschwunden. Als der Junge nirgends zu finden war, verkaufte Matthes ein Jahr später sein Häuschen und zog in eine Stadt; wie sie heißt, habe ich leider vergessen. Er sagte damals, daß er auch in der Stadt sein Auskommen haben und seinen Sohn dort vielleicht eher finden würde.«

Verwundert hörte Jaromil zu, und es fiel ihm erst jetzt auf, daß er dem hochgewachsenen Mann bis an die Schulter reichte. Zehn Jahre bin ich also dort unten gewesen, dachte er bei sich, und mir schienen es nur ein paar Stunden zu sein.

»Ihr habt wohl den alten Matthes gekannt?« Mit dieser Frage riß der Bauer Jaromil aus seinen Gedanken.

»Ja, ich bin der Sohn seines Bruders und wollte ihn besuchen. Jetzt ist mir die ganze Freude verdorben.«

»Warum solltet Ihr klagen? Ist er nicht hier, so ist er anderswo, und das Ende der Welt steht wohl auch noch nicht bevor. Auf diesem Weg hier ist er in die Stadt gefahren. Folgt ihm, und Ihr werdet auch hinkommen. Vielleicht trefft

Ihr ihn irgendwo. Heute aber ist es schon spät; wenn Ihr wollt, könnt Ihr bei mir über Nacht bleiben, und morgen früh begleite ich Euch ein Stück.«

Freudig nahm Jaromil den Vorschlag des ehrlichen Bauern an und folgte ihm in seine Hütte. Die Frau des Bauern und seine zwei Kinder eilten ihnen entgegen und hießen Jaromil willkommen.

Während die Bäuerin das Abendessen bereitete und der Bauer im Hause nach dem Rechten sah, blieb Jaromil mit den Kindern allein in der kleinen Stube. Anfangs beachtete er sie kaum, weil er noch immer genug mit sich selbst zu tun hatte; nach einer Weile jedoch sah er sich in der Stube um, und sein Blick fiel auf die beiden Kinder, die in der Ecke standen und ihn ängstlich anschauten. Er rief sie zu sich, und sie legten ihre Scheu ab; der Knabe setzte sich sogar auf Jaromils Schoß. Da klimperte etwas in Jaromils Tasche, und Jaromil holte eine Handvoll Goldstücke heraus. »Mein Gott, wo kommt denn das viele Geld her?« fragte er sich, doch da fiel ihm ein, daß er ja die Rosenblätter in die Tasche gesteckt hatte; die gütigen Feen mochten sie wohl in Gold verwandelt haben, damit er auf seinem Weg keine Not litte. Er nahm zwei Goldstücke und reichte sie den Kindern. Voll Freude liefen sie sogleich zu ihrer Mutter und zeigten ihr das Geschenk.

»Frau«, meinte der Bauer, als er das Geld sah, »das ist sicherlich ein großer Herr, der sich nur als Bauer verkleidet hat! Schau her, das ist reines Gold. Bereite ihm ein gutes Abendessen und ein weiches Bett!« Dann ging er zu Jaromil, um ihm zu danken.

Der aber sagte: »Wollt Ihr mir einen Dienst erweisen, so beschafft mir andere Kleidung! Ich will sie Euch gut bezahlen.« Er trug ja noch die Sachen, die er anhatte, als er von daheim weggelaufen war, und darin sah er sehr kindlich aus.

»Mit Freuden«, erwiderte der Bauer bereitwillig und machte sich gleich auf den Weg.

Es dauerte nicht lange, da kehrte er mit einem Anzug zurück. Jaromil zog ihn gleich an; er paßte ihm wie angegossen. Gern bezahlte er dem Bauern das Doppelte des Preises, aß zu Abend und legte sich zur Ruhe. Im Morgengrauen verließ er das gastliche Haus.

Einige Tage später erreichte er ein Städtchen, in dem er erfuhr, daß es nicht mehr weit bis zur Hauptstadt sei. Das hörte er gern, denn der Weg verdroß ihn schon.

Als er in die Hauptstadt kam, suchte er gleich ein Gasthaus auf, um sich auszuruhen. Die Schankstube war voller Leute. Jaromil setzte sich in eine Ecke und lauschte, was gesprochen wurde. Da hörte er, der König habe nur eine einzige Tochter, die stumm, blind und völlig siech sei und der niemand helfen könne. »Das geht mit ihr nun schon sieben Jahre so«, erzählte gerade einer, »aus aller Herren Ländern sind Ärzte hiergewesen, aber keiner konnte sie gesund machen. Im vorigen Jahr hat der König selbst den berühmten Einsiedler im Schwarzen Wald aufgesucht; der hat ihm ein Mittel geraten, aber das soll nicht zu bekommen sein.«

Jaromil spitzte die Ohren und ließ sich von dem Gespräch nichts entgehen. Das wäre etwas für mich, dachte er. Wie wäre es, wenn ich zum König ginge und ihn bäte, mich als Gärtner einzustellen? Mit diesem Gedanken legte er sich schlafen. Und er träumte, er wäre tatsächlich königlicher Gärtner, wie er es sich gewünscht hatte.

Am Morgen fragte er den Wirt nach dem Weg zum königlichen Schloß und schritt hurtig aus.

Das Schloß war ein herrlicher Bau, an den sich auf der einen Seite ein großer Park anschloß. Hier herrschte kein Lärm und nicht jene Geschäftigkeit wie sonst bei Hofe. Überall lagen Teppiche, damit die Tritte in den gewölbten Gängen nicht widerhallten. Selbst auf dem Hof hatte man schwarzes Tuch ausgebreitet, damit das Stampfen der Pferde und das Rattern der Wagen nicht störte. Schwarz war auch die Kleidung der Diener, die wie Gespenster über den Hof huschten. Die Fenster waren dicht verhangen.

Als Jaromil den Schloßhof betrat, war es noch früh am Morgen. Niemand beachtete ihn, und er wollte auch niemanden fragen. Deshalb setzte er sich auf eine Bank unweit des Parktors.

Er saß noch nicht lange, da ging ein alter Mann mit einem Spaten an ihm vorbei, schloß das Parktor auf und hinter sich wieder ab. Bald sah Jaromil durch eine Ritze, wie sich der Alte an einem Beet abmühte, denn die Arbeit fiel ihm offensichtlich schon schwer.

Rasch entschlossen klopfte Jaromil ans Tor und rief: »Verzeiht, ich sehe, daß Euch die Arbeit sauer ankommt, erlaubt, daß ich sie für Euch mache; ich bin auch Gärtner, war aber lange auf Reisen und habe meine Kunst vernachlässigt, doch ich glaube, es müßte noch gehen. Solltet Ihr später einen Gehilfen brauchen, stehe ich Euch gern zu Diensten.«

Der Greis sah ihn freundlich an und erwiderte: »Ich habe es gern, wenn sich jemand selbst zur Arbeit meldet und nicht darauf wartet, daß man ihn auffordert. Läge es allein an mir, würde ich dich sofort einstellen, aber ich muß erst den König fragen, und das hat seine Schwierigkeiten.«

»Und welche?« fragte Jaromil.

»Hast du noch nichts von der kranken Tochter unseres Königs gehört?«

»Gestern abend im Gasthaus habe ich davon reden hören«, erwiderte Jaromil, »und ich habe auch erfahren, daß sich der König mit seinem Schmerz oft stundenlang von aller Welt zurückzieht.«

»So ist es«, bestätigte der Greis. »Das Herz tut mir weh, wenn ich daran denke, daß sie allein keinen Schritt tun kann, sich nur ab und zu ein bißchen im Sessel aufsetzt oder sich in den Park tragen läßt. Früher, als sie noch ein gesundes Kind war und um mich herumsprang, habe ich oft für sie Blumen gepflückt, und deshalb kann ich sie jetzt nicht ohne Schmerz betrachten. Ich ginge bis ans Ende der Welt, wenn ich wüßte, daß ich dort das fände, was ihr Hilfe zu bringen vermag.«

»Und was ist das?« fragte Jaromil.

»Das kann ich dir noch nicht sagen, erst, wenn du dem König gefällst und er dich in seine Dienste nimmt. Solange die Prinzessin noch nicht krank war, haben hier mehr Leute gearbeitet, aber nun darf außer mir keiner den Park betreten. Warte also ab, wie der König entscheiden wird!« Damit entfernte sich der Greis. Jaromil ergriff den Spaten und grub an seiner Stelle das Beet um.

Es dauerte nicht lange, da kehrte der Gärtner zurück. »Ich bringe gute Nachricht. Du sollst gleich mit mir zum König kommen, vielleicht behält er dich, weil ich für dich gebeten habe.«

Nachdem sie einen langen hellen Flur und mehrere Zimmer durchschritten hatten, kamen sie in das königliche Schlafgemach, in dem der König, von Kummer gebeugt, auf und ab ging. Als Jaromil und der Gärtner eintraten, bedeutete ihnen der König durch Kopfnicken, näher zu treten. Lange betrachtete er Jaromil, maß ihn von Kopf bis Fuß und erkundigte sich eingehend nach seinem Leben.

Jaromil gab unerschrocken Auskunft, doch vom unterirdischen Schloß erwähnte er nichts.

Der König war zufrieden und sagte schließlich: »Nun gut, ich stelle dich ein; du mußt aber den ganzen Tag allein im Garten arbeiten und darfst nirgendwohin gehen außer zum alten Boresch. Vor allem aber darfst du niemandem erzählen, was du hier siehst und hörst.«

»Das hätte ich auch getan, wenn Ihr, Herr, es mir nicht ausdrücklich befohlen hättet. Ich hoffe, Ihr werdet mit mir zufrieden sein.« Damit verneigte er sich vor dem König und verließ gemeinsam mit Boresch das Gemach. Draußen sagte er zu dem Alten: »Jetzt seid so gut und zeigt mir, was ich zu tun habe!«

Der alte Boresch ging mit Jaromil in den Park. Nachdem er ihn überall herumgeführt und ihm alles gezeigt hatte, sagte er: »Damit übertrage ich dir die Sorge um den Park. Solltest du etwas brauchen, kannst du jederzeit zu mir kommen; ich wohne in dem grünen Häuschen dort am Tor.«

Jaromil dankte dem Alten, und nachdem dieser gegangen war, nahm er seine Gartengeräte und begann mit der Arbeit.

Es war gegen Mittag, da öffnete sich die Tür, die vom Schloß in den Park führte, und einige Frauen trugen die kranke Prinzessin in einem weichgepolsterten Sessel heraus. Jaromil war in der Nähe und lockerte gerade die Erde um die Blumen, doch als er die Frauen erblickte, ließ er alles stehen, ging tiefer in den Park hinein und kehrte erst zurück, nachdem sich die Frauen entfernt hatten. Als die Königin und der König davon hörten, gefiel ihnen das sehr, und sie begannen, Jaromil ihr volles Vertrauen zu schenken.

Oft rief ihn die Königin in der Folgezeit zu sich, auch wenn ihre Tochter im Park weilte, und er mußte der Prinzessin Blumen bringen und ihren Sessel schmücken. Dabei bemerkte er, daß ihr regelmäßiges Antlitz entstellt war und daß ihre Augen geschlossen blieben; nur wenn sie den Mund öffnete, blitzten darin zwei Reihen von Perlen.

Die junge Menschenblüte tat Jaromil leid, und er hatte ihr Bild ununterbrochen vor Augen. Der alte Boresch weiß doch, was ihr helfen könnte, dachte er eines Tages, und er hat mir versprochen, daß er es mir sagt. Ich will ihn möglichst bald danach fragen. Und das tat er auch.

»Jetzt kann ich es dir ja sagen. Nicht fern von hier ist ein Wald, der sich weit bis unter die Erde hinzieht; der heißt Schwarzer Wald. Dort wohnt ein gelehrter alter Mann, bei dem sich die Menschen von nah und fern Rat holen. Einmal habe ich vor dem König von diesem Mann gesprochen und gemeint, ob er sich nicht vielleicht wegen der Prinzessin mit ihm beraten wolle, und er ist darauf eingegangen. Ich mußte mich nach dem Weg erkundigen. Als wir hinkamen, zog sich der gelehrte Mann mit dem König zurück. Wie mir der König später erzählt hat, wollte der Einsiedler erst einmal alles über die Tochter wissen; dann habe er sich entfernt, sei aber nach kurzer Zeit zurückgekommen und habe allerlei Zauber getrieben; da sei den beiden eine schöne Frau erschienen, die der Einsiedler fragte, wodurch die Prinzessin die Gesundheit wiedererlangen könne. Sie habe ihm zur Antwort gegeben: ›Aus dem silbernen Bach wird sie die Reinheit des Leibes erlangen, aus dem lebendigen Feuer das Augenlicht und durch einen Apfel vom sprechenden Baum die Sprache.‹ Sag selbst, gibt es etwas Derartiges auf der Welt? Wen hat der König nicht schon danach gefragt, doch alles war vergebens. Wer ihr Hilfe bringt, dem will der König die Hälfte seines Reiches geben und wohl auch die Tochter, so hat er jedenfalls zu mir gesagt.«

Jaromil erwiderte nichts, merkte sich aber die Worte des Gärtners gut und wiederholte sie sich immer wieder. Da fielen ihm die Andenken aus dem Zwergenreich ein, die er stets bei sich trug. Wasser, Feuer und der sprechende Baum können ihr also helfen? Wie wäre es, wenn ich die guten Feen bäte, sie gesund zu machen? Sie pflegen ja die Blumen mit solcher Hingabe, sicherlich werden sie sich auch dieses bedauernswerten Mädchens erbarmen.

Dieser Gedanke reifte in ihm zum Entschluß, und am nächsten Morgen trat er vor den König.

»Was hast du für einen Wunsch, Jaromil?« wurde er gefragt.

»Herr, wenn Ihr mir so viel Vertrauen entgegenbrächtet, daß Ihr mir die Prinzessin anvertrautet, würde ich sie gesund machen.«

»Du könntest sie gesund machen?« fragte der König verwundert. »Warum hast du das nicht schon längst gesagt?«

»Weil ich nicht wußte, was ihr helfen kann.«

»Und jetzt weißt du es?«

»Ja, der alte Boresch hat es mir gesagt. Wollt Ihr sie gesund sehen, müßt Ihr sie mir für drei Tage anvertrauen, doch Ihr dürft keine Nachforschungen anstellen, was vorgeht, sonst wäre alles vergebens.«

»Gut, Jaromil, nimm sie in deine Obhut, und wenn es dir gelingt, sie zu heilen, will ich dir geben, was du verlangst, und wäre es mein ganzes Reich.«

Jaromil zog sich zurück, und der König begab sich zur Königin, um sie mit dieser Nachricht zu erfreuen. Als die Königin davon erfuhr, eilte sie zu Jaromil und forderte ihn auf, mit ihr ins Schloß zu kommen und nicht länger im Park zu arbeiten, aber er dankte und entschuldigte sich damit, gerade im Park alles vorbereiten zu müssen. Und wirklich friedete er einen etwas abseits gelegenen Platz ein, um ihn jedem Einblick von außen zu entziehen.

Am nächsten Tag übernahm er von der Königin die kranke Prinzessin, die nichts davon wußte, weil sie ruhig schlief. Jaromil nahm sie sanft auf die Arme und trug sie in den Park. Dort bettete er sie auf den Rasen. Dann holte er die Muschel aus der Tasche, öffnete sie und entnahm ihr eine große schöne Perle. Das Herz schlug ihm bis zum Halse, als er sie auf den Erdboden warf. Einen Augenblick lang blieb die Perle im Gras liegen, dann aber verging sie allmählich, bis sie ganz verschwunden war. Da schoß an derselben Stelle ein Wasserstrahl aus der Erde, stieg hoch empor, und Tausende Perlen fielen in hohem Bogen auf den Rasen nieder. Doch dort war kein Rasen mehr, sondern eine große Muschel, in die sich die Wasserperlen schäumend und rauschend ergossen. In dem silbern schäumenden Wasser tauchte eine blasse Frau auf; die Wellen umtanzten sie in wilder Freude und liebkosten ihre schneeweißen Arme. In den Farben des Regenbogens färbte die Sonne den fallenden Wasserstrahl, der alle seine Perlen der Königin zu Füßen schüttete oder ihre feuchten Locken damit schmückte.

Jaromil erkannte in der blassen Frau die Königin der Nixen, die ihm die Muschel geschenkt hatte. Er trat auf sie zu und sagte: »Du warst so gnädig, mir zu sagen, ich dürfte dich, wenn ich einmal deine Hilfe brauche, mit der Perle, die du mir geschenkt hast, herbeirufen. Nun ist die Zeit gekommen. Nicht für mich brauche ich deine Hilfe, sondern für das bedauernswerte Mädchen da. Sie soll im silbernen Bach baden, um die Reinheit ihres Körpers wiederzugewinnen. Erfülle bitte dein Versprechen und hilf ihr!«

»Nun denn«, erwiderte die Nixe, »reiche mir die Prinzessin!«

Jaromil hob Boleslava hoch und legte sie ins Wasser. Die Nixe nahm sie entgegen und verschwand mit ihr in ihrem Schaumbett unter der perlenden Fontäne.

Die Hände gefaltet, den Oberkörper über das Wasser gebeugt, stand Jaromil da und blickte wie gebannt in das Becken, ob die Nixe nicht bald mit Boleslava wiederkehre. Es dauerte auch nicht lange, da tauchte die Nixe mit einem ungemein schönen Mädchen wieder auf. Voll Freude trat Jaromil an den Rand des Muschelbeckens und übernahm von der Königin der Nixen, die auf einer Welle geschwommen kam, die Prinzessin Boleslava, die sie ihm mit den Worten in die Arme gab: »Hier hast du deine Braut. Leb wohl! Sprich bis an dein Lebensende zu niemandem von mir!«

Jaromil wollte der guten Nixe danken, die aber war schon verschwunden, und von der herrlichen Fontäne war nicht mehr geblieben als die Tausende Tropfen, mit denen die stürmischen Wellen den grünen Rasen genetzt hatten. Vielleicht wäre Jaromil alles wie ein Traum erschienen, hätte er nicht die so wunderbar verwandelte Prinzessin Boleslava in seinen Armen gehalten. Sie schlief noch immer, und deshalb legte er sie sanft ins Gras und lief ins Schloß, um ihren Sessel und die Speisen zu holen, die er für sie hatte vorbereiten lassen.

Als er damit zurückkam, war die Prinzessin erwacht. Da sie sich von ihren Gebrechen befreit fühlte, ließ sie sich nicht bedienen, sondern nahm seinen Arm und forderte ihn zu einem Spaziergang auf. Bereitwillig führte er sie durch den Park, und sie hüpfte vor Freude wie ein Kind an seiner Seite und lauschte den freundlichen Worten, mit denen er sie tröstete und ihr baldige völlige Genesung versprach.

So verging der erste Tag. Mit welcher Freude Jaromil am nächsten Morgen erwachte, kann man sich leicht denken, denn er hatte die feste Zuversicht, daß er dem Mädchen, das ihm nun über alles teuer war, die volle Gesundheit wiedergeben könne.

Am frühen Morgen, als Boleslava noch schlief, trug er sie wieder in den Park. Dort holte er, diesmal mit größerem Vertrauen, das Fläschchen aus der Tasche und öffnete es. Kaum hatte er den silbernen Verschluß entfernt, verwandelte sich das Fläschchen in eine feurige Kugel, die nach allen Seiten Tausende und aber Tausende Funken versprühte; hellblaue, rote und gelbe Flämmchen schlugen aus ihr hervor und verflochten sich wie glänzende Bänder mit den leuchtenden Strahlen. Die flammende Kugel drehte sich schneller und schneller, und Jaromil erblickte in ihr jenes Mädchen, das ihm das Fläschchen geschenkt hatte. Er trat näher und sagte: »Sei mir nicht böse, daß ich von deinem Geschenk so bald Gebrauch mache! Doch sieh, die Arme hier ist blind und kann nur aus dem lebendigen Feuer das Augenlicht erlangen. Da habe ich mich gleich deiner erinnert und hoffe, daß du ihr hilfst.«

Das Mädchen lächelte freundlich ob seiner Bitte, drohte ihm schelmisch mit dem Finger, sprang aus der Kugel und glitt auf den leuchtenden Strahlen zu der schlafenden Boleslava. Es beugte sich leicht zu ihr nieder und berührte mit seinem durchsichtigen rosafarbenen Finger die Augen der Prinzessin. Die konnte auf einmal wieder sehen, doch das brennende Mädchen und die feurige Kugel erblickte sie nicht mehr. Zwei der zahllosen Funken aber waren in Boleslavas Augen geblieben und entfachten in Jaromils Herzen ein loderndes Feuer.

Erstaunt und voll Freude sprang Boleslava auf — und ihr erster Blick fiel auf Jaromil. Eine Hand legte sie an ihren Mund, als wollte sie ihm andeuten, daß sie ihm gern mit Worten danken würde, wenn sie sprechen könnte, mit der anderen aber ergriff sie seine Rechte und wollte sie küssen.

»Nein, schöne Prinzessin!« sagte Jaromil und zog schnell seine Hand zurück. »Das verdiene ich nicht. Durch den Anblick deines engelsgleichen Gesichts bin ich schon reichlich entschädigt. Komm, ich will dir den Park zeigen, damit du siehst, wie groß die Bäume geworden sind, die du als Kind mit dem alten Boresch gepflanzt hast!«

Mit lieblichem Lächeln ging Boleslava mit ihm im Park spazieren. Bald kniete sie bei einer Rose nieder, um sie innig zu küssen und ihre Schönheit zu bewundern, bald blieb sie am Teich stehen, um die kleinen Goldfische zu beobachten, bald ließ sie sich unter einem breit ausladenden Apfelbaum nieder, und Jaromil pflückte die schönsten Äpfel und warf sie ihr in den Schoß.

So verging der zweite Tag.

Abends begab sich Boleslava in ihre Zimmer, Jaromil aber blieb im Park. Er konnte jedoch keinen Schlaf finden, denn ständig stand ihm das Bild der reizenden Prinzessin vor Augen. Ach, was nützt es mir, daß ich sie liebe? Sie wird ja doch nie die Meine! Zwar hat der König versprochen, daß er dem, der sie gesund macht, alles gibt, was dieser fordert, und wäre es Boleslava selbst, aber wer weiß, ob er sein Wort halten wird! Solche Gedanken quälten den verliebten Jaromil. An einen Baum gelehnt, stand er da und blickte zu den Fenstern empor, hinter denen die Liebste ruhte.

Und er begann zu singen; lieblich klang sein Lied durch den Park, drang zu den Fenstern empor und lockte Boleslava zu dem Sänger hinunter. Sie gab ihm durch Zeichen zu verstehen, daß sie nicht im Schloß, sondern lieber bei ihm im Park bleiben wolle. Von allen Bäumen und Sträuchern trug Jaromil duftende Blütenblätter herbei, um für die Liebste ein weiches Lager unter dem blühenden Apfelbaum zu bereiten. Sie legte sich nieder, die linden Lüfte deckten sie mit den rosa Blüten des Apfelbaumes zu, das Lied der Nachtigall wiegte sie ein, und die Liebe bewachte ihren Schlummer.

Jetzt rufe ich noch Narzisse herbei, dachte Jaromil. Boleslava schläft, da bin ich sicher, daß sie Narzisse nicht erblickt.

Die Nachtigall verstummte, die Lüfte legten sich, der Mond zog sich hinter einen Wolkenvorhang zurück, und am dunklen Himmel flimmerten nur die Sterne. Jaromil tat einige Schritte zur Seite, zog die goldene Frucht hervor, brach sie

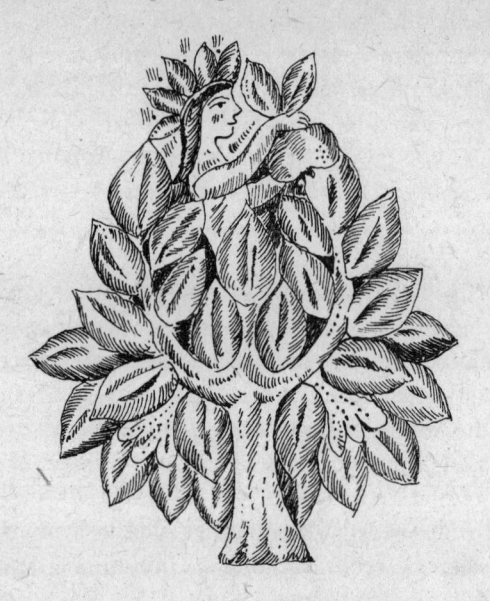

auf und warf den Kern auf den Erdboden. Da erstrahlte der dunkle Hain in rosigem Licht. An der Stelle, wo der Kern auf die Erde gefallen war, sproß ein grünes Reis aus dem Boden, wuchs schnell empor, und bald stand vor Jaromil ein blühender Baum, in dessen Wipfel Narzisse saß. Auf allen Blättern, in allen Blütenkelchen schaukelten goldhaarige Genien, die flüsterten und wisperten, die Lüfte erwachten, wehten durch den Hain und küßten ihre rosenfarbenen Gesichter.

»Was wünschst du von mir?« fragte Narzisse mit feiner Stimme Jaromil, der in stummem Staunen dastand.

»Oh, du bist herzensgut, Narzisse«, sagte Jaromil, »gewiß wirst du meine Bitte nicht unerfüllt lassen. Sieh, das schöne Mädchen, das hier schläft, ist stumm und soll erst sprechen können, wenn es einen Apfel vom sprechenden Baum gegessen hat. Erbarme dich ihrer und mach sie gesund!«

Auf Jaromils Bitte riß Narzisse eine Knospe vom Baum, hauchte sie einmal an, und sie blühte auf, hauchte sie ein zweites Mal an, und sie warf die Kelchblätter ab, hauchte sie ein drittes Mal an, und schon hielt sie einen herrlichen Apfel in der Hand, der wie gemalt aussah. Den warf sie ihm zu und sagte: »Hier hast du den gewünschten Apfel, heile damit deine Liebste! Von uns sprich jedoch zeitlebens kein Wort, wenn du willst, daß dir das Glück hold bleibt!«

Nach diesen Worten ergoß sich ein zauberhaftes Strahlen über den Hain, so daß Jaromil, von den gleißenden rosa Flammen geblendet, die Hand vor die Augen hob.

Da vernahm er aus der Ferne lieblichen Gesang. Er lauschte, zog die Hand von den Augen, doch weder der Lichtschein noch der Baum waren mehr zu sehen. Immer zarter, immer sehnsuchtsvoller tönte der Gesang, bis er endlich gleich dem letzten Ton einer Harfe verklang. Wieder herrschte Stille, nur das Wehen des Windes rauschte durch den Park, weckte die schlafenden Blumen und erzählte ihnen das Märchen vom Zauberbaum.

Jaromil saß, den wundertätigen Apfel in den Händen, unweit von Boleslava, trunken von Liebe und Hoffnung. Da fiel ein Blatt auf die schlummernde Nachtigall, sie hob ihr Köpfchen und sang mit schmetternder Stimme ihr Morgenlied, so daß Boleslava davon erwachte. Da trat Jaromil näher und sagte: »Während du geschlafen hast, habe ich den schönsten Apfel des ganzen Gartens gefunden.« Mit diesen Worten reichte er ihr den Apfel und forderte sie auf, ihn zu essen. »Vielleicht ist es die letzte Stunde, die wir miteinander verbringen«, sagte er dann traurig, »denn die genesene liebreizende Prinzessin wird mit einem gewöhnlichen Gärtner nicht mehr so vertraulich umgehen dürfen, wie es bisher die kranke getan hat.«

Plötzlich schrie Boleslava auf und unterbrach seine Worte. »Was ist mit mir geschehen? Ich kann ja sprechen! Gewiß hast du mich mit dem wundertätigen Apfel geheilt! Ach, Jaromil, du mein Wohltäter, wie kann ich dir nur meine Dankbarkeit beweisen? Du hast eben einen Gedanken geäußert, der mir weh tat. Was glaubst du von mir? Hast du etwa Grund zu der Annahme, daß mein Vater so ungerecht sein und dich für den unbezahlbaren Dienst schlecht belohnen könnte?« So sprach die erregte Boleslava, während sie Jaromil beide Hände entgegenhielt.

»Für deine Heilung darf ich das ganze Königreich verlangen, hat dein Vater gesagt, aber mir liegt nichts an seinen Schätzen. Was mich ewig glücklich machen würde, kann ich nicht verlangen.«

»Und was wäre das?« fragte Boleslava leise, und das Blut schoß ihr in die Wangen, denn sie ahnte die Antwort.

»Dich, schönes Mädchen, würde ich vom König erbitten, sonst brauche ich nichts auf der Welt.«

Ihre Antwort wurde vom Lied der Nachtigall übertönt, doch Jaromil vernahm ihr Ja trotzdem.

Sie verbrachten noch ein seliges Stündchen miteinander im Park, dann begab sich Boleslava ins Schloß. Jaromil blieb draußen und legte sich dort zur Ruhe nieder, wo seine Liebste geschlafen hatte. Er barg sein Gesicht in den duftenden Blütenblättern und wiederholte jedes Wort, das er mit ihr gesprochen hatte. Unter solch angenehmen Gedanken schlief er ein.

Er träumte, daß er in einem herrlichen großen Saal stehe, dessen eine Hälfte mit den schönsten Blumenkränzen geschmückt war, während man von der anderen Hälfte wegen dichten Nebels, der wie ein rosenfarbiger Schleier über den Raum gebreitet war, nichts sehen konnte. Plötzlich aber hob sich der Nebel, und Jaromil erblickte einen goldenen Thron, auf dem ein wunderbar schönes Mädchen saß, in kostbare Gewänder gekleidet. Er trat näher und erkannte Boleslava, die ihm durch ein Kopfnicken zu verstehen gab, er möge neben ihr Platz nehmen. Da öffnete sich eine Wand, und zwischen vier goldenen Bögen war ein zauberhafter Garten zu sehen, in dessen Mitte sich ein Elfenbeinschloß erhob. Verzückt schaute Boleslava auf diesen Garten, doch Jaromil erkannte ihn gleich — es war jener Garten, in dem ihm zehn Jahre wie ein Tag vergangen waren. Aus dem Elfenbeinschloß kam ein Zug von Genien mit Kränzen und Sträußen, allen voran aber schritt Narzisse, begleitet von zwei Nixen, die auf Seidenkissen zwei Kronen trugen. Alle näherten sich dem Thron, auf dem die beiden Liebenden saßen, und bekränzten ihn unter lieblichem Gesang. Narzisse nahm ein Krönlein aus Rosen und Lilien, schritt auf Boleslava zu, setzte es ihr auf die schwarzen Locken und sagte: »Besser als eine goldene Krone kleidet dich eine aus diesen Blumen, die ein Spiegelbild deiner Seele sind. Gib acht, daß sie nie welken!«

Sodann wurde Narzisse eine goldene Krone gereicht. Diese setzte sie Jaromil aufs Haupt und sagte: »Nun bist du König, Jaromil. Behalte aber dein gutes Herz und deinen gerechten Sinn und erinnere dich oft an die Worte, die ich im Elfenbeinschloß zu dir gesprochen habe, dann wirst du stets glücklich sein.« Dabei hauchte sie ihm einen Kuß auf die Stirn — und er erwachte.

Doch er glaubte noch immer zu träumen, denn jetzt sah er seine Prinzessin vor sich stehen.

»Ich bin schon eine ganze Weile hier«, sagte Boleslava, »und habe gewartet, bis du erwachst, damit wir miteinander zu meinen Eltern gehen können.«

»Ach, hatte ich einen schönen Traum!« sagte Jaromil und erzählte, was er im Schlaf erlebt hatte.

»Das ist ein gutes Zeichen«, meinte Boleslava und forderte ihn noch einmal auf, rasch mit ihr zu den Eltern zu gehen.

Jaromil aber wand schnell noch ein Kränzlein aus Rosen und Lilien, und erst nachdem er seine Liebste damit geschmückt hatte, führte er die geheilte Prinzessin zum König und zur Königin.

Sehnsüchtig hatten die Eltern den dritten Morgen erwartet, und in den königlichen Gemächern standen Höflinge in großer Zahl, um die geheilte Tochter ihres Königs zu sehen.

Da öffnete sich die Tür, und aus den Zimmern der Prinzessin kamen Jaromil und Boleslava.

Alle staunten so über die Schönheit des Mädchens, daß Jaromil bis zum König und der Königin vortreten konnte, ohne daß jemand auch nur einen Laut von sich gegeben hätte.

»Hier, mein König, bringe ich Euch Eure Tochter«, sagte Jaromil.

Boleslava sank ihren Eltern in die Arme, und erst jetzt brach freudiger Jubel los, der im ganzen Schloß widerhallte.

»Verlange, was du willst!« rief der glückliche Vater aus. »Und solltest du mein ganzes Königreich wünschen, ich gäbe es dir.«

»Was nützten mir das Reich und alle Schätze, wenn mein Herz bluten müßte? Gebt mir Eure Tochter, und ich will Euch bis an mein Lebensende dankbar sein!«

Der König schwieg einen Augenblick, doch als er merkte, daß auch Boleslava ihn und ihre Mutter bittend ansah, wollte er sie nicht betrüben. Er nahm sie bei der Hand, führte sie Jaromil zu und sagte: »So nimm denn meinen kostbarsten Schatz und sei mein Nachfolger!«

Die Höflinge spendeten Beifall, und das Volk jubelte.

Da trat der alte Boresch zu dem jungen Paar und wollte ihm etwas sagen, doch er weinte vor Freude so, daß er kein Wort hervorbrachte.

Inzwischen befahl der König, ein Festmahl zu richten, zu dem er viele Gäste einlud. Den ganzen Tag lang kamen Leute ins Schloß, um die glücklich genesene Prinzessin zu betrachten.

Als sie mit ihrem Bräutigam bei Tisch saß, drängte sich ein alter Mann vor, um den künftigen König zu sehen, von dem das Gerücht ging, er sei der Sohn eines Köhlers und habe als kleiner Junge sein Elternhaus verlassen. Als er endlich bis zu dem jungen König vorgedrungen war, sagte er: »Verzeiht, Herr, daß ich mit einer Bitte zu Euch komme! Die Leute erzählen, Ihr wäret der Sohn eines Köhlers. Sagt mir, ob das wahr ist!«

»Es ist wahr — der Köhler Matthes aus dem Schwarzen Wald ist mein Vater.«

»Und der bin ich!« rief der Greis, ließ den Stock, auf den er sich gestützt hatte, fallen und sank seinem Sohn in die Arme.

»Und wo ist die Mutter?« fragte Jaromil, nachdem sich sein Vater etwas beruhigt hatte.

»Die ist gestorben, aber bis an ihr Lebensende hat sie sich Vorwürfe gemacht, weil sie dich so schlecht behandelt hat, daß du ihretwegen von daheim fortgelaufen bist.«

Jaromil schwieg und ließ den Vater bei dieser Meinung, denn er durfte ohnehin nicht verraten, wo er die ganze Zeit gewesen war. Dann mußte der Köhler zwischen dem jungen König und seiner Braut Platz nehmen, die ihn, ebenso wie ihre Eltern, herzlich willkommen hieß.

Der Tag ging fröhlich zu Ende, und am nächsten wurde die Hochzeit gefeiert. Als man den jungen König krönte, bekam er eine goldene Krone, Boleslava aber trug ein Krönlein aus Rosen und Lilien, damit Jaromils Traum in Erfüllung gehe.

Jaromil herrschte gerecht, mild und weise; niemals vergaß er die von Narzisse gesprochenen Worte. Aufrichtigen Herzens wünschte ihm sein Volk eine lange Regierungszeit, denn er war ihm mehr ein Vater als ein König.

Marischka

Lukas war ein reicher Bauer, der gern in Saus und Braus lebte. Deshalb war es kein Wunder, daß ihm nach einigen Jahren von seinem ganzen Vermögen nicht mehr verblieb als eine baufällige Hütte. Da erst kam er zu Verstand. Jetzt hätte er gern ordentlich gewirtschaftet, wenn er nur noch eine Wirtschaft gehabt hätte.

Solange es ihm gut gegangen war, hatte er sich oft gewünscht, wenigstens ein Kind zu haben, doch dieser Wunsch war nicht in Erfüllung gegangen. Jetzt, da er das nicht mehr wünschte, weil er selbst nichts mehr zu essen hatte, gebar ihm seine Frau ein Mädchen. Er kratzte sich ob dieses unerwünschten Segens hinter dem Ohr. Was war zu machen?

Er ging also zu einer armen Bekannten und bat sie, bei seiner Tochter Pate zu stehen, doch die wollte ohne Gegenleistung keinen Finger krumm machen. Verbittert über die Undankbarkeit der Menschen kehrte er zu seiner Frau zurück und erzählte es ihr.

»Da siehst du, Lukas«, sagte diese, »wie es ist, wenn jemand nicht gut wirtschaftet! Solange wir reich waren, hat uns sogar der Richter alles zu Willen getan, und jetzt will selbst die schlechteste Häuslerin nicht als Gevatterin kommen! Das arme Kind, wie es zittert! Ich habe ja nicht einmal ein paar schlechte Windeln, um es einzuwickeln, und es muß auf dem bloßen Stroh liegen. Ach, Gott, erbarme dich unser!« So jammerte und klagte die arme Frau und netzte das nackte Kind mit Tränen.

Doch plötzlich wischte sie sich die Augen, blickte ihren Mann, der mit gekreuzten Armen nachdenklich neben ihr stand, freudig an und sagte: »Ich bitte dich, Lukas, geh zu unserer früheren Nachbarin! Sie ist vermögend, und ich habe bei ihrem Kinde Pate gestanden. Bitte sie, daß sie jetzt bei meinem Kind das gleiche tut!«

»Ich weiß nicht, liebe Frau, ob du dich da nicht irrst. Ich fürchte, daß ich unverrichteterdinge zurückkomme.«

Schweren Herzens ging Lukas an seinem ehemaligen Gut vorbei und trat bei der alten Nachbarin ein. »Grüß Gott, liebe Gevatterin!« sagte er. »Meine Frau läßt Euch grüßen, und weil uns Gott ein Töchterchen geschenkt hat, bittet sie Euch, die Patenschaft zu übernehmen.«

»Ach, mein lieber Lukas«, antwortete die Nachbarin bissig, »ich würde das ja gern übernehmen, aber die Zeiten sind schlecht, man braucht jeden Kreuzer selbst, und solchem Bettelvolk, wie Ihr es seid, muß man ein reiches Angebinde geben. Warum geht Ihr nicht zu einer anderen, warum kommt Ihr gerade zu mir?«

»Weil meine Frau das gleiche bei Euch getan hat.«

»Aha, das sollte wohl sozusagen ein Darlehen auf Gegenseitigkeit sein, und ich soll Euch jetzt so viel geben wie Ihr seinerzeit mir? Wenn ich so freigebig wäre, wie Ihr es gewesen seid, brächte ich es wohl auch so weit. Geht, geht, ich tue keinen Schritt aus dem Haus!«

Lukas entgegnete der herzlosen Frau kein Wort und ging traurig nach Hause. »Siehst du, meine liebe Alte«, sagte er, »ich habe es im voraus gewußt, wie es mir ergehen wird! Aber mach dir nichts daraus, Gott verläßt niemanden ganz! Gib mir das Kind, ich trage es selbst zur Taufe, und als Paten nehme ich, wem ich zuerst begegne.«

Die Frau wickelte das Kindlein in einen alten Rock und legte es dem Manne unter Tränen in die Arme.

Lukas mußte über die Felder, denn die Kapelle stand ein gutes Stück außerhalb des Dorfes. Etwa hundert Schritt vom Kreuzweg entfernt sah er eine alte Frau. Voll Hoffnung ging er auf sie zu. »Liebe Frau, ich möchte Euch um einen kleinen Dienst bitten. Ich bin ein armer Häusler hier aus dem Dorf. Meine Frau hat mir heute ein Mädchen geboren, und ich habe die Nachbarinnen gebeten, die Patenschaft zu übernehmen, aber weil wir arm sind, wollte es keine tun. So habe ich denn das Kind selbst genommen und beschlossen, den ersten, den ich treffe, als Paten zu nehmen. Ihr seid die erste, der ich begegnet bin. So bitte ich Euch denn, die Patenschaft zu übernehmen.«

»Das will ich gern tun. Gebt mir das Kind und kommt!«

Lukas übergab ihr das Kind, und sie machten sich auf den Weg zur Kapelle.

Der Pfarrer wollte eben fortgehen, als ihm der Kirchendiener meldete, es käme noch jemand zur Taufe. »Wer ist es denn?« fragte er unwirsch den Kirchendiener.

»Ach, der Lukas, dieser Lumpenkerl. Der hat ja selbst nichts zu beißen.«

Da trat Lukas mit der Taufpatin ein. Als die alte Frau bemerkte, daß der Kirchendiener ein unwilliges Gesicht machte und keinerlei feierliche Vorbereitungen zur Taufe traf, verdroß sie das, und sie griff in die Tasche und zog einen großen, glänzenden Dukaten heraus. Dann trat sie zu dem Priester und drückte ihm den Dukaten in die Hand.

Der Pfarrer betrachtete verwundert die ärmlich gekleidete Alte und den Dukaten, doch flugs steckte er ihn ein und flüsterte dem Kirchendiener ins Ohr, er solle ihm das Chorhemd reichen. Dann taufte er das Kind des armen Lukas so feierlich wie das des reichsten Bürgers. Das Mädchen erhielt den Namen Marischka.

Nach der Taufe begleitete der Pfarrer die Patin bis zur Tür und der Kirchendiener gar noch bis vor die Kapelle, wo auch er ein Trinkgeld bekam.

Als die Alte mit Lukas zum Kreuzweg kam, an dem sie einander begegnet waren, übergab sie ihm das Kind, griff in die Tasche, holte einen weiteren Dukaten heraus, steckte ihn in die Windeln und sagte: »Von diesem Dukaten, den ich dem Kind als Angebinde gebe, wirst du so viel haben, daß du es gut erziehen kannst. Wenn das Mädchen zwölf Jahre alt ist, führe es hierher an diese Stelle! Dann nehme ich es für einige Jahre zu mir, das heißt, wenn du, deine Frau und das Mädchen es wollen. Damit du aber die Stelle wiedererkennst, denn im Laufe von zwölf Jahren verändert sich vieles, und nur hier kannst du mich finden, setze ich dir ein Zeichen.« Damit zog sie eine grüne Rute aus dem Mieder und berührte damit die Erde. Sofort wuchs an dieser Stelle ein schöner Rosenstrauch mit vielen Knospen, die Alte aber war verschwunden.

Lukas sah sich voll Verwunderung nach der Frau um, doch vergeblich. Er wußte nicht, was mit ihm geschehen war, und er stünde wohl noch heute an dieser Stelle, wenn Marischka nicht zu weinen begonnen und ihn so an sein Zuhause erinnert hätte.

Inzwischen erwartete ihn die Frau voll Ungeduld. Hunger, Durst und körperlicher Schmerz quälten sie. Im Haus befand sich kein Bissen Brot und kein Kreuzer.

Da trat Lukas in die Stube. »Frau, hör auf zu weinen und zu klagen! Der Engel des Herrn hat uns geholfen. Hier hast du unsere Marischka, aber bevor du das Kind küßt, hole das Angebinde heraus, damit du siehst, was für eine vornehme Patin es hat!«

Die Frau griff unter die Windel und zog voller Verwunderung nicht einen, sondern eine ganze Handvoll Dukaten hervor. »Mein Gott!« rief sie und ließ erschrocken die Dukaten aus der Hand fallen, daß sie durch die löchrige Decke in das faule Stroh rollten. »Mann, wer hat dir soviel Geld gegeben? Schau nur!«

»Ich habe früher als du geschaut und mich noch mehr als du gewundert. Aber höre nur, ich will dir erzählen, von wem ich es habe.« Und er berichtete seiner Frau, wie es bei der Taufe zugegangen war, und fügte schließlich hinzu: »Als ich die Alte nicht mehr gesehen habe, bin ich nach Hause gegangen. Unterwegs hat es mir aber keine Ruhe gelassen — ich zog das Angebinde heraus und hatte statt des einen Dukatens eine ganze Handvoll. Freilich bin ich wie du erschrocken, aber ich habe sie statt auf die Erde wieder in die Windel fallen lassen und bei mir gedacht: Warte nur, du sagst deiner Frau nichts, sie soll die Goldfüchse selbst herausholen! Die wird Augen machen! Und deshalb habe ich dir auch vorhin nichts gesagt.«

»Jetzt, Alter, laß das Wundern! Hilf mir lieber, die Goldfüchse aufzusammeln. Der Teufel könnte jemanden hierherführen, und solche Ware darf ein Geizhals nicht sehen.«

Sie machten sich ans Aufsammeln. Doch welch neues Wunder! Wo ein Dukaten gelegen hatte, fanden sie jetzt zehn, und als sie alle aufgehoben hatten, war ein erklecklicher Haufen beisammen.

»Mein Gott!« rief die Frau mit einem besorgten Blick auf den Haufen Goldes. »Ob wohl ein Segen auf diesem Geld ruhen wird? Wer weiß, ob die Alte nicht ein böser Geist gewesen ist, der mit diesem Geld unsere Seelen kaufen will?«

»Ach, Frau, wie kannst du nur so einfältig sein! Denkst du denn, ein böser Geist wäre mit mir in die Kirche gegangen, hätte sich mit Weihwasser besprengen lassen und sogar das Kreuzzeichen gemacht? Überleg das doch einmal! Daß es eine gewöhnliche Frau gewesen wäre, sage ich ja nicht, aber es war bestimmt ein guter Geist, den uns Gott als Retter aus der Not geschickt hat. Ich glaube, daß wir das Geld mit ruhigem Gewissen behalten können. Jetzt ist nur die Frage, wo wir es verstecken sollen, damit uns niemand darüberkommt. Vorläufig lege ich es in die Truhe, aber morgen nacht vergrabe ich es unter dem Birnbaum, und das sage ich dir, daß du ja niemandem etwas davon verrätst! Einen Dukaten nehme ich und gehe damit zur Frau des Richters, sie soll ihn wechseln. Dann kaufe ich Milch, Eier, Brot und Mehl und hole eine Frau her, die uns ein gutes Abendessen bereitet, und morgen gehe ich in die Stadt, kaufe Kleider und Federbetten, und dann — rate, Alte, was ich noch kaufe?«

»Nun, am besten wäre es, wenn du unser altes Gut, die Felder und das Vieh zurückkaufen und damit vernünftiger wirtschaften würdest als zuvor.«

»Frau, das erste hast du erraten, und um das zweite brauchst du dir keine Sorgen zu machen. Ich werde bestimmt gut wirtschaften, denn jetzt weiß ich, für wen, und die Not ist ein guter Lehrmeister.«

Nachdem Lukas das Geld in die Truhe gelegt und diese gut verschlossen hatte, nahm er einen der Dukaten und ging einkaufen.

Die Frau versorgte inzwischen das Kind und wiegte sich in seligen Träumen, an deren Verwirklichung sie nicht zweifelte.

Nach einer knappen Stunde öffnete sich die Tür, und ein energisches, rundliches Mädchen trat ein, das in beiden Händen einen großen Topf voll frischgemolkener Milch trug, und hinter ihr kam Lukas, in einer Hand einen Korb voller Eier, auf denen zwei große Buchteln lagen, in der anderen Hand ein Bündel Federbetten.

»Gesegne es Gott!« sagte die Magd und stellte den Topf auf die Bank. »Die Bäuerin läßt Euch grüßen und schickt Euch Milch für den Brei, und falls Ihr noch etwas braucht, sollt Ihr es nur sagen, sie wird Euch in allem behilflich sein.« Darauf ging sie fort, ohne den Dank der verwunderten Frau abzuwarten.

»Siehst du, was ein einziger Dukaten zuwege gebracht hat! Wenn die wüßten, wieviel wir davon haben, würden sie uns auf Händen tragen. Die Frau des Richters hat uns mit allem versorgt, was wir zunächst brauchen, auch Federbetten borgt sie uns bis morgen, und die alte Spinnerin kommt für ein paar Tage als Aushilfe. Ich habe es ihr gesagt, daß unser Kind als Angebinde eine Handvoll Dukaten bekommen hat. Damit du weißt, wie du dich zu verhalten hast, falls sie dich besuchen kommt!«

Nach diesen Worten machte Lukas Feuer an, und als die alte Veruna kam, war im Nu eine gute Suppe fertig. Sicherlich schmeckt selbst das teuerste Essen aus einer herrschaftlichen Küche einem verwöhnten Magen nicht so gut, wie die dünne Milchsuppe, die die alte Veruna kochte, dem hungrigen Lukas und seiner Frau geschmeckt hat.

Am nächsten Tag ging Lukas nach dem Frühstück in die Stadt.

Die Frau des Richters benutzte diese Gelegenheit und eilte, die Frau des Lukas zu besuchen, vor allem, weil sie erfahren wollte, wie es mit dem Geld aussehe. »Liebe Nachbarin«, begann sie, nachdem sie sich nach ihrem Wohlbefinden erkundigt hatte, »bei Euch ist zugleich mit dem Töchterchen Gottes Segen eingekehrt!«

»Nun, so groß ist er auch wieder nicht. Eine Handvoll Dukaten gibt sich rasch aus. Gott vergelte es der wohltätigen Frau, unserer Gevatterin! Jetzt können wir unseren Hof mit allem Zubehör zurückkaufen und ein ordentliches Leben führen.«

»Daran tut Ihr recht«, erwiderte die Frau des Richters.

Dann ging sie fort, aber bevor sie sich nach Hause begab, machte sie erst noch bei einigen Tanten und Gevatterinnen halt, um ihnen einen ausführlichen Bericht über Lukas' plötzlichen Reichtum zu erstatten. Noch bevor die Mittagsstunde schlug, wußte jeder im Dorf, daß Lukas einen Scheffel Dukaten bekommen habe.

Am Abend kehrte der glückliche Lukas aus der Stadt heim und brachte einen Wagen voll Hausgerät, Kleidung, Federbetten und Lebensmitteln mit. Am nächsten Tag kaufte er seinen früheren Hof samt Feldern und Vieh zurück. Nun hatte die Not ein Ende. Lukas begann, gut zu wirtschaften und wurde ein ordentlicher Mensch.

Seine größte Freude aber war die kleine Marischka, ein Mädchen, so hübsch und so lieb, daß es jeder gern haben mußte. »Liebe Gevatterin«, sagten die alten Weiber zu seiner Frau, »das Mädchen wird nicht alt, es ist für sein Alter viel zu klug.« Aber trotz dieser Prophezeiung wuchs Marischka prächtig heran. Als sie zehn Jahre alt war, sagte der Schulmeister, die Eltern brauchten sie nicht mehr zur Schule zu schicken, weil sie schon so viel könne wie er selbst. Da gaben die Eltern das Mädchen für zwei Jahre in die Stadt, wo sie auch alle Handarbeiten lernte.

Als das zweite Jahr zu Ende ging, fuhr Lukas in die Stadt, um Marischka zu holen, weil der Zeitpunkt nahte, zu dem sie das Mädchen der Taufpatin übergeben wollten. Voll Stolz und Freude umarmte die Mutter ihre Tochter, denn es hatten sich viele Bekannte vor dem Hause eingefunden, und alle bewunderten die Schönheit des Mädchens, was den Eltern nicht wenig schmeichelte. Die Frauen, deren Söhne herangewachsen waren, dachten, es wäre nicht schlecht, in eine solche Wirtschaft einzuheiraten. Das größte Recht auf Marischka glaubte aber Jirka, der Sohn des Richters, zu haben; er zählte bereits an den Fingern ab, in wieviel Jahren er sie heiraten könne. Aber für Marischka sollte das Glück anderswo blühen.

In wenigen Tagen waren es genau zwölf Jahre, daß Marischka getauft worden war. Als auch diese vergangen waren, nahm die Mutter unter Tränen von Marischka Abschied, und der Vater führte sie zu dem Rosenstrauch, da er hoffte, daß dort auch ihr Glück erblühen werde. Der wunderbare Strauch stand immer noch voll Knospen, als hätte ihn die Alte eben erst aus der Erde gezaubert. In all den zwölf Jahren hatte es keiner gewagt, Hand an ihn zu legen, denn die alten Frauen erzählten einander, hier sei ein neuer Tummelplatz der wilden Weiber, und wer von diesem Strauch eine Rose breche, verfalle ihrer Gewalt. Einzig und allein Lukas hätte dieses Gerücht widerlegen können, aber der vertraute niemandem an, was er wußte.

Als sie die vereinbarte Stelle erreichten, berührte Lukas eine der Knospen, und im gleichen Augenblick stand anstelle des Strauches die Frau Gevatterin vor ihm.

Im ersten Augenblick erschrak Marischka über diese unverhoffte Verwandlung, aber als sie in das Gesicht der Alten blickte, fiel alle Furcht von ihr ab.

»Willst du mit mir gehen, Marischka?« fragte die Patin das Mädchen.

»Das tut sie gern, Frau Gevatterin«, erwiderte Lukas an ihrer Stelle.

»Das freut mich. Geht also nach Hause, Gevatter, und macht Euch um Eure Tochter keine Sorgen. Es wird ihr gut gehen, und ich werde sie Euch bald schöner und glücklicher wieder zuführen. Damit Ihr Euch aber nicht um sie ängstigt, nehmt diesen Spiegel! Sooft Ihr hineinblickt, werdet Ihr Marischka darin in voller Lebendigkeit sehen. Nun geht nach Hause, aber schaut Euch unterwegs nicht um und blickt weder rechts noch links, sonst könnte Euch etwas Böses widerfahren.«

Lukas verabschiedete sich von seiner Tochter, nahm von der Gevatterin den Spiegel und begab sich geradewegs ins Dorf.

Die Alte aber holte eine grüne Rute heraus, nahm Marischka an der Hand und sagte: »Komm, mein Töchterchen, wir gehen auch!« Dabei berührte sie mit der Rute den Erdboden, der öffnete sich, und sie befanden sich inmitten eines schönen Parks, der ein prächtiges Schloß umgab.

Den großen, weiträumigen, rund angelegten Park begrenzte ein undurchsichtiger Naturzaun. Mit goldenem Sand bestreute Wege durchkreuzten den mit Moos durchwachsenen Rasen, zwischen dem entweder in Beete gepflanzte oder in malerischen Gruppen wachsende Blumen blühten. Der Duft der Tausende von Blütenkelchen, der Sträucher und der Haine, der Gesang der munteren Vögel, all das erregte Marischkas Sinne so, daß sie sich vor Entzükken kaum fassen konnte.

Nach einer Weile heftete sie ihre Blicke auf das funkelnde Schloß, das inmitten des Parks lag. Ringsum standen Säulen aus weißem Marmor, an dem Rosen und Efeu rankten. Aus einer kleinen Halle führten sechs Türen in die anderen Räume. Fünf davon waren aus weißem Elfenbein und hatten goldene Schlösser, die sechste aber war aus schwarzem Ebenholz. Die Säulen vor der schwarzen Tür waren ebenfalls schwarz; an ihnen standen Zypressen und Rosmarin.

»In diesem Schlosse«, sagte die Alte zu Marischka, »wirst du wohnen. Überallhin darfst du gehen, überallhin blicken, nur in das sechste Zimmer nicht, sonst ergeht es dir schlecht. Da hast du sechs goldene Schlüssel zu allen Türen. Nun geh und schau dich um!«

Das ließ sich Marischka nicht zweimal sagen. Sie nahm die Schlüssel und öffnete die erste Tür. Hier war das Schlafzimmer. Auf dem Fußboden lagen Teppiche aus Hermelin, und auf dem aus Elfenbein geschnitzten und mit Silber und Gold ausgelegten Bett luden weiche Kissen zur Ruhe ein. Der weiße, von der Decke bis zum Teppich herabhängende Betthimmel aus feinster Seide war mit silbernen Sternen übersät. Ebensolche Vorhänge befanden sich an den Fenstern.

»Und in diesem schönen Zimmer, auf diesen weichen Kissen soll ich schlafen?« fragte Marischka erstaunt.

»Ich habe dir ja schon gesagt, daß das alles nur für dich ist, wenn du gehorsam bist und das befolgst, was ich dir sage.«

»Ach, teure Großmutter, alles will ich tun, und an das sechste Zimmer will ich nicht einmal denken.«

Der zweite Raum war das Bad. In den glitzernden Fußboden war eine Kristallwanne eingefügt, in die das Wasser aus einem silbernen Rohr strömte.

Der dritte Raum war das Ankleidezimmer, in dem mit rotem Damast überzogene und mit Perlen bestickte Sessel standen. In der Mitte befand sich ein silbernes Tischchen, und darauf lagen Kleinodien, wie sie die Welt noch nicht gesehen hatte.

»Von diesem Schmuck kannst du dir jeden Tag nehmen,

was dir gefällt«, sagte die Alte und führte das Mädchen an den Tisch.

»Mein Gott, ist das ein Glanz, ist das eine Pracht! Und das soll ich tragen? Oh, wenn ich das doch meiner Mutter und meinem Vater zeigen könnte!«

»Wenn du brav bist, sehen sie dich auch einmal in dieser Kleidung.«

Dann schob die Alte einen Vorhang beiseite und öffnete vor den Augen der erstaunten Marischka einen Schrank, der mit feiner Wäsche und prächtigen Kleidern gefüllt war. Wenn Marischka hundert Jahre alt geworden wäre, hätte sie doch das alles nicht abtragen können.

Aus diesem Raum gingen sie in das Eßzimmer und von dort in den fünften Raum, der als Arbeitszimmer hergerichtet war. Auf einem hübschen Tischchen lagen angefangene Handarbeiten, und unweit davon stand eine mit Edelsteinen ausgelegte Harfe.

»Wie gefällt dir das alles?« fragte die Alte.

»Eines mehr als das andere. Aber sagt mir, wer soll auf der schönen Harfe spielen?«

»Wer sonst als du, sobald du es gelernt hast?«

Nachdem Marischka gebadet hatte, half ihr die Alte in eines der schönen Kleider und führte sie zu Tisch. Unsichtbare Hände trugen die herrlichsten Speisen auf, so viel, daß man sie kaum zählen konnte.

»Und warum eßt Ihr nicht mit mir?« fragte Marischka die Alte, als sie sah, daß sich diese nicht mit an den Tisch setzte.

»Iß nur, mein Töchterchen, iß! Ich esse allein, und ich schlafe auch allein.«

Nach dem Essen, das Marischka ausnehmend gut geschmeckt hatte, ging sie mit der Alten in den Park. An einem kleinen Teich blieben sie stehen, und die Alte warf Brotkrümel ins Wasser. Da fanden sich zahlreiche glänzende Fischlein ein, die gierig zuschnappten und sich um die zugeworfenen Brocken stritten, was Marischka großes Vergnügen bereitete, da sie zeitlebens noch keine solchen Fischlein gesehen hatte.

Hernach spazierten sie weiter durch den Park. Die Alte zeigte Marischka die schönsten Blumen, nannte deren Namen, dann gossen sie zur Kurzweil die Blumen, und wenn sie müde wurden, pflückten sie schmackhafte Früchte, setzten sich unter einen schattenspendenden Baum und aßen sie.

So verging der Tag. Nach dem Abendessen führte die Alte Marischka in ihr Schlafzimmer, sagte ihr gute Nacht und ging fort.

Nachdem Marischka gebetet und sich ausgekleidet hatte, wühlte sie sich in die weißen Kissen, deckte sich mit einem seidenen Deckbett zu und schlief wie ein Murmeltier.

Die Sonne stand schon hoch am Himmel, als sie erwachte. Die Alte stand an ihrem Bett und sagte: »Ich freue mich, daß du so gut ausgeschlafen hast. Du siehst ja ganz rosig aus!«

Marischka begrüßte die Patin, sprang aus dem Bett und kleidete sich an. Sie hatte den Eindruck, daß ihr bei allem, was sie tat, außer den Händen der Alten noch andere Hände, die sie jedoch nicht sah, behilflich waren, doch sie wollte nicht fragen.

Als sie fertig war, legte ihr die Alte noch zwei Perlenschnüre, deren Perlen so groß wie Erbsen waren, um den Hals und die Arme und drehte sie zum Spiegel.

»Liebste Großmutter, das steht mir aber gut!« rief Marischka erfreut aus, nachdem sie sich mehrmals vor dem Spiegel hin- und hergedreht hatte. »Wenn mich meine Mutter so sehen könnte oder meine Kameradinnen, die würden Augen machen!«

»Sei nur ruhig, auch das wird einmal der Fall sein!«

Im Eßzimmer stand auf dem Tischchen das Frühstück bereit. Zwischen grünen Blättern lagen auf einer Kristallschale duftende Erdbeeren, und in einer ebensolchen Tasse schimmerte frische Milch, daneben stand ein silberner Teller mit einem silbernen Löffel.

Nachdem sich Marischka an dem guten Frühstück gütlich getan hatte, wurde sie von der Alten ins Arbeitszimmer geführt. Zuerst lehrte die Alte sie Buchstaben auf Pergament malen.

Inzwischen wurde es Mittag. Marischka setzte sich zu Tisch, und die Alte ging fort.

Nach dem Mittagessen kam sie wieder, führte Marischka in den Park und sagte ihr diesmal die Namen schöner Vögel, Bäume und verschiedener Pflanzen. Die Vögel waren so zahm, daß sie, sobald die Alte auf einem kleinen Pfeifchen pfiff, sogleich herbeigeflogen kamen. Als die Alte sah, daß das Marischka gefiel, übergab sie ihr das Pfeifchen.

Nach solchem Vergnügen mußte Marischka wieder an die Arbeit. Am Nachmittag stickte sie verschiedene kostbare Sachen, und dann lernte sie Harfe spielen. Darauf hatte sie sich am meisten gefreut, und deshalb ging ihr das auch von allem, was sie zu lernen hatte, am besten ein.

Nach dem Unterricht nahm die Alte selbst die Harfe, ließ sich am Fenster nieder und forderte Marischka auf, sich zu ihr zu setzen, sie werde ihr etwas vorsingen. Marischka dachte bei sich: Das wird ein schöner Gesang werden! Meine Mutter ist noch nicht so alt, und trotzdem wäre es keine Freude, wenn sie zu singen begänne. Wie soll das erst bei der Alten sein! Doch bald staunte sie. Nachdem die Alte mit ihren gekrümmten Fingern einige Male über die silbernen Saiten gestrichen hatte, begann sie zu singen. Wohl nie war eine ergreifendere und vollere Stimme aus einer menschlichen Kehle geflossen als bei dieser alten Sängerin. Als sie zu singen anhob, verstummten die Vögel, hörte das Rauschen in den Hainen auf, und alles war still. Nur der Wind trug leicht die süßen Töne weiter.

Marischka hielt, die kornblumenblauen Augen auf die Großmutter gerichtet, die Hände gefaltet und wagte kaum zu atmen. Erst als die Alte zu singen aufhörte, ergriff sie ihre Hand, seufzte tief und sagte: »Ach, Großmutter, Ihr könnt aber schön singen!«

»Das ist auch meine einzige Freude, solange du mir nicht eine noch größere machst.«

»Womit könnte ich Euch eine Freude bereiten?«

»Nur durch Gehorsam.«

»Ich halte gewiß, was ich versprochen habe, und werde Euch nie betrüben.«

»Du bist ein gutes Kind«, sagte die Alte und küßte Marischka auf die weiße Stirn.

So verging Tag um Tag, Jahr um Jahr, und aus Marischka wurde ein tüchtiges, kluges und ungemein schönes Mädchen. Schon blühte der Apfelbaum vor dem Fenster zum fünften Male, seit die Alte sie von daheim mitgenommen hatte. Bisher hatte Marischka jedoch noch nie Heimweh empfunden, weil die Zeit bei lauter Vergnügen und unterhaltsamer Arbeit dahinfloß und die Alte sie außer beim Essen und in der Nacht nie allein ließ.

Doch im fünften Jahr trat die Alte einmal am frühen Morgen in das Schlafzimmer des Mädchens und sagte zu ihr: »Meine liebe Marischka, ich muß dich für einige Tage verlassen. Ich gehe nicht gern fort, aber es muß sein. Vergiß nicht meine Worte und sei nicht traurig! Ich komme bald wieder zurück.«

Nun war Marischka allein. Der Vormittag verging noch einigermaßen, aber am Nachmittag empfand sie Langeweile. Sie fütterte die Fische und die Vögel, pflückte Obst und stickte. Doch auch diese Arbeit verdroß sie bald, und sie lief wieder in den Park. Nachdenklich ging sie über die glitzernden Wege und den weichen Rasen, und plötzlich stand sie vor der schwarzen Tür.

Während der ganzen Zeit ihres Aufenthaltes bei der Alten hatte sie an dieses sechste Zimmer nicht mehr gedacht, und bis zu diesem Tage hatte sie keine Neugier gequält. Warum hat mir die Großmutter wohl verboten, einen Blick in dieses Zimmer zu werfen? dachte sie jetzt bei sich. Was kann dort wohl sein, daß es für sie und für mich schlecht wäre, wenn ich hineinginge? Schon wollte sie den Schlüssel holen, da fiel ihr die strenge Ermahnung ein; sie kehrte in ihr Arbeitszimmer zurück, nahm die Harfe, sang und spielte, was ihr die Alte beigebracht hatte. Dann ging sie zu Bett.

Die ganze Nacht aber träumte sie von dem sechsten Zimmer, in dem sie allerlei Wunder erblickte. Der erste Gedanke, als sie erwachte, war ihr nächtlicher Traum, der sie bis zum Mittag nicht losließ. Nichts freute sie, nichts schmeckte ihr, nirgends fand sie Ruhe, bis sie schließlich am Nachmittag der lockenden Gewalt nicht mehr widerstehen konnte, die Schlüssel vom Brett nahm und mutig auf das sechste Zimmer zuschritt.

Vor Schrecken blieb sie aber wie versteinert auf der Schwelle stehen, als sie die Tür öffnete und in dem mit schwarzem Samt ausgeschlagenen Zimmer einen schwarzen Sarg stehen sah, in dem ein Totengerippe saß und unablässig mit dem Kopf wackelte. Sie schlug die Tür zu, drehte den Schlüssel um und eilte völlig verstört zurück. Nun bedauerte sie, daß sie sich von ihrer Neugierde hatte verführen lassen. Aber um der Alten nicht das Herz schwer zu machen, schwor sie sich, ihr kein Sterbenswörtchen von der Übertretung des Verbotes zu sagen.

Am dritten Tage kam die Alte zurück. Marischka kämmte sich gerade mit einem goldenen Kamm ihr langes kastanienbraunes Haar, als sie zu ihr trat. »Was fehlt dir, daß du so blaß bist?« fragte sie, als Marischka sie begrüßte.

»Nichts, Großmutter, bestimmt nichts. Ich hatte nur solche Sehnsucht nach Euch«, erwiderte Marischka, und das Blut schoß ihr in die Wangen, weil sie zum ersten Male in ihrem Leben log.

»Mädchen, sag mir, was dir fehlt!«

»Wirklich nichts, Großmutter!«

»Marischka, du bist im sechsten Zimmer gewesen, und jetzt hast du Angst vor mir. Gib es nur zu! Wenn du mir sagst, was du dort gesehen hast, ist es für uns beide gut, wenn du es aber nicht sagst, ist es für mich und für dich schlecht.«

»Wirklich, Großmutter, ich bin nicht dort gewesen.«

»Nun gut, ich lasse dir Zeit zum Überlegen. Aber denk an meine Worte!«

»Nein, nein!« sagte Marischka zu sich, als die Alte gegangen war. »Ich gebe es nicht zu, mag geschehen, was will. Vielleicht will mich die Großmutter nur auf die Probe stellen, und wenn ich es nicht zugebe, glaubt sie schließlich, daß ich nicht dort gewesen bin, und wird wieder gut.«

Die Alte kam zurück und blieb den ganzen Tag bei ihr, doch das sechste Zimmer erwähnte sie nicht mehr.

Am Morgen des nächsten Tages kam sie zu Marischka, nahm sie bei der Hand und führte sie in den Park. Als sie in der Mitte des Parkes standen, sagte sie: »Nun sag mir, was du im sechsten Zimmer gesehen hast!«

»Ich bin nicht dort gewesen.«

»Gib es zu, dann ist es gut für mich und für dich!«

»Ich bin nicht im sechsten Zimmer gewesen.«

Da schwang die Alte eine schwarze Rute, und sofort verwandelte sich der schöne Park in eine Wüste, durch die das grausame Brüllen wilder Tiere dröhnte. Hier fletschte ein hungriger Wolf seine Zähne, da schob sich der Kopf eines Keilers durch das Dickicht, dort wieder lauerte ein grausamer Tiger. Hinter jedem Baum stand ein Ungeheuer, und im Gras ringelten sich Schlangen.

Entsetzt verbarg Marischka ihr Gesicht und schmiegte sich an die Alte.

»Sag mir, Marischka, was hast du im sechsten Zimmer gesehen? Wenn du es nicht sagst, lasse ich dich hier.«

»Ach, Großmutter, tut das nicht! Ich bin nicht im sechsten Zimmer gewesen.«

»Nun gut, überleg es dir bis morgen früh!« Sie schwang die Rute, und die Wüste verwandelte sich wieder in den schönen Park.

Am nächsten Morgen kam die Alte zu Marischka und fragte sie freundlich: »Hast du es dir überlegt, mein Töchterchen?«

»Ich kann Euch nichts anderes sagen.«

»Siehst du, Marischka, wenn du es mir nicht sagst, müssen wir uns trennen, und dir wird es sehr schlecht ergehen. Ich führe dich in einen dunklen Wald, aus dem du dich allein herausfinden mußt. Du wirst stumm sein und nie das volle Glück erfahren, und derjenige, den du am liebsten haben wirst, wird dich töten. Wenn du es aber zugibst, bleibst du weiter bei mir, kehrst dann zu deinen Eltern zurück und wirst bis zu deinem Tode glücklich sein. Nun wähle!«

»Macht mit mir, was Ihr wollt! Ich bin nicht im sechsten Zimmer gewesen!«

»So befinde dich denn in dem schwarzen Wald und sei stumm!« rief die Alte und berührte mit ihrer Rute die blasse Marischka, die verzaubert zu Boden sank.

Der schwarze Wald gehörte einem mächtigen König; der

hatte einen einzigen Sohn namens Milboi. Als der Knabe geboren wurde, hatte der König die Weisen seines Landes an seinen Hof gerufen und sie nach der Zukunft des Kindes befragt. Da hatte er erfahren, daß Milboi zu einem schönen Prinzen heranwachsen werde, in den Künsten erfahren und ein großer Freund von Kampfspiel und Jagd; wenn der Vater aber nicht großes Herzeleid erleben wolle, solle er ihn bis zu seiner Volljährigkeit nicht auf die Jagd gehen lassen. So war es kein Wunder, daß der Prinz, den seine Eltern über alles liebten, ständig bewacht wurde. Als er heranwuchs, war sein größtes Vergnügen, zu fechten und sich im Waffenhandwerk zu üben. Mit nichts konnte ihm jemand eine größere Freude bereiten, als wenn er ihm von Kampf und Jagd erzählte. Da war der Junge gleich Feuer und Flamme. Aber so inständig er seine Eltern auch bat, sie wollten ihn nicht auf die Jagd gehen lassen. Er war schon fast zwanzig Jahre alt und hatte noch nichts geschossen als einige Vögel im Park und mit niemandem gekämpft als mit den Hofhunden.

Eines Morgens trat Milboi hastig ins Zimmer seiner Mutter und bat sie mit gefalteten Händen um Fürsprache bei seinem Vater, daß er auf die Jagd gehen dürfe. »Liebe Mutter, ich habe heute nacht geträumt, daß ich eine schöne Hirschkuh erjagt habe. Nun kann ich mir nicht helfen, ich kann schauen, wohin ich will, kann tun, was ich will, immer sehe ich diese Hirschkuh vor mir.«

»Ach, mein Sohn, solche Gedanken mußt du von dir weisen. Dich äfft ein böser Geist. Glaub mir, wenn du heute auf die Jagd gingst, würde dir ein Unglück zustoßen!«

Milboi hörte auf den Rat seiner Mutter, aber er ging den ganzen Tag traurig und in Gedanken versunken einher, ohne daß es jemandem gelungen wäre, ihn aufzumuntern.

Am nächsten Tag war er noch zeitiger bei seiner Mutter und sagte, er habe dasselbe geträumt wie in der vorhergehenden Nacht und werde aus der Burg fliehen, wenn ihn der Vater nicht auf die Jagd gehen lasse.

»Sei vernünftig, Milboi!« erwiderte die Mutter. »Ich werde mit dem Vater sprechen, aber ich ahne schon, daß es vergeblich sein wird.«

»Ja, tu das, liebe Mutter! Der Vater kann dir ja keine Bitte abschlagen. Diese Prophezeiung ist doch eine Dummheit. Ich kann mit den Jagdwaffen gut umgehen, und auf dem Pferd sitze ich wie angegossen. Was ist da zu befürchten?«

»Du rennst sicherlich in dein Unglück«, sagte die Königin und ging zum König.

Kurz danach kam sie mit dem König zurück. Er drohte dem Sohn mit seiner Ungnade, wenn er von seiner Absicht nicht ablasse.

Milboi war ein gehorsamer Sohn und hatte noch nie etwas gegen den Willen seines Vaters unternommen, doch war ihm das Gehorchen noch nie so schwergefallen wie dieses Mal. Noch trauriger als am Vortage ging er durch die Burg, und keiner konnte es mit ihm aushalten.

Am dritten Tag, die Königin lag noch im Bett, kam Milboi wieder zu ihr und bat sie auf den Knien um ihre Fürsprache. »Ach, Mutter, ich muß auf die Jagd, muß die schöne Hirschkuh fangen, sonst sterbe ich vor Sehnsucht.«

»Ich bitte dich, mein Sohn, laß ab von diesem unseligen Wunsch! Wenn dir ein Unglück zustieße, würde sich der Jammer deines Vaters über mein Haupt ergießen.«

»Wenn du das befürchtest, gehe ich selbst zum Vater.« Mit diesen Worten eilte er zum König.

Der versuchte es lange im Guten und Bösen, ihn davon abzubringen, doch alles war umsonst, Milboi gab nicht nach. Als sich auch die Königin auf die Seite ihres Lieblings stellte, ließ er sich schließlich erweichen und gestattete seinem Sohn, auf die Jagd zu gehen. Zwanzig vernünftige und erfahrene Jäger mußten den Prinzen begleiten, und der König trug ihnen bei Verlust ihres Lebens auf, über den Prinzen zu wachen.

Wie ein feuriges Roß, dem man die Zügel schießen läßt, sprengte Milboi mit seinem Gefolge aus der Burg.

Schon neigte sich der Tag dem Abend zu. Viel Wild war geschossen, aber Milboi hatte bisher nicht die weiße Hirschkuh erblickt, von der er drei Nächte hindurch geträumt hatte. Er ritt kreuz und quer und bemerkte in seinem Jagdeifer nicht, daß er sich von seinem Gefolge entfernte. Da kam er auf eine kleine Lichtung, auf der nur wenige Sträucher standen. Er glaubte, dort etwas Weißes zu erblicken, riß die Armbrust von der Schulter und dachte: Sicherlich ist das die Hirschkuh. Die muß ich erlegen! Schon zielte er, da sprang hinter dem Strauch ein schönes Mädchen hervor, fiel vor Milboi auf die Knie und hob ihm die gefalteten Hände entgegen.

Es war Marischka. Als sie aus dem Schlaf, in den sie die Zauberrute der Alten versenkt hatte, erwacht war, hatte sie sich auf der Waldlichtung wiedergefunden. Im selben Augenblick hatte sie Pferdegetrappel und Hörnerklang vernommen, und sie hatte sich hinter einem Strauch versteckt, von wo sie jedoch bald die Angst vor dem gespannten Bogen hervorgetrieben hatte.

»Wo kommst denn du her, schönes Mädchen?« fragte Milboi und hob Marischka empor.

Anstelle einer Antwort legte sie einen Finger auf den Mund und schüttelte traurig den Kopf, zum Zeichen, daß sie nicht sprechen könne.

»Du bist stumm? Ach, schade, sehr schade!« rief Milboi und blickte mitleidsvoll in die schönen Augen. In seiner linken Seite empfand er einen sonderbaren Schmerz. Er legte das Hifthorn an den Mund und gab den Jägern ein Zeichen.

Erst nach geraumer Weile kamen sie von allen Seiten angesprengt, denn sie hatten den Prinzen bereits vermißt und den Wald nach ihm abgesucht. »Mir scheint, unser Prinz hat statt einer Hirschkuh eine Waldfee eingefangen«, flüsterte ein alter Jäger einem anderen zu.

Als Milboi sah, daß alle Marischka mit neugierigen Blicken betrachteten, sagte er zu ihnen: »Dieses Mädchen ist eine

Prinzessin, die ein Zauberer geraubt hat. Durch einen wunderbaren Zufall ist sie ihm entwischt und hierher gelangt, wo er keine Macht mehr über sie hat. Sicherlich hat mich eine höhere Gewalt veranlaßt, daß ich zur Jagd ausritt, sonst wäre die Arme hier Hungers gestorben.« Er wußte sehr wohl, welche Wirkung die erdachte Geschichte bei seinem Gefolge auslösen würde. Kaum hatte er geendet, sprangen alle vom Pferd und bezeugten dem Mädchen ihre Ehrerbietung. Mit freundlichem Lächeln und edlem Kopfnicken dankte sie ihnen und machte sich dadurch alle Herzen geneigt.

Auf dem Heimweg verbot Milboi allen streng, über das Mädchen zu sprechen, bevor er ihnen das nicht ausdrücklich erlaube.

Voll Angst erwarteten der König und die Königin die Rückkehr des Prinzen. Es war schon ziemlich spät in der Nacht, als die diensthabenden Wachposten meldeten, der Prinz nähere sich dem Schloß. Im Lärm und Getriebe bemerkte niemand, daß Milboi Marischka in sein Zimmer brachte und dort einschloß.

Der König empfing von den Jägern seinen Sohn gesund zurück. Daß dieser im Herzen eine tiefe Wunde trug, wußte keiner. »Nun, hast du die Hirschkuh, nach der du solche Sehnsucht empfunden hast, erjagt?« fragte der König.

»Gewiß, Vater, nach dem Abendessen zeige ich sie Euch.«

Als sie gegessen hatten, legte Milboi etwas von den besten Speisen auf einen goldenen Teller und brachte ihn Marischka. Auf die Frage seiner Mutter, wem er das bringe, antwortete er: »Der Hirschkuh.«

»Das muß eine sonderbare Hirschkuh sein«, sagte die Königin. »Die möchte ich gern sehen.«

»Ich bringe sie gleich her«, erwiderte der Prinz und eilte in sein Zimmer, wo er die kostbare Beute verwahrt hatte. Als er durch die Tür trat, sah er, daß Marischka ein Buch in der Hand hielt, und fragte sie, ob sie lesen könne. Sie nickte.

»Und vielleicht auch schreiben?« Wieder nickte sie.

»Dann haben wir ja gewonnenes Spiel! Du kannst mir aufschreiben, wer du bist, wie du heißt und was mit dir geschehen ist!«

Da schrieb Marischka ihren Namen auf und fügte hinzu, sie sei die Tochter eines Bauern, lebe schon seit fünf Jahren von ihren Eltern getrennt, doch wo sie die ganze Zeit gewesen sei, dürfe sie zeitlebens niemandem sagen. Wenn ihr der Prinz eine Wohltat erweisen wolle, möge er sie zu ihren Eltern bringen.

»Nein, nein!« sagte Milboi und ergriff die Hand des Mädchens. »Du darfst nicht wieder fort von hier. Ich liebe dich und möchte dich zur Frau haben.«

Marischka schüttelte traurig den Kopf, nahm ein Blatt Papier zur Hand und schrieb: ›Du wirst unglücklich.‹

»Wie könnte ich mit dir unglücklich sein? Sag nur, daß du mich gern hast, und wir gehen zu meinen Eltern und bitten um ihren Segen. Um das übrige brauchst du dich nicht zu sorgen.«

Da er es nicht anders tat, reichte sie Milboi die Hand und ging mit ihm zu seinen Eltern.

Erstaunt blickten diese auf ihren Sohn, als er anstelle einer Hirschkuh ein so schönes Mädchen in den Saal führte, aber noch mehr wunderten sie sich, als er ihnen sagte, daß dieses Mädchen seine Frau werden solle.

Zunächst wollte der König von einer Hochzeit nichts hören, aber als die Königin als Fürsprecherin ihres Sohnes auftrat und Milboi selbst mit seiner Liebsten vor dem Vater niederkniete, ließ er sich durch die Bitten und noch mehr durch Marischkas Schönheit erweichen. Seine endgültige Einwilligung gab er jedoch erst am dritten Tage, denn es widerstrebte ihm, daß sein einziger Sohn, der Erbe eines großen Reiches, ein Mädchen zur Frau nehmen sollte, das stumm war und von dem eigentlich niemand wußte, wer sie war und woher sie stammte.

Die Hochzeit wurde in aller Pracht und Herrlichkeit gefeiert, wie sich das für einen Königssohn ziemte und gehörte. Aber so viele Gäste auch da waren, alle überstrahlte wie eine Sonne die junge Königin.

Das junge Paar lebte in Liebe und Freude, und Marischka dachte nicht mehr an den Fluch der Alten. Schon sollte sie bald niederkommen, da sprengten eines Tages Boten ins Schloß und meldeten, daß ein gewaltiges feindliches Heer im Anzuge sei. Gleich hob ein großes Wehklagen an. Milboi verabschiedete sich von seinen Eltern, küßte ein letztes Mal das tränenfeuchte Gesicht seiner Frau, dann schwang er sich auf seinen stolzen Rappen und ritt an der Spitze seines Heeres aus der Burg.

Nun brachen für Marischka traurige Tage an. Obwohl sich der König und die Königin auf jede Art und Weise bemühten, sie aus ihren trüben Gedanken zu reißen, blieb sie unzugänglich und verbrachte ihre Zeit am liebsten allein. Schließlich erhielt sie die Nachricht, daß ihrem Milboi das Glück hold sei.

Als ihre Zeit gekommen war, schenkte sie einem schönen Sohn das Leben. Am ganzen Hofe herrschte große Freude, die größte aber hatten der König und die Königin. Gleich am nächsten Tag sollte ein Bote zu Milboi reiten, um ihm die freudige Nachricht zu überbringen.

In dieser Nacht aber überfiel die Frauen, die bei der Wöchnerin wachten, solche Müdigkeit, daß sich keine ihrer erwehren konnte.

Plötzlich öffnete sich der Vorhang am Bett, und Marischka blickte in das freundliche Gesicht der Alten.

»Oh, meine goldige Großmutter!« rief Marischka, die in diesem Augenblick wieder der Sprache mächtig war, erfreut aus. »Wie kann ich Euch dafür danken, daß Ihr mir ein solches Glück beschert habt? Seht nur mein Kind!«

»Wenn du glücklich bleiben willst, so sag mir, was du im sechsten Zimmer gesehen hast!«

»Großmutter, ich bin nicht dort gewesen.«

»Sag es mir, sonst ergeht es dir schlecht!«

»Ich bin nicht dort gewesen!«

Da ergriff die Alte das Kind, und ehe die Mutter sie daran hindern konnte, zerriß sie es in zwei Stücke, daß sein Blut die schneeweißen Kissen und das Gesicht der Mutter bespritzte.

Die arme Mutter schrie auf, dann sank sie halbtot zurück. Da erwachten die Wächterinnen aus ihrem Schlaf. Sie standen auf, um nachzusehen, wie es der Herrin gehe. Voll Entsetzen sahen sie, daß die Wiege leer war, das Bett aber und alles ringsum voll Blut und die Mutter halbtot. Sie erhoben lautes Wehgeschrei und liefen zur Königin. Diese raufte sich das Haar, als sie das schreckliche Schauspiel sah. Marischka konnte sie nicht fragen, denn die war wieder stumm und auch noch nicht aus ihrer Ohnmacht erwacht.

»Oh, warum habe ich nur zugelassen«, jammerte der arme König, »daß Milboi sie zur Frau genommen hat! Ich habe immer befürchtet, daß auf dieser Ehe kein Segen ruht. Nun ist es klar, daß sie eine Waldfee ist. Die fressen ja ihre eigenen Kinder. Oh, welch ein Unglück!«

Am nächsten Tag schickten sie einen Boten zum Prinzen, der ihm Nachricht von dem schrecklichen Ereignis bringen sollte. Zugleich ließen sie ihm sagen, es wäre wohl das beste, die ruchlose Mutter zu verbrennen. Sie wußten nicht, wie sehr Milboi seine Frau liebte. Seine Antwort lautete, alles solle wie zuvor bleiben, und sie sollten Marischka wie bisher behandeln. Es geschah nach seinem Befehl.

Nach einigen Wochen kehrte Milboi aus dem Kampf als Sieger heim. Die bleiche, abgehärmte Marischka ging ihm entgegen und fiel ihm weinend um den Hals. Er schloß die geliebte Frau ans Herz und tröstete sie mit freundlichen Worten, um ihren Kummer ein wenig zu mildern. Wie sehr ihm Marischka dafür dankbar war, kann sich jeder ausmalen, denn sie hatte nicht anders gedacht, als daß ihr Gemahl sie töten lassen werde.

Als Milboi mit dem König allein war, machte ihm dieser Vorwürfe, daß er mit seiner Frau nicht streng ins Gericht gegangen sei. Milboi aber gab ihm zur Antwort: »Quäle mich nicht, Vater! Ich weiß, daß es Marischka nicht getan hat. Sie unterliegt aber einer bösen Gewalt, und diese rächt sich an ihr. Sollte sie zum zweitenmal Mutter werden, werde ich selbst die Wache halten, und sicherlich wird sich das nicht wiederholen.«

Aber ach, Marischka wurde zum zweiten Male Mutter, und

kurz zuvor mußte Milboi wieder in den Kampf ziehen. Schweren Herzens nahm er von ihr Abschied. Vor seinem Weggang bat er noch seine Eltern, sich um Marischka zu kümmern, und trug allen auf, ihr ja kein Leid zuzufügen, was immer auch geschehen möge.

Wieder schenkte Marischka einem reizenden Knaben das Leben. Als es dämmerte, überfiel die Wächterinnen Müdigkeit, so daß sie augenblicklich einschliefen.

Da öffnete sich der Vorhang, und am Bett stand die Alte. »Wie geht es dir, Marischka?« fragte sie die erschrockene Mutter.

»Schlecht und gut. Warum habt Ihr mir das Herz so schwer gemacht?«

»Sag mir, was du im sechsten Zimmer gesehen hast, und es wird wieder alles gut!«

»Ich bin nicht dort gewesen.«

»Sag es, sonst ergeht es dir schlecht!«

»Ich bin nicht dort gewesen!«

Schon griff die Mutter voll Angst nach ihrem teuren Kleinod, da entriß es ihr die Alte, und noch bevor Marischka einen Schrei ausstoßen konnte, war das Bett mit Blut bespritzt.

Als die Wächterinnen erwachten, schlugen sie Alarm. Alle liefen zusammen, und als sie das schreckliche Schauspiel sahen, wandten sie sich voll Ekel von der grausamen Mutter ab. Nur der strenge Befehl des Prinzen bewahrte Marischka davor, daß man sie auf den Scheiterhaufen warf.

Die Arme litt selbst am meisten. Trotzdem nahm sie sich vor, auch wenn das gleiche noch einmal geschehen sollte, ihren Schwur nicht zu brechen.

Milboi kam nach Hause, doch obwohl ihm der Verlust des Kindes sehr naheging, ließ er Marischka seinen Schmerz nicht fühlen, tröstete sie nur immer und nahm sie gegenüber den erzürnten Eltern in Schutz.

Zum drittenmal wurde Marischka Mutter. Diesmal blieb

Milboi zu Hause, um die Wöchnerin selbst bewachen zu können. Wieder schenkte sie einem Knaben das Leben. Von diesem Augenblick an rührte sich Milboi nicht von der Wiege weg. Es wurde Nacht. Da senkte sich eine unwiderstehliche Müdigkeit auf seine Lider. Er wehrte sich verzweifelt, doch schließlich unterlag er und schlief ein.

In diesem Augenblick erschien die Alte. »Wie geht es dir, Marischka?« fragte sie die Mutter, die ihr Kind ängstlich umklammerte.

»Sehr schlecht ist es mir ergangen, jetzt geht es mir aber wieder besser. Doch habt Erbarmen, Großmutter! Nehmt mir nicht mein Kind!«

»Sag, was hast du im sechsten Zimmer gesehen?«

»Ich bin nicht dort gewesen. Ach, erbarmt Euch, es wird mein Tod sein!«

»Das wird es sein. Dein Tod und der Tod deines Kindes, wenn du nicht sagst, was du im sechsten Zimmer gesehen hast.«

»Ich bin nicht dort gewesen!«

Da riß ihr die Alte das Kind aus den Armen, und ein Strom heißen Blutes bespritzte das eiskalte Gesicht der Mutter.

Milboi erwachte, und als er sah, daß das Kind verschwunden war, Marischka aber das Gesicht voll Blut hatte und auch er selbst blutbespritzt war, brach er in lautes Wehklagen aus und raufte sich verzweifelt das Haar.

Die Eltern kamen herbei, das Volk lief zusammen, und alle forderten einstimmig: »König, verbrenne diese Hexe, wenn du nicht Unglück über das ganze Land bringen willst!«

Vater und Mutter drangen in den Sohn, er solle Marischka dem Feuer überliefern, sonst werde sich das Volk empören.

Lange wollte Milboi einer solchen Grausamkeit nicht zustimmen, doch als er sah, daß sich das Volk wirklich empörte, erlahmte sein Widerstand.

Als die arme Marischka vernahm, daß sie am nächsten Tag verbrannt werden sollte, hätte sie gern von ihrem Gatten Abschied genommen, doch der kam nicht zu ihr. Ergeben sah sie dem Tod entgegen, denn auf dieser Welt hatte sie keine Freude mehr, seit ihr Mann ihr mißtraute.

Eine unübersehbare Menschenmenge stand am nächsten Morgen an der Richtstätte und wartete darauf, daß Marischka herausgeführt werde. Auch der ganze Hof samt König und Königin war gekommen, um der Hinrichtung beizuwohnen. Gegen Mittag kam ein vierspänniger schwarzer Wagen gefahren, darauf saß Marischka, ganz in Schwarz gekleidet. Am Scheiterhaufen holte man sie vom Wagen.

Schon wollte man Marischka auf den Scheiterhaufen binden, da tippte ihr jemand auf die Schulter, und als sie sich umblickte, sah sie die Alte vor sich stehen.

»Wie geht es dir, Marischka?« fragte die Alte mit ihrer angenehmen Stimme.

»Wie könnt Ihr mich noch fragen?«

»Sag mir: Was hast du im sechsten Zimmer gesehen?«

»Ich bin nicht dort gewesen.«

»Sag es, und es wird alles gut, du hilfst dir und mir.«

»Ich bin nicht dort gewesen!«

Da verschwand die Alte, ohne daß sie jemand gesehen hätte.

Die Henker sprangen herbei, ergriffen Marischka und schleppten sie auf den Scheiterhaufen. Viele murrten, aber die meisten bedauerten die junge, schöne Herrin.

Schon sollte Feuer an den Scheiterhaufen gelegt werden, da ertönte ein lauter Schrei: »Nicht verbrennen, nicht verbrennen! Sie ist unschuldig!« Das Volk öffnete eine Gasse, und da sah der König eine vierspännige, von weißen Pferden mit goldenem Geschirr gezogene Kutsche von ferne herankommen. Über ihr wehte eine weiße Fahne.

Verwundert hielt jeder Ausschau, wer da wohl käme. Die Pferde standen still, die Fahne sank herab, und aus der goldenen, mit Edelsteinen ausgelegten Kutsche stieg eine prächtige, hochgewachsene Frau. Sie trug in der Hand ein kleines

Kind, das in seidene Windeln gewickelt war. Hinter ihr sprangen zwei kleine Jungen, die ebenfalls prächtig gekleidet waren, aus der Kutsche.

»Marischka, Marischka, steig herab!« rief die Frau, als sie zum Scheiterhaufen trat.

Kaum vernahm die zum Tode verurteilte Marischka die Stimme der Alten, sprang sie auf und empfand keinen Schmerz und keine Schwäche mehr. Doch als sie den Scheiterhaufen verließ und anstelle der Alten die schöne Dame mit den drei Kindern erblickte, wirbelte es ihr vor Freude im Kopf, und die Beine versagten ihr den Dienst.

»Marischka«, sagte die Frau, »hier hast du deine Kinder! Ich bin die alte Großmutter, und ich bin auch das Gerippe, das du im sechsten Zimmer gesehen hast. Hättest du es zugegeben, so hättest du mich niemals befreit und wärst für alle Zeiten unglücklich geblieben. Weil du aber deinem Schwur treu geblieben bist, hast du mich befreit und dich selbst und deine Kinder zeitlebens glücklich gemacht. Ich bin die einzige Tochter eines mächtigen Königs. Ein schändlicher Zauberer hatte sich in mich verliebt und, als reicher Prinz verkleidet, um meine Hand angehalten. Ich hatte ihn jedoch durchschaut und ihm meine Hand versagt. Dafür hat er mich in eine häßliche alte Frau und zu jeder zwölften Stunde in ein Gerippe verwandelt. Alles, was mich befreien konnte, hast du getan. Ich danke dir nochmals. Sei glücklich und vergiß nie die alte Großmutter!« Nachdem sie das gesagt hatte, küßte sie Marischka und deren Kinder auf die Stirn und war im gleichen Augenblick verschwunden.

Von der Burg her aber kam auf wieherndem Rosse Milboi gesprengt, dem die Alte ein Zeichen gegeben hatte. Er sprang vom Pferd, kniete vor Marischka nieder und bat um Verzeihung.

»Von Herzen gern verzeihe ich allen«, sagte Marischka und reichte Milboi die Hand. »Ihr konntet ja nicht wissen, daß ich unschuldig gewesen bin.«

Milboi küßte die Mutter und die reizenden Kinder, die sich an ihre Eltern schmiegten. Auch der König und die Königin baten Marischka um Verzeihung, die sie gewährte. Voll Freude kehrte sie, vom jubelnden Volk begleitet, ins Schloß zurück.

Dort erwartete sie eine neue Überraschung. Alle Zimmer Marischkas waren so ausgestattet wie in dem Lustschloß, in dem sie mit der Alten gewohnt hatte. Der sechste Raum aber war ganz mit Gold ausgelegt, und anstelle der Truhe mit dem Gerippe stand darin eine Truhe voll Edelsteine, für die sich Marischka fünf Königreiche hätte kaufen können.

Am nächsten Tag ließ Milboi den alten Lukas und dessen Frau holen. Die glücklichen Eltern verteilten alles, was sie besaßen, an die Armen und zogen zu ihrer glücklichen Tochter, wo sie zufrieden miteinander lebten und oft an die alte Gevatterin dachten.

Gibt es Gerechtigkeit auf der Welt?

Es waren einmal zwei Brüder, der eine war gut und brav, der andere böse und gottlos. Als ihr Vater starb, nahm sich der Böse den Hof, den Guten aber vertrieb er aus dem Vaterhaus. Da ging der Gute zu Gericht, konnte jedoch nichts erreichen. »Ach, lieber Mann, es gibt keine Gerechtigkeit auf der Welt!« sagten die Leute zu ihm.

»O doch, es gibt Gerechtigkeit!« entgegnete der Gute immer, obwohl es ihm sehr schlecht ging, dem bösen Bruder aber gut, und obwohl er auch von anderen Menschen wenig Gutes erfuhr.

Als der böse Bruder hörte, daß sein armer Bruder die Gerechtigkeit rühme, die ihm doch am wenigsten zuteil geworden war, wunderte er sich darüber sehr. Er forderte die Leute auf, seinem armen Bruder keine Arbeit zu geben und ihn von sich fortzujagen, und er verleumdete ihn so gemein, daß ihn jeder haßte. Er wollte ihn ins Elend stürzen, um zu sehen, ob er auch dann noch die Gerechtigkeit verteidigen werde.

Und er hatte Erfolg. Der gute, brave Bruder geriet in solch abgrundtiefes Elend, daß er weder für sich noch für seine Kinder etwas zu beißen hatte. Als er sich nicht mehr anders zu helfen wußte, ging er zu seinem Bruder und bat ihn um ein Stückchen Brot.

»Komm, ich will dir ein Stück Brot geben«, erwiderte sein Bruder, ergriff ihn und befahl seinen Knechten, ihm die Augen auszustechen. Die taten es und führten ihn dann unter die Säule der Gerechtigkeit. »Nun«, verspottete ihn der böse Bruder, »willst du noch immer behaupten, daß auf der Welt Gerechtigkeit herrscht?«

»Natürlich gibt es Gerechtigkeit!« sagte der arme Blinde.

»Höre, wenn du jemals wieder deine gesunden Augen haben wirst, dann will ich glauben, daß es Gerechtigkeit gibt!« Mit diesen Worten ließ er seinen armen Bruder unter der Säule der Gerechtigkeit sitzen und ging davon.

Als es Mitternacht war, kamen zwei Raben geflogen und setzten sich auf die Säule.

Da sagte der eine Rabe zum andern: »Nun, Brüderchen, was erzählt man sich in der Welt?«

»Ich bin in einer Stadt gewesen, wo sie kein Wasser haben«, berichtete der zweite Rabe. »Wenn die Einwohner den Felsen vor der Stadt öffneten, hätten sie genug Wasser, aber niemand kann ihnen das sagen, und so müssen sie vor Durst vergehen.«

»Weißt du, Brüderchen, auch hier, zehn Schritt nach rechts, ist ein Brunnen, und darin befindet sich so heilkräftiges Wasser, daß selbst einer, der von Geburt an blind wäre, wenn er sich damit die Augen bestriche, sofort sehend würde«, sagte der zweite Rabe. Nachdem sie das gesagt hatten, flogen sie mit gewaltigem Flügelrauschen davon.

Der arme Blinde hatte jedes Wort verstanden, und als die Raben fortgeflogen waren, stand er auf, ging zehn Schritt nach rechts und tastete den Erdboden nach der Quelle ab, bis er sie fand. Er bestrich sich mit dem Wasser die Augen und — konnte wieder sehen. Aber er ging nicht gleich nach Hause, sondern begab sich zunächst in jene Stadt, in der die Menschen kein Wasser hatten, denn er wollte ihnen helfen.

Als er dort ankam und sagte, er wüßte, wie sie zu Wasser kämen, hieß man ihn mit großer Freude willkommen, und der König versprach ihm eine reiche Belohnung. Da sagte er ihnen, daß sie den Felsen vor der Stadt anschlagen sollten, dann hätten sie reichlich Wasser. Sofort machten sie sich an die Arbeit, und als sie den Felsen öffneten, ergoß sich daraus eine mächtige Quelle. Der König belohnte den Retter der Stadt reichlich und schenkte ihm ein schönes Pferd.

So kam der Mann, der bisher arm und blind gewesen war, hoch zu Roß, reich und sehend nach Hause. Sein erster Weg führte ihn zu seinem Bruder. Er erzählte ihm alles und schloß: »Nun siehst du, Bruder, daß es doch eine Gerechtigkeit auf der Welt gibt und in Ewigkeit geben wird.«

Der Bruder erwiderte kein Wort, aber an ihm nagte der Neid, und noch am gleichen Abend setzte er sich gegen Mitternacht unter die Säule der Gerechtigkeit, da er glaubte, was der Bruder erreicht habe, werde auch ihm beschieden sein.

Um Mitternacht kamen wieder die beiden Raben. Kaum hatten sie sich auf der Säule niedergelassen, krächzte der eine: »Sag nichts, Brüderchen! Als wir das letztemal hier waren, muß uns jemand belauscht haben.«

»Wir können ja einmal nachsehen«, meinte der andere, und sie flogen gleich hinab. Als sie dort den bösen Bruder fanden, hackten sie ihm die Augen aus, erschlugen ihn mit ihren Flügeln und trugen ihn in ihren Krallen über das Feld, wo sie die Stücke verstreuten. Nichts blieb von ihm übrig.

Sein Bruder aber lebte auch im Reichtum gerecht und tapfer bis zu seinem Tode.

Der gerechte Bohumil

Ein Tagelöhner, der sich jedes Stücklein Brot mühsam verdienen muß, hat mitunter mehr Kinder als ein Reicher, der in Samt und Seide geht und das Gold nach Scheffeln mißt. So war es auch in einer großen Stadt, wo ein Viehhirt sechs Kinder, der König aber kein einziges hatte. Tausende gab er allein für Ratschläge gelehrter Ärzte und alter Weiber aus, doch alles nützte nichts. Auch die Königin war traurig und schickte jeden Tag Geld in die Kirchen für Gebete, doch niemand vermochte ihr einen Erben zu erflehen.

Erbittert sagte einmal der König: »Wenn ich kein Kind aus dem Willen Gottes haben kann, möchte ich es aus dem Willen des Teufels haben.«

Wenig später, als er längst nicht mehr an seine lästerlichen Worte dachte, offenbarte ihm die Königin, daß ihr sehnlichster Wunsch in Erfüllung gehen werde.

Nach einigen Monaten schenkte die Königin einem Töchterchen das Leben. Von weit und breit kamen die Gäste, die der glückliche König zur Taufe geladen hatte, und füllten das ganze Schloß. Volle acht Tage lang war in der Stadt nichts zu hören als Musik und Gesang, nichts zu sehen als Tanz und frohe Spiele.

Bei der Taufe erhielt die Prinzessin den Namen Lidumila. Von den Eltern als teuerstes Kleinod bewahrt, wuchs sie in eitel Wonne und Freude auf.

Als sie siebzehn Jahre alt war, hieß es, sie sei das schönste Mädchen im ganzen Königreich. Mancher hätte sich gern in die Tiefe des Meeres gewagt, wenn er dort diese kostbare Perle gefunden hätte. Aber die schöne Lidumila dachte bisher an keinen Bräutigam; nur die Eltern sprachen manchmal leise davon, welcher von den edlen Prinzen wohl am besten zu ihr passen würde.

Eines Tages saß Lidumila ganz traurig mit ihren Eltern bei Tisch. Besorgt fragte die Mutter, was ihr fehle.

»Ach, liebste Mutter«, erwiderte die Prinzessin, »ich weiß nicht, warum mir den ganzen Tag so traurig ums Herz ist, als müßte ich von Euch Abschied nehmen.«

Die Mutter wollte eben ihrer Tochter Vorwürfe machen, daß sie so traurigen Gedanken nachhänge, da wurde das Mädchen plötzlich kohlrabenschwarz und sank vom Stuhl zu Boden.

Die Königin fiel in Ohnmacht, der König raufte sich die Haare, die Höflinge riefen sofort alle Ärzte zusammen, aber keine Macht war imstande, die Prinzessin wieder zum Leben zu erwecken. Man kleidete sie in kostbare Gewänder, legte sie in einen goldenen Sarg und setzte diesen in der königlichen Familiengruft bei. Der König befahl, daß Tag und

Nacht ein Wachposten bei ihr stehe. Das ganze Land trauerte um die gute Prinzessin, am meisten aber jammerten die armen Eltern, denen alle Freude so rasch entrissen worden war.

Als in der ersten Nacht der Wachposten, der von elf bis zwölf Uhr am Sarg zu stehen hatte, abgelöst werden sollte, fand man ihn in mehrere Stücke zerrissen vor. Entsetzt blickte einer den andern an, doch keiner konnte sich erklären, wie das geschehen war. Die Soldaten trugen den verunstalteten Körper aus der Gruft und meldeten es am Morgen dem König.

Der erschrak und gab den Offizieren den Befehl, den beherztesten Mann auf Wache zu schicken, um herauszubekommen, wer den Soldaten zerrissen habe.

Aber in der nächsten Nacht geschah das gleiche, ebenso an allen folgenden Tagen: Den Posten, der von elf bis zwölf Uhr Wache hatte, fand man jedesmal in Stücke zerrissen.

Die Soldaten murrten, daß sie der König um einer bloßen Laune willen in den Tod schicke, und unter dem Volke verbreitete sich das Gerücht, daß die verstorbene Prinzessin spuke. So ging es eine geraume Zeit, und im Heer des Königs gab es keine beherzten Soldaten mehr. Da nahm man sie denn der Reihe nach, mochten sie sein, wie sie wollten. Jeder zitterte wie Espenlaub, wenn die Reihe an ihm war, aber der Gehorsam ist eine strenge Geißel; ob man will oder nicht, man muß gehen und sein Leben einsetzen.

Nach einiger Zeit kam die Reihe an Bohumil, einen der sechs Söhne des Viehhirten. Er war ein hübscher, fröhlicher junger Mann, den jeder, der ihn kannte, von Herzen lieb hatte. Wäre er vom König gegen den Feind geschickt worden, hätte er keinen Augenblick gezaudert, aber der Wachdienst führte zu einem schimpflichen Tod. Deshalb bat er, zu seinen Eltern gehen zu dürfen, um von ihnen Abschied zu nehmen. Unterwegs ließ er sich die Sache gründlich durch den Kopf gehen und dachte bei sich: Warum soll ich mich mir nichts, dir nichts von irgendeinem Ungeheuer zerreißen lassen? Besser ist es, ich fliehe. Und schon bog er vom Weg ab und begab sich ins freie Feld.

Er war bereits ein hübsches Stück gegangen, da sah er unter einem Baum einen buckligen alten Mann kauern; der hatte graues Haar und einen langen, schneeweißen Bart.

»Ich bitte dich, Soldat, hilf mir auf die Beine!« sagte der alte Mann zu dem vorübergehenden Bohumil.

»Mit Freuden«, erwiderte dieser, »und wenn Ihr wollt, begleite ich Euch auch nach Hause, das heißt, wenn Ihr nicht in der Stadt wohnt.«

»In die Stadt würdest du also nicht mit mir gehen?«

»Gott bewahre, dorthin möchte ich so bald nicht zurückkehren!«

»Würdest du mir nicht den Grund dafür sagen?«

»Warum sollte ich es nicht sagen? Ihr werdet mich wohl nicht verraten.« Und Bohumil erzählte dem Alten die ganze Geschichte von den unglücklichen Soldaten und bekannte schließlich, er sei geflohen, um einem so schimpflichen Tod zu entgehen.

»Höre, ich will dir einen Rat geben«, sagte der Alte, als Bohumil geendet hatte. »Das Gespenst, das die Soldaten zerreißt, ist die verstorbene Prinzessin Lidumila, die für die Schuld ihres Vaters büßt. Der König hat sich gegen die göttliche Ordnung vergangen und sich ein Kind aus dem Willen des Teufels gewünscht. Nun ist die Arme von einem bösen Geist besessen und harrt ihrer Befreiung. Wenn du meinen Rat befolgst, so befreist du die Prinzessin und wirst glücklich sein.«

»Ich will ihn befolgen, Großväterchen! Es verdrießt mich ohnehin, daß ich wie ein schlechter Kerl von meiner Truppe weggelaufen bin.«

»So kehre zurück, und wenn die Zeit heran ist, zieh getrost auf Wache! Sobald du die Gruft betrittst, besprenge dich mit Weihwasser, ziehe mit dem Gewehr einen Kreis und bleib darin stehen! Mag geschehen, was will, gib nichts darauf und verlaß den Kreis nicht! Fürchten darfst du dich jedoch nicht, sonst ergeht es dir schlecht. Morgen komm zu mir und berichte, wie es dir ergangen ist!«

Bohumil dankte dem Alten und kehrte in die Stadt zurück. Wenn die Kameraden gedacht hatten, daß er traurig sein werde, hatten sie sich geirrt; er lachte und sang, und als die elfte Stunde herannahte, nahm er sein Gewehr und schritt frohen Mutes in die Kirche.

»Gott gebe dir, daß du die Nacht gut überstehst!« sagten seine Kameraden, die ihn begleiteten. »Sollten wir uns aber nicht wiedersehen . . .«

»Auch ich hoffe«, fiel ihnen Bohumil ins Wort, »daß wir uns wiedersehen. Ich will besser Obacht geben als die anderen, und ihr werdet sehen, daß ich das Geheimnis lüfte.«

Darauf nahm er von ihnen Abschied und schritt durch die dunkle Kirche in die erleuchtete Königsgruft. Dort nahm er einen der rings um den Sarg stehenden vierundzwanzig Leuchter, auf denen Kerzen brannten, und leuchtete in alle Winkel, ob er dort etwas erblicke, aber er fand nichts. So stellte er sich denn in die Mitte der Gruft, beschrieb mit dem Gewehr einen Kreis, trat hinein, preßte die Waffe an sich und harrte der Dinge, die da kommen würden. Wenn ihm bange ums Herz zu werden begann, sagte er sich die Worte des Alten vor, und die Angst war vorbei.

Da schlug es elf. Im gleichen Augenblick hob sich der goldene Deckel am Sarg der Prinzessin, und sie sprang heraus, ganz schwarz im Gesicht, und begann, wie ein böser Drache durch die Gruft zu fliegen. Gern hätte sie sich auf den Soldaten gestürzt, doch den magischen Kreis durfte sie nicht überschreiten. In ihrer Wut begann sie, die Deckel von den Särgen zu reißen und die vermoderten Gerippe aus ihnen herauszuzerren. So wütete sie bis zwölf Uhr, dann sprang sie wieder in ihren Sarg. Der Deckel schloß sich, und es war still.

Obwohl Bohumil alles tapfer überstanden hatte, war er

doch froh, als er die Schritte des ablösenden Postens vernahm.

Die Soldaten wunderten sich nicht wenig und freuten sich, als sie ihren Kameraden lebend und gesund wiedersahen. Sie fragten ihn gleich, wie es ihm ergangen sei und was er gesehen habe.

»Was ich gesehen habe, habe ich gesehen, euch aber sage ich es nicht«, erwiderte Bohumil, denn der Alte hatte ihm verboten, mit jemandem darüber zu sprechen.

Am Morgen wurde der glückliche Ausgang gemeldet, und der König ließ Bohumil rufen und fragte ihn, was ihm in der Nacht erschienen sei.

»Gnädiger Herr König«, erwiderte Bohumil, »das kann ich Euch nicht sagen. Wünscht es Euch auch nicht!«

Als der König sah, daß es vergeblich war, in ihn zu dringen, bat er Bohumil, noch eine Nacht in der Gruft Wache zu stehen; er werde ihn dafür reich belohnen.

Das versprach Bohumil. Am Nachmittag aber ging er vor die Stadt zu dem Alten.

»Nun, wie ist es dir ergangen? Ist alles gut verlaufen?« fragte ihn der Alte, der unter demselben Baume saß.

»Ja, und ich danke Euch vielmals für Euren Rat«, antwortete Bohumil und erzählte, was sich begeben hatte.

»Nun gut«, sagte der Alte, »ziehe heute wieder auf Posten und tu in allem wie gestern! Du wirst vielleicht noch schlimmere Dinge sehen, doch sei ohne Furcht! Und morgen komm mich wieder besuchen!«

Bohumil dankte dem Alten und ging nach Hause. Als die elfte Stunde nahte, nahm er das Gewehr und eilte wohlgemut in die Gruft. Wie in der Nacht zuvor beschrieb er einen Kreis, stellte sich hinein und wartete ab.

Kaum war der elfte Glockenschlag verhallt, öffnete sich der Sargdeckel, die schwarze Prinzessin sprang heraus, und wie auf ein Zeichen kamen aus allen Ecken grausame Ungeheuer mit feurigen Augen gekrochen und sperrten ihren entsetzli-

chen Rachen auf. Widerliche Fledermäuse und Eulen flogen Bohumil um den Kopf, und die Prinzessin tobte in der
Gruft, sprang hierhin und dorthin, zerrte an den Leichen
und schnitt Bohumil häßliche Fratzen.

Der aber stand unerschrocken, auf sein Gewehr gestützt,
und blickte auf diesen Auswurf der Hölle. Da schlug es
zwölf, und alles war verschwunden.

Am Morgen fragte der König wieder, was Bohumil in der
Gruft gesehen habe, aber dieser schwieg und verriet kein
Wort.

Am Nachmittag ging er wieder zu dem Alten und erzählte
ihm alles.

»Noch eine Nacht, und die Prinzessin ist von dem bösen
Geist befreit«, sagte der Alte zu ihm. »Aber wenn du willst,

daß ich dir auch zum drittenmal rate, mußt du mir die Hälfte von allem geben, was du als Belohnung erhältst.«

»Das tue ich gern, Großväterchen, nur rate mir noch einmal, was ich machen soll!«

»Geh also wieder in die Gruft, und wenn die Prinzessin aus dem Sarg springt, beeil dich und lege dich selbst hinein, doch vergiß nicht, über deinem Kopf einen Kreis zu beschreiben. Wenn die Mitternacht naht, wird die Prinzessin versuchen, dich aus dem Sarg zu verjagen, sie wird dich anflehen und dir gut zureden, daß du sie in den Sarg läßt, aber tu das nicht, sonst ergeht es dir schlecht. Was weiter geschieht, wirst du sehen.«

Bohumil versprach, alles so zu machen, wie es ihm der Alte geraten hatte, verabschiedete sich von ihm und lief in die Stadt.

Als es elf schlug, stand Bohumil bereits auf seinem Posten, und als die Prinzessin aus ihrem Sarg sprang, eilte er rasch hinzu, legte sich in den leeren Sarg und beschrieb mit dem Gewehr über seinem Kopf einen Kreis.

Wieder begannen die entsetzlichen Ungeheuer einen wilden Reigen um den Sarg, aber den Kreis durften sie nicht überschreiten. Die Prinzessin trieb es noch ärger als in den Nächten zuvor, doch dann wollte sie Bohumil aus dem Sarg vertreiben. Als sie sah, daß er sich nicht von der Stelle rührte, geriet sie in fürchterliche Wut und zerfetzte ihr Kleid. Dann kniete sie nieder und flehte ihn inständig um alles in der Welt an, sie in den Sarg zu lassen, bevor die Stunde verstrichen sei, aber er tat, als höre er nicht. Als sie sah, daß auch das nichts half, versprach sie, ihm so viel Gold und Silber zu geben, daß er sich davon ein ganzes Königreich kaufen könne, doch auch darauf gab Bohumil keine Antwort.

Da begann plötzlich die Gruft in ihren Grundfesten zu beben, die vierundzwanzig Kerzen erloschen, und aus allen Winkeln züngelten blaue Flammen. Die Särge öffneten sich, die Knochenmänner erhoben sich daraus und bildeten einen

Ring um den Sarg. Hand in Hand begannen sie einen wilden Tanz und fletschten ihre nackten Kiefer gegen Bohumil.

Als er diese entsetzliche Gesellschaft erblickte, trat ihm kalter Schweiß auf die Stirn, aber er dachte an seine Aufgabe, schloß die Augen und lag da, als wäre er selbst tot.

Da erbebte die Gruft neuerlich, es schlug Mitternacht, und als Bohumil die Augen öffnete, sah er alles in der alten Ordnung, nur neben dem Sarg kniete, in ein inniges Gebet versunken, Prinzessin Lidumila, so schön, ja noch schöner, als sie je gewesen war.

Lange betrachtete Bohumil sie mit Wohlgefallen, und er wäre noch länger im Sarg liegengeblieben und hätte seine Augen nicht von der betenden Prinzessin losgerissen, wenn er nicht die Schritte der Ablösung gehört hätte. So stand er denn leise auf.

Lidumila hob die Augen vom Boden, trat zu ihm und sagte mit lieblicher Stimme: »Wie kann ich es dir lohnen, mein tapferer Held, daß du mich aus den Banden der Hölle befreit hast?«

Bohumil ergriff schweigend ihre Hand und drückte einen innigen Kuß auf ihre rosigen Finger.

Da vernahmen sie von draußen Lärm, und die erschrockene Prinzessin schmiegte sich voll Angst an ihren Befreier.

Die Soldaten, die gekommen waren, um Bohumil abzulösen, blickten zuerst durch eine Ritze in der Tür, ob es ratsam sei, die Gruft zu betreten. Da sahen sie Lidumila, von hellem Licht umflossen. Sie dachten nicht anders, als daß es ein Engel sei. Deshalb machten sie kehrt und stürzten Hals über Kopf aus der Kirche. Das war der Lärm, der die Prinzessin erschreckt hatte.

Die Soldaten meldeten unverzüglich den Offizieren, daß Bohumil in der Gruft mit einem Engel spreche. Das wurde auch gleich dem König gemeldet, der sofort mit ihnen in die Kirche eilte, um sich von der Wahrheit dieser Kunde zu überzeugen.

Als sie die Tür zur Kirche öffneten, sah der König den Soldaten Bohumil mit Lidumila vor dem Altar knien. Noch glaubte er seinen Augen nicht trauen zu dürfen, wußte er doch nicht, ob es wirklich seine Tochter war oder nur ihr Geist. Erst als sich Lidumila umdrehte und ihm mit einem freudigen Aufschrei in die Arme stürzte, drückte er sie fest ans Herz und vergoß heiße Tränen.

Die Königin war gerade aufgestanden, als der König mit Lidumila und Bohumil ins Schloß zurückkehrte. Wie unaussprechlich war die Freude der Mutter, als sie die beweinte Tochter lebend und in voller Schönheit wiedersah!

Nun erst erzählte Lidumila, was sie erduldet und wie Bohumil sie befreit hatte.

Da dankten ihm die Eltern, der König verließ für kurze Zeit den Raum und kehrte mit einem Beutel voll Dukaten zurück.

»Nein, gnädigster Herr König«, erwiderte Bohumil und schob das Geld zur Seite, »was ich getan habe, geschah nicht wegen einer Belohnung, und deshalb kann ich das Geld nicht annehmen.«

Da ergriff Lidumila die Hand des Königs und sagte: »Lieber Vater, er hat mich befreit, ich liebe ihn, und er liebt mich, und deshalb belohnst du ihn am besten, wenn du ihn als Sohn annimmst.«

Der König dachte eine Weile nach, aber als ihn auch die Königin bittend ansah, ließ er sich erweichen und willigte in die Hochzeit ein.

Bohumil fühlte sich wie im Traum und konnte es selbst noch nicht glauben, daß er der Gemahl der schönen Lidumila werden sollte.

Der König wollte, daß die Hochzeit gleich gefeiert werde und Bohumil dann das Königreich übernehme. Der aber fürchtete, eine so schwere Kunst nicht zu verstehen, und bat deshalb den König, ihn zuerst in allem unterweisen zu lassen, was ein Herrscher wissen muß. Damit war der König einverstanden, und von diesem Augenblick an hatte Bohumil alle Hände voll zu tun. Binnen kurzer Zeit lernte er alle Bedürfnisse seines Volkes kennen und erprobte alle Mittel, wie man sie am besten befriedigen kann, so daß er bald mehr wußte als der König selbst.

Da wurde die Hochzeit gefeiert und danach Bohumil zum König gekrönt. Bei der Hochzeit vergaß der junge König nicht seine Eltern und seine Brüder, sondern setzte den Viehhirten neben den alten König. Das Vieh brauchte sein Vater freilich nicht mehr zu hüten, aber außer einem bequemen Ausgedinge im Königsschloß erhielt er von seinem Sohn keinen Reichtum und keinen Titel, sondern blieb wie zuvor der alte Vojta. Jedem seiner Brüder gab Bohumil einen Bauernhof, und sie wurden brave Bauern, die ihrem Bruder nicht die zwar goldene, aber schwere Krone neideten.

Schon war Bohumil einige Zeit mit seiner teuren Lidumila verheiratet, und beide liebten einander immer mehr und mehr, aber deshalb darf man nicht glauben, daß er vor lauter Glückseligkeit den Alten vergessen hätte, dem er sein Glück verdankte. Oft dachte er an ihn, und er hatte auch schon an den verschiedensten Stellen nach ihm Nachforschungen anstellen lassen, aber von dem Alten war keine Spur zu finden gewesen.

Eines Tages unternahm Bohumil mit seiner Frau eine Ausfahrt vor die Tore der Stadt. Da blieben die Pferde auf einmal an einer Brücke wie versteinert stehen und wollten nicht weiter. Der König rief dem Kutscher zu, er solle nachschauen, was ihre Fahrt behindere. Der erwiderte, am Tor sitze ein alter Mann, sonst aber sei nichts zu sehen.

Da stieg der König selbst aus der Kutsche, und als er den Alten erblickte, erkannte er in ihm gleich seinen Ratgeber. Voll Freude ging er auf ihn zu und begrüßte ihn mit den Worten: »Sagt mir doch, wo Ihr solange gewesen seid! Ich habe überall nach Euch gefragt, aber niemand konnte mir eine Nachricht geben.«

»Wenn du nach mir gefragt hast, so hast du wohl auch nicht dein Versprechen vergessen?«

»Wie hätte ich das vergessen können — von allem, was ich erhalten habe, gehört die Hälfte Euch. Kommt nur rasch mit, damit ich Euch meiner Frau vorstellen kann!«

»Gerade um sie geht es. Weißt du auch, Brüderchen, daß sie dir eigentlich nur zur Hälfte gehört?«

Bestürzt blieb Bohumil stehen. Sein Blut schien zu Eis zu erstarren. Daran hatte er nicht gedacht.

»Damit ich sehe, daß du immer und in allem dein Wort hältst und gerecht handelst, liefere mir den ersten Beweis! Nimm dein Schwert, schlage die Frau in zwei Hälften und teile sie mit mir!«

Bohumil zuckte zusammen und sagte mit zitternder Stimme: »Fordere von mir nicht eine so grausame Tat! Lieber gebe ich dir das ganze Königreich!«

»Ich will aber nicht das ganze Königreich!« entgegnete der Alte hartnäckig. »Ich will nur die Hälfte des Königreichs und die Hälfte der Frau, und das darf ich gerechterweise fordern. Wenn du gerecht handeln willst, zögere nicht länger und opfere, was dir das liebste ist, damit du erkennst, welcher Sünde sich ein König schuldig macht, der ein gegebenes Wort bricht!«

Da nahm sich Bohumil ein Herz und, um zu beweisen, daß er selbst einem abgerissenen Bettler ein gegebenes Wort hält, eilte er zu der Kutsche und eröffnete seiner teuren Gemahlin die schwere Pflicht.

Lidumila war eines solchen Mannes würdig. Um ihm das Herz nicht schwer zu machen, sprang sie ohne weitere Worte aus der Kutsche und trat zu dem Alten.

Der König glaubte, dem Alten werde das schöne arme Geschöpf leid tun, aber der stand unbeweglich da, wie ein Fels.

Zum letzten Male umarmten sich die Ehegatten, der König zog sein Schwert, holte aus und . . .

»Schlag nicht zu!« rief da der Alte. »Es war nur eine Probe,

ob du gerecht regieren und immer dein Wort halten wirst.
Jetzt sehe ich, daß ich mich in dir nicht getäuscht habe. Bleib
so bis zu deinem Tode, und der Himmel segne dich!«·

Ehe sich der König und die Königin dessen versahen, war
der Alte ihren Blicken entschwunden. Nie aber verschwand
er aus ihrem Gedächtnis.

Bohumil herrschte bis zu seinem Tode gerecht und liebens-
wert, und sein Volk erlebte goldene Zeiten.

Peter stand schon im heiratsfähigen Alter, als seine Mutter starb. Nun heißt es, wenn Gott einen vollendeten Narren haben will, nimmt er einem alten Mann das Weib. Dieses Sprichwort bewahrheitete sich an Peters Vater. Er wurde ein Narr und nahm statt des Rosenkranzes eine junge Frau. Diese versüßte ihm das Leben so, daß er über Jahr und Tag starb.

Seit die Stiefmutter im Hause wohnte, war das Leben für Peter kein Honiglecken. Aber in fremde Dienste wollte er nicht treten, denn er glaubte, sein Vater werde ihm doch etwas hinterlassen, wenn er ihm bis zu seinem Tode treu diene.

Aber der arme Junge täuschte sich. Die Stiefmutter verstand es, dem Vater um den Bart zu gehen, und als der Alte die Augen für immer schloß, zeigte sich, daß Peter außer einigen abgetragenen Lumpen nicht das Schwarze unter dem Nagel erhalten hatte. Selbst sein mütterliches Erbe machte ihm die Stiefmutter streitig. Als Peter das erfuhr, bemächtigten sich seiner Zorn und Trauer. Er wäre imstande gewesen, die Stiefmutter zu erschlagen. Doch er überlegte es sich anders, kroch auf den Boden, nahm seine Sachen und packte sie in seine Truhe.

Als er damit fertig war, kreuzte er die Arme vor der Brust, stand nachdenklich vor der Truhe des Vaters und sprach zu sich: »Soll ich mein Erbe nehmen oder nicht? — Nein, ich tue es nicht. Wenn mich dieses böse Weib um alles betrogen hat, mag sie auch diese Lumpen behalten. Eines aber lasse ich ihr doch nicht.«

Damit öffnete er die Truhe und holte einen silbernen Ring mit einem Granat heraus. »Den hat mir meine Mutter selig gegeben und dabei gesagt, ich solle ihn dereinst meinem Mädchen an den Finger stecken. Oh, meine liebe Mutter, wenn Ihr aufstehen könntet! Ihr würdet Euch wundern!«

Er netzte den Ring mit Tränen und steckte ihn in die Tasche. Dann ergriff er seine Truhe, trug sie hinunter, lud sie auf seine breiten Schultern, verließ das Haus durch den Garten und ging zum dritten Hof. Die dortige Bäuerin war die Schwester seiner seligen Mutter und nahm ihn gern auf.

Zu der Zeit, als Peter den väterlichen Hof verließ, begleitete seine Stiefmutter eben einen guten Bekannten. Als sie zurückkam und die Mägde ihr sagten, Peter sei zu Hause gewesen und habe eine Truhe fortgetragen, stürzte sie wie ein Drache auf den Boden und wühlte alles durch. Sie fand jede Kleinigkeit, selbst die Kleider seines Vaters hatte Peter zurückgelassen, nur der Ring, den sie selbst so sehr begehrte, war weg.

Eine Weile stand sie wutentbrannt vor den Sachen, dann aber überzog ihr Gesicht ein häßliches Grinsen, sie verschloß alles, machte sich zurecht und lief auf das Schloß zum Herrn Verwalter. Peter war ihr schon lange ein Dorn im Auge, nur hatte sie ihn bisher nicht fassen können. Nun schien die Gelegenheit gekommen: Sie wollte sich beklagen, daß er sie bestohlen habe. Vor ihrer Hochzeit war sie beim Herrn Verwalter Dienstmädchen gewesen. Sie wußte also gut, wie man so etwas am besten macht. Zuerst ging sie zur Frau des Verwalters und unterhielt sich kurz mit ihr, die Frau sprach wieder mit ihrem Mann, und als die Stiefmutter in das Amtszimmer des Verwalters trat, tätschelte er ihr den prallen Arm und fragte: »Na, Dorotka, was macht Ihr denn immer, wie geht es Euch?«

»Ganz gut, gnädiger Herr, wenn ich mich nur nicht dauernd über den mißratenen Burschen ärgern müßte«, erwiderte die Fünf-Tage-Witwe und begann, dem Herrn Verwalter ihre Beschwerde vorzutragen.

Der Herr Verwalter hörte sie nach Gebühr an, nahm eine Prise Schnupftabak, tätschelte ihr den anderen Arm und erwiderte: »Habt keine Angst, Dorotka, wir werden ihm schon den Kopf zurechtsetzen, und wenn er ihn sich nicht zurechtsetzen läßt, haben wir noch andere Mittel, ihn kirre zu machen.«

Dorotka bedankte sich und kehrte voll Vertrauen in ihr Dorf zurück.

Das war am Nachmittag gewesen. Schon am Abend kam der Büttel, um Peter zu holen. Der Arme stand wie vom Blitz gerührt, und die Tante schlug die Hände über dem Kopf zusammen, als der Büttel befahl, Peter solle augenblicklich mit aufs Schloß kommen, und zwar freiwillig, sonst lege er ihm Fesseln an.

»Unglücklicher Junge!« rief die Alte. »Was hast du getan? Was für eine Schande wälzt du auf mein Haupt?«

»Seid ruhig, Tante! Welche Schande sollte ich wohl auf Euer Haupt wälzen? Ich habe kein Wässerchen getrübt.«

»Umsonst lassen dich doch die Herren nicht mit Fesseln holen!«

»Wer weiß, was ihnen da eingefallen ist.«

Er drückte seine Iltismütze auf den Kopf, zog seine Jacke

an und verabschiedete sich von seiner Tante, die mit gefalteten Händen dastand und weinte.

Dann ging er mit dem Büttel. Unterwegs hielt er den Kopf gesenkt und hätte um nichts in der Welt jemanden angeblickt. Scham, Wut, Trauer — all das wechselte in seiner Seele, und wäre nicht die Scham gewesen, hätte er geweint, bis die Berge grün geworden wären.

Als er mit dem Büttel aufs Schloß kam, befahl der Herr Verwalter, ihn in den Kerker zu werfen, denn er habe Gäste und deshalb keine Zeit, den Burschen zu vernehmen.

Der Befehl wurde augenblicklich ausgeführt. Kaum hatte sich die Tür hinter dem Büttel geschlossen, warf sich Peter aufs Stroh und weinte bitterlich — bitterlicher als beim Begräbnis seiner eigenen Mutter. Erst spät in der Nacht schlief er ein, aber die ganze Nacht hindurch schreckten ihn wilde Träume, in denen die gräßlichste Person seine böse Stiefmutter war.

Am frühen Morgen wurde er zum Verwalter gerufen, und dort wurde ihm die Klage vorgelesen.

»Sie lügt, gnädiger Herr!« rief Peter, als er die falsche Anschuldigung vernahm. »Der Ring gehört mir, ich habe ihn von meiner Mutter geerbt. Um mein Erbteil vom Vater hat sie mich ohnehin gebracht. Und nun hat sie die Unverschämtheit zu behaupten, ich hätte sie bestohlen. Pfui, die Zunge soll ihr im Halse verdorren!«

»Ein solches Lied kann jeder Vogel singen«, brüllte der Herr Verwalter aufgebracht. »Sag, wo du den Ring hast, und mach keine langen Geschichten, sonst lasse ich dir zehn Hiebe aufzählen!«

»Gnädiger Herr, ich möchte es keinem raten, mich im bösen anzurühren. Er käme sicherlich nicht mit heilen Gliedern davon.«

»Du wagst es, mir zu trotzen? Ergreift ihn!«

Und schon stürzten sich zwei Büttel auf Peter und wollten ihn abführen, aber er schüttelte sie so kräftig ab, daß sie weit weg flogen und beinahe den Herrn Verwalter zu Boden gerissen hätten. Der lief wütend im Zimmer auf und ab, und die Büttel standen da wie zwei Wolfshunde. Peter hatte die Fäuste geballt und wurde bald blaß, bald rot.

Plötzlich bekam die blau angelaufene Nase des Herrn Verwalters ihre natürliche rote Farbe wieder, und sein wulstiger Mund verzog sich zu einem breiten Grinsen. Er befahl, Peter abzuführen, setzte sich an den Tisch und verfaßte ein langes Schreiben.

Als die Stiefmutter am Morgen wiederkam, um nachzufragen, wie die Sache ausgefallen sei, sagte der Herr Verwalter, er habe Peter — den weißen Rock verschafft.

Inzwischen fuhr man Peter gebunden zur Stadt. Er lag wie leblos auf einem Bretterwagen, und erst, als man ihn an Ort und Stelle gebracht und abgeliefert hatte, sah er, wo er war und was mit ihm geschehen sollte. Seit jeher hatte er Abneigung gegen das Militär empfunden, und nun sollte er selbst Soldat werden. Da kann sich jeder leicht denken, mit welcher Lust er seine Bauernjacke aus- und den Soldatenrock anzog! Und wie krümmten sich ihm erst die Eingeweide, als ihn der Herr Korporal drillte. Oft knirschte Peter mit den Zähnen und umklammerte krampfhaft den Schaft des Gewehres. Sicherlich wäre es dem Herrn Korporal ergangen wie den dummen Bütteln, hätte Peter nicht an das Spießrutenlaufen gedacht, das er wie den Tod fürchtete.

Eines Tages bekam er einige Stunden Ausgang und begab sich hinaus aufs Feld. Er zog den engen Uniformrock aus, hängte ihn sich über die Schultern und schritt fröhlich fürbaß, als ginge es zur Kirchweih.

Auf der einen Seite sah er sechs Schnitter freien Schrittes über das Feld schreiten. Die vollen Ähren neigten ihre goldenen Köpfchen unter den scharfen Sensen. Die andere Seite war belebter. In der Mitte des Feldes stand ein mit Ochsen bespannter Leiterwagen, dabei ein Knecht, von dessen Hut ein Sträußchen leuchtete. Er lud die Getreidegarben auf den

Wagen, Burschen und Mädchen banden, eine trug, die andere reichte zu. Von jedem Gesicht rann der Schweiß, alle hatten von den Stoppeln und der Sonnenhitze zerschundene und verschwollene Hände, aber keiner achtete darauf, alle sangen fröhlich und eilten über das Feld.

»Helf Gott!« grüßte Peter, als er näher kam.

»Vergelt's Gott! Kommt, helft uns!« riefen ihm die Mädchen zu.

Peter warf geschwind seinen Rock auf die Erde und machte sich an die Arbeit. Dabei sang er und neckte die Mädchen. Die wunderten sich anfangs, aber bald gingen sie mit ihm so um, als wäre er zeitlebens unter ihnen gewesen.

Als der Wagen voll war, legten sie den Heubaum darüber, eine Magd kletterte hinauf und hängte an das vordere Ende einen Kranz aus Ähren, Kornblumen, Ackerraden und wildem Mohn, der Knecht schwang seine Peitsche, die Mädchen und die Burschen schulterten Rechen, Forken und das übrige Gerät, Peter nahm seinen Rock, und singend zogen alle dem Wagen nach.

Zu Hause berichtete das Gesinde der Bäuerin, wie tüchtig ihnen der Herr Soldat geholfen habe, und die Bäuerin brachte ihm gleich Brot und einen Topf guter Sahne.

Peter nahm das gern an, dann verabschiedete er sich und ging fort, aber nicht zurück zur Stadt, sondern zum Wald.

Die Sonne war schon längst untergegangen, und Peter schritt noch immer aus, bis er nach Mitternacht einen Hügel erreichte, von dem aus er sein Heimatdorf sehen konnte. Er war froh, ein wenig rasten zu dürfen, denn auf dem ganzen Weg hatte er nicht ausgeruht und nur immer vor Angst gezittert, als hielte ihn der Korporal am Kragen.

Im Dorf schlief noch alles, nur das Bellen der Hunde und das Krähen der Hähne unterbrach die Stille.

Am Hof der Tante sprang Peter über den Zaun in den Garten und stahl sich über den Hof zur Tür. Der Hund begann zu knurren, aber Peter rief ihm zu: »Still, Schwarzer,

Platz!«, und der Hund legte sich ruhig hin, denn er erkannte die Stimme seines ehemaligen Herrn, der mit ihm oft auf dem Felde das Essen geteilt hatte.

»Tante, öffnet!« flüsterte Peter leise und klopfte ans Fenster.

»Alle guten Geister loben Gott den Herrn«, stammelte die Tante und schlug ein Kreuz.

»Bekreuzigt Euch nicht, macht mir lieber auf! Ich bin es doch, Euer Peter.«

»Kommst du auf Urlaub?« fragte die Alte, als sie den Riegel beiseite schob.

Aber Peter gab ihr keine Antwort und huschte in die Stube.

Die Tante folgte ihm, nahm vom Herd den Zunder, und nachdem sie den Feuerstein angeschlagen hatte, entzündete sie einen Kienspan und leuchtete Peter, der in der Stube auf und ab ging, in die Augen. Als sie sah, daß er ganz erschöpft war und ohne Rock und Mütze ankam, erschrak sie. »Junge, du schaust aber sonderbar aus! Was ist dir denn zugestoßen?«

»Ich bin vom Militär davongelaufen, weil man mich dort bis aufs Blut gequält hat. Glaubt mir, wäre ich noch länger dort geblieben, hätte man mich aufgehängt. Gebt mir nur rasch meine Sachen, ich ziehe mich um und gehe weiter. Diese Uniform laßt verschwinden, damit sie keiner bei Euch findet, falls man mich sucht. Das wird aber wahrscheinlich nicht geschehen, denn ich habe die Mütze in den Fluß geworfen, damit man glaubt, ich sei ertrunken.«

»Heiliger Johann von Nepomuk, was erlebe ich an dir noch!« Die Tante bekreuzigte sich und ging voran in den Speicher, wo Peter seine Truhe stehen hatte. Dann machte sie im Herd Feuer an und kochte eine Brotsuppe.

Kurz darauf kam Peter, nun wieder in Bauernkleidung, und berichtete der Alten während des Essens von seinem Mißgeschick. Schließlich setzte er einen breitkrempigen Hut auf, steckte ein Stück Brot in die Tasche, verabschiedete sich von der weinenden Tante, die ihm noch zwei Kronen mit auf den Weg gab, und ging so leicht davon, wie er gekommen war. Noch einmal streichelte er dem Hund über den Kopf, sprang über den Zaun, blickte betrübt zum Hof seiner verstorbenen Eltern hinüber, wo jetzt seine giftige Stiefmutter schlief, und ging in die Welt, einen Dienst zu suchen.

Solange er in der näheren Umgebung war, fragte er nicht nach Arbeit. Doch als sein Heimatdorf weit hinter ihm lag, verhielt er in einem Ort seine Schritte und ging auf einen großen Hof zu.

Der Bauer stand auf der Schwelle, hielt einen Laib Brot und ein Stück Speck in der Hand und frühstückte.

»Gelobt sei Jesus Christus, Bauer«, grüßte Peter.

»In Ewigkeit. — Was willst du denn?« fragte der Bauer und kaute mit vollen Backen.

»Braucht Ihr nicht einen Knecht? Ich komme vom Militär und suche einen Dienst.«

»Ein entlassener Soldat? Und so jung? Du mußt ein schönes Früchtchen gewesen sein, wenn man dich nicht einmal beim Militär behalten wollte! Am Morgen soll wohl gleich im Spind ein Brot liegen, auf dem Tisch Karten und hinter dem Tisch ein Mädchen? So haben es die Herren am liebsten. Da müßte ja ich den Knecht spielen, und du wärest der Herr. Adieu!«

Peter wollte dem Bauern seine schlechte Meinung ausreden, doch der sagte nur: »Scher dich zum Teufel!«, drehte sich um und ging ins Haus.

Peters Gesicht brannte vor Scham, daß ihn der Bauer so schlecht behandelt hatte, aber was sollte er tun?

Im nächsten Dorf erging es ihm nicht anders. »Ich sehe schon, auf dem Lande bekomme ich keine Stelle, da gehe ich lieber in die Stadt«, sagte er zu sich und tat's. Aber auch in der Stadt erging es ihm nicht besser. Der reichste Kaufmann am Ort schickte ihn ebenfalls zum Teufel und schimpfte ihn noch einen Bauerntölpel.

»Wenn ich nur wüßte, wo der Weg in die Hölle führt, ich würde auf der Stelle hingehen. Vielleicht bekäme ich beim Teufel einen besseren Dienst als bei den unbarmherzigen Menschen.« So jammerte Peter im Wald, wo er sich ganz erschöpft niedergelassen hatte.

Da ging ein gutgekleideter Herr vorüber. »Gelobt sei Jesus Christus!« grüßte Peter und zog den Hut, aber der Herr gab keine Antwort und ging weiter. Doch dann wandte er sich um und fragte Peter, was ihm widerfahren sei, daß er so traurig und verdrossen dreinschaue.

»Warum sollte ich mich nicht ärgern«, erwiderte Peter und erhob sich langsam, »auf der Welt wird es ja von Tag zu Tag schlechter. Nun habe ich schon dreimal um einen Dienst gebeten und wurde immer zum Teufel geschickt. Ich würde auch ganz gewiß zu ihm gehen, wenn ich nur den Weg dahin wüßte.«

»Und würdest du dich nicht vor ihm fürchten?« fragte der Herr.

»Ich fürchte mich nicht vor der ganzen Hölle«, erwiderte Peter gleichgültig.

»Dann schau mich gut an, ich bin der, den du suchst«, sagte der Herr und verwandelte sich in den Teufel.

Peter zuckte mit keiner Wimper und betrachtete den Teufel ruhig. Der aber sagte zu ihm, er könne bei ihm Dienst nehmen. Es sei nicht nötig, daß er viel arbeite, und es würde ihm gut gehen, wenn er nur immer gehorchen wolle. Nach sieben Jahren wolle er ihn entlassen und reich beschenken.

Peter reichte dem Teufel die Hand, der ergriff sie und erhob sich mit ihm in die Lüfte.

Ehe sich Peter versah, waren sie in der Hölle. Dort gab ihm der Teufel einen Lederanzug und führte ihn in eine Halle, in der drei Kessel standen. Unter jedem brannte ein Feuer. Der Teufel sagte zu Peter: »Deine Arbeit in den sieben Jahren besteht darin, unter diesen Kesseln das Feuer zu unterhalten. Unter den ersten Kessel legst du jeden Tag vier Scheite, unter den zweiten acht und unter den dritten zwölf. Aber gib acht, daß dir das Feuer nicht ausgeht! Und noch eins: Schaue nie in den Kessel, sonst jage ich dich ohne Lohn fort. Wenn du aber meine Worte befolgst, wirst du es nicht zu bereuen haben.«

Wäre Peter nicht in der Hölle gewesen, hätte er sagen können, er habe es wie im Himmel. Essen und Trinken hatte er genug und wenig Arbeit. Wenn er wollte, ging er im Garten spazieren, hatte er aber dazu keine Lust, so setzte er sich zu den schwarzen Gesellen, und die erzählten solche Stücklein, daß er sich vor Lachen den Bauch halten mußte. Nie vergaß er, unter den Kesseln das Feuer zu schüren. Die Deckel zu heben, fiel ihm gar nicht ein. Einmal war es ihm, als höre er in dem einen Kessel etwas brummen. Er lief zu den Teufeln und sagte es ihnen. Die aber meinten, das sei nicht ihre Angelegenheit. Peter ging zum Kessel zurück und sagte: »Nun, meinetwegen, mag das, was im Kessel ist, verbrennen, ich schaue nicht hin.«

Peter glaubte, es sei schon recht lange her, daß ihn der Teufel in seinen Dienst genommen hatte, und eines Tages fragte er ihn, wie lange er noch dienen müsse.

»Sieben Jahre sind es morgen, daß du bei mir Dienst tust«, erwiderte der Teufel.

Peter war froh, denn in der letzten Zeit hatte er doch Sehnsucht nach der Welt bekommen.

Am nächsten Tag trat der Teufel zu Peter, gerade, als dieser das Feuer schürte, und sagte: »Heute endet dein Dienst. Damit du aber nicht soviel Geld schleppen mußt, wie ich dir gern geben möchte, nimm diesen Beutel. Sooft du ihn öffnest und sagst: ›Säckchen, schüttle dich!‹, schüttet es so viel Dukaten aus, wie du nur haben willst. Leb wohl, Peter! Eigentlich hatte ich gedacht, du würdest bei uns bleiben, denn auf der Welt wirst du wohl kaum viel ausrichten, die Leute werden Angst vor dir haben, denn du hast dich sieben Jahre lang nicht gewaschen und dir sieben Jahre hindurch nicht das Haar und die Nägel geschnitten.«

»Fürwahr, daran habe ich gar nicht gedacht! Aber dem helfen Wasser und Seife schnell ab. Bei Euch bleibe ich jedenfalls nicht.«

»Die schwarze Farbe bekommst du nicht mehr los, es sei denn, ich gebe dir einen guten Rat. Bleib zunächst, wie du bist, und geh in die Welt! Wenn du dann willst, helfe ich dir. Und falls dich die Leute fragen, wer du bist, so sag nur, des Teufels Schwager, und du wirst nicht lügen.«

»Ach, Herr Teufel, wenn ich nun sieben Jahre lang alles so gut besorgt habe, könntet Ihr mir doch sagen, was eigentlich in diesen Kesseln ist.«

»Meinetwegen wirf einen Blick hinein!« sagte der Teufel und hob den ersten Deckel.

Peter erblickte seine Stiefmutter. »Da hast du Glück, daß ich das nicht früher wußte, sonst hätte ich täglich statt vier vierundzwanzig Scheite zugelegt«, rief Peter wütend. Im zweiten Kessel befand sich der Herr Verwalter und im dritten der Korporal.

»Siehst du«, sagte der Teufel und heizte nach, »in diesen Kesseln werden die mitleidlosen Herzen gekocht.«

Peter nahm Abschied von den Teufeln, sein Herr lud ihn sich auf den Rücken und brachte ihn zurück in den Wald, wo er vor sieben Jahren gesessen hatte.

Als er wieder festen Boden unter den Füßen hatte, schüttelte er sich, steckte den Beutel in die Tasche und ging ins nahe Dorf.

Vor dem Gasthaus stand der Wirt mit seiner Frau. »Das ist der Teufel!« schrien sie auf, als sie Peter erblickten, und wollten fliehen, doch in ihrer Angst und Hast stießen sie gegeneinander und fielen beide zu Boden. Als sie sich wieder aufrappelten, stand Peter neben ihnen, lachte: »Gebt mir zu trinken!« und ging in die Wirtsstube. Aber der Wirt fürchtete sich hineinzugehen und rief den Hütejungen herbei. »Georg, bring den Krug Bier in die Gaststube! Dort sitzt ein häßlicher Mensch, aber du brauchst dich vor ihm nicht zu fürchten.«

Georg nahm den Krug und ging hinein, aber als er die Tür öffnete und Peter erblickte, ließ er vor Schreck den Bierkrug fallen und schlug die Tür zu, daß die Fenster erzitterten.

»Dummer Junge!« sagte der Wirt böse. »Gleich tust du, was ich dir sage, sonst bekommst du Prügel! Den zerbrochenen Krug ziehe ich dir vom Lohn ab.«

Georg war ein armes Waisenkind und diente dem Wirt nur für das Essen und drei Gulden im Jahr. Mit zitternder Hand schenkte er einen zweiten Krug ein.

»Komm nur her, mein Junge«, rief ihm Peter zu, »ich tue dir nichts. Ich bin ein Mensch wie du.«

Georg nahm sich ein Herz und ging zu Peter, doch er getraute sich nicht, ihm in die Augen zu blicken, und seine Beine zitterten wie Espenlaub. Peter begann ihn auszufragen, woher er stamme, bei wem er diene und wie es ihm gehe. Georg berichtete zuerst mit stockender Stimme, aber mit der Zeit wurde er immer mutiger und erzählte ohne Furcht. Peter bedauerte den Jungen und befahl ihm, die Mütze abzunehmen. Georg tat es, und Peter füllte sie bis an den Rand mit Dukaten.

»Was soll ich denn mit soviel Geld machen?« fragte Georg verwundert.

»Mach damit, was du willst!« erwiderte Peter.

»Ich weiß schon, was ich mache. Den Kindern von Kuderna und Bartosch gebe ich etwas davon, damit sie sich Schuhe und eine warme Jacke für den Winter kaufen können, und den Rest bringe ich zum Herrn Kantor. Als meine Mutter starb, sagte er, er würde mich gern aufnehmen und mir Lesen und Schreiben beibringen, wenn er nur nicht selbst so viele Kinder hätte. Wenn ich ihm das Geld bringe, wird er mich sicherlich Lesen und Schreiben lehren, und ich kann bei ihm bleiben.«

Bald erfuhr auch der Fürst, daß Peter Dukaten verteile, und er ließ ihm sagen, er möge zu ihm kommen. Peter aber lud ihn zu sich ein und fragte den Wirt, was das für ein Mensch sei.

»Unser Fürst wäre der Schlechteste nicht, aber er hat von seiner ersten Frau zwei Töchter, die das Geld mit vollen Händen zum Fenster hinauswerfen. Um ihren Wünschen zu entsprechen, muß er das Volk auspressen, denn er ist sehr verschuldet. Seine zweite Frau ist auch gestorben, aber sie hat ihm eine Tochter hinterlassen. Angelina heißt sie. Das ist ein Mädchen wie ein Engel, so lieb und brav, daß jeder Mann für sie durchs Feuer gehen würde. Ihr wünschen wir auch das Beste, aber die zwei anderen sollte der Teufel holen.« So sagte der Wirt, schlug sich aber gleich auf den Mund, denn er hatte vergessen, wer neben ihm stand.

»Mach dir nichts daraus, ich bin nicht der Teufel, nur sein Schwager.« Der Wirt aber glaubte, da sei wohl kein großer Unterschied.

Als der Fürst kam und den häßlichen Peter erblickte, erschrak er, behandelte ihn aber wie den größten Herrn, lud ihn zu sich ins Schloß und bat ihn schließlich um Geld. Peter sagte, er könne bekommen, soviel er wolle, doch müsse er einwilligen, daß er eine seiner Töchter heirate.

Als die Töchter fragten, was das für ein Scheusal sei, dieser Schwager des Teufels, antwortete er ihnen: »Wenn ihr das

Land retten und mich glücklich machen wollt, muß eine von euch seine Frau werden, sonst bekomme ich von ihm kein Geld. Er ist gar nicht so häßlich, und wenn er sich Haare und Nägel schneiden läßt und sich wäscht, ist er sogar schön. Wenn ich kein Geld bekomme, verläßt mich mein Heer, und das Volk erhebt sich.«

Die älteren beiden Prinzessinnen schürzten die Lippen und sagten hochmütig: »Von uns beiden nimmt keine ein solches Scheusal. Wir sind Fürstentöchter und werfen uns nicht weg, und sollte das ganze Land darüber zugrunde gehen.«

»Was soll ich nur anfangen?«

»Vater, wenn darin dein Glück und das Heil des ganzen Landes liegt, dann opfere ich mich, und Gott wird mir Kraft verleihen.« So sagte Angelina, die jüngste Tochter, mit leiser Stimme und blassem Antlitz.

»Mein gutes Kind!« sagte der Fürst und küßte seine Tochter unter Tränen. Die Schwestern aber lachten sie aus und führten spitze Reden: »Wenn es wenigstens Luzifer selbst wäre, dann wärest du Fürstin. Aber seine Schwägerin, was soll das schon heißen!«

Am nächsten Morgen kam Peter ins Schloß. Als ihn die älteren Schwestern erblickten, waren sie froh, daß sie nicht in die Heirat eingewilligt hatten, aber auch Angelina fiel in Ohnmacht, und als man sie wieder zu Bewußtsein brachte, war sie weiß und kalt wie Marmor. Der Fürst führte sie selbst dem Bräutigam zu, der sich leicht vorstellen konnte, warum die Braut so blaß war und zitterte. Er sagte mit freundlicher Stimme: »Schöne Prinzessin, ich kann mir wohl denken, daß ich Euch nicht gefalle, aber seid unbesorgt, ich werde wieder schöner, und lieben werde ich Euch wie meinen Augapfel.«

Angelina lauschte gern seiner angenehmen Stimme, aber als sie ihn anschauen mußte, war ihr, als greife der Tod nach ihrem Herzen.

Peter, der dies bemerkte und sich deshalb nicht lange aufhielt, gab dem Vater Geld, so viel, wie er wollte, und vereinbarte mit ihm, daß in acht Tagen Hochzeit sein solle.

Dann eilte er aus dem Schloß in das Wäldchen und rief aus voller Kehle nach dem Teufel. Kaum war der Ruf erklungen, stand der Teufel auch schon neben ihm. »Was willst du, Schwager?« fragte er.

»Daß du mich so machst, wie ich früher gewesen bin. Was hätte ich davon, daß du mir zu einer fürstlichen Braut verholfen hast, wenn sie mich nicht ansehen kann?«

»Komm mit, Schwager, in wenigen Minuten bist du wie vorher!«

Peter faßte den Teufel an, und der trug ihn durch die Lüfte in ein fernes Land und ließ ihn bei einem kleinen Brunnen nieder. »In diesem Brunnen kannst du dich waschen, dann bist du schöner als je zuvor.« Peter sprang, wie er war, in den Brunnen und kroch als schöner Jüngling wieder heraus. »Schwager, ich danke dir nicht so sehr für das Geld als dafür, daß du mich so schön gemacht hast. Jetzt wird mich Angelina gern haben.« Und er fiel vor lauter Glückseligkeit dem Teufel um den Hals.

Dann flogen sie miteinander in eine große Stadt, wo Peter schöne Kleidung, Kutschen und Pferde kaufte und Diener aufnahm. Wie ein Prinz kehrte er zu seiner Braut zurück.

Am Abend vor dem Hochzeitstag ging die Braut wie ein Schatten in ihrem Zimmer auf und ab und blickte angstvoll aus dem Fenster. Da fuhr eine ganze Wagenkolonne vor, an der Spitze aber eine herrliche Kutsche, in der ein prächtig gekleideter Jüngling saß. Er sprang aus dem Wagen, eilte die Treppe empor, und als er ins Zimmer trat, ergriff er Angelinas Hand und bat sie um Verzeihung, daß er sie so lange gequält und sich ihr in so häßlicher Gestalt gezeigt habe. »Aber um so lieber werde ich dich haben, meine Angelina, weil ich weiß, was für ein gutes Herz du hast.«

Daß Angelina an dem schönen Bräutigam Gefallen fand

und ihm nun einen Kuß nicht verwehrte, brauche ich wohl nicht zu erwähnen. Das errät jeder selbst.

Die Schwestern standen wie vom Donner gerührt am Fenster. Plötzlich faßte sie jemand von hinten. Als sie sich umblickten, sahen sie, daß zwischen ihnen der Teufel stand. »Nur keine Angst, meine reizenden Bräute, ich bin nicht irgendein Hergelaufener, ich bin der Höllenfürst persönlich. Was hab ich dir gesagt, Peter — nun bist du mein Schwager! Du siehst, ich habe gleich zwei Bräute.« Damit verschwand der Höllenfürst samt den gottlosen Schwestern.

Peter aber wurde ein guter Fürst und Angelina eine gute Mutter ihrer Untertanen.

Der Nimmersatt

Es war einmal ein Häusler, der hatte keine Kinder. Oft sagte er zu seiner Frau: »Wenn uns Gott doch wenigstens ein Kind gäbe, damit ich etwas hätte, woran ich mich erfreuen könnte, und wüßte, wem ich einmal das bißchen Zeug, das ich besitze, hinterlassen soll! Ich weiß ja nicht einmal, für wen ich mich abmühe.«

Gott erhörte seine Bitte, und seine Frau schenkte ihm einen Sohn.

Als der Knabe drei Tage alt war, konnte ihn seine Mutter nicht mehr mit Stillen satt bekommen und mußte ihn mit Brei füttern. Er aß zwei, drei Schüsseln leer und schrie noch immer vor Hunger. Die Frau wußte nicht, was sie mit ihm anfangen sollte; in ihrer Angst gab sie ihm eine Scheibe Brot. Das kam ihm sehr gelegen, und bald war von der Schnitte kein Krümlein übrig.

Von nun an bekam er das gleiche Essen wie die Eltern und wurde bald ein Kerl wie eine Buche. Was Vater und Mutter zusammen aßen, das verschlang er allein; deshalb nannten sie ihn ›Nimmersatt‹, und dieser Name blieb ihm für sein ganzes Leben. Tag für Tag nahm sein Gewicht zu, doch die Vorräte im Hause seiner Eltern nahmen ab. Die Mutter konnte bald nichts anderes mehr tun, als am Herd stehen und für Nimmersatt kochen.

Das verdroß die Eltern sehr, und einmal sagte der Vater: »Frau, diesen Freßsack hat uns Gott zur Strafe geschickt; ist der noch lange im Hause, so bleibt uns bald nichts übrig, als zum Bettelstab und zum Bettelsack zu greifen.«

»Warum läßt du ihn denn zu Hause herumsitzen? Schicken wir ihn doch irgendwohin in Dienst! Stark genug ist er, um Bäume auszureißen. Soll er sich doch auf den Weg machen!« So pflichtete die Frau ihrem Manne bei.

Als Nimmersatt zwölf Jahre zählte, war er so groß wie sein Vater, und es war für ihn ein Kinderspiel, eine Tanne auszureißen. So schickten ihn denn seine Eltern fort, sich eine Stelle zu suchen.

Nimmersatt zog also los. Dabei war er darauf bedacht, einen großen Hof zu finden, denn er fürchtete, auf einem kleinen nicht genug zu essen zu bekommen.

Schließlich erblickte er eine Mühle und ging frohgemut darauf zu. Der Müller stand gerade vor dem Hause. »Ich wünsche Euch Gesundheit und langes Leben, Herr Vater«, grüßte Nimmersatt.

»Gott geb's! – Was möchtest du denn gern?« fragte der Müller den Burschen.

»Ich möchte fragen, ob Ihr keinen Knecht braucht. Eines muß ich Euch aber sagen: Ich esse für zehn, doch ich arbeite auch für zehn.«

»Zu essen haben wir genug, Gott sei Dank, und wenn du so arbeitest, wie du sagst, kommt es mir auf ein paar Bissen nicht an!« erwiderte der Müller lachend.

Nimmersatt blieb also beim Müller. Es war noch früh am Morgen, und der Müller befahl seinem neuen Knecht, anzuspannen und das notwendige Gerät aufzuladen, es gehe in den Wald. Zu seiner Frau sagte er, sie solle für sechs Leute mehr anrichten. Als er zum Wagen kam, waren weder Axt noch Schlegel, noch anderes Gerät aufgeladen. Verdrossen fragte er Nimmersatt, warum er seinen Befehl nicht befolgt habe.

»Kommt nur, Herr, das brauchen wir nicht! Solches Werkzeug wäre für mich zu schwach.«

Der Müller wußte zuerst nicht, was er davon halten sollte, aber dann setzte er sich doch auf den Wagen, und sie fuhren in den Wald. Dort staunte er aber erst: Nimmersatt packte einen Baum, knickte ihn wie ein Streichholz, brach die Äste ab und warf den Stamm auf den Wagen, als handle es sich um Stangenholz. Das gefiel dem Müller sehr, und er nahm sich vor, einen solch tüchtigen Knecht nicht so schnell wieder ziehen zu lassen. Sie fuhren nach Hause, Nimmersatt lud schnell ab und ging zum Mittagessen.

Die Müllerin hielt Ausschau, wo die sechs Leute seien, und als sie nur den einen Knecht sah, fragte sie ihren Mann. Nun erst berichtete ihr der Müller, was für einen Arbeiter er eingestellt habe. Die Müllerin erwiderte nichts und gab dem Knecht vor allen anderen zu essen.

Als Nimmersatt alles verschlungen hatte, was für sechs Personen vorbereitet war, fragte ihn der Müller: »Nun, Knecht, bist du satt geworden?«

»Ein wenig schon, aber ich habe noch immer einen Bärenhunger«, erwiderte Nimmersatt und warf begehrliche Blicke auf den Herd, wo eine Schüssel, vollgepackt mit Talken, stand, und zum Tisch, auf dem neben einer Schüssel mit Aufstrich ein Laib Brot lag.

»Nun, wenn du noch so großen Hunger hast, iß auf, was du siehst, die Frau macht neue.« Dabei wies der Müller auf die Talken.

Das ließ sich Nimmersatt nicht zweimal sagen, er griff nach der Schüssel, und bald war von den Talken nichts mehr zu sehen, und auch Brot und Aufstrich waren verschwunden. Nun erst erklärte er, daß er satt sei.

Die Müllerin aber schlug über diesen Vielfraß die Hände zusammen. Wäre es nach ihr gegangen, hätte sie ihn gleich aus dem Hause gejagt, obwohl der Müller meinte, daß einer, der für zehn arbeite, auch für zehn essen müsse. Weil aber der Müller Herr im Hause war und sich nicht in seine Angelegenheiten hineinreden ließ, mußte die Frau schließlich schweigen. Erst nach einiger Zeit rückte sie wieder damit heraus, freilich nur vorsichtig und allmählich.

Der Müller war zwar mit Nimmersatt zufrieden und hätte ihn nie fortgeschickt, aber die ständigen Klagen seiner Frau und das Nörgeln des Gesindes verdrossen ihn so sehr, daß er eines Tages genug hatte und Nimmersatt aus dem Dienst entließ.

Der bedankte sich und zog weiter; er ärgerte sich aber doch, denn in der Mühle war es ihm gut gegangen. Unterwegs überlegte er: Wohin soll ich mich bloß wenden, damit ich satt werde?

»Komm zu mir! Da kannst du essen, soviel du willst«, ertönte plötzlich hinter ihm eine Stimme.

Nimmersatt drehte sich um. Vor ihm stand der Teufel.

»Wer bist denn du?« fragte er neugierig. Da er nicht wußte, wie der Teufel aussah, konnte er ihn nicht erkennen.

»Ich bin der Teufel, und wenn du dich nicht fürchtest, tritt in meine Dienste! Zu arbeiten brauchst du nicht viel, aber zu essen bekommst du genug, und außerdem erhältst du reichen Lohn.«

»Ob zu dir oder zu einem andern, das ist mir gleich. Arbeit fürchte ich keine, solange ich nur genug zu essen habe, und was den Lohn betrifft, so bin ich mit dem zufrieden, was du mir gibst.«

Nachdem sich Nimmersatt bereit erklärt hatte, in der Hölle Dienst zu tun, nahm ihn der Teufel auf den Rücken, flog mit ihm durch die Lüfte und setzte ihn schließlich in einem Saal ab, in dem drei Kessel standen. »Unter diesen drei Kesseln darfst du das Feuer nicht ausgehen lassen, das ist deine einzige Arbeit«, sagte der Teufel. »Wenn du hier sieben Jahre lang dienst, bekommst du zum Lohn, was du dir wünschst. Das eine aber sage ich dir: in die Kessel schauen darfst du nicht.«

»Sei unbesorgt, ich will alles tun, wie es sich gehört«, erwiderte Nimmersatt und machte sich gleich daran, das Feuer unter den Kesseln zu schüren.

Der Teufel entfernte sich, und nach einer Weile brachten kleine Teufelchen Schüsseln voller Speisen, so gut, wie sie Nimmersatt noch nie gegessen hatte, dazu in großen Krügen vorzüglichen Wein.

Nimmersatt dachte bei sich: Wenn es so bleibt, tue ich von hier keinen Schritt fort.

Und es blieb so. Speisen, soviel er wollte, ebenso Getränke, dabei wenig Arbeit, was Wunder, daß Nimmersatt vor lauter Übermut an den Höllenwänden rüttelte.

Lange schon versah er seinen Dienst, aber wie viele Jahre es waren, wußte er nicht, weil dort die Zeit nicht gemessen wird. Bisher war ihm nicht in den Sinn gekommen, einmal nachzusehen, was in den Kesseln steckte, obwohl er beim Nachlegen oft Wimmern und Seufzen vernommen hatte.

Da kam wieder einmal der Teufel, und Nimmersatt fragte ihn, wann die sieben Jahre um seien.

»Morgen sind es sieben Jahre, seit du bei mir bist. Aber ich habe gedacht, du würdest noch einmal sieben Jahre hierbleiben.«

»Nun ja, Herr, ich würde ja bleiben, wenn es bei dir nur etwas mehr zu tun gäbe oder wenn ich ein wenig umherlaufen könnte. Bei diesem guten Essen und Trinken wird man faul und übermütig; das ist nichts auf die Dauer.«

»Da kann ich dir nicht helfen. Wenn es dir hier nicht mehr gefällt, mußt du eben auf die Erde zurück.« Nach diesen Worten entfernte sich der Teufel.

Nimmersatt legte nach. Da vernahm er aus dem einen Kessel ein so klägliches Wimmern, daß es ihm einen Stich ins Herz versetzte. Er konnte nicht widerstehen, hob den Deckel hoch und schaute nach, wer dort so stöhnte. Er sah aber nichts, sondern hörte nur eine klagende Stimme: »Ach, ich bitte dich, laß mich aus dem Kessel hinaus! Ich bin eine arme Seele und will mich dir dankbar erweisen.«

Als Nimmersatt das hörte, hob er den Deckel ganz, eine weiße Taube flog heraus, setzte sich auf seine Schulter und sagte: »Nun will ich dir einen guten Rat geben. Wenn dich morgen der Teufel fragen wird, was du als Lohn haben willst, so sag, daß du nichts anderes möchtest als die alte Jacke mit den zwei Taschen, die dort am Nagel hängt. Er wird sie dir nicht geben wollen, aber du mußt darauf bestehen und nichts anderes nehmen.«

»Das ist alles schön und gut, und ich danke dir dafür, aber was soll ich tun, wenn der Teufel in den Kessel schaut und dich nicht darin findet? Dann gibt er mir statt des Lohns eine Tracht Prügel!«

»Der schaut in deiner Gegenwart in keinen Kessel, und bist du erst auf der Erde, hat er keine Macht mehr über dich. Sei also unbesorgt! Und nun, Gott befohlen!«

»Einen Augenblick noch, Täubchen!« rief Nimmersatt. »Sag mir doch: Was ist in den beiden anderen Kesseln?«

»In dem einen sind die verhärteten Herzen, in dem anderen die hoffärtigen«, erwiderte die Taube und verschwand.

Nimmersatt schürte das Feuer unter dem leeren Kessel ebenso wie unter den beiden vollen, und als der Teufel am nächsten Tag kam und fragte, ob er auch nicht in die Kessel geschaut habe, verneinte er das.

»Was verlangst du also als Lohn?« fragte der Teufel, als Nimmersatt darauf beharrte, daß er wieder auf die Erde zurückkehren wolle.

»Ich möchte nichts anderes haben als die alte geflickte Jacke, die dort am Nagel hängt.«

»Was würdest du mit der alten Jacke anfangen? Die laß hängen! Ich gebe dir lieber Geld, soviel du willst«, widersprach der Teufel, der ihm die Jacke nicht geben wollte.

Nimmersatt aber bestand darauf, die Jacke zu erhalten; schließlich habe er treu gedient, und der Teufel habe ihm jeden gewünschten Lohn versprochen.

Was sollte der Teufel machen? Er mußte ihm, wenn auch ungern, die Jacke mit den beiden Taschen holen. »Damit du auch weißt, was für eine Jacke du hast, will ich es dir sagen. Sooft du in die rechte Tasche greifst und sagst: ›Sei voller Taler!‹, erfüllt sich dein Wunsch. Greifst du aber in die linke Tasche und sagst: ›Sei voller Dukaten!‹, trifft auch das sofort ein. Damit bist du für die sieben Jahre wirklich reich belohnt!«

»Dummkopf, dafür habe ich ja auch in der Hölle gedient!« entgegnete Nimmersatt, zog die Jacke an und faßte den Teufel um den Hals.

Der trug ihn auf die Erde, und zwar genau an dieselbe Stelle, von wo er ihn seinerzeit weggeholt hatte. Darauf verschwand er.

Nimmersatt aber begab sich auf kürzestem Wege nach Hause.

Seine Eltern waren noch am Leben, doch es ging ihnen schlecht. Wie oft hatten sie sich gefragt, wo sich Nimmersatt wohl aufhalten möge und ob er nicht schon Hungers gestorben sei. Da stand er plötzlich vor ihnen, war schwarz und zerzaust und trug eine kurze Hose, durchgebrannte Schnürschuhe sowie eine uralte geflickte Jacke. Kaum erkannten sie ihn wieder.

»Da soll doch . . .!« fluchte sein Vater zur Begrüßung. »Kommt man so aus dem Dienst? Du siehst ja zum Fürchten aus! Geh mir aus den Augen!«

»Zürnt nicht, Vater! Wasser und Seife bringen es wieder in Ordnung. Das aber übertrifft alles . . .« Dabei griff er in die rechte Tasche, sagte: »Sei voller Taler!«, und im selben Augenblick konnte er mit vollen Händen Taler auf den Tisch werfen, daß es nur so klimperte.

Sein Vater machte große Augen und sagte keinen Ton mehr. Not und Elend verließen die Hütte, Glück und Freude zogen ein.

Gleich am nächsten Tag ließ Nimmersatt das alte Häuschen abreißen und ein hübsches Schloß erbauen. Sodann veranlaßte er eine Kundmachung, alle armen Handwerker, Bauern und Bettler von weit und breit sollten zu ihm kommen, weil er ihnen aus der Not helfen wolle. Man kann sich denken, was das für ein Auflauf war.

In jener Zeit gab es noch nicht viele Städte und Dörfer, sondern endlose Wälder, Weiden und Wiesen, wo man fruchtbare Felder hätte anlegen können. Das nützte Nimmersatt aus. Er gab jedem Bauern so viel Geld, daß er sich einen Hof errichten konnte, und wies ihm Ackerland zu. Die Handwerker erhielten Bauplätze in der Nähe von Nimmersatts Schloß. Für die Bettler, die nicht mehr arbeiten konnten, ließ er ein großes Haus bauen, und als es eingerichtet war, brachte er alle darin unter. Für den Bau waren viele Leute vonnöten, denn damals war man auf den Bau solch großer Häuser nicht eingerichtet.

Herr Nimmersatt selber tat nichts anderes als essen und trinken. Nach dem Essen zog er Geld aus seinen Taschen und verteilte es unter die Bedürftigen. Obwohl er sich jetzt wusch und kämmte, war er noch immer recht häßlich. Trotzdem hatten ihn die Leute gern, und wenn er zu ihnen kam, um nachzusehen, wie es ihnen ging, hätten sie ihm aus Dankbarkeit am liebsten Hände und Füße geküßt.

Nur Nimmersatts Vater wiegte, beunruhigt durch das Vorgehen seines Sohnes, den Kopf und jammerte: »Mein Sohn, mein Sohn, ich weiß nicht, welches Ende das nehmen soll! Kommt es dem König zu Ohren, ergeht es uns schlecht!«

»Papperlapapp! Der König kann froh sein, wenn man ihm dort hilft, wo er nicht hinsieht. Im übrigen soll er nur kommen! Gefällt ihm nicht, was ich tue, ist das seine Sache. Ich habe keine Angst vor ihm!«

Jeder sah darauf, daß er so schnell wie möglich ein Dach über dem Kopf hatte und sein Auskommen fand. Bevor sich Nimmersatt dessen versah, war sein Schloß von freundlichen Häuschen umgeben. In der Ferne erblickte man lange Zeilen von Höfen und dahinter frischgepflügte Felder; fröhlich singende Hirtenknaben trieben das Vieh auf fette Wiesen. Nimmersatt freute sich sehr und befahl, den Ort ›Výsluhov‹, das heißt ›Lohnau‹, zu nennen, weil er von seinem Lohn erbaut worden war.

Wie es sein Vater vorhergesagt hatte, geschah es auch. Der König erfuhr davon und war zornig, weil es ein Untertan wagte, ohne seine Erlaubnis Land zu verteilen, das ihm gehörte. Unverzüglich schickte er ein Regiment Soldaten gegen ihn.

Nimmersatt, der bereits davon erfuhr, als die Soldaten noch weit entfernt waren, befahl, ein Festmahl für die Offiziere vorzubereiten. Dann ging er ihnen entgegen und lud sie ein, seine Gäste zu sein. Den Soldaten ließ er für jeden Tag, den sie bei ihm sein würden, einen Taler reichen, dazu Brot und Wein, soviel sie wollten. Das gefiel den Soldaten, die vom König bescheiden gehalten wurden; sie nahmen den Vorschlag des großzügigen Gastgebers gern an und feierten ihn als ihren Freund. Auf freiem Feld wurden Zelte aufgeschlagen, doch es erfolgten darin keine Kriegsvorbereitungen. Den ganzen Tag erklang Musik und Gesang, und in Nimmersatts Schloß tranken die königlichen Offiziere auf das Wohl des Hausherrn, denn es gefiel ihnen sehr, daß jeder täglich einen Dukaten unter seinem Teller fand.

Als dem König hinterbracht wurde, wie sich seine Truppe verhielt, geriet er in noch größeren Zorn und schickte zwei weitere Regimenter hinterdrein. Aber warum hätten sich die Soldaten für so mäßigen Sold mit einem derart freigebigen Herrn schlagen sollen, bei dem es ihren Kameraden gut erging? Sie folgten lieber dem Beispiel ihrer Vorgänger.

Nun wußte der König keinen anderen Ausweg mehr, als diesen Hexenmeister aufzusuchen und sich mit ihm zu versöhnen.

Als Nimmersatt erfuhr, daß der König selbst zu ihm komme, ließ er gleich ein noch prächtigeres Gastmahl vorbereiten, fuhr dem König entgegen und lud ihn ehrerbietig auf sein Schloß ein.

Da erkannte der König, wie mächtig Nimmersatt war und wie reich er sein mußte, wenn er täglich so viel Geld ausgeben konnte. Er sah auch, wie gern ihn alle hatten, die Soldaten ebenso wie die Bauern und die Handwerker, und daß sie schwerlich von ihm abfallen würden. Schließlich sagte er sich, daß ihn Nimmersatt leicht um sein Königreich bringen könnte, und so nahm er sich vor, ihm seine einzige Tochter zur Gemahlin zu geben, dadurch das Schlimmste zu verhüten und seinem Lande zu helfen. Und was er sich vorgenommen hatte, führte er auch aus. Er bot Nimmersatt seine einzige Tochter an und versprach, ihn zum König zu machen. Nimmersatt ging darauf ein und fuhr wenig später auf Brautschau. Das von ihm reich beschenkte Militär zog heim, Nimmersatt aber setzte sich in seiner geflickten Jacke zum König in die Kutsche und fuhr mit ihm in die Hauptstadt.

Prinzessin Milina war schön wie eine Rose im Frühling. Nun sollte sie einen Mann bekommen, der zwar gut, aber häßlich war. Der König fürchtete fast, seine Absicht könnte mißlingen. Und es wäre auch so gekommen, wenn Milina nicht ein herzensgutes Mädchen gewesen wäre, das seinen Vater innig liebte. Kaum hatte sie gehört, daß ihm Unheil drohte, zauderte sie nicht lange und gab ihr Jawort. Tränen standen in ihren Augen, und als sie ihre Hand dem Bräutigam reichte, zitterte diese, doch ihr Wort nahm Milina nicht zurück.

Nimmersatt gefiel das Mädchen. Aber er merkte sehr wohl, daß sein Aussehen schlecht zu ihrer Schönheit paßte. Das tat ihm im tiefsten Herzen leid. Schon am nächsten Tag nahm er von seiner Braut und vom König Abschied und sagte, er müsse zu Hause alles ordnen und sich auf die Hochzeit vorbereiten. Bekümmert kehrte er nach Hause zurück.

»Nun, wie gefällt dir die Braut?« fragten ihn seine Eltern.

»Oh, sie ist schön wie ein eben erblühtes Maiglöckchen und gefällt mir ganz ausgezeichnet, aber ich gefalle ihr leider nicht.«

»Wenn du dir auch nichts sagen läßt!« brummte die Mutter. »Wie oft habe ich dir schon gesagt, du sollst endlich die alte Jacke ablegen. Wie siehst du darin aus! So willst du einer edlen Braut gefallen? Kleider machen Leute, das ist ein altes Sprichwort. Du wirst ihr schon gefallen, zieh dich nur besser an!«

»Laßt mir meine Jacke. Hätte ich die nicht, so wäre ich nichts. Die tut meiner Schönheit gewiß keinen Abbruch.«

»Da hast du recht, mein Sohn«, bemerkte der Vater, der vermutete, Nimmersatt habe die Jacke von einem Zauberer erhalten. »Im übrigen mach dir nichts daraus! Eine Frau ändert ihren Sinn im Handumdrehen.«

Nimmersatt schüttelte den Kopf. Er war den ganzen Tag traurig, und als ihn die Mutter zum Essen rief, sagte er, heute habe er keinen Hunger.

»Ich weiß nicht, der Junge gefällt mir nicht«, sagte die besorgte Mutter zu ihrem Mann, als sie sah, daß Nimmersatt plötzlich nicht mehr essen wollte.

»Laß ihn nur!« tröstete sie der bedächtige Vater. »Ist er erst verheiratet, wird er auch wieder essen.«

Nimmersatt saß in seiner Stube am Fenster, kümmerte sich um nichts und dachte nur an Milina, die ihm Kopf und Herz verwirrt hatte. Gern hätte er die geflickte Jacke gegen ein wenig Schönheit eingetauscht.

Plötzlich pickte ihn etwas in die Hand, und als er aufblickte, sah er eine weiße Taube neben sich sitzen.

Sie sagte zu ihm: »Ich bin die Seele, die du aus dem Höllenfeuer befreit hast. Gott selbst schickt mich, dir zu sagen, daß dein Wunsch in Erfüllung gehen soll, weil du den Armen soviel Gutes getan hast. Von nun an wirst du ein schönes Gesicht und eine geziemende Gestalt haben. Bleibe nur stets ein guter Mensch!« Mit diesen Worten erhob sich die Taube in die Lüfte und war im Nu verschwunden.

Nimmersatt sprang voll Freude auf, blickte in den Spiegel und sah, daß sein häßliches Gesicht in ein schönes verwandelt war; da begann er zu singen und vor Freude durch die Stube zu tanzen.

Die Eltern hörten das, und weil sie dachten, ihr Sohn sei verrückt geworden, kamen sie, vor Angst zitternd, zu ihm gelaufen. Sie erkannten ihn erst, als er den Mund auftat, und freuten sich mit ihm.

Am nächsten Tag ließ Nimmersatt zehn eiserne Truhen schmieden. Als sie fertig waren, stellte er sie in sein Schlafstübchen, schloß die Tür ab und machte sich daran, die Truhen mit beiden Händen mit Talern und Dukaten zu füllen. Er hörte nicht eher auf, als bis die Truhen voll waren. Dann öffnete er das Fenster, zog die Jacke aus, warf sie aus dem Fenster und rief: »Hier hast du deinen Lohn zurück, ich brauche ihn nicht mehr!«

Der Teufel fing die Jacke auf, steckte den Kopf durchs Fenster und fauchte Nimmersatt an: »Hüte dich, uns in die Hände zu fallen, sonst hetzen wir dich, wie du uns mit dem Geld gehetzt hast! Solange die Hölle bestehen wird, werde ich mir nie wieder einen so durchtriebenen Knecht nehmen.«

Nimmersatt lachte und wünschte dem Teufel eine gute Reise. Dann lud er die Geldtruhen auf einige Wagen, kaufte für seine Braut kostbaren Schmuck und für sich schöne Kleidung, zog sie an und fuhr mit seinen Eltern zur Hochzeit.

Wie strahlten die träumerischen Augen seiner Braut, als sie statt eines häßlichen ein so anmutiger Bräutigam umarmte!

Der König war mit dem Schwiegersohn und seinem Reichtum zufrieden und setzte ihn als seinen Nachfolger ein.

Hatte Nimmersatt schon vorher den Menschen Gutes getan, so tat er es nun in noch größerem Maße. Der Teufel bekam für das viele Geld keinen Ersatz. Diesmal war er gründlich betrogen worden.

Die sechs Rastelbinder
und der Teufel

Sechs Rastelbinder kehrten aus Böhmen in ihren Heimatort Royné in der Gespanschaft Trentschin zurück. Unterwegs sangen und jauchzten sie, ja sie tanzten auch, denn es ging nach Hause, und jeder hatte ein paar Gulden in der Tasche.

Als sie die Grenze zwischen Mähren und der Slowakei erreichten und über die Javorina kamen, überfiel sie mitten im Gebirge ein so dichter Nebel, daß einer kaum noch den andern sah. Trotzdem gingen sie weiter, nach der Erinnerung, und hielten einander an den Händen. Aber es nützte nichts, bald sahen sie ein, daß es ohne Gefahr für Leib und Leben unmöglich war, den Weg fortzusetzen. So ließen sie sich denn nieder und warteten darauf, daß sich das Wetter aufheitere.

Als sich der Nebel endlich hob, stellten sie fest, daß sie vom Wege abgeirrt waren. Alle erschraken, denn es ist schwer, in einem solchen Wald einen Weg zu finden. Es blieb aber nichts übrig, als doch einen Weg zu suchen, denn die Nacht rückte immer näher, alle waren hungrig, und in der Tasche hatten sie nicht einmal ein paar Krümel. Je eifriger sie aber nach einem Weg suchten, desto heilloser verirrten sie sich, und sie wußten sich keinen Rat mehr.

Da rief einer von ihnen, der schon ganz ermattet und durchgefroren war: »Wenn wir doch auf eine Hütte stießen, und wäre sie auch von Teufeln bewohnt!«

Kaum hatte er das gesagt, blinkte plötzlich in der Ferne ein Licht, und als sie darauf zugingen, kamen sie zu einem einsamen Gehöft. Sie klopften an die Tür, und diese öffnete sich vor ihnen von selbst. Neugierig traten sie ein.

Ein schwarzer Mann kam ihnen entgegen und fragte sie nach ihrem Begehr.

Sie baten ihn um ein Nachtlager und um etwas zu essen.

»Ein Nachtlager will ich euch geben, auch ein gutes Abendessen, wenn ihr euch damit einverstanden erklärt, drei Rätsel zu lösen, die ich euch hernach stellen will.«

Die Rastelbinder erklärten gleich, sie seien dazu bereit.

»Nun gut, wenn ihr aber die Rätsel nicht löst, ergeht es euch schlecht. Also kommt!« Damit ging er ihnen in die Hütte voraus.

Fünf Rastelbinder folgten ihm, nur der Jüngste, den sie immer verspotteten, daß er dumm sei, blieb zurück. Er hatte den Teufel am Pferdefuß erkannt und wußte, daß die Sache ein böses Ende nehmen könne. Er blieb unter freiem Himmel stehen, bekreuzigte sich und bat Gott um Rat und Hilfe. Nachdem er gebetet hatte, folgte er den anderen in die Stube und kroch hinter den Ofen.

Die Brüder, die am Tisch saßen, taten sich an Speise und

Trank gütlich, und als er sich nicht zu ihnen setzen wollte, lachten sie ihn aus.

Nachdem sie nach Herzenslust gegessen und getrunken hatten, trat der Teufel zu ihnen an den Tisch, setzte sich in ihre Mitte und sagte: »Nun ratet einmal! Woraus ist dieser Tisch gemacht?«

Da rieten die Brüder. Der erste meinte, aus Lindenholz; der zweite, aus Ahorn; der dritte, aus Eiche; der vierte, aus Buche; der fünfte, aus Esche — aber der Teufel schüttelte nur immer den Kopf.

Da rief der Jüngste hinter dem Ofen: »Aus Pferdeleder ist dieser Tisch gemacht!«

Der Teufel blickte sich nach ihm um und machte ein finsteres Gesicht: Der Jüngste hatte es erraten.

»Und woraus sind die Fußleisten?« fragte er weiter.

Wieder rieten die Rastelbinder: Vielleicht aus Eisen oder aus Messing oder aus Kupfer? Aber sie errieten es nicht, bis wieder hinter dem Ofen die Stimme des Jüngsten ertönte: »Aus Pferdeknochen!«

Der Teufel knirschte vor Wut, denn der jüngste Rastelbinder hatte wieder richtig geraten.

»Und woraus sind diese Becher?« fragte der Teufel zum drittenmal und hob einen vollen Becher vom Tisch.

Die Brüder, die bereits gemerkt hatten, wessen Gäste sie waren, zitterten vor Angst. Einer riet, aus Glas; ein zweiter, aus Silber; der dritte, aus Gold — bis der Jüngste rief: »Aus Pferdehufen sind diese Becher gemacht — und du bist der Teufel!«

Als der jüngste Rastelbinder das gesagt hatte, lachte der Teufel so wild, daß die Hütte erzitterte. »Wenn der es nicht erraten hätte, so hätte ich euch alle in der Luft zerrissen!« brüllte er und verschwand. Wie ein Sturm, der sich in einer Felsspalte fängt, pfiff es im Gebirge, daß den Rastelbindern die Haare zu Berge standen. Nur eine Gestankwolke blieb von dem Teufel zurück.

Als die Rastelbinder wieder zu sich kamen, dankten sie dem Jüngsten dafür, daß er ihnen das Leben gerettet hatte, und fragten ihn, wer ihm gesagt habe, was zu antworten sei.

»Gott hat es mir eingegeben, weil ich zuvor zu ihm gebetet habe«, erwiderte der junge Rastelbinder.

Noch vor Sonnenaufgang machten sich die Rastelbinder auf den Weg und kamen auch glücklich nach Hause. Keiner aber nahm sein Lebtag den Namen des Teufels in den Mund, und wenn ihn ein anderer erwähnte, spuckten sie gleich aus und sagten: »Er sei verflucht!«

Die Totenwache

In ein Dorf kam ein frischgebackener Lehrer. Bevor einem Schulgehilfen das Glück zuteil wird, daß er eine eigene Schule bekommt, ist er zwar gewöhnlich an Jahren reich, aber an Geld arm. Auch bei unserem Schulmeister war es nicht anders. Da dachte er eines Tages: Warum soll ich länger Not leiden? Ich suche mir eine reiche Frau und hänge den Lehrerberuf an den Nagel. Aber die reichen Bräute schießen nicht wie die Pilze aus dem Boden, daß jeder nur auszuziehen und sie zu sammeln braucht. Unser liebes Schulmeisterlein lief sich schier die Beine ab, doch ohne Erfolg. Schließlich hatte er es satt. Als er merkte, daß ihn ein reiches Mädchen nur zum Narren gehalten hatte, nahm er lieber eine Arme und blieb Schulmeister.

Die Frau des Lehrers hielt gut haus, aber obwohl sie keinen Dreier unnötig ausgab, war sie doch nicht imstande, etwas zu sparen, weil ihr Mann ein gar zu schmales Gehalt hatte.

Da wurde ihnen ein Kind geboren, und nun hockte die Not in allen Ecken und Winkeln. Der Schulmeister überlegte, wie er einen Paten finden könnte, der ihn wenigstens aus der ärgsten Not retten würde. Schließlich fiel ihm ein, daß der Müller als reichster Mann in der ganzen Gegend galt. So ging er denn zu ihm und bat ihn, bei seinem Kinde Pate zu stehen. Der Müller lehnte es nicht ab und gab für das Kind einen harten Taler als Angebinde. Doch das war nur ein Tropfen auf den heißen Stein. Der Schulmeister aber dachte bei sich: Das schadet nichts, was er jetzt nicht gegeben hat, gibt es später — einige Viertel Mehl wird er gewiß schicken. Doch weit gefehlt! Der Schulmeister hatte bisher nicht gewußt, daß der Müller ein großer Geizhals war, der den Spatzen nicht das blanke Dach gönnte, und daß ihn die Leute so laut verfluchten, daß er es mit eigenen Ohren hätte hören müssen.

So wartete er zwei, drei Tage, ja er wartete eine ganze Woche. Als aber der Herr Pate nichts ins Kindbett schickte und die Frau des Lehrers außer einigen Eiern und etwas Milch, die ihr die Bäuerinnen brachten, nicht das geringste im Hause hatte, faßte sich der Schulmeister ein Herz und ging selbst in die Mühle.

»Guten Morgen, Herr Gevatter! Was bringt Ihr uns?« begrüßte ihn der Müller.

»Ich bringe nichts, lieber Herr Gevatter, aber ich würde gern etwas von Euch forttragen.«

»Was soll es denn sein? Wenn ich kann, stehe ich Euch gern zu Diensten.«

»Es wäre mir lieb, wenn Ihr mir einen Scheffel Roggen und einen Scheffel Weizen überlassen und mahlen könntet.«

»Wenn Ihr sonst nichts wollt, das kann geschehen. Altgeselle, schüttet einen Scheffel Roggen und einen Scheffel Weizen auf! Wenn das Getreide gemahlen ist, soll es Hans zum Herrn Kantor fahren.«

Der Schulmeister bedankte sich höflich und ging frohgemut nach Hause. Am Abend kam der Knecht des Müllers und brachte das Mehl.

Nun sagt man, daß bei einigen Leuten der Ärger die Verdauung fördert, und das war wohl auch bei unserem Schulmeister der Fall. Sooft er aus der Schule kam, wo er sich über die Kinder weidlich ärgern mußte, hätte er am liebsten immer eine ganze Pfanne voll Buchteln gegessen. Davon nahm er zwar zu, aber das Mehl in der Speisekammer nahm zusehends ab. Schließlich war auch das Brot aufgegessen, und der Schulmeister ging wieder zur Mühle.

Diesmal rief der Müller dem Altgesellen nicht so bereitwillig zu, er solle einen Scheffel Roggen und einen Scheffel Weizen aufschütten, aber schließlich tat er es doch.

Beim Schulmeister wurde jetzt etwas besser gewirtschaftet, aber was nützte das schon? Zwei Scheffel Mehl halten nun einmal nicht ewig vor.

Als die Truhe leer war, wußte der Schulmeister nicht, ob er wieder zu seinem Gevatter gehen solle oder nicht.

»Ich meine, du solltest nicht hingehen«, sagte die Frau, »lieber borgen wir uns etwas bei einem andern. Die reichen Leute wissen ja nicht, was Not ist, und wenn man sie öfter um etwas bittet, sagen sie, man sei unverschämt und aufdringlich, und wie ich höre, gehört der Herr Gevatter nicht gerade zu den Freigebigen.«

»Ich gehe doch. Gibt er etwas, ist es gut, gibt er nichts, läßt es sich auch nicht ändern.«

Als der Schulmeister in die Mühle kam und wieder um zwei Scheffel Getreide bat, empfing ihn der Müller unwirsch und sagte: »Seht Ihr, Herr Gevatter, ich gebe keinem auf Borg, erst recht nicht zweimal nacheinander, aber wegen der Patenschaft habe ich bei Euch eine Ausnahme gemacht. Damit ich Euch aber wieder Getreide mahle, müßt Ihr erst die alte Schuld bezahlen. Ich habe große Ausgaben und Mangel an Bargeld.«

Als der Schulmeister hörte, daß er das Mehl bezahlen solle, stand er wie vom Donner gerührt. »Habt noch ein wenig Geduld, Herr Gevatter!« bat er und preßte die Mütze in der Hand, daß fast Wasser herauslief.

Der Müller brummte etwas und ging ins Mahlhaus. Nach einer Weile kehrte er zurück und sagte: »Ich will Euch das

Getreide geben, und nicht nur zwei Scheffel, sondern eine ganze Wagenladung, ich lasse es auch mahlen und Euch in die Wohnung bringen, und zwar alles umsonst, ja selbst die Schuld will ich nicht eintreiben, wenn Ihr Euch bereit erklärt, bei mir drei Nächte nach meinem Tode zu wachen.«

»Drei Nächte lang Totenwache?« wiederholte der Schulmeister und blickte verwundert auf den Müller, denn er meinte nicht anders, als daß dieser scherze. Aber als er merkte, daß es ernst gemeint war, zögerte er nicht lange und gab sein Wort. Er war nicht furchtsam, glaubte nicht an Gespenster und dachte deshalb, so viel Getreide lohne schon drei Nachtwachen, warum sollte er es also nicht tun! Er dankte dem Herrn Gevatter ehrerbietig, reichte ihm die Hand mit dem Versprechen, daß er sein Wort bestimmt halten werde, und ging zufrieden nach Hause.

Seine Frau aber wurde sehr böse, als er ihr erzählte, welchen Vertrag er mit dem Müller eingegangen war. »Sicher hat der Herr Gevatter Angst, daß ihn der Teufel holt; deshalb will er, daß du bei ihm Totenwache hältst. Treib mit solchen Dingen keinen Scherz, du wirst schon sehen, was dir daraus blüht!« schloß sie ihre lange Predigt.

Der Schulmeister aber lachte sie aus und sagte: »Schweig nur und sei froh, daß du für das ganze Jahr etwas zu essen hast! Für die paar Groschen, die ich im Schweiße meines Angesichts in der Schule verdiene, könntest du ohnehin für dich nicht einmal Stoff zu einem Rock kaufen. Um mich brauchst du keine Angst zu haben, ich werde schon alles beachten, was nötig ist.«

Der Müller hielt sein Wort — am Abend brachte der Knecht eine ganze Wagenladung voll Mehl. Am nächsten Tag rauchte beim Schulmeister der Schornstein den ganzen Tag, und die Backbleche waren voller Kuchen und Brot.

Als die Frau des Schulmeisters den dritten Laib Brot auf den Tisch brachte, das Kreuzzeichen darüber machte und ihn anschnitt, legte sie den Kanten mit der Rinde nach unten auf den Tisch. Da begann der Kanten zu wippen, als setzte ihn jemand in Bewegung.

»Um Gottes willen, Mann, schau doch nur, was das Brot auf dem Tisch macht! Das ist ein böses Vorzeichen!« rief die Frau aus und warf ängstliche Blicke auf den Brotkanten.

»Papperlapapp! Du siehst überall Gespenster! Leg ihn auf die andere Seite, und er wird nicht mehr wippen.«

Die Frau tat es, und der Brotkanten blieb ruhig liegen.

Aber im gleichen Augenblick klopfte jemand ans Fenster, und von draußen war eine Stimme zu vernehmen: »Mich schickt die Frau Müllerin. Der Herr Lehrer soll sein Versprechen nicht vergessen. Der Müller ist gestorben.«

»Verdammt nochmal! So bald? Geht nur voraus, ich komme gleich nach«, antwortete der Schulmeister und suchte bereits seinen Stock, seinen Mantel und die Schnupftabakdose und machte sich für die Totenwache fertig.

»Du gehst fort, und ich sterbe hier vor Angst«, jammerte seine Frau.

»Was für Angst, du Dummerchen! Leg dich hin und schlaf! Mir geschieht schon nichts«, tröstete er sie und ging in die Mühle.

Die Müllerin, die ganz verhärmt aussah, führte ihn gleich in die Kammer, wo der Tote, in weißes Linnen gehüllt, auf der Bahre lag. Zu Häupten und zu Füßen des Verstorbenen brannten Kerzen.

Der Schulmeister setzte sich an den Tisch, nahm die Bibel, die die Frau Gevatterin für ihn bereitgelegt hatte, und begann, darin zu lesen. Zur Stärkung stand auf dem Tisch auch ein Krug Bier, aus dem er ab und zu einen Schluck nahm.

Wie Welle um Welle floß eine Stunde nach der andern dahin, bis die zwölfte Stunde anbrach, die der Nachtwächter auf dem Dorfplatz durch einen kräftigen Stoß in sein Horn anzeigte.

Da begann sich das weiße Linnen zu bewegen. Ein Bein kam hervor, das zweite, dann ein Arm und der zweite, und plötzlich setzte sich der Tote auf und fragte: »Seid Ihr hier, Herr Gevatter?«

»Gewiß, gewiß«, erwiderte der Schulmeister und blickte den Toten verdutzt an.

Der legte sich aber wieder ruhig hin.

Was gilt's, dachte der Schulmeister bei sich, der Müller ist gar nicht tot und will mich nur auf die Probe stellen. Ich muß ihm einmal ins Gesicht leuchten. Und er nahm eine Kerze, leuchtete auf die Bahre und griff nach dem Gesicht des Toten, aber das war grau und eiskalt.

»Tot ist er, aber vielleicht findet seine Seele im Fegefeuer keine Ruhe und ist gekommen, um sich davon zu überzeugen, ob ich das Getreide nicht umsonst bekommen habe«, brummte der Schulmeister, stellte die Kerze wieder auf den Tisch und las weiter. So saß er bis zum Morgen, und in der Kammer blieb es still. Nachdem er ein gutes Frühstück eingenommen hatte, ging er nach Hause, wo ihn seine Frau schon voll Angst erwartete.

In der nächsten Nacht ereignete sich das gleiche. Als es zwölf schlug, setzte sich der Tote auf, hob den Kopf und fragte: »Seid Ihr hier, Herr Gevatter?«, und als der Schulmeister antwortete: »Gewiß, gewiß«, legte er sich wieder hin.

Am dritten Tag aber wurde der Müller beerdigt, und der Schulmeister sollte auf dem Friedhof wachen, was ihm gar nicht zusagte. Eine Totenwache in der Mühle ist angenehm. Da habe ich eine warme Kammer, einen bequemen Sessel und ein gutes Bier. Aber bei dieser Kälte die ganze Nacht auf dem Friedhof hocken — das will mir nicht gefallen, überlegte der Schulmeister. Schon war er fest entschlossen, nicht hinzugehen, aber es ließ ihm doch keine Ruhe. So ging er denn zum Pfarrer und fragte ihn um Rat, nachdem er ihm alles erzählt hatte.

»Da Ihr Euer Wort gegeben habt«, sagte der Pfarrer, »müßt Ihr auch hingehen. Aber wenn Ihr meinen Rat befolgen wollt, so geht nicht mit leeren Händen! Ich gebe Euch Weihwasser und einen Weihwedel mit. Sobald Ihr auf dem Friedhof seid, besprengt Euch in der Nähe des Grabes in Form eines Kreuzes, dann beschreibt mit Weihwasser einen Kreis und stellt Euch in die Mitte — mit Geistern ist nicht zu spaßen.«

Der Schulmeister wollte den Worten des Pfarrers nicht zuwiderhandeln. Er nahm also den Weihwasserkessel samt Wedel, dankte für den guten Rat und zog auf Totenwache. Sobald er auf den Friedhof kam, blieb er am Grab des Müllers stehen, schlug über sich ein Kreuz, beschrieb mit Weihwasser einen Kreis um sich, hüllte sich in seinen Mantel und hockte sich auf den Erdboden.

Der Mond leuchtete wie ein Fischauge, und bis elf Uhr blieb alles still. Kaum aber hatte die Uhr geschlagen, flog das Tor des Friedhofes auf, und über die Gräber jagten zwei kohlrabenschwarze Hunde herbei, gerade auf den Schulmeister zu. Der erschrak zwar ein wenig, blieb aber ruhig sitzen und wartete ab, was sie tun würden.

Die Hunde stürzten sich auf das Grab des Müllers und wühlten es mit ihren Krallen auf. Dann rissen sie den Sargdeckel ab, zerrten den Leichnam aus der Grube, zogen ihm die Haut ab, warfen ihn wieder in den Sarg und machten sich daran, das Grab zuzuscharren.

Ohne zu wissen, warum, nahm der Schulmeister den Weihwedel und zog damit die beiseite geworfene Haut des toten Gevatters zu sich in den magischen Kreis.

Als die Hunde mit ihrer Arbeit fertig waren, blickten sie sich nach der Haut um, und als sie diese in dem Kreis liegen sahen, begannen sie so entsetzlich zu heulen, daß es dem Schulmeister in den Ohren gellte.

»Geht zum Henker, ihr Teufelsbrut!« schrie sie der Schulmeister an, aber die Hunde heulten, ihre Augen funkelten böse, und sie umsprangen wütend den Kreis.

»Wenn ihr mir einen Sack voll Taler bringt, gebe ich euch die Haut, sonst nicht«, sagte der Schulmeister nach einer Weile und begann zu lachen. Kaum aber hatte er das gesagt, liefen die Hunde fort, und ehe man hätte bis hundert zählen können, brachten sie einen Sack voll Taler angeschleppt. »Sieh einmal an, wie leicht man zu Geld kommen kann! Ich habe es nur so im Scherz gesagt, und die Herren Teufel haben mich gleich bedient. Wartet nur, ich bin nicht dumm! Ich gebe euch die Haut erst, wenn ihr mir auch noch einen Sack voll Dukaten bringt.«

Die Teufel hätten den Schulmeister am liebsten zerrissen,

aber in den magischen Kreis konnten sie nicht; so eilten sie lieber, auch diesen Wunsch zu erfüllen. Kurz darauf warfen sie neben die Taler noch einen Sack voll Dukaten und warteten auf die Haut.

Aber der Schulmeister sagte: »Jetzt bringt ihr mir noch einen Klumpen Gold, so groß, wie ihr selbst seid, dann erst gebe ich die Haut heraus.«

Die Hunde bleckten wütend die Zähne, aber was sollten sie machen? Das Ende der zwölften Stunde rückte immer näher, die Haut mußten sie haben, deshalb machten sie sich lieber auf, das Gold zu holen.

Es dauerte aber eine ganze Weile, bis sie mit dem Gold kamen, denn der Klumpen war so groß, daß sie ihn kaum schleppen konnten. Schon begann es zwölf zu schlagen. Die Teufel sprangen wütend umher und wollten sich auf den Schulmeister stürzen, doch der nahm den Wedel zur Hand und begann, sie mit Weihwasser zu bespritzen. Beim ersten Kreuzzeichen verschwand die Höllenbrut und ließ einen unbeschreiblichen Gestank zurück.

Erst als es zu tagen begann, trat der Schulmeister aus dem Kreis und dachte nach, wie er das Geld unbemerkt nach Hause schaffen könne. Da vernahm er Schritte hinter sich, und als er sich umsah, erblickte er den Pfarrer.

»Wie ist es Euch ergangen, mein lieber Herr Lehrer?«

»Ach was! Mir ist es recht gut ergangen. Aber es hätte ein böses Ende nehmen können, wenn ich den Weihwedel nicht gehabt hätte. Schaut nur, Hochwürden, was ich bekommen habe!«

»Mein Gott, wer hat Euch so viel Geld gegeben?«

Da erzählte der Schulmeister dem Pfarrer alles Wort für Wort.

»Der Müller muß ein großer Sünder gewesen sein«, sagte der Pfarrer, nachdem er den Schulmeister angehört hatte. »Ihr habt ihn befreit. Doch eine Sache müßt Ihr noch tun: Macht am Morgen an dieser Stelle ein Feuer an, legt die

Haut hinein und verbrennt sie, die Asche aber scharrt zusammen und schüttet sie dorthin, wo zwischen elf und zwölf Uhr die meisten braven Leute gehen. Aber was wollt Ihr mit dem vielen Geld anfangen? Hätte ich nicht eine Eingebung Gottes gehabt und Euch den guten Rat erteilt, wäret Ihr nicht so leicht reich geworden. Deshalb glaube ich, wir sollten brüderlich teilen. Den Sack mit den Talern gebt Ihr mir, das Gold opfert Ihr für die armen Seelen, und die Dukaten behaltet Ihr für Euch.«

»Es ist richtig, Hochwürden, daß Ihr mir einen guten Rat erteilt habt, aber mir will doch scheinen, daß Ihr nicht an meiner Stelle die Totenwache gehalten hättet. Darum wäre es so nicht richtig geteilt, da ich das meiste dabei ausgestanden habe. Den Sack mit den Talern könnt Ihr Euch nehmen, aber für die armen Seelen ist die Hälfte des Goldes genug.«

So teilte der Schulmeister, und der Pfarrer war es zufrieden. Daraufhin trugen sie das Geld fort. Die Frau des Schulmeisters war ganz aus dem Häuschen, als sie soviel Geld auf einem Haufen sah.

Der Schulmeister wollte dem in solchen Dingen erfahrenen Ratgeber auch weiterhin gehorchen. Er nahm am Morgen Holz, ging auf den Friedhof, machte dort ein Feuer an, verbrannte die Haut, nahm die Asche und hielt Ausschau, wo zwischen elf und zwölf Uhr die meisten Leute gingen. Weil es Sonntag war, gingen die Leute in die Kirche. Deshalb streute der Schulmeister die Asche auf die Kirchenstufen und gab acht, was wohl damit geschehen würde. Als die Leute über die Stufen gingen, verwandelte sich die Asche in eine weiße Taube, die dreimal den Kopf des Schulmeisters umkreiste und dann in den Wolken verschwand. Der Schulmeister betete für die arme Seele fünf Vaterunser und fünf Ave-Maria, dann ging er in die Mühle.

Dort erzählte er der Frau Gevatterin getreulich den ganzen Vorgang, nur die Sache mit dem Geld verschwieg er. Schließlich forderte er sie auf, ihm die Mühle zu verkaufen, koste sie auch, was sie wolle. Die Müllerin glaubte, das sei nur ein Scherz, und forderte einen hohen Kaufpreis, doch am nächsten Tag kam der Schulmeister und zählte das Geld bar auf den Tisch. Die Müllerin strich es erfreut ein, obwohl sie es sich nicht erklären konnte, wieso der Herr Gevatter auf einmal soviel Geld besaß.

Der Schulmeister ließ das Unterrichten sein und nahm sich statt der Kinder der Bauern ihr Getreide vor, nachdem er binnen kurzer Zeit das neue Handwerk erlernt hatte.

Oft, noch als Greis, erzählte er den Kindern, wie er die Teufel geprellt und sich und dem Pfarrer zu Reichtum verholfen hatte.

Die Waldfee

Es war einmal ein junges Mädchen, das hieß Betti. Ihre Mutter war eine Witwe und besaß nicht mehr als eine baufällige Hütte und zwei Ziegen. Aber Betti war trotzdem immer fröhlich und guter Dinge. Vom Frühling bis zum Herbst weidete sie die Ziegen am Rande eines Birkenhains.

Immer, wenn Betti das Haus verließ, gab ihr die Mutter in einem Beutel einen Kanten Brot sowie eine Handspindel mit und schärfte ihr ein, daß diese Spindel am Abend voll sein müsse. Und da sie keinen Spinnrocken besaß, wickelte sie den Flachs einfach dem Mädchen um den Kopf.

Betti nahm den Beutel und eilte, unterwegs fröhlich singend, mit den Ziegen zum Birkenhain.

Sobald sie dort ankamen, begannen die Ziegen zu grasen, Betti aber setzte sich unter einen Baum, zog mit der linken Hand die Fasern vom Kopf, der ihr als Spinnrocken diente, und drehte mit der rechten die Spindel, daß sie rasch über den Boden hüpfte. Dabei sang sie, daß der Wald davon widerhallte.

Sobald die Sonne im Mittag stand, legte sie die Spindel beiseite, rief die Ziegen herbei, gab jeder ein Stückchen Brot, damit sie nicht davonliefen, und eilte selbst in den Wald, um als Zubrot Erdbeeren oder andere Früchte zu sammeln, wie sie eben die Zeit gab. Hatte sie gegessen, sprang sie auf, stemmte die Hände in die Hüften, trällerte ein Liedchen und tanzte. Die Sonne lachte ihr durch das Grün der Bäume zu, und die Ziegen, die im Grase ruhten, dachten: Da haben wir aber eine fröhliche Hirtin!

Nach dem Tanzen spann sie wieder fleißig, und wenn sie am Abend die Ziegen nach Hause trieb, bekam sie von der Mutter niemals Schelte, weil die Spindel leer gewesen wäre.

Einmal, als sie ihrer Gewohnheit gemäß nach dem bescheidenen Mittagessen zu tanzen begann, stand plötzlich eine ungemein schöne Frau vor ihr. Sie war in ein weißes Gewand gehüllt, das zart war wie Spinnweben. Goldenes Haar floß ihr vom Kopf bis zum Gürtel, und auf dem Scheitel trug sie ein Kränzlein aus Waldblumen.

Betti erstarrte.

Die junge Frau aber lächelte ihr freundlich zu und sagte mit lieblicher Stimme: »Betti, du tanzt wohl gern?«

Da verlor Betti alle Scheu, und sie erwiderte: »Ach, am liebsten würde ich den ganzen Tag tanzen!«

»So komm, tanzen wir miteinander! Ich zeige es dir.« Und schon schürzte die junge Frau ihren Rock an der Seite, legte den Arm um Betti und begann mit ihr zu tanzen. Dabei erklang über ihren Köpfen eine so liebliche Musik, daß das Herz des Mädchens im Leibe hüpfte. Die Musikanten saßen in schwarzen, aschfarbenen, braunen und bunten Fräcken auf den Zweigen der Birken. Es war eine hervorragende Tanzkapelle, die sich auf einen Wink der schönen Frau hier zusammengefunden hatte: Nachtigallen, Lerchen, Finken, Stieglitze, Hänflinge, Drosseln, Amseln und sogar ein kunstgewandter Tausendsänger.

Bettis Wangen glühten, ihre Augen strahlten, sie vergaß das Spinnen wie das Hüten und hatte nur Augen für ihre Gefährtin, die sich vor ihr und um sie in den reizendsten Bewegungen drehte, so leicht, daß sich das Gras unter ihren zarten Füßen nicht einmal zur Erde bog.

So tanzten sie vom Mittag bis zum Abend, und Bettis Füße standen keinen Augenblick lang still, ja sie taten ihr auch kein bißchen weh.

Da verhielt die schöne Frau ihren Schritt, die Musik verstummte, und die Frau verschwand, wie sie gekommen war.

Betti blickte sich um. Die Sonne versank gerade hinter dem Wald. Da schlug das Mädchen die Hände über dem Kopf zusammen, und als sie dabei den unversponnenen Hanf berührte, wurde sie sich voll Schrecken bewußt, daß die in das Gras gelegte Spindel nicht voll war. Rasch nahm sie den Flachs vom Kopf und legte ihn samt der Spindel in den

Beutel. Dann rief sie die Ziegen herbei und trieb sie nach Hause.

Unterwegs sang sie nicht wie sonst, sondern machte sich bittere Vorwürfe, daß sie sich von der schönen Frau hatte betören lassen, und sie nahm sich vor, ihr nicht mehr zu gehorchen, wenn sie noch einmal zu ihr kommen sollte.

Die Ziegen, die nicht den gewohnten fröhlichen Gesang hinter sich hörten, blickten sich um, ob denn auch ihre richtige Hirtin hinter ihnen gehe.

Auch die Mutter wunderte sich und fragte, ob sie krank sei, weil sie nicht singe.

»Ach nein, Mütterchen, ich bin nicht krank, aber vom vielen Singen ist meine Kehle trocken geworden, deshalb singe ich nicht«, redete sich Betti heraus und ging in ihre Kammer, wo sie die Spindel und den unversponnenen Flachs versteckte. Da sie wußte, daß die Mutter das Garn nicht gleich abhaspelte, wollte sie am nächsten Tag nachholen, was sie heute versäumt hatte. Deshalb sagte sie der Mutter auch kein Wort von der schönen Frau.

Am nächsten Tag trieb Betti die Ziegen wie gewöhnlich zum Birkenhain — und sie sang auch wieder fröhlich. Als sie zu den Birken kam, ließ sie die Ziegen grasen, setzte sich unter einen Baum und begann fleißig zu spinnen und dabei zu singen, denn bei Gesang geht die Arbeit besser von der Hand.

Als die Sonne im Mittag stand, gab Betti den Ziegen ein Stückchen Brot, lief in den Wald, um Erdbeeren zu sammeln, und als sie zurückkam, begann sie zu essen und sich mit den Ziegen zu unterhalten. »Ach, meine lieben Ziegen, heute darf ich nicht tanzen«, sagte sie und seufzte, als sie nach dem Essen die Krümel vom Schoß sammelte und auf einen Stein legte, damit die Vögel auch etwas fänden.

»Warum solltest du nicht tanzen dürfen?« ertönte da die liebliche Stimme, und die schöne Frau stand vor ihr, als wäre sie aus den Wolken gefallen.

Betti erschrak noch mehr als beim erstenmal. Sie schloß ihre

Augen, um die schöne Frau nicht zu sehen. Aber als diese ihre Frage wiederholte, erwiderte sie verschämt: »Ach, verzeiht, schöne Frau, ich kann nicht mit Euch tanzen, weil ich sonst meine Aufgabe wieder nicht erfülle und die Mutter mich schelten würde. Heute muß ich, ehe die Sonne untergeht, das nachholen, was ich gestern versäumt habe.«

»Komm nur tanzen! Ehe die Sonne untergeht, wird sich Hilfe finden«, sagte die Frau, schürzte ihren Rock, legte ihren Arm um Betti, die auf den Zweigen der Birken sitzenden Musikanten begannen aufzuspielen, und die Tänzerinnen wiegten sich im Reigen. Die schöne Frau tanzte noch lieblicher, Betti konnte die Augen nicht von ihr wenden, und sie vergaß die Ziegen und das Spinnen.

Da verhielt die Tänzerin ihren Schritt, die Musik verstummte, die Sonne neigte sich zum Untergang.

Betti schlug die Hände über dem Kopf zusammen, wo sich der noch nicht versponnene Flachs befand, und begann zu weinen.

Da nahm ihr die schöne Frau den Flachs vom Kopf, wickelte ihn um den Stamm einer dünnen Birke, ergriff die Spindel und begann zu spinnen. Die Spindel sprang nur so über den Boden und wurde zusehends dicker, und noch bevor die Sonne hinter dem Wald versunken war, hatte sie allen Flachs versponnen, auch jenen, den Betti vom Tag zuvor übrigbehalten hatte. Dann gab sie dem Mädchen die volle Spindel in die Hand und sagte: »Hasple, ohne zu murren! Denk an meine Worte: Hasple, ohne zu murren!« Nach diesen Worten verschwand sie; es war, als hätte sie die Erde verschluckt.

Betti war zufrieden und dachte unterwegs bei sich: Wenn sie so gütig ist, werde ich wieder mit ihr tanzen, falls sie noch einmal kommt. Und sie trällerte ein Liedchen, damit die Ziegen fröhlicher ausschritten.

Die Mutter aber begrüßte sie verdrossen, denn als sie tagsüber das Garn hatte abnehmen wollen, war ihr aufgefallen, daß die Spindel nicht voll war. »Was hast du denn gestern den ganzen Tag gemacht, daß du deine Aufgabe nicht erfüllt hast?« fuhr sie das Mädchen an.

»Verzeiht, Mutter, ich habe ein bißchen getanzt«, erwiderte Betti zerknirscht, doch dann fügte sie hinzu, indem sie auf die Spindel wies: »Heute ist sie dafür übervoll.«

Die Mutter gab sich damit zufrieden und ging in den Stall, die Ziegen zu melken.

Betti aber legte die Spindel beiseite. Zuerst wollte sie der Mutter ihr Erlebnis erzählen, doch dann dachte sie: Lieber nicht! Wenn die schöne Frau noch einmal kommt, dann werde ich sie fragen, wer sie ist, und es der Mutter sagen.

Am dritten Morgen trieb Betti die Ziegen wie gewöhnlich zum Birkenhain. Die Ziegen begannen zu grasen, Betti aber setzte sich unter einen Baum und begann zu singen und zu spinnen.

Als die Sonne im Mittag stand, legte Betti die Spindel ins Gras, gab den Ziegen ein Stückchen Brot, pflückte Erdbeeren, nahm ihr Mittagbrot ein, legte die Krümel für die Vögel zurecht und sagte fröhlich: »Meine lieben Ziegen, heute tanze ich euch wieder etwas vor!« Damit sprang sie auf, stützte die Hände in die Hüften und wollte schon versuchen, ob sie so gut tanzen könne wie die schöne Frau, als diese plötzlich vor ihr stand.

»Miteinander wollen wir tanzen, miteinander«, sagte sie lächelnd zu Betti und legte ihren Arm um sie. Im gleichen Augenblick ertönte über ihren Köpfen Musik, und die beiden drehten sich wirbelnd im Kreise.

Betti vergaß wieder die Spindel und die Ziegen, sah nichts als die schöne Frau, deren Körper sich wie eine Weidengerte nach allen Seiten bog, und vernahm nichts als die liebliche Musik, nach der ihre Füße von selbst sprangen.

So tanzten sie vom Mittag bis zum Abend. Da hielt die schöne Frau inne, und die Musik verstummte.

Betti blickte sich um und sah, daß die Sonne schon hinter dem Walde versunken war. Weinend schlug sie die Hände über dem Kopf zusammen, und als ihr Blick auf die erst halbvolle Spindel fiel, jammerte sie, was wohl die Mutter sagen würde.

»Gib mir deinen Beutel, ich will dir ersetzen, was du heute versäumt hast!« sagte die schöne Frau. Sie nahm ihn, machte sich einen Augenblick unsichtbar, gab ihn dann Betti zurück und sagte:

>»Sollst mir vertrauen,
daheim erst schauen!«

Damit war sie verschwunden, wie vom Winde verweht.

Betti fürchtete sich, gleich einen Blick in den Beutel zu werfen, aber auf halbem Wege ließ es ihr doch keine Ruhe. Der Beutel war so leicht, als wäre gar nichts darin. Sie mußte nachsehen, ob sie nicht betrogen worden war. Wie erschrak sie aber, als sie sah, daß in dem Beutel nichts war als — Birkenblätter! Nun begann sie erst recht, kläglich zu weinen, und machte sich Vorwürfe ob ihrer Vertrauensseligkeit. In ihrem Zorn warf sie beide Hände voll Blätter weg und wollte den Beutel ganz ausleeren. Doch dann dachte sie: Ich werde das Laub als Streu für die Ziegen verwenden, und ließ die restlichen Blätter im Beutel. Heute hatte sie Angst, nach Hause zu gehen. Und die Ziegen blickten sich verwundert um, warum ihre sonst so fröhliche Hirtin nicht sang.

Die Mutter stand voll Unruhe auf der Schwelle. »Um Himmels willen, Mädchen, was für Garn hast du mir denn gestern nach Hause gebracht?« war ihr erstes Wort.

»Warum?« fragte Betti voller Angst.

»Nachdem du heute morgen fortgegangen warst, habe ich mich ans Haspeln gemacht. Ich haspelte und haspelte, doch die Spindel wurde nicht leer. Ein Knäuel, zwei Knäuel, drei Knäuel, die Spindel war immer noch voll. ›Was für ein böser Geist hat denn das gesponnen!‹ rief ich da voll Zorn aus — und im selben Augenblick war das Garn von der Spindel verschwunden, wie weggeblasen. Sag mir, was bedeutet das?«

Da bekannte Betti alles und begann, von der schönen Frau zu erzählen.

»Das war die Waldfee!« rief die Mutter entsetzt aus. »Um Mittag und um Mitternacht treiben diese Geister ihr Unwesen. Mit jungen Mädchen haben sie Mitleid und beschenken sie oft reichlich. Wie schade, daß du es mir nicht gesagt hast! Hätte ich nicht gemurrt, könnte ich jetzt die ganze Stube voll Garn haben.«

Da erinnerte sich Betti ihres Beutels, und es kam ihr der Gedanke, daß vielleicht unter dem Laub doch etwas liegen könnte. Sie nahm die Spindel und den nicht versponnenen Flachs heraus, warf einen Blick in den Beutel, dann einen zweiten und rief: »Schaut nur, Mutter!«

Die Mutter blickte in den Beutel und schlug die Hände zusammen: Die Birkenblätter hatten sich in Gold verwandelt!

»Sie hat mir befohlen:

> ›Sollst mir vertrauen,
> daheim erst schauen!‹

Aber ich habe nicht gehorcht!« rief Betti voll Zorn über sich aus.

»Ein Glück, daß du nicht den ganzen Beutel ausgeschüttet hast!« meinte die Mutter.

Am nächsten Morgen ging sie selbst zu der Stelle, wo Betti die Blätter weggeworfen hatte, doch auf dem Weg lag nur frisches Birkenlaub.

Aber der Reichtum, den Betti nach Hause gebracht hatte, war auch ohnedies groß genug. Die Mutter kaufte ein Gut, sie hatten viel Vieh, Betti besaß schöne Kleider und brauchte nicht mehr die Ziegen zu hüten, aber soviel sie auch hatte, so fröhlich und glücklich sie auch war, nichts bereitete ihr ein so großes Vergnügen, wie jener Tanz mit der Waldfee es getan hatte. Oft noch ging sie in den Birkenhain, es zog sie immer wieder hin, und sie wünschte sehnlich, die schöne Frau wiederzusehen — aber dieses Glück widerfuhr ihr niemals mehr.

Die Hexe Katrenka

In uralten Zeiten, als noch die alten Götter verehrt wurden, lag in den Bergen ein kleines Dorf, und in diesem Dorf lebte ein alter Priester. Der hatte eine Wirtschafterin namens Katrenka, die eine Hexe war. Doch das wußte der Priester nicht.

Aber er hatte einen jungen Knecht namens Janko, einen fröhlichen Gesellen, der bekam heraus, daß Katrenka ab und zu verschwand und bis zu drei Nächten nicht zu Hause schlief. Wohin sie immer ging, wußte er nicht. Er vertraute sich dem Priester an, und der trug ihm auf, es auszukundschaften. Der liebe Janko hatte fortan auf Katrenka ein wachsames Auge, doch wohin sie ging, konnte er nicht herausbekommen — immer war sie plötzlich verschwunden.

Das verdroß ihn, und einmal, als sie ihn freundlich behandelte, fragte er: »Sagt, Katrenka, wohin geht Ihr eigentlich immer bei Nacht?«

»Nun, wenn du das wissen willst, mußt du mit mir kommen, denn sagen darf ich es dir nicht«, erwiderte Katrenka.

Janko ging darauf ein.

Wenige Tage später kam Katrenka in der Nacht zu ihm, um ihn zu wecken. Er mußte sich die Augen verbinden lassen, dann hieß sie ihn, einen Feuerhaken zwischen die Beine zu nehmen, sie selbst setzte sich auf einen Besen, und heidi ging es durch den Schornstein hinaus und wie auf feurigen Rossen über den Garten, die Hügel und die Berge, bis sie einen Gipfel erreichten, auf dem die Hexen gerade ihre Versammlung abhielten.

Da sagte Katrenka zu dem Burschen: »Was du auch sehen magst, sprich kein Sterbenswörtchen, sonst ergeht es dir schlecht! Aber tu alles, was du jene tun siehst, die wir dort antreffen!«

Als sie auf den Gipfel kamen und Janko die Versammlung sah, entsetzte er sich ungemein. Es waren vor allem Frauen,

lauter Hexen. Alte Weiber waren darunter, unförmig wie
Baumstümpfe, und junge, hübsche Frauen, und alle waren
ausgelassen und wild. Sie kamen auf Besen, Flachsbrechen
und Feuerhaken, was jeder gerade in die Hand gekommen
war. Nun aßen und tranken sie, machten viel Geschrei, tanzten und hexten.

Der Bursche verlor vor Angst fast den Verstand. Plötzlich
sprang eine Hexe auf ihn zu, zog ihn in den Reigen und wirbelte mit ihm wild herum. Als sie ihn nach beiden Seiten
drehte, preßte sie ihn so stark, daß er vor Schmerz aufschrie.
Im selben Augenblick waren alle Hexen verschwunden, wie

weggefegt, und der Bursche stand ganz allein in der Finsternis. Er getraute sich nicht, auch nur einen Fuß zu bewegen, um nicht in einen Abgrund zu stürzen, und deshalb blieb er bis zum Morgengrauen wie eine Steinsäule auf demselben Fleck stehen.

Als die Sonne aufging, blickte er sich um, denn er wollte feststellen, ob er das alles etwa nur geträumt habe oder ob es wahr sei. Aber es stimmte: Er stand auf einem hohen Gipfel, vor ihm lag ein schrecklicher Abgrund, unten rauschte Wasser, und ringsum war dichter Wald. »Was soll ich nur anfangen? Wahrscheinlich muß ich hier Hungers sterben, denn hinunter kann ich nicht, und hier ist nicht einmal ein Vogel zu sehen!«

Wie er so traurig hinunterblickte, sah er eine riesige Bärin Bäume brechen und die Stämme ins Tal ans Wasser rollen. Sie brach große und kleine, wie sie gerade kamen, und als sie genug gebrochen hatte, schob sie die Stämme ins Wasser, immer einen neben den anderen, und baute so eine Brücke über das Wasser. Dann lief sie in den Wald, holte drei kleine Bärenkinder herbei und führte sie über die Brücke ans andere Ufer, wo sie im Walde verschwanden.

Als Janko das sah, freute er sich. Wenn die Bärin hinübergegangen ist, schaffe ich es auch, dachte er und kletterte hinunter. Recht und schlecht erreichte er das Wasser und ging über die Brücke ans andere Ufer.

Doch welch neues Elend! Nun befand er sich in einem dunklen Wald, in dem kein Weg, kein Steg war. Er irrte hierhin und dorthin und wußte nicht, nach welcher Seite er sich wenden sollte. Da sah er plötzlich einen Weg vor sich, auf dem gerade ein Bauer mit einem Wagen fuhr.

»He, guter Mann, zeigt Ihr mir den richtigen Weg?« bat er den Bauern.

»Woher seid Ihr denn?«

»Aus Chamarov.«

»Wenn Ihr von dort seid, habt Ihr es weit nach Hause. Gute

sieben Monate müßt Ihr laufen, bis Ihr hinkommt. So lange ist es nämlich her, daß ich von dort fortgefahren bin.«

»Und was erzählt man sich dort?«

»Nun, was soll man sich erzählen? Beim alten Priester ist der Knecht verschwunden. Seither sind schon sieben Jahre vergangen, und er ist noch nicht zurückgekommen. Der alte Priester empfindet seinetwegen große Trauer, er hat sich einen Bart wachsen lassen, und der reicht ihm schon bis an die Knie.«

Janko konnte nicht glauben, daß er der Knecht sein solle, von dem der Bauer sprach, denn seiner Meinung nach war ja noch kein Tag vergangen, seit er von daheim fortgegangen war. Er wollte den Bauern noch weiter ausfragen, aber der war inzwischen fortgefahren, und Janko stand wieder mutterseelenallein im Walde.

Da vernahm er ganz in der Nähe ein Knacken, und als er sich umblickte, sah er wieder die Bärin, wie sie sich einen Weg auf einen hohen Berg bahnte. Wohin ihre Tatze fiel, dort brachen Gestrüpp und Unterholz entzwei.

Nun, wenn du mir den Weg über das Wasser gezeigt hast, bringst du mich vielleicht jetzt auch auf einem kürzeren Weg nach Hause! dachte er und folgte der Bärin. Auf dem von ihr gebahnten Weg gelangte er, wenn auch unter großer Anstrengung, auf den Gipfel. Dort verschwand die Bärin zwar, aber es war schon alles gut, denn als Janko den Gipfel erreichte, sah er unten sein Heimatdorf liegen. Da jauchzte er vor Freude, und obwohl er hungrig und todmüde war, eilte er nach Hause und gelangte glücklich ins Pfarrhaus.

Der Priester empfing ihn voll Freude, aber als Katrenka hörte, daß Janko zurückgekehrt war, verschwand sie auf Nimmerwiedersehen.

Janko hütete sich jedoch, noch einmal mit den Hexen zu fliegen.

Viktorka

In einem Dorf wohnte eine Witwe, die hieß Frau Fiala. Ihr Haus war blitzsauber, weiß getüncht und so gut instand, daß kein anderes im Dorfe ihm gleichkam. Vor den Fenstern stand eine junge, buschige Weide. Obwohl ihre zarten Zweige fast die ganzen Fenster beschatteten, bekamen sie doch nie ein Messer zu spüren; wie sie wuchsen, so wuchsen sie eben. Im Frühling gelüstete es die Jungen nach diesen schlanken Ruten, denn sie glaubten, aus ihnen ganz besondere Pfeifchen schnitzen zu können. Aber keiner getraute sich, eine Rute abzuschneiden, um die gute Witwe nicht zu erzürnen. Nur einmal soll ein besonders beherzter Junge auf die Weide gekrochen sein, aber als er in das Holz schnitt, vernahm er ein schmerzliches Stöhnen und spürte, wie die ganze Weide erzitterte. Schrecken befiel ihn, und als er den anderen von dieser sonderbaren Erscheinung erzählte, fürchteten sich alle, und keiner tat fortan der Weide ein Leid an.

Jeder, der durch das Dorf ging, betrachtete das weiße Haus mit Wohlgefallen. Bewundernd aber blieb er stehen, wenn sich am Fenster Viktorka zeigte, die Tochter der Witwe Fiala, Zierde und Stolz des ganzen Dorfes. Das war aber auch ein Mädchen, so schön und reizend, daß man es nicht beschreiben kann! Wer sie im Kreise der anderen Mädchen sah, dem war, als sähe er eine edle, kostbare Blüte in einem Strauß von Feldblumen. Wie die anderen Mädchen war auch sie den ganzen Tag im Freien; trotzdem blieb ihre Haut weiß wie Schwanengefieder. Wie jene arbeitete auch sie auf dem Felde, und trotzdem wunderten sich die Burschen, daß ihre Hände weich wie Samt waren. Alles an diesem Mädchen war wundersam schön.

Aber sie war nicht nur schön, sondern auch gut, freundlich, still und liebenswürdig. Im ganzen Dorf gab es keinen, der sagen konnte: »Viktorka hat mir unrecht getan« oder: »Viktorka hat mir nichts Gutes erwiesen.« Mann und Frau, alt und jung, alle liebten sie. Jede Mutter hätte sie gern wie eine Tochter in ihr Haus aufgenommen, aber ihr diesen Wunsch zu offenbaren, traute sich keine. Jeder junge Mann hätte für sie seine Seele dahingegeben, doch keiner wagte es, ihr seine Liebe zu entdecken. Kam sie einmal in den Kreis der jungen Leute, um sich mit ihnen zu vergnügen, stritten die Burschen um den Vorzug, sie zum Tanz führen zu dürfen, doch kein einziger erlaubte es sich, sie kräftig in den Arm zu nehmen oder sie gar zu küssen, was sie sich bei den anderen Mädchen ohne Scheu herausnahmen.

Auch die Mädchen verhielten sich Viktorka gegenüber, obwohl sie in ihr eine liebe Kameradin sahen, immer ehrerbietig und sagten oft zueinander: »Gott mag wissen, wie es kommt — sie ist eine aus unserer Mitte, und doch scheint es, als gehöre sie nicht zu uns.«

Kam Viktorka in die Spinnstube, freuten sich alle. Sie erwarteten dann, daß Viktorka erzählen und singen würde, denn sie wußte mannigfache wunderschöne Märchen und Lieder, die keiner kannte. Wenn ihr die Laute so lieblich von den Lippen flossen, fragten alle einander voll Verwunderung, wer sie das wohl gelehrt habe. »Wundert euch nicht«, sagten die alten, erfahrenen Frauen, »Viktorka ist ein erwählter Liebling Gottes.« Und dieses Urteil galt.

Als Viktorka noch ein kleines Mädchen war, hatte sie einen Spielgefährten. Es war Veit, ein Hütejunge, der bei ihrer Mutter in Dienst stand. Die beiden waren schier unzertrennlich. Alle kindlichen Freuden teilten sie miteinander. Wo Veit hinging, dorthin ging auch Viktorka. War sie auf der Weide, flocht Veit Körbchen, wobei er eine ungewöhnliche Geschicklichkeit entwickelte, und Viktorka ordnete ihm die Ruten. Dann sammelten sie Erdbeeren und andere Früchte des Waldes, je nach der Jahreszeit. Wenn Veit über Hänge und Felsen kletterte, um die schönsten Blumen für Kränze zu pflücken, übernahm Viktorka inzwischen den Hütedienst. Dann flochten sie Kränze, sangen, erzählten einander und hatten nie Langeweile.

Aber alles hat einmal ein Ende, auch die kindlichen Freuden. Veit wuchs heran, wurde kräftig, und seine Mutter hielt es für gut, daß er sich bei einem Bauern als Knecht verdingte. Die Nachbarin hielt ja keine Pferde, daß er weiter bei ihr hätte dienen können, und Hütejunge für das Kleinvieh konnte er nicht länger sein.

Veit war darob sehr betrübt. Es tat ihm weh, daß er die gute Bäuerin und das liebe Mädchen verlassen mußte, aber auf einem anderen Hof dienen wollte er nicht. Deshalb sagte er zu seiner Mutter, er werde nicht in Dienst gehen, sondern sein Glück in der Welt versuchen.

Die Mutter erschrak ob dieses Wortes, sie schalt ihn, wollte ihm seine Absicht ausreden, hielt ihm alles Böse vor Augen, was ihm in der Welt begegnen könne, doch er blieb bei seinem Vorsatz. So ließ sie ihn denn ziehen.

Viktorka weinte bitterlich, als der liebe Veit von ihr Abschied nahm; es war ihr erster großer Schmerz. Auch Frau Fiala dauerte der gute, treue Junge; sie versorgte ihn für seine Wanderschaft mit vielen nützlichen Dingen und segnete ihn unter Tränen wie seine eigene Mutter.

Vor dem Dorfe verabschiedete sich Veit schließlich auch von seiner Mutter, und nachdem er vom letzten Hügel noch

einmal zurückgeblickt und mit einem Zipfel seines blauen
Kamisols die tränenfeuchten Augen getrocknet hatte, schritt
er tapfer in die ihm fremde Welt.

Im Dorf vermißte man den unscheinbaren Jungen nicht. Es
war, als hätte es ihn nie gegeben. Nur seine Mutter betete
täglich für ihn, und Viktorka dachte, wenn sie allein Kränze
wand, gegen Abend allein im Garten arbeitete, allein durch den
Wald ging: Wo mag wohl der arme Veit durch die Welt irren?

Erst nach einem Jahr erhielten sie Nachricht. Veit sei in See
gestochen, um noch mehr von der Welt kennenzulernen, von
der weiten, fernen Welt. Da weinte die Mutter neuerlich,
und es weinten auch Viktorka und Frau Fiala, denn sie waren fest davon überzeugt, daß Veit niemals wiederkehren
werde. Und sie trauerten um ihn wie um einen Toten.

Seit jener Zeit vergingen viele Jahre, aus der kleinen Viktorka wurde ein schönes junges Mädchen, die Mütter wurden alt, und im Dorf veränderte sich vieles.

Eines Tages saßen die beiden Mütter in der Dämmerstunde
miteinander im Garten und spannen. Viktorka goß die Blumen und sang dabei.

Da sprengte ein fremder Reiter auf sie zu, sprang vom Pferd, band es am Zaun fest und trat in das Gärtchen. »Gott grüß Euch, liebe Frauen! Würdet Ihr wohl mir und meinem Pferd eine kurze Rast und Erfrischung gönnen? Ich bin schon lange unterwegs und kann ohne Rast nicht weiter.« So bat er freundlich mit liebenswürdiger Stimme.

»Wie sollten wir es Euch nicht vergönnen?« erwiderte die Bäuerin, ohne sich lange zu bedenken. »Rastet nur nach Belieben! Viktorka, bewirte den Gast und befiehl dem Jungen, das Pferd zu tränken und zu füttern!«

Einen Augenblick lang blickte der Fremde gespannt in Viktorkas Gesicht, dann ließ er sich neben der alten Nachbarin nieder und sagte mit bewegter Stimme: »Ich setze mich neben Euch, Mütterchen. Daheim habe ich eine Mutter, die ist wohl ebensoalt wie Ihr, und es ist viele Jahre her, daß ich von ihr Abschied genommen habe. Sie würde mich wohl gar nicht mehr erkennen.«

»Wie sollte sie ihr Kind nicht erkennen! Mein Gott, ich denke mir immer, daß ich meinen Veit sofort erkennen würde, wenn er zurückkäme. Aber den sehe ich wohl nie wieder«, seufzte die Alte, und ihre Augen füllten sich mit Tränen.

»Ist er denn tot?«

»Das wissen wir nicht«, fiel ihm Frau Fiala ins Wort. »Veit ist als junger Bursche in die Welt gegangen, nach einem Jahr hat er uns Nachricht gegeben, daß er zur See fährt, und seither sind viele Jahre verstrichen, ohne daß wir etwas von ihm gehört haben. Wir beweinen ihn wie einen Toten.«

»Den Einsamen erscheint die Zeit immer länger als jenen, die im Trubel der Welt leben. Wer sich bald zu Wasser, bald zu Lande durchschlägt, dem fällt es oft schwer, ein Lebenszeichen zu geben. Auch mir ist es so ergangen, daß ich keine Nachricht geben konnte, denn ich befand mich bald hier, bald dort. Einmal hat uns auf dem Meer der Sturm weit vom richtigen Wege abgetrieben, dann wieder wurden wir in einem Hafen viele Monate aufgehalten, so daß wir lange nicht an das gewünschte Ziel kamen. Auf allen meinen Reisen aber hat mich ein treuer Gefährte begleitet, der auch Veit hieß.«

»Mein Gott, wenn das mein Sohn wäre!« seufzte die alte Mutter.

»Sagt mir doch, Mütterchen, wie sah Euer Veit aus?«

»Nun, häßlich war er nicht. Er hatte ein klares Gesicht, rote Wangen, dunkle Augen und schwarzes Haar. Damals, als er von uns ging, war er nicht sehr groß. Ach, ich sehe ihn immer noch so vor mir, in einem blauen Kamisol, einer Leinenhose und mit einem runden Hut auf dem Kopf.«

»Aber seit der Zeit hat er sich völlig verändert, Mutter, und Ihr würdet ihn doch nicht wiedererkennen«, sagte der Fremde, und ein glückliches Lächeln umspielte seine Lippen.

Da trat Viktorka zusammen mit der Magd in den Garten; sie brachten das Abendbrot für den Gast: Weißbrot, Aufstrich, Honig und frisches Obst. In der Kammer hatte sie noch darüber nachgedacht, ob nicht etwas in der Speisekammer wäre, was dem Gast zur Erfrischung dienen könnte, aber sie hatte nichts gefunden. Bevor sie die Kammer verlassen hatte, war sie ans Fenster getreten, durch das man in den Garten schauen konnte, aber sie war nur einen kurzen Augenblick dort stehengeblieben, etwa so lange, um sich selbst zuzuflüstern: »Wer mag er wohl sein? Seine Stimme klingt mir in der Seele wie ein altvertrautes liebes Lied — doch ich kann mich nicht erinnern, wo ich sie schon einmal gehört habe. Auch das Gesicht erscheint mir nicht fremd, und doch kenne ich keines, das ihm ähnlich wäre — seltsam!«

Als sie nun in das Gärtchen trat, ordnete sie die Speisen schön auf dem Tisch und forderte den Gast auf zuzugreifen.

Da sagte der Fremde: »Voll Dankbarkeit nehme ich an, was du, Mädchen, mir reichst. Doch bevor ich mich erfrische, will ich den lieben Frauen ein paar Worte über meinen Freund Veit sagen.«

»Über Veit?« Viktorka wunderte sich und blickte den Fremden mit brennenden Wangen an.

»Mein Freund Veit ist so groß wie ich, sein Gesicht ist von der Sonne so tief gebräunt wie das meine, auch gekleidet ist er ähnlich wie ich. Er hat mir gesagt, daß er bei einer sehr guten Bäuerin als Hütejunge gedient hat, und voll Freude erinnerte er sich oft an deren kleine Tochter.«

Aufmerksam hörten ihm die Frauen zu, und Viktorkas bleiches Gesicht überzog eine dunkle Röte.

»Gern lauschten die Schiffer am Abend seinen Hirtenliedern, wenn er sang oder auf einer Hirtenflöte blies. Diese Flöte hat er mir geschenkt, und ich kenne einige der Lieder, die er am liebsten spielte. Hört zu!« Mit diesen Worten setzte er die Flöte an den Mund, blickte Viktorka mit seinen dunklen Augen an und begann ein Hirtenlied.

Kaum erklangen die langgezogenen lockenden Töne, schärfte sich Viktorkas Aufmerksamkeit immer mehr, forschend blickte sie dem Fremden ins Gesicht, und plötzlich trat sie auf ihn zu und rief freudig: »Du bist Veit und kein anderer!«

»Ja, ich bin Veit, und du hast mich als einzige erkannt«, sagte er mit glückstrahlendem Gesicht, reichte Viktorka eine Hand und umfing mit dem anderen Arm die vor freudiger Erregung in sich zusammensinkende Mutter.

Es ist nicht leicht, die Freude zu beschreiben, die alle ob dieses glücklichen Wiedersehens empfanden. Die Mutter konnte sich an ihrem stattlichen Sohn kaum satt sehen. Das war nicht mehr der rotwangige Junge im blauen Kamisol, wie sie ihn sich immer vorgestellt hatte, sondern ein erwachsener schöner Mann, und sie war mit ihm zufrieden. Auch Frau Fiala blickte ihn voll Wohlgefallen an. Und Viktorka? Wie hätte sie sich jetzt nicht freuen sollen, wenn sie früher seinetwegen geweint hatte?

Die Nachbarn kehrten vom Felde heim. Es war schon einmal so Brauch, daß jeder, der am Garten der Witwe Fiala vorbeikam und dort die Bäuerin oder ihre Tochter erblickte, innehielt und mit den Frauen ein paar Worte wechselte. So war es auch an diesem Abend. Jeder blieb am grünen Zaun stehen, und wie hätte es anders sein können, als daß jedem gleich mitgeteilt wurde, wer der fremde Gast war. Das war eine Bewillkommnung und Begrüßung von allen Seiten! Einer sagte es dem andern, und bevor sich die Dorfbewohner zur Ruhe begaben, wußte jeder, daß Veit zurückgekehrt war, daß er schön war, daß ihn ein Pferd nach Hause getragen hatte und daß er ein reicher Herr geworden war. Und sie wußten noch allerlei, was Veit selbst nicht wußte. Die Nacht neigte sich immer tiefer, und die Bäuerin mahnte zur Ruhe. Veit und seine Mutter begaben sich in ihr Häuschen, und bald zog auch in das weiße Haus Ruhe ein.

Jeden Morgen, kaum daß sich am Firmament der rote Schein zeigte, der die Ankunft der erlauchten Königin des Himmels verkündete, war Viktorka im Garten. Nachdem sie ihr schönes Gesicht und ihre weißen Füße im nahen Bach gewaschen hatte, flocht sie ihr langes Haar zu schönen Zöpfen und schmückte diese mit Blüten, wobei sie mit den Vögeln um die Wette sang.

Am Morgen nach Veits Ankunft ging sie in tiefen Gedanken durch den Garten, ohne ein Lied zu trällern. Worüber mochte sie wohl nachdenken?

Das hätte auch Veit gern gewußt, denn kaum erblickte er sie vom Nachbargarten aus, sprang er behend über den lebenden Zaun und stand neben ihr. »Guten Morgen, Viktorka! Warum gehst du so nachdenklich zwischen den Blumen auf und ab?«

»Ich denke darüber nach, welche dieser Blüten ich heute für mein Haar pflücken soll. Eine ist schöner als die andere, und es tut mir fast leid, sie zu brechen.«

»Erinnerst du dich noch, Viktorka, wie wir zusammen durch Wald und Feld streiften? Da habe ich immer dein Haar bekränzt. Gönnst du mir auch heute diese Freude?« Als er in ihrem Gesicht Zustimmung las, pflückte er Blumen in den leuchtendsten Farben, und als er den Kranz fertig hatte, reichte er ihn Viktorka. Sie ordnete die Blüten, daß sie in den Farben gut zueinander paßten, und er schmückte damit ihre dunklen Locken. »Schön bist du, wunderschön!« rief er aus und betrachtete sie voll Entzücken. »Und ich wünsche mir nichts sehnlicher, als daß du die Meine wirst.«

Viktorka schwieg, sagte weder ja noch nein, doch wer es versteht, in den Gesichtern der Menschen zu lesen, würde sagen, daß in ihren klaren Augen ganz offenkundig geschrieben stand: Das ist nicht unmöglich.

Veit verstand es auch so, und sein Herz hüpfte vor Freude. Es bedurfte nicht vieler Worte, daß sie einander verstanden. Selig verließ Veit das Gärtchen, seines Glückes gewiß.

Im Dorf ging es lebhaft zu. Es war gerade ein Feiertag. Die Kinder spielten auf dem Dorfanger, die jungen Burschen und die Bauern standen in Gruppen beisammen und hielten einen Plausch, als auch Veit aus dem Häuschen seiner Mutter trat und sich ihnen zugesellte.

Viel hatte sich verändert, seit er sein Heimatdorf verlassen hatte. Das bemerkte er erst jetzt. Die seinerzeit zu den Burschen des Dorfes gehört hatten, hießen nun Altbauern, von jenen, die mit ihm zusammen aufgewachsen waren, zählten viele bereits zu den jüngeren Bauern, und aus den Mädchen waren Bäuerinnen geworden. Von den jungen Mädchen aber, die ab und zu aus den Höfen gelaufen kamen und ihm von der Seite verschämte Blicke zuwarfen, kannte er keines, und das junge Volk, das dort im Gras umherlief und miteinander spielte, war ihm völlig fremd. Nur aus manchem Gesicht hätte er erraten können, zu welcher Familie es gehörte. Viele seiner Bekannten fand er nicht mehr vor; sie ruhten bereits auf dem Hügel unter dem grünen Rasen.

Nach und nach umringten alle Veit, jeder wollte ihn aus der Nähe sehen, jeder ihn begrüßen, und alle hatten etwas zu fragen. Auch die Bäuerinnen kamen aus den Gehöften und traten zu ihm. Nur die Mädchen, die ihr Haar mit Blumen geschmückt hatten, standen abseits und bewunderten von ferne seinen schlanken Wuchs und seine schöne fremdländische Kleidung.

Nachdem Veit den Bauern genug erzählt und ihnen auch seinen Rappen vorgeführt hatte, gingen sie zum Essen auseinander. Alle waren sich darin einig, daß Veit nicht umsonst in der Welt gewesen sei und daß er mehr könne als Brot essen.

Am Nachmittag, als er sich mit Viktorka beim Tanze zeigte, fällten die Frauen ihr Urteil; jede lobte, wie schön er zu sprechen, zu singen und zu tanzen verstehe und was für ein fröhlicher Bursche er sei. Alle aber, die das schöne Paar beisammen sahen, waren davon überzeugt, daß sie füreinander geboren seien und Mann und Frau werden müßten.

Und es war auch so und nicht anders. Die Mütter der jungen Leute erkannten bald, daß ihre Kinder einander liebten, und als Veit nach kurzer Zeit um Viktorkas Hand anhielt, gaben sie ihnen voll Freude ihren Segen. Es gab niemanden im ganzen Dorf, der den Verlobten nicht Glück gewünscht hätte. Jeder brachte auch nach seinen Möglichkeiten der Braut ein Geschenk als Liebeszeichen.

Es war eine fröhliche Hochzeit, und alles war in Hülle und Fülle da, so daß nicht nur der Reiche, sondern auch der ärmste Hütejunge satt wurde. Alles freute sich von Herzen.

Nun übernahm Veit die Wirtschaft. Er hatte Geld genug, daß er auch in der Stadt hätte leben können, aber Viktorka wünschte das nicht, ja er hatte ihr und der Mutter vor der Hochzeit in die Hand versprechen müssen, daß er, solange sie am Leben seien, das weiße Haus nicht verlassen werde. Es fiel ihm nicht schwer, dieses Versprechen zu halten, denn er liebte Viktorka über alle Maßen und verlangte nicht nach den Freuden der Welt. Er verbesserte, erweiterte und verschönte sein Besitztum nach eigenem Scharfsinn und auf Grund der Erfahrungen, die er bei fremden Völkern gemacht hatte, und bald verbreitete sich die Kunde von seiner guten Wirtschaft in der ganzen Gegend; selbst ältere Bauern kamen, um sich bei ihm Rat zu holen. Wenn keine Feldarbeiten zu erledigen waren, schnitzte er allerlei schönes Hausgerät, knüpfte Netze für den Fischfang oder flocht geschmackvolle Körbe, mit denen er die Bäuerinnen erfreute.

Schon waren die Eheleute eine Zeit beisammen, als Veit eines Nachts erwachte. Der Mond schien, und es war taghell. Mit unsagbarem Entzücken betrachtete Veit seine Frau, die ruhig schlief, und beugte sich leicht über sie, um ihre schwarzen Locken zu küssen, die über die Schultern und die weißen Kissen herabflossen. Lange blickte er in dieses schöne schlafende Gesicht, aber plötzlich beugte er sich tiefer, denn ihm kam es vor, als atme sie nicht. Voll Angst legte er die Hand auf ihr Herz — tatsächlich, es schlug nicht, ihre Hand war kalt, leblos lag die geliebte Frau da, wie eine Blüte, die vom Apfelbaum gefallen ist. Verzweifelt sprang Veit aus dem Bett, um die Schwiegermutter zu Hilfe zu rufen.

»Jammere nicht, mein Sohn!« beruhigte ihn diese. »Sicherlich hast du dich umsonst geängstigt.«

Sie gingen in die Kammer — und siehe, Viktorka war wieder munter und fragte verwundert, was geschehen sei.

Voll Freude schloß Veit sie in die Arme und sagte ihr, warum er so erschrocken war.

»Deshalb brauchst du nicht zu erschrecken«, sagte Viktorka, »ich habe nur manchmal sonderbare Träume. Höre nur! In klaren Nächten ist es mir, als vernähme ich eine lockende Stimme aus der grünen Weide, die mich zu sich ruft. Dann öffnet sich das Fenster, die Weide neigt sich zu mir nieder, und ich muß mich ihr in die Arme werfen. Aber das ist dann gar keine Weide mehr, es ist eine Dame von erhabener Schönheit. An ihrer Seite schreite ich in ihren Palast, zu einem strahlenden, goldschimmernden Thron. Ringsum, wohin auch das Auge blickt, zieht sich ein einziger schöner Garten hin, und die Luft ist von lieblichem Duft erfüllt. All das lebt, überall herrscht Entzücken und Freude! Baum neigt sich zu Baum, Blume zu Blume, und sie erzählen einander geheimnisvolle Märchen, und ich verstehe sie. Dort aus den Flüssen und den Quellen, aus den Felsen und den Bergen treten Feen in weißen Gewändern hervor, tanzen lieblich, singen, klatschen in die Hände und ziehen mich mit diesen zauberhaften Klängen zu sich. Ich verstehe sie, eile in ihre Arme, singe und freue mich mit ihnen, und die allzeit junge erlauchte Königin und Mutter von uns allen hat an uns, ihren Kindern, Freude. Wenn ich sie verlassen muß, klingen die lockenden Klänge unablässig in meiner Seele, und es ist mir weh ums Herz, wenn mich die Mutter lange nicht zu sich ruft.«

»Mir gefallen deine Träume nicht, Viktorka. Ich fürchte, daß du mich in diesem schönen Traumreich vergißt und für immer dort bleibst«, sagte Veit.

»Hab keine Angst, Veit! Mir ist es jeweils nur für kurze Zeit vergönnt, in den Palast unserer erlauchten Königin zu schauen, dann muß ich immer wieder zurückkehren.«

Veit gefielen diese Träume trotzdem nicht, besonders, als sie sich seit jener Nacht mehrmals wiederholten. Er fürchtete um seine geliebte Frau und wollte sie um jeden Preis von der geheimnisvollen Macht, die über ihr waltete, befreien. Und er meinte, das würde er am ehesten dadurch erreichen, daß er die grüne Weide vernichtete.

Doch er wollte das nicht ohne Viktorkas Wissen tun. Deshalb sagte er eines Tages zu ihr, als er am Fenster saß und Körbe flocht: »Die Weide macht doch zuviel Schatten! Ich habe nicht genug Licht zur Arbeit, ich werde sie fällen müssen.«

»Nein, Veit!« rief Viktorka da mit flehender Stimme. »Du weißt, wie lieb mir diese Weide ist, laß sie also um meinetwillen wachsen! Wenn du nicht auf mich hörst, wirst du es gewiß bereuen.«

»Du bist kindisch, Viktorka! Ich pflanze dir eine neue, aber an einer anderen Stelle. Bald wirst du sehen, daß sie schöner ist als diese da.«

Aber Viktorka wollte das nicht und flehte so inständig, er möge ihrem lieben Baum nichts zuleide tun, daß er es ihr schließlich versprach.

Gern tat er es freilich nicht, und von Stund an quälten ihn düstere Gedanken. Er dachte darüber nach, wie er auf andere Weise Abhilfe finden könnte, aber es fiel ihm nichts ein als das Fällen der Weide.

Als seine Mutter sah, daß ihr Sohn nicht mehr so unbeschwert war wie sonst, fragte sie ihn einmal, was ihm fehle.

Da Veit dachte, seine Mutter wüßte als alte erfahrene Frau vielleicht einen Rat, vertraute er ihr seinen Schmerz an.

»Das ist eine sonderbare Sache, mein Sohn«, sagte sie darauf. »Aber obwohl ich nicht Rat noch Hilfe weiß, wie du Viktorka von diesen Träumen befreien kannst, weiß ich doch jemanden, der dir gewiß helfen kann. Es ist die alte Virgule, die im Walde wohnt. Sie kennt Kräuter, die jede Krankheit heilen, kennt allerlei geheime Dinge, die unser Verstand nicht begreift, und versteht die Sprache der Vögel und der Tiere. Das ist eine weise Frau. Zu der werde ich gehen.«

»Geh nicht zu ihr, Mutter! Ich traue solchen Frauen nicht. Ich habe nur bei dir Rat gesucht. Was soll ich mich mit Hexen abgeben? Wenn du keinen Rat weißt, lassen wir es. Meinem Glück steht es nicht im Wege.«

Veit wollte seine Mutter von ihrer Absicht abbringen, denn er fürchtete, es könnte viel Gerede darum geben.

Aber die Mutter ließ sich nichts sagen. Sie war davon überzeugt, daß es das klügste sein würde, doch zu der alten Virgule zu gehen.

Und das tat sie auch. Sie sagte keinem ein Wort und ging in den Wald, wo die weise Frau im dunklen Hain in einem Häuschen wohnte, zu dem niemand Zutritt hatte.

Als die Mutter sie rief, kam Virgule heraus. Nachdem sie

ihr Anliegen vernommen hatte, ging sie für kurze Zeit in den Hain. Und als sie zurückkam, sagte sie zur Mutter: »Richte deinem Sohn aus, daß seine Frau mit der grünen Weide verwachsen ist! Wenn er die Weide fällt, vernichtet er auch das Leben seiner Frau.« So sprach sie und ging davon.

Ganz betäubt von dieser Eröffnung, wankte die Mutter nach Hause, und als sie mit Veit allein war, sagte sie ihm, was sie gehört hatte.

Zornig erwiderte Veit: »Das ist eine Lüge! Ich glaube der Hexe nicht und befolge nicht ihren Rat.«

Die Mutter redete ihm zu, flehte ihn an, doch alles war vergebens.

Der Gedanke, die grüne Weide doch zu beseitigen, verfolgte Veit nun unablässig. Aber sooft er sich daran machte, seinen Plan auszuführen, klangen ihm die Worte der alten Virgule in den Ohren, und beim Anblick Viktorkas vermochte er sein Vorhaben nicht auszuführen. Doch er fand keine Ruhe.

Eines Morgens, nachdem Viktorka bei Nacht wieder ohne Lebenszeichen dagelegen hatte, faßte er einen raschen Entschluß: Er nahm ein scharfes Beil in die Hand, ging zu der Weide, holte aus und fällte den Baum mit einem einzigen Schlage.

Im selben Augenblick zerschnitt ein Schmerzensschrei seine Seele. Er warf das Beil weg und eilte erschrocken ins Haus. Siehe da — die Alte aus dem Wald hatte wahr gesprochen! In den Armen ihrer Mutter lag seine geliebte Viktorka — tot. Das scharfe Beil hatte mit einem Schlage dem Leben der grünen Weide und der zarten Viktorka ein Ende gesetzt.

Veit küßte die bleichen Wangen seiner Frau und weinte bitterlich. Dann sagte er den wehklagenden Müttern Lebewohl, schwang sich voll Verzweiflung auf seinen feurigen Rappen und verließ das Dorf.

Keiner hat ihn je wiedergesehen.

Kater, Hahn und Sense

Es war einmal ein Vater, der hatte drei Söhne; der älteste hieß Martin, der zweite Matthes und der jüngste Michael. Alle drei waren schon erwachsen, als der Vater plötzlich krank wurde und wenige Tage später im Sterben lag. Da rief er seine Söhne zu sich und sagte: »Meine Kinder, ihr wißt, daß ich keinen Besitz habe außer unserer Hütte, dem Kater, dem Hahn und der Sense. In der Hütte sollt ihr miteinander wohnen, und von den drei anderen Dingen soll sich jeder von euch eins nehmen. Streitet euch nicht, lebt immer einträchtig, Gott möge euch segnen!« So sprach er und starb.

Nachdem die Söhne ihren Vater beerdigt hatten, teilten sie seinen Besitz: Martin nahm sich die Sense, weil er mit ihr besonders gut umzugehen verstand, Matthes den Hahn und Michael den Kater.

»Liebe Brüder«, sagte Martin, »zu Hause können wir nicht alle bleiben, sonst würden wir verhungern. Am besten wird es sein, ihr zwei bleibt hier und schlagt euch, so gut es geht, durch, ich aber gehe inzwischen mit der Sense in die weite Welt.«

Alle drei hatten einander lieb, und was der eine wollte, war auch den anderen recht. Deshalb erhoben sie keinen Einwand gegen den Vorschlag des Bruders.

Martin nahm also die Sense und zog in die Welt. Er ging lange Zeit, fand aber nirgends Arbeit. Endlich erreichte er ein Land, in dem die Menschen noch sehr dumm waren. Als er in die Nähe einer Stadt kam, begegnete ihm ein Mann; der fragte ihn, was er da trage.

»Eine Sense trage ich«, antwortete Martin.

»Was ist das für ein Ding, und wozu dient es?«

»Damit wird das Gras geschnitten.«

»Es schneidet das Gras, sagst du? Das ist ja eine großartige Sache! Wir müssen das Gras mit den Händen abreißen, und das ist sehr anstrengend. Wenn Ihr zu unserem König gehen wolltet, würde er Euch den Grasabschneider bestimmt gut bezahlen.«

»Warum nicht? Das will ich tun.«

Der Mann führte ihn gleich zum König. Der wunderte sich sehr über das Gerät und vereinbarte mit Martin, daß er auf die königlichen Wiesen gehen und dort das Gras schneiden solle.

Martin ging, und viele Zuschauer folgten ihm. Aber Martin war nicht dumm. Er stieß die Sense in der Mitte der Wiese in den Boden und sagte zu einem Diener, er möge zu Mittag Essen für zwei bringen. Dann trieb er alle Gaffer von der Wiese.

Mittags, als die Diener eine gute Mahlzeit für zwei brachten, staunten sie, was für ein großes Stück Wiese bereits gemäht war. »Ißt Euer Grasschneider auch?« fragten sie.

»Wenn er arbeitet, muß er auch essen. Aber kehrt nur ins Schloß zurück und laßt uns allein!«

Die Diener gingen, und Martin aß das für zwei Personen bestimmte Mahl allein.

Das war eine großartige Idee, dachte er, daß ich Essen für zwei bestellt habe. Hätten sie nur Essen für einen gebracht, wäre ich nicht satt geworden.

So machte er es Tag für Tag, bis alle Wiesen gemäht waren. Als er mit allem fertig war, ging er zum König, um seinen Lohn zu holen. Die Sense trug er dabei auf der Schulter.

»Dein Grasschneider mäht also das Gras allein?« fragte der König.

»Ganz allein, Königliche Hoheit!« erwiderte der durchtriebene Bursche.

»Würdest du ihn uns für tausend Gulden überlassen?«

»Er ist zwar mehr wert, aber ich will ihn Euch für das Geld geben«, sagte Martin, setzte die Sense ab, nahm das Geld in Empfang und kehrte in seine Heimat zurück.

Der König ließ die Sense in einen eigenen Raum stellen, damit ihr nichts zustoße. Als der nächste Sommer ins Land zog, das Gras wieder hoch stand und geschnitten werden mußte, gebot der König, den Grasschneider auf die Wiese zu bringen.

Mit großem Gepränge zogen die Leute auf die Wiese, stießen die Sense in den Boden und zogen sich zurück, da sie der Meinung waren, der Grasschneider habe es nicht gern, wenn ihm jemand bei der Arbeit zuschaue. Mittags kamen sie mit dem Essen und waren begierig zu sehen, wieviel schon fertig sei. Aber die Sense stand noch auf demselben Fleck, auf den sie am Morgen hingestellt worden war. Das kam ihnen seltsam vor. Sie stellten das Essen vor die Sense hin und gingen zum König, es ihm zu melden.

Als der Mensch mit dem Grasschneider kam, war doch gleich am ersten Vormittag soviel gemäht! Warum will das Ding jetzt nicht arbeiten? dachte der König und schüttelte den Kopf.

Am Abend aber kam der Diener wieder und sagte, der Grasschneider habe weder die Wiese noch das Essen angerührt.

»Der muß verhext sein!« sagte der König. »Gebt ihm zwanzig Stockhiebe, und wenn er dann noch immer nicht arbeiten will, soll man ihn vergraben!«

Entsprechend diesem Befehl wurde eine Bank auf die Wiese geschafft, die Sense darauf gelegt, und der Büttel verabreichte ihr zwanzig Stockhiebe. Nach jedem Schlag sprang die Sense hoch und verletzte manchen Neugierigen an der Nase.

»Der Kerl hat den Grasschneider verhext!« riefen alle. »Wir wollen das Ding vergraben!« Das taten sie denn auch; sie vergruben die Sense und rupften das Gras wieder mit den Händen, wie sie es von jeher getan hatten.

Inzwischen erlebten die Brüder gute Zeiten und priesen ihren Vater, daß er ihnen eine so einträgliche Erbschaft hinterlassen hatte.

Als nach einiger Zeit das Geld zur Neige ging, sagte Matthes: »Jetzt werde ich mit meinem Hahn in die Welt gehen. Vielleicht kann ich ihn auch so gut verkaufen wie du deine Sense.«

»Geh nur recht weit, dorthin, wo es noch dumme Menschen gibt; in Böhmen bekämst du nicht viel dafür«, riet ihm Martin.

Matthes nahm also sein Erbstück und ging fort. Auch er kam zu einer fernen Stadt und traf dort einen Herrn.

»Was trägst du da, lieber Mann?« fragte dieser.

»Einen Hahn«, erwiderte Matthes.

»Solche Vögel gibt es bei uns nicht. Wozu ist der gut?«

»Dieser Vogel ruft den Tag herbei.«

»Was für ein Wunder! Wir müssen dem Tag jedesmal bis zu dem Berg dort das Geleit geben und ihm am Morgen wieder entgegengehen, was uns große Mühe macht. Besitzt dein Vogel solch wunderbare Fähigkeiten, so gibt dir unser König gewiß viele Tausende dafür.«

»Ihr könnt Euch ja davon überzeugen«, sagte Matthes und ging mit dem Herrn zum König.

»Gnädigster Herr König, der Mann da hat einen Vogel, der ruft den Tag herbei, und geht er schlafen, so tut es der Tag ebenfalls.«

»Das wäre ja nicht mit Gold zu bezahlen, wenn es sich wirklich so verhält, wie du sagst.«

»Gnädigster Herr König, Ihr könnt Euch gern davon überzeugen.«

Sie setzten also den Hahn in einen goldenen Hühnerkorb. Der Hahn war mit seiner neuen Wohnung zufrieden und fühlte sich sofort heimisch. Der Tag ging zu Ende, ohne daß ihm jemand das Geleit gab. Der König war froh und konnte kaum den Morgen erwarten. Um Mitternacht erhoben sich alle, denn sie wollten sehen, wie der Hahn wohl den Tag herbeirufen würde. Es schlug ein Uhr, doch nichts geschah; es schlug zwei, da krähte der Hahn, und alle entsetzten sich ob des wunderlichen Gesanges. Als es drei Uhr schlug, krähte der Hahn wieder, und so fort bis vier Uhr, als der Morgen heraufdämmerte. Als der König sah, daß der Hahn wirklich den Tag herbeigerufen hatte, befahl er, Matthes aus der Staatskasse fünftausend Gulden zu reichen und für ihn ein fürstliches Mahl zu bereiten.

Matthes steckte das Geld ein, tat sich an Speise und Trank gütlich, bedankte sich beim König und trat den Heimweg an.

Die Brüder hießen ihn voll Freude willkommen. Wieder ging es ihnen einige Zeit gut. Da sie aber mit dem Geld nicht gut wirtschafteten, reichte es nicht lange.

Als nur noch wenig übrig war, sagte Michael: »Nun, liebe Brüder, gehe ich in die Welt und will mein Glück versuchen. Vielleicht bekomme ich für meinen Kater auch so viel, wie ihr bekommen habt.«

Wieder mahnten ihn die Brüder, recht weit zu wandern, bis dorthin, wo die Menschen noch dumm seien, denn in Böhmen würde er für den Kater kaum etwas bekommen.

Michael steckte den Kater in einen Sack und machte sich auf den Weg. Er wanderte lange, bis er in ein Land kam, wo er die Sprache der Leute nicht verstand. Doch bevor er die Hauptstadt erreichte, hatte er sich von der Landessprache so viel angeeignet, daß er sich einigermaßen verständlich machen konnte.

Vor der Stadt begegnete auch ihm ein Herr und fragte ihn, was er in seinem Sack trage.

»Einen Kater«, gab Michael zur Antwort und zeigte ihm das Tier.

»Das ist ein gar seltsames Tier! Wozu ist es zu gebrauchen?«

»Es fängt Mäuse; mögen in einem Hause noch so viele sein, der Kater fängt sie alle.«

»Steck deinen Kater nur rasch wieder in den Sack und komm zum König! Wir haben im Schloß so viele Mäuse, daß sie fast auf dem Tisch tanzen. Der König gäbe ich weiß nicht was dafür, wenn es jemandem gelänge, sie aus dem Schloß zu vertreiben.«

»Das wird nicht schwer sein«, erwiderte Michael, steckte den Kater wieder in den Sack und eilte dem Herrn nach.

Als sie zum König kamen, sagte der Herr: »Gnädigster Herr König! Der Mann da hat einen Kater, das ist ein Tier, das Mäuse fängt, und wenn Ihr es wünscht, würde er ihn uns verkaufen.«

»Wenn das stimmt, kaufe ich ihn gern.«

»Gnädigster Herr König, sagt mir nur, wo die meisten Mäuse sind! Gleich könnt Ihr Euch davon überzeugen, wie tüchtig mein Kater ist!«

Da führten sie Michael in eine Kammer, in der es von Mäusen nur so wimmelte. Michael band seinen Sack auf, der Kater sprang heraus und richtete unter den Mäusen ein gewaltiges Blutbad an.

Der König war über die Maßen froh und befahl sofort, Michael zehntausend Gulden auszuzahlen.

Michael tat einen Freudensprung, als er soviel Geld sein eigen nannte, und kehrte vergnügt heim.

Zwei Tage nach seinem Weggang fiel dem König ein, was das Tier wohl fressen werde, wenn es keine Mäuse mehr gebe. Niemand bei Hofe konnte diese Frage beantworten, und Michael war inzwischen über alle Berge. Da befahl der König, ein Bote solle das schnellste Pferd besteigen und Michael nachsetzen.

Der ging inzwischen ruhig auf dem gleichen Weg zurück, auf dem er in die Stadt gekommen war. Am vierten Tag sah er plötzlich hinter sich einen Reiter herjagen, der ihm schon von ferne etwas zurief. Michael blieb stehen. Als ihn der Reiter erreichte, redete er in einem Kauderwelsch aus Tschechisch und Deutsch auf ihn ein.

Michael verstand ihn nicht und fragte: »Was?«

Kaum aber hatte er dies gesagt, machte der Reiter kehrt und jagte mit Windeseile davon. Er meinte, Michael habe seine Frage, was der Kater fressen werde, tschechisch beantwortet, wobei ›Vás‹ soviel wie ›Euch‹ bedeutet.

Michael dachte, der Kerl sei von Sinnen, und setzte getrost seinen Weg fort.

Schweißgebadet und staubbedeckt kam der Reiter beim Schloß an, sprang vom Pferd, eilte zum König und meldete: »Gnädigster Herr König, ich bringe Euch eine traurige Nachricht — sobald der Kater keine Mäuse mehr findet, ist es um uns geschehen.«

»Wer sagt das?« fragte der König erschrocken.

»Der Mann, der uns den Kater verkauft hat. Ich habe ihn unterwegs eingeholt und gefragt, was das Tier fressen werde, wenn es keine Mäuse mehr findet, und da hat der Mann geantwortet: Euch!«

Der König berief auf der Stelle seinen Kronrat ein, und alle beratschlagten, was mit dem Kater zu tun sei. Nach langem Hin und Her beschlossen sie, ihn in eine Kammer einzusperren und eine doppelte Wache davor zu postieren, damit er nicht hinaus könne. Gleich erhielt der oberste General den Befehl, vier starke und unerschrockene Männer vor der Kammer aufziehen zu lassen. Bei Tag und Nacht stand an jeder Ecke ein Posten und starb fast vor Angst, wenn es in der Kammer rumorte.

In der zweiten Nacht aber war alles still, denn der Kater hatte inzwischen alle Mäuse gefangen. Als sich auch am Morgen nichts in der Kammer regte, wollte der Wachposten, der in der Nähe des Fensters stand, wissen, welche Bewandtnis es damit habe. So faßte er sich denn ein Herz und warf einen Blick in die Kammer. Doch wehe! Der Kater, der gerade auf dem Fensterbrett saß, erschrak, als er den gewaltigen Schnauzbart und die hohe Pelzmütze erblickte, sprang durch das Fenster und war im Nu verschwunden.

Der zweite Wachposten vernahm einen Schrei und lief herbei. Als er seinen Kameraden regungslos auf dem Rücken liegen sah, rannte er ins Schloß und rief: »Ach, wehe, wehe, gnädigster Herr König! Das schreckliche Tier ist aus der Kammer ausgebrochen und hat meinen Kameraden, der am Fenster stand, totgebissen. Gott weiß, wo er nun umherstreift und wie viele Menschen er inzwischen umgebracht hat. Oh, welches Unglück!«

Gleich wurden alle Häuser verschlossen, jeder versteckte sich, wo er gerade war, und der König befahl, ein Regiment seiner tapfersten Soldaten solle auf der Stelle wohlgerüstet gegen den Kater ins Feld ziehen. Das geschah auch, aber obwohl sie drei Tage lang dem Ungeheuer nachspürten, bekamen sie den Kater nicht mehr zu Gesicht.

Die Brüder lebten inzwischen in Eintracht und Zufriedenheit, und sie wirtschafteten jetzt auch besser als zuvor, denn sie wußten, daß sie sich jetzt auf keine Erbschaft mehr verlassen konnten. Oft aber, wenn sie beisammen saßen, lachten sie herzlich über die dummen Menschen.

Jura und seine Brüder

Jura, Josef und Janko waren leibliche Brüder; alle drei waren verheiratet, und jeder hatte schon mehrere Kinder. Da starb ihr alter Vater und hinterließ ihnen als Erbschaft zu gleichen Teilen ein paar Kühe.

Die beiden älteren Brüder, Josef und Janko, hatten reiche Frauen geheiratet und bewirtschafteten große Bauernhöfe. Jura dagegen hatte ein armes Mädchen zur Frau genommen, nannte nur eine kleine Hütte sein eigen und hatte die meisten Kinder.

Darauf nahmen seine Brüder jedoch keine Rücksicht. Am liebsten hätten sie Jura übers Ohr gehauen und alle Kühe für sich behalten, aber das ihrem Bruder so geradeheraus ins Gesicht zu sagen und die Kühe in den eigenen Stall zu treiben, getrauten sie sich doch nicht. Deshalb machten sie folgenden Vorschlag: Zur Nacht wollten sie die Kühe auf die Weide treiben, und jeder sollte seinen Stall offenlassen; die Kühe aber sollten dem gehören, in dessen Stall sie laufen würden.

Jura gab sich damit zufrieden. Er ließ seinen Stall offen und legte sich schlafen.

Nicht so seine Brüder. Die hielten Ausschau, wohin sich die Kühe wenden würden, und als sie sahen, daß alle in Juras Stall liefen, gingen sie hin und führten sie wieder heraus; nur eine einzige alte Kuh ließen sie ihm. Die anderen teilten sie untereinander auf und brachten sie in ihre Ställe.

Kaum war Jura am nächsten Morgen erwacht, war sein erstes, einen Blick in den Stall zu werfen. Als er dort nur die alte Kuh stehen sah, wurde er böse. »Ausgerechnet dich soll ich pflegen, du Schindluder? Wenn ich keine bessere Kuh haben soll, will ich lieber gar keine!« rief er, nahm eine Axt und erschlug die Kuh. Dann zog er ihr die Haut ab, legte diese auf das Dach, das Fleisch aber salzte seine Frau ein.

Nach einigen Tagen sah Jura nach der Haut. Da bemerkte er, daß sich ein ganzer Hummelschwarm auf ihr niedergelassen hatte. Rasch entschlossen, ergriff er die Haut samt den Hummeln, nähte einen Sack daraus und fuhr damit auf den Markt.

Es war schon spät am Abend, als Jura mit seinem Schubkarren zu einer Mühle kam. Hier werde ich um ein Nachtlager bitten, sagte er zu sich und klopfte an die Tür. Niemand öffnete ihm, obwohl er aus dem Hause einen Lichtschein gewahrte. Leise trat er ans Fenster, und als er im Fensterladen eine Ritze bemerkte, legte er ein Auge daran und blickte in die Stube. Da sah er die Müllerin mit einem städtisch gekleideten Herrn beim Mahle sitzen. Wein stand auf dem Tisch, Braten, Nudeln, Kraut — und das Pärchen tat sich daran gütlich. In diesem Augenblick hörte Jura jemanden auf die Mühle zukommen. Er preßte sich gegen die Wand, um nicht gesehen zu werden, blickte aber weiterhin durch die Ritze im Fensterladen. Der Ankömmling war der Müller, den man in der Mühle nicht erwartet hatte. Als er kräftig gegen die Tür schlug und rief, man solle ihm öffnen, sah Jura, wie der feine Herr und die Müllerin vom Tisch aufsprangen und wie ihn die Müllerin rasch in einen leeren Schrank sperrte, den Wein unter die Bank schob, den Braten auf den Backofen, das Kraut in die Röhre und die Nudeln in den Geschirrschrank stellte, im Nu das Geschirr vom Tisch räumte, das Licht löschte und erst dann öffnen ging. Hernach hörte er noch, wie der Müller seiner Frau Vorwürfe machte, daß sie ihn so lange vor der Tür habe stehenlassen.

Nach einer Weile nahm Jura die Haut auf die Schulter, ließ den Schubkarren vor der Tür stehen und klopfte an.

Der Müller öffnete ihm.

»Gott gebe Euch Glück!« grüßte Jura.

»Euch auch«, erwiderte der Müller. »Was habt Ihr für einen Wunsch, Mann?«

»Ach, Herr Müller, könnt Ihr mir nicht ein Nachtlager gewähren? Nur irgendwo in einer Ecke, denn morgen früh muß ich zeitig weiter.«

»Gern, kommt nur herein!« Und der Müller führte Jura in die Stube. »Nun, Frau, bring uns etwas zu essen, auch ich bin rechtschaffen müde und hungrig«, sagte der Müller dann zu seiner Frau, die sich dauernd in der Stube zu schaffen machte und erst auf die Worte ihres Mannes hinausging.

Bald darauf stellte sie Brot und saure Milch auf den Tisch.

»Hast du nichts anderes da? In der Tat, heute könnte selbst ein Hühnchen nichts schaden. Du hast doch genug Federvieh auf dem Hof!«

»Was heißt, genug? Jede Nacht holt der Marder ein Huhn.«

»Auch ein Braten wäre nicht zu verachten«, sagte der Müller.

»Bei uns ist es eben nicht wie bei den großen Herren!« entgegnete die Müllerin verdrossen, die ihrem Mann nicht das gönnte, was sie dem Fremden vorgesetzt hatte.

»In meiner Mühle bin ich Herr, und mein Magen ist so gut wie der eines großen Herrn«, erwiderte der Müller seiner Frau, wandte sich dann Jura zu, lud ihn zu Tisch und sagte: »Wenn wir kein besseres Abendessen haben, müssen wir eben mit dem hier vorliebnehmen.«

Jura nahm Platz und legte die Haut neben sich.

»Sagt einmal, was habt Ihr denn in dieser Haut?« fragte der Müller, der erst jetzt Juras Bündel bemerkte.

»Was ich da habe? Das sind Propheten, die alles wissen«, antwortete Jura.

»Was Ihr nicht sagt! Und die wissen wirklich alles?« wunderte sich der Müller.

»Wenn Ihr mir nicht glaubt, will ich Euch gleich zeigen, ob sie etwas wissen oder nicht«, sagte Jura, klopfte gegen die Haut und legte dann sein Ohr daran. »Oho!« rief er verschmitzt aus.

»Nun, was sagen sie denn?« fragte der Müller begierig.

»Was sie sagen? Sie sagen, daß dort auf dem Backofen Braten steht, in der Röhre Kraut, hier im Geschirrschrank eine Schüssel mit Nudeln und unter der Bank ein Krug Wein«, erwiderte Jura.

Da wunderte sich der Müller nicht wenig, die Müllerin aber begann zu lachen und sagte, wo denn so etwas herkommen solle.

»Nun, wir können ja einmal nachsehen, ob es stimmt oder nicht«, meinte der Müller bedächtig und stand auf. Zuerst schaute er in die Röhre, und tatsächlich stand dort eine Schüssel voll Kraut mit Speck. Auf dem Backofen fand er den Braten und im Geschirrschrank Nudeln mit Käse. Unter der Bank aber stand wirklich ein Krug voll Wein. »Das nenne ich Propheten!« rief der Müller und stellte alle Speisen und den Wein auf den Tisch. »Nun, jetzt wollen wir aber miteinander tüchtig zugreifen, wenn uns die Propheten alle diese Herrlichkeiten offenbart haben. — Sag einmal, Frau, willst du nicht mit uns essen?« wandte er sich der Müllerin zu, doch die verließ wütend die Stube.

Jura lachte in sich hinein und ließ es sich gut schmecken, der Müller aber redete in einem fort nur von den Propheten.

Als sie genug gegessen hatten, sprach der Müller zu Jura: »Sagt einmal, Mann, würdet Ihr die Propheten verkaufen?«

»Das möchte ich eigentlich nicht gern, denn mit ihnen kann

ich viel Geld verdienen. Aber wenn Ihr sie kaufen wollt, Euch würde ich sie überlassen.«

»Was sollen sie denn kosten?« fragte der Müller.

»Fünfzig Gulden unter Brüdern«, antwortete Jura.

»Das ist aber viel Geld!« meinte der Müller kopfschüttelnd und kratzte sich hinterm Ohr.

»Was sagt Ihr, Herr Müller, das soll viel Geld sein für eine so kostbare Sache, wie sie keiner hat? Aber ich habe sie Euch ja nicht aufgedrängt.«

Der Müller überlegte hin und her; er hätte die Propheten gern besessen, aber das Geld hatte er auch gern. Doch als er daran dachte, daß er in Zukunft alles wissen werde und ihn niemand mehr übers Ohr hauen könne, verschmerzte er den Fünfziger und sagte zu Jura, er wolle die Propheten kaufen.

Jura unterwies ihn, wie er auf die Haut klopfen müsse und wann, damit die Propheten nicht böse würden. Dann klopfte er selbst noch einmal auf die Haut und legte sein Ohr daran. Nach einer Weile sagte er: »Wollt Ihr wissen, Herr Müller, was sie mir jetzt gesagt haben?«

»Was denn?«

»Ihr sollt den alten Schrank dort entweder verbrennen oder ins Wasser werfen, sonst werdet Ihr keine Ruhe im Hause haben, denn in den Schrank ist ein Teufel gebannt.«

»Nun, wenn es so ist, werfen wir ihn morgen unter das Mühlrad«, meinte der Müller.

»Ach, wenn Ihr ihn unter das Mühlrad werfen wollt, gebt ihn lieber mir! Ich kann das Holz gut brauchen, um mir das Essen zu wärmen«, sagte Jura.

»Meinetwegen, nehmt ihn mit, wenn Ihr Euch mit einem Teufel plagen wollt«, stimmte der Müller zu.

Nach dem Abendessen zählte er Jura die fünfzig Gulden auf den Tisch, nahm die Propheten und ging schlafen.

Jura ruhte sich nur ein wenig aus, lud dann den Schrank auf seinen Schubkarren und fuhr noch bei Dunkelheit von der Mühle fort.

Als er ein Stück des Weges zurückgelegt hatte, kam er auf eine Brücke. Da schlenkerte er plötzlich mit dem Schubkarren, setzte ihn hart auf die Erde und sprach mit verdrossener Stimme: »Was soll ich mich mit einer solchen Last abrackern? Ich kann das alte Ding ja hier ins Wasser werfen, samt dem Teufel, der in diesen Schrank gebannt ist!«

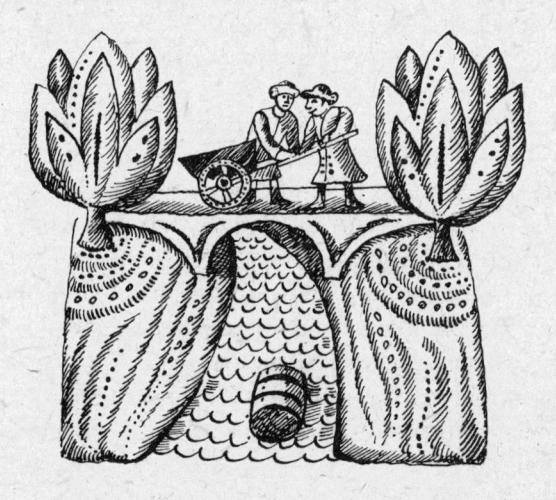

Da war aus dem Schrank eine klägliche Stimme zu vernehmen: »Ach, guter Mann, wirf mich nicht ins Wasser! Laß mich heraus, ich gebe dir auch hundert Gulden!«

»Du meinst, ich lasse einen Teufel für hundert Gulden laufen?«

»Nun, dann gebe ich dir zweihundert Gulden!«

»Gib dreihundert, und ich lasse dich frei!« sagte Jura.

»Ach, das ist aber viel Geld!« jammerte der Liebhaber im Schrank.

»Wenn es dir zuviel ist, dreihundert Gulden für dein Leben zu geben, dann will ich gar nichts, aber dich werfe ich ins Wasser.«

»Tu es nicht, tu es nicht! Ich will dir das Geld ja geben, nur laß mich hinaus!«

Jura öffnete den Schrank und ließ den Herrn heraus, doch der mußte ihm das Geld auf der Stelle geben. »Dieses billige Gastmahl ist Euch aber teuer zu stehen gekommen, junger Herr!« rief Jura und steckte das Geld ein.

Der feine Herr aber hörte ihn nicht mehr, denn er lief, so schnell ihn die Beine trugen, um möglichst rasch über alle Berge zu sein.

Jura warf den Schrank nicht ins Wasser, sondern brachte ihn nach Hause. Als er dort ankam und seiner Frau erzählte, was er für die Haut bekommen hatte, war die sehr froh.

Jura schickte seine Frau sodann zu seinem Bruder Josef, er möge ihm ein Maß borgen, weil er gern sein Geld messen wolle. Die Frau ging und holte das Maß, beachtete aber nicht, daß der Schwager den Boden des Maßes mit Fett bestrichen hatte. Als sie das Geld gemessen hatten, brachte die Frau das Maß zurück; wieder bemerkte sie nicht, daß eine Münze am Boden hängengeblieben war.

Als die Brüder das Goldstück sahen, wunderten sie sich sehr. Gleich kamen sie zu Jura gelaufen und drangen in ihn, er solle ihnen doch sagen, woher er das viele Geld habe.

»Ich habe die Haut einem Müller verkauft, und der hat mir dafür dreihundertfünfzig Gulden gegeben«, sagte Jura.

Die neidischen Brüder liefen schnurstracks nach Hause, schlachteten ihre Kühe und gingen mit den Häuten zu jenem Müller, von dem ihnen Jura erzählt hatte.

Aber da kamen sie schlecht an. Der Müller hatte unterdessen gemerkt, was für Propheten er gekauft hatte, und als nun die Brüder kamen, um ihm auch die anderen Häute zu verkaufen, rief er sein Gesinde und ließ die beiden verprügeln, daß sie kaum das Weite suchen konnten.

Da schwuren die beiden ihrem Bruder Jura Rache, weil er ihnen das eingebrockt hatte, und da ihnen gerade nichts anderes einfiel, schickten sie ihre Kinder in Juras Heu, daß sie es beschmutzten.

Jura ließ sie gewähren, und als das Heu völlig verschmutzt

war, tat er es in ein Faß und fuhr damit auf den Markt. »Ein Heilmittel gegen die Pest«, antwortete er jedem, der ihn nach seiner Ware fragte.

Mit Windeseile verbreitete sich im ganzen Ort die Kunde, daß ein Mann gekommen sei, der ein Heilmittel gegen die Pest habe, und gleich versammelten sich die Gemeindeältesten und berieten, ob man das Heilmittel nicht kaufen solle. Und sie einigten sich schließlich darauf, es zu kaufen, denn es wäre doch gut, wenn man gleich ein wirksames Mittel besäße, falls die Pest ins Land käme. Sie gingen also zu Jura, den die Leute noch immer umringten, und kauften ihm das Heilmittel für teures Geld ab.

Jura sagte zu ihnen, sie sollten das Faß nicht früher öffnen, als bis die Krankheit da sei, dann aber sollten sie den Inhalt des Fasses im ganzen Dorf verteilen. Nachdem er ihnen so geraten hatte, steckte er das Geld rasch ein und ging nach Hause. Und er rühmte sich vor seinen Brüdern, was er für das verunreinigte Heu bekommen habe.

Als die Brüder das hörten, ärgerten sie sich sehr, daß sie ihm selbst zu soviel Geld verholfen hatten, und baten ihn, künftig möge doch er seine Kinder schicken, ihr Heu zu verunreinigen.

»Warum sollte ich sie nicht schicken? Natürlich tue ich es, wenn ihr es so haben wollt«, sagte Jura lachend, und er erfüllte gern ihren Wunsch.

Als das Heu verunreinigt war, füllten es die Brüder in ein Faß und brachten es in jenes Dorf, das ihnen Jura genannt hatte. Doch kaum hatten sie dieses Dorf erreicht, rotteten sich die Leute zusammen und verprügelten sie nach Strich und Faden, denn inzwischen hatten die Gemeindeältesten, die nicht auf die Pest warten wollten, das Faß geöffnet und gesehen, was für ein Heilmittel sie gekauft hatten. Und weil das auf Gemeindekosten geschehen war, vollstreckte auch die Gemeinde das Urteil an den Brüdern. Sie schlugen sie windelweich, daß die beiden nur auf allen vieren nach Hause kriechen konnten. Mit ihrem Erfolg brüsteten sie sich nicht vor Jura, sondern beschlossen, ihn dafür zu ertränken.

Eines Tages lauerten sie ihm auf, packten ihn, setzten ihn in ein Faß, legten dieses auf einen Schubkarren, fuhren es an das Ufer der Waag und warfen es ins Wasser.

Als nun Jura in diesem Faß auf dem Fluß trieb, rief er aus Leibeskräften: »Ich will nicht, nein, ich will nicht Herr über Ofen sein!«

Das hörte ein Schafhirt, der unweit des Ufers seine Schafe hütete, und weil ihm das sonderbar vorkam, ging er an den Fluß, zog das Faß mit Jura ans Ufer und fragte ihn, was er da schreie und warum er in einem Faß sitze.

»Ach, lieber Hirt, deswegen, weil ich nicht Herr über Ofen sein will. Sie kamen, um mich zu holen, und weil ich nicht mit ihnen gehen wollte, setzten sie mich in das Faß, damit ich die Waag und dann die Donau abwärts treibe. Vor Ofen wollen sie mich herausfischen, und ich muß dann doch Herr über diese Stadt werden. Ach, viel lieber würde ich Schafe hüten!«

»Nun, wenn du lieber Schafe hüten willst, dann tue es, und ich werde Herr über Ofen«, sagte der Schafhirt. Jura sprang aus dem Faß, der Schäfer kroch hinein, und Jura ließ es zu Wasser.

Als der Schäfer nun auf der Waag trieb, rief er in einem fort: »Ich will, ich werde Herr über Ofen sein!«

»Von uns aus, du Narr, wir wollen dich nicht daran hindern«, riefen ihm die Leute zu, die am Ufer standen.

Jura aber trieb die Schafe nach Hause, und es war eine stattliche Herde.

Als seine Brüder das sahen, waren sie starr vor Schreck.

Jura aber sagte zu ihnen: »Erschreckt nicht, ich bin euch sehr dankbar dafür, daß ihr mich in die Waag geworfen habt, denn wenn ihr das nicht getan hättet, besäße ich jetzt nicht diese schöne Schafherde.«

»Und wer hat dir die Schafe gegeben?« fragten die Brüder.

»Nun, wer soll sie mir gegeben haben? Als ich die Waag hinabtrieb, sah ich eine grüne Wiese, und darauf viele schöne Schafe, eines schöner als das andere. Und es war weder ein Hirt noch ein Hund dabei. Als ich das sah, steuerte ich auf das Ufer zu, kroch aus dem Faß, nahm diese Herde und trieb sie nach Hause. Aber es sind noch viele dort.«

Da gelüstete es die Brüder nach solchem Reichtum, und sie vereinbarten gleich, sich ebenfalls Schafe zu holen und alle nach Hause zu treiben. Damit ihnen keiner ins Gehege käme, rollten sie in aller Heimlichkeit Fässer zur Waag, setzten sich hinein und ließen sich treiben. Wie es ihnen ergangen ist, hat keiner erfahren, denn sie sind nie wieder zurückgekommen.

Jura aber lebte von Stund an mit seiner Frau und seinen Kindern glücklich und zufrieden.

Schlauheit ist keine Hexerei

Zu einem Bauern kam sein Gevatter zu Besuch.

»Herzlich willkommen, Gevatter!« sagte der Bauer und schüttelte ihm die Hand. »Du warst ja schon seit unvordenklichen Zeiten nicht bei uns! Was können wir dir auftischen? Bäuerin, schlachte rasch drei Tauben! Aber bevor du sie brätst, bring Brot, Honig und etwas zum Trinken!«

Die Bäuerin lief rasch hinaus, um drei Tauben den Hals umzudrehen. Sie hatte sie aber noch nicht einmal gerupft, da mußte der Bauer, der auch Richter war, zur Erledigung eines Amtsgeschäfts aus dem Haus, und der Gevatter blieb allein.

»Seid nicht böse, Gevatter«, entschuldigte sich die Bäuerin, »ich bin mit dem Braten bald fertig, und der Bauer kommt wohl auch jeden Augenblick zurück. Wenn Ihr wollt, so geht inzwischen in den Garten, die Birnen sind reif, laßt sie Euch schmecken!«

»Geht nur Eurer Arbeit nach! Ich werfe inzwischen einen Blick in den Garten«, sagte der Gevatter und ging hinaus.

Die Bäuerin beeilte sich mit der Arbeit. Rascher als gedacht lagen die Tauben in der Pfanne, und bald darauf durchströmte der Duft das ganze Haus.

Die Bäuerin bekam von diesem Duft so großen Appetit, daß sie, als sie die fast fertig gebratenen Tauben umwendete, nicht an sich halten konnte, und einen Flügel abbrach. Eine Taube ist ohnehin für mich bestimmt; ob ich sie jetzt oder später esse, ist einerlei, dachte die Bäuerin bei sich und nahm nach dem Flügel noch ein Bein und so fort, bis die eine Taube ganz aus der Pfanne verschwunden war.

Aber was war das schon, ein Täubchen, das war ja nur ein Gaumenkitzel, sozusagen eine Kostprobe! Wie wäre es, überlegte sie weiter, wenn ich auch die zweite äße, deshalb würde mich der Bauer wohl nicht totschlagen. Natürlich würde er mich nicht totschlagen, im Gegenteil, wenn er wüßte, daß ich so großen Appetit darauf habe, würde er sie mir selbst geben. Und mithin ist es einerlei, ob er sie mir gibt oder ich sie mir selbst nehme.

Während sie solche Überlegungen anstellte, aß sie langsam auch die zweite Taube auf.

Und was ist mit der dritten? sagte sie zu sich und betrachtete sie voll Appetit. Eine Taube kann ich dem Gevatter nicht vorsetzen, das wäre eine Schande, lieber nichts, jawohl, lieber nichts. Und schließlich ist es ja auch nicht wichtig, ob der Gevatter die eine Taube bekommt oder nicht. Nach diesen Worten spießte die genäschige Bäuerin die Taube auf die Gabel. Bevor man fünf Ave-Maria hätte sagen können, hatte sie auch das dritte Täubchen bei gutem Appetit verzehrt.

Als die Bäuerin ihre Begierde befriedigt hatte, machte ihr die leere Pfanne doch einiges Kopfzerbrechen, und sie dachte nach, wie sie sich am besten aus der Affäre ziehen könnte. Noch war sie sich nicht darüber schlüssig, welche Ausrede sie gebrauchen sollte, als der Knecht die Küche betrat und der Bäuerin mitteilte, daß der Bauer zurückkehre. Rasch schob sie die Pfanne in die Röhre, lief auf den Hof und hatte auch schon ihren Plan fertig.

Mit einem Sprung war sie im Garten und rief dem Gevatter wie in höchster Angst zu: »Lieber Gevatter, ich bitte Euch bei allen Heiligen, lauft rasch fort, mein Mann ist heimgekommen und ist vor Wut ganz außer sich; eben sucht er ein Messer und schreit, er will Euch beide Ohren abschneiden!«

»Mir?« Der Gevatter wunderte sich. »Ihr müßt Euch irren, Gevatterin! Ich habe ihn mit keinem Wort gekränkt, warum sollte er mir die Ohren abschneiden?«

»Ich weiß nicht, was ihm widerfahren ist, aber ich bitte Euch, lauft fort, ich würde sterben, wenn Euch bei uns ein Leid widerführe. Der Bauer ist in seiner Wut unzurechnungsfähig, töten oder nicht töten gilt ihm eins.«

Nach solch freundschaftlichem Zureden überlegte es sich der Gevatter nicht lange; er sprang über den Zaun und eilte auf einem Feldweg nach Hause.

Kaum hatte die Bäuerin den Garten verlassen, traf sie den Bauern.

»Wo ist denn der Gevatter? Ruf ihn in die Stube und bring uns das Essen! Die Tauben sind doch wohl schon gebraten?« fragte der Bauer.

»Ach, frag doch diesen Schelm! Ich zittere vor Wut am ganzen Körper. Vor einer Weile kam der Knecht, um mir zu sagen, daß du gleich zurückkommst. Da sprang ich rasch in den Keller, um ein Tischtuch aus der Truhe zu holen. Inzwischen hat doch der Gevatter, dieser Schelm, alle drei Tauben aus der Pfanne gestohlen und ist damit auf und davon! Ich habe ihn noch gesehen, als er durch den Garten eilte, aber wer hätte ihn einholen sollen!«

»So etwas hätte ich mein Lebtag nicht vom Gevatter gedacht!« rief der Bauer verwundert. »Aber warte nur, du Tunichtgut, du Dieb, komm mir noch einmal unter die Augen! Ich habe mich schon auf die Tauben gefreut, sie waren goldgelb wie Mandeln. Nein, schenken kann ich sie ihm nicht — ein Stück muß er mir geben, wenigstens ein Stück!« Und der Bauer nahm die Beine unter die Arme, eilte über den Hof und durch den Garten und lief dem Gevatter nach, wobei er in einem fort aus Leibeskräften schrie: »Nur ein Stück will ich, du Schelm, nur ein Stück!«

Als der Gevatter den Bauern hinter sich herlaufen sah,

preßte er beide Hände auf die Ohren und lief, was die Beine hergaben, so daß ihn der Bauer nicht einholen konnte und den Appetit auf gebratene Tauben für ein anderes Mal aufsparen mußte.

Die genäschige Bäuerin aber lachte die beiden Gevattern im Geiste weidlich aus.

Wer hat die Tauben gegessen?

Die Frau eines Schusters hatte zwei Tauben gebraten, eine für sich und eine für ihren Mann. Sie waren wunderbar goldgelb gebraten. Da sie noch draußen zu tun hatte, stellte sie die Tauben auf den Backofen und ging hinaus.

Der Schuster nähte inzwischen. Ab und zu hob er die Nase und sog den lieblichen Duft in sich ein, der die ganze Stube erfüllte. Schließlich kitzelte ihn der Duft so stark in der Nase, daß ihn seine Genäschigkeit nicht länger auf seinem Schemel aushalten ließ. Kaum war die Frau zur Tür hinaus, sprang er von seinem Schemel auf und stand auch schon an der Pfanne. Bevor er jedoch nach einem Täubchen griff, lauschte er gespannt, ob seine Frau nicht noch im Flur sei, und zwar deshalb, weil er vor ihr Angst hatte. Das bestritt er zwar, aber es war so und nicht anders. Draußen war alles still, und der Schuster zog eine Taube aus der Röhre und aß sie auf. Ein Hungriger wird nur satt, wenn er ißt, sagt ein altes Sprichwort. Der Schuster war genäschig und hungrig, deshalb hatte er an einem Täubchen auch nicht genug; ohne lange zu überlegen, griff er nach dem zweiten und aß auch dieses ohne jegliche Gewissensbisse auf. Dann setzte er sich wieder auf seinen Dreifuß und nähte eifrig.

Die Frau kam in die Küche zurück, und weil gerade Mittag war, stellte sie die Teller auf den Tisch und trug die Suppe auf. Alles ging gut, doch als sie den Braten bringen wollte, brach aus heiterem Himmel ein Gewitter los. »Wer hat die Täubchen gegessen?« lautete der erste Donnerschlag.

»Mich darfst du nicht fragen, ich bin es nicht gewesen. Ich habe ja nicht einmal gewußt, daß du welche brätst«, lautete die Antwort, und so ging es weiter, Frage um Frage, Antwort um Antwort. Der Schuster gab es nicht zu, ja schließlich sagte er, die Frau habe sie wahrscheinlich selber gegessen und wolle es jetzt ihm in die Schuhe schieben.

»Nun gut, lassen wir den Streit vorläufig ruhen! Aber von

nun an werden wir kein Wort mehr sprechen. Wer zuerst den Mund auftut, der hat die Täubchen gegessen.« So entschied die Frau, und wie sie sagte, mußte es geschehen.

Von Stund an herrschte im Hause des Schusters Grabesstille. Das verdroß beide sehr: Die Frau konnte sich nicht mehr streiten und auch keinen Klatsch erzählen, und dem Schuster fehlte wieder, daß er nicht Widerpart bieten und auch nicht singen konnte, ja er hätte lieber ihr Keifen angehört als die Grabesstille ertragen. Aber das erste Wort wollte doch keiner sagen.

Es war bereits der dritte Tag, seit sie zum letztenmal miteinander gesprochen hatten, als vor dem Haus eine Kutsche hielt, der Diener vom Wagen sprang und nach dem Weg zur Stadt fragte. Die Frau öffnete bereits den Mund zu einer Antwort, doch plötzlich setzte sie sich wieder und deutete nur mit der Hand die Richtung an, in der sie fahren sollten. Der Schuster tat das gleiche. Als der Diener zur Kutsche zurückkam, erzählte er seinem Herrn, daß in dem Häuschen zwei Stumme wohnten.

Im selben Augenblick lief die Frau, der ein guter Gedanke gekommen war, aus dem Haus und stieg zu dem Herrn in die Kutsche, wobei sie ihm durch Gebärden zu verstehen gab, daß sie ihm den Weg zeigen wolle. Der Herr machte Platz, der Kutscher knallte mit der Peitsche, und schon rollte der Wagen an.

Da rief der Schuster aus dem Fenster: »Frau, liebe Frau, fahr nicht fort! Verzeih mir, ich habe die Täubchen gegessen!«

Die Frau begann zu lachen und erzählte dem Herrn die ganze Geschichte. Der lachte herzlich und schenkte der Frau des Schusters einen Dukaten, damit sie sich andere Täubchen kaufen könne. Von denen aber bekam der genäschige Mann keinen Bissen ab.

Gevatter Matthes

Der Bauer Matthes ging seinen Gevatter Jira besuchen. Nicht weit von dessen Hof traf er Josef, Jiras Sohn. »Was macht dein Vater, Josef?« fragte er ihn.

»Er wollte gerade essen, aber als er Euch kommen sah, ist er aufgestanden und hat das Essen stehenlassen«, erwiderte der wahrheitsliebende Junge.

»Und warum?«

»Nun, der Vater hat gesagt, Ihr würdet uns zuviel wegessen, und die Mutter mußte alles vom Tisch forträumen.«

»Wohin hat sie es denn getan?«

»Die Gans hat sie auf den Backofen gestellt, die Schweinekeule auf den Kachelofen, die Würste mit dem Sauerkohl in die Röhre, die Buchteln auf das Geschirrbrett und die zwei Krüge Bier unter die Bank.«

Matthes fragte nicht weiter, sondern lächelte bloß und überschritt bald darauf die Schwelle seines Gevatters.

»Sei mir gegrüßt«, hieß ihn sein Gevatter Jira willkommen.

»Schade, daß du nicht ein bißchen früher gekommen bist! Du hättest mit uns essen können. Gerade heute ist leider nichts übriggeblieben, womit wir dich bewirten könnten.«

»Ach, lieber Gevatter, ich konnte nicht früher kommen. Unterwegs ist mir etwas Unerwartetes begegnet.«

»Was denn? Erzähle!«

»Ich habe eine Schlange erschlagen, die hatte einen Kopf, so groß wie die Schweinekeule, die ihr auf dem Kachelofen stehen habt, dick war sie wie die Gans, die auf dem Backofen steht, ihr Fleisch war weiß wie die Buchteln auf dem Geschirrbrett, und lang war sie wie die Würste, die mit dem Sauerkohl in der Röhre stehen. Blut aber hatte sie so viel, wie Bier in den zwei Krügen dort unter der Bank.«

Da schämte sich Gevatter Jira wegen seiner Ungastlichkeit, seine Frau mußte Essen und Trinken auftragen, und nun bewirteten sie ihren Gast, wie es sich gehörte.

Heimgezahlt

Es war einmal ein Bauer, der hatte drei Söhne, aber nur einen kleinen Hof. Als die Söhne groß genug waren, mußte einer nach dem anderen aus dem Hause und sich eine Arbeit suchen.

Zuerst zog der älteste namens Georg in die Welt. In einem Dorfe machte er bei einem großen Hof halt und fragte den Bauern, ob er nicht einen Knecht brauche.

Der Bauer war zwar reich und hatte keine Kinder, aber er war so geizig, daß es eine Schande war, und die Bäuerin stand ihm in nichts nach. Keiner hielt es lange bei ihnen aus. Obwohl sie einen Knecht so nötig hatten wie das tägliche Brot, tat der Bauer, als brauchte er nur zu pfeifen, und gleich käme ein ganzer Haufen Knechte herbeigeeilt. So antwortete er Georg: »Zwar brauche ich keinen Knecht, doch ich will dich trotzdem einstellen. Aber eines sage ich dir: Was auch immer geschieht, du darfst dich niemals ärgern, sonst schneide ich dir die Nase ab und jage dich fort, ohne daß du einen roten Heller Lohn bekommst. Wenn ich mich aber früher über dich ärgere als du über mich, kannst du mit mir dasselbe tun.«

Diese Bedingung erschien Georg ein wenig seltsam, trotzdem blieb er.

Während er das Feld pflügte, bereitete die Bäuerin das Mittagessen. Sie steckte einfach zwei Kohlköpfe in den Topf, gab etwas Salz dazu und ließ sie kochen.

Als der Knecht vom Feld zurückkehrte und sich zu Tisch setzte, schüttete ihm die Bäuerin den ohne alle Zutaten außer ein wenig Salz gekochten Kohl auf den Teller. Als er dieses Essen sah, verzog er zwar das Gesicht, aber seinem Ärger Luft machen durfte er nicht, denn es ging ja um seine Nase.

»Ärgerst du dich, Knecht?« fragte der Bauer.

»Weshalb sollte ich mich ärgern?« antwortete Georg, ließ den Kohl stehen und ging hinaus.

Am Abend war es genauso, am nächsten Morgen ebenfalls, und so ging es den ganzen Tag — es gab nichts anderes zu essen als in Salzwasser gekochten Kohl. Doch wenn der Bauer seinen Knecht fragte, ob er sich ärgere, sagte der jedesmal nein.

Am dritten Tag aber hielt er es nicht länger aus, denn er war schon ganz entkräftet, und doch konnte er vor Widerwillen den Fraß nicht anrühren.

»Du ärgerst dich doch nicht etwa, Georg?« fragte der Bauer.

»Selbst der Teufel würde sich über solch einen Fraß ärgern!« schrie Georg und sprang von der Bank auf.

Aber da war auch schon der Bauer aufgestanden. Er zog sein Messer aus der Tasche und schnitt Georgs Nase ab wie einen Pfifferling.

Was sollte der arme Georg dagegen tun? Er hatte sich ja mit dieser Bedingung einverstanden erklärt. Verstümmelt kehrte er zum Vater zurück.

Die Brüder waren aufgebracht, und Matthes, der zweite Sohn, nahm sich vor, sich bei demselben Bauern zu verdingen, um an ihm Rache zu nehmen. Doch leider erging es ihm so wie seinem Bruder. Nach kurzer Zeit kam er ohne Nase nach Hause zurück.

»Jetzt gehe ich zu ihm«, sagte Hans, den alle für dumm hielten. »Und es müßte mit dem Teufel zugehen, wenn ich euch nicht räche!«

Er ging also und wurde von dem Bauern unter derselben Bedingung aufgenommen wie zuvor seine Brüder.

Aber Hans war nicht dumm. Er aß sich woanders satt und ließ auf dem Hofe den Kohl stehen. Dabei trug er immer ein gleichmütiges Gesicht zur Schau, so daß sich der Bauer nicht wenig wunderte.

Einmal sagte der Bauer zu seinem Knecht: »Hans, lade soundso viel Getreide auf, fahr damit in die Stadt, lade es dort ab und komm dann wieder zurück! Ich komme bald nach.«

Hans lud die angegebene Menge Getreide auf, fuhr davon,

daß es nur so staubte, und verkaufte es in einem bekannten Ort, das Geld aber behielt er für sich und versteckte es bei einem Mädchen, das er sich angelacht hatte. Den Bauern traf er nicht, und er bemühte sich auch nicht, ihn zu finden.

Abends kam der Bauer wütend nach Hause. »Wo hast du denn das Getreide abgeladen?« fragte er seinen Knecht.

»Ihr habt mir nicht gesagt, wo ich es abladen soll. So habe ich es auf dem Marktplatz gelassen und bin dann wieder nach Hause gefahren. Ihr ärgert Euch doch nicht etwa, Bauer?«

»Weshalb sollte ich mich ärgern?« erwiderte der Bauer, knirschte aber dabei mit den Zähnen.

Von dieser Zeit an konnte der Bauer seinen Knecht nicht ohne Wut ansehen, aber es ging um die Nase, und so schwieg er lieber.

Nach ein paar Tagen schickte er Hans mit Schweinen, von denen er viele aufgekauft hatte, in die Stadt. Diesmal sagte er ihm aber, welchen Weg er nehmen, wohin er sie bringen und wieviel er dafür erlösen solle.

Hans ging mit den Schweinen zu einem ihm bekannten Viehhändler und verkaufte ihm alle, jedoch unter der Bedingung, daß er jedem Schwein den Schwanz abschneiden dürfe. Der Händler hatte nichts dagegen, und Hans schnitt ihnen die Schwänze ab und fuhr damit zurück.

»Nun, Knecht, wo hast du das Geld? Und wieso bist du so bald zurück?« fragte der Bauer.

»Ihr habt mir einen schönen Weg gewiesen, Bauer! Ich bin mit den Schweinen in einen schrecklichen Sumpf geraten, sie haben sich dort eingewühlt und konnten nicht mehr heraus. Ich wollte sie herausziehen, aber mir blieb von jedem nur das Schwänzchen in der Hand, die Schweine aber sind im Schlamm versunken. Ihr ärgert Euch doch nicht etwa darüber, Bauer?«

»Da sollen doch gleich tausend Donner in dich fahren! Selbst der Teufel würde sich darüber ärgern! Du hast mich um mein halbes Vermögen gebracht!«

»Und darüber hinaus noch um die Nase, Bauer!« fügte Hans hinzu, packte den Bauern bei der Nase und schnitt sie ab. »Da siehst du, wie das ist, du Geizkragen!« rief er noch und eilte vom Hof.

Als Hans so viel Geld nach Hause brachte und dazu die Nase des Bauern, erkannten seine Brüder, daß er klug war, und zeigten sich mit seiner Rache zufrieden.

Der Bauer als gnädiger Herr

Ein Bauer war wohlhabend und hatte eine hübsche Frau, aber Gott nahm ihm alles. Seine Felder zerschlug der Hagel, das Vieh ging ein, der Hof brannte ab, seine Frau starb, und ihm blieben nur Elend und Not, ein weißhaariger Kopf und ein schwarzer Bart. Da ging er zum Herrn Verwalter und bat ihn um ein Zeugnis und um einen Paß, denn er wolle zum König gehen und ihn bitten, ihm eine Entschädigung zu gewähren.

Der Verwalter betrachtete ihn eingehend, und als er seinen weißhaarigen Kopf und seinen schwarzen Bart sah, wunderte er sich darüber sehr und glaubte, daß der Bauer große Not und Sorge haben müsse, wenn sein Haupthaar in so jungen Jahren weiß geworden war. Und er gab ihm ein gutes Zeugnis.

Der Bauer ging also in Gottes Namen nach Prag. Als er zur Burg kam, wollte ihn die Wache nicht durchlassen, doch schließlich ließ sie sich durch sein liebes, aber sonderbares Gesicht erweichen und gestattete ihm, vor den König zu treten.

Der König wunderte sich sehr, als er den weißhaarigen Kopf und den schwarzen Bart sah. Freundlich hörte er sich die Bitte des Bauern an und befahl ihm, in den Bankettsaal zu kommen, sobald alle Herren mit ihm an der Tafel sitzen würden.

Der Bauer ließ sich das nicht zweimal sagen. Als er den Saal betrat, glotzten ihn alle an wie ein Wundertier.

»Nun, sag uns«, befahl der König, »wie ist es gekommen, daß du ein weißhaariges Haupt, aber einen schwarzen Bart hast?«

»Hm, erratet es, ihr Herren, ihr seid ja so schlau!« erwiderte der Bauer.

Die Herren dachten nach, aber keiner fand eine Antwort.

»Ich will dir etwas sagen«, nahm wieder der König das

Wort, »wenn du es uns sagst und es uns gefällt, machen wir dich zu einem gnädigen Herrn.«

»Nun, dafür kann man schon das Maul bewegen. So hört denn: Das Haupthaar hatte ich gleich, als ich geboren wurde, aber der Bart ist mir erst später gewachsen. Wenn er so alt sein wird wie das Haupthaar, ist seine Farbe auch weiß.«

Dem König gefiel die Antwort, und er machte den Bauern zu einem gnädigen Herrn. Er ließ ihm gleich herrschaftliche Kleider anziehen und überreichte ihm die Anweisung auf ein schönes Gut, auf dem der Bauer und gnädige Herr bis zu seinem Tode redlich wirtschaftete.

Hans und die Bäuerin

Eine Bäuerin hielt es mit einem Schreiber. Der Bauer wußte nichts davon, nur Hans, der Hausknecht. Der beobachtete das gut, sagte aber dem Bauern kein Wort davon, sondern wartete auf eine günstige Gelegenheit.

Eines Morgens fuhren sie zum Pflügen. Unterwegs sagte Hans zum Bauern, sie sollten nicht auf das linke Feld gehen, sondern sich lieber das rechte vornehmen, dort sei das Pflügen dringender. Und so geschah es auch.

Das anschließende Feld aber gehörte dem Gutsherrn, und der Schreiber beaufsichtigte dort den Ackersmann.

»Bauer«, sagte Hans, »heute bekommen wir ein gutes Frühstück.«

»Was fällt dir ein? Die Bäuerin hat mir noch nie etwas zur Stärkung aufs Feld gebracht.«

»Aber heute bringt sie etwas, sieh dich nur um!«

In der Tat — da kam die Bäuerin mit einem Korb am Arm. Traurig blickte sie auf den herrschaftlichen Acker. Was sie brachte, war nämlich für den Schreiber bestimmt gewesen, weil sie gedacht hatte, ihr Mann würde auf dem anderen Feld pflügen.

»Aber, aber, Bäuerin, was ist denn geschehen, daß du mir ein Frühstück bringst?«

»Gestern hat sich ein Täubchen zu Tode gefallen. Da habe ich mir gedacht, ich bereite es heute für dich zu und bringe etwas Wein mit, damit du auch einmal ein Frühstück hast wie die großen Herren.« Und sie entnahm ihrem Korb eine Flasche Wein, eine gebratene Taube und Weißbrot.

Der Bauer gab ein Viertel der Taube seiner Frau, das zweite Viertel Hans, das dritte Viertel behielt er für sich, das vierte aber legte er auf ein Stück Brot und sagte: »Na, Hans, bring das dort dem Herrn Schreiber! Er sitzt auf dem Feldrain und blickt so traurig zu uns herüber. Was unverhofft kommt, schmeckt gut!«

»Da hast du recht, Bauer, er wird sich freuen, obwohl er zu Hause etwas Besseres hätte«, meinte da die Bäuerin.

Hans nahm es, aber unterwegs aß er die Taube auf, brach das Brot in kleine Stücke und warf sie auf den Weg. Als er zum Schreiber kam, rief er: »Um Himmels willen, flieht! Der Bauer weiß alles. Wenn er über Euch kommt, schlägt er Euch tot.«

Der Schreiber tat, als wüßte er von nichts, und Hans ging wieder zurück. Beim Bauern angekommen, sagte er, der Schreiber wolle mit ihm etwas besprechen.

Da machte sich der Bauer zu ihm auf. Als er aber am Rain die Brotstücke liegen sah, begann er sie aufzusammeln.

Der Schreiber glaubte, der Bauer bücke sich, um Steine aufzuheben, nahm die Beine unter die Arme und lief davon, so rasch er konnte.

Als der Bauer den Schreiber fortlaufen sah, dachte er bei sich, der sei nicht richtig im Kopf, und ging auf sein Feld zurück.

Inzwischen sagte Hans zur Bäuerin, der Bauer wisse alles, und wenn sie nicht den Buckel voll bekommen wolle, solle sie rasch davonlaufen.

Die Bäuerin ließ sich das nicht zweimal sagen, nahm ihren Korb und ergriff das Hasenpanier.

»Ich glaube nicht, daß du die Bäuerin einholst«, sagte Hans, als der Bauer zu ihm zurückkam.

»Das wäre ja gelacht, sie ist doch noch gar nicht so weit!«

»Ich wette um fünf Gulden.«

Da lief der Bauer der Bäuerin nach und holte sie auch glücklich ein. Kaum aber hatte er sie am Rock gefaßt, warf sie sich vor ihm auf die Knie und bat ihn bei allen Heiligen, er möge ihr verzeihen, sie könne nichts dafür, der Herr Schreiber habe sie verführt, aber das solle nicht wieder vorkommen.

Da dämmerte es im Gehirnkasten des Bauern, und er hielt über die Bäuerin strenges Gericht, aber schließlich versöhnte er sich wieder mit ihr. Dem Hans aber gab er zehn Gulden statt der fünf, die er gewonnen hatte.

Vom Schreiber bekam Hans sogar fünfzig Gulden dafür, daß er ihn vor einer Tracht Prügel gerettet hatte.

Von diesem Tage an stellte der Schreiber der Bäuerin nicht mehr nach, und der Bauer war mit ihr zufrieden.

Die treue Frau

In einer Stadt lebte ein reicher Kaufmann. Der hatte einen Sohn, der nicht heiraten wollte. Vater und Mutter, die schon alt waren, redeten immer wieder auf ihn ein, er möge sich verehelichen, doch er wollte davon nichts hören.

Als das lange so gegangen war und er sah, daß sich die Eltern härmten, sagte er: »Nun, wenn ihr unbedingt wollt, daß ich heirate, ziehe ich eben los. Die erste, die ich treffe, nehme ich zur Frau!« Und er verließ zornig das Haus.

Er ging vor die Stadt hinaus, und als er ein Feld überquerte, begegnete er einer Schafhirtin, einem armen, barfuß gehenden Mädchen. Er fragte sie gleich, ob sie seine Frau werden wolle.

»Treibt keinen Spott mit meiner Armut, ich trage kein Verlangen nach Eurem Reichtum!« erwiderte das Mädchen. Als aber der Kaufmann seinen Wunsch wiederholte und sie sah, daß er es ehrlich meinte, willigte sie ein. Der Kaufmann nahm sie bei der Hand und führte sie in sein Haus.

Die Eltern hätten sich zwar eine wohlhabendere Schwiegertochter gewünscht, aber da das Mädchen ihrem Sohn gefiel, sagten sie nichts, denn sie waren froh, daß er sich endlich zur Hochzeit entschlossen hatte.

Der Kaufmann fuhr mit der armen Schafhirtin nicht schlecht. Sie wurde eine geschickte, gute und ordentliche Frau. Jeder hatte sie gern, doch über alles liebte sie ihr eigener Mann, und sie erwiderte seine Liebe.

Nach einiger Zeit starben die Eltern des Kaufmanns, und er wurde alleiniger Herr des ganzen Vermögens.

Da geschah es, daß er in Geschäften eine Reise unternehmen mußte. Traurig nahmen die Eheleute voneinander Abschied, und der Kaufmann beschwor seine Frau, ihn nicht zu vergessen.

»Oh, ich vergesse dich nicht, mein lieber Mann, und wenn du auch noch so viele Jahre in der Fremde wärst. Ja selbst wenn du, was Gott verhüten möge, niemals zurückkehrtest, würde ich dich nicht vergessen und dir treu bleiben«, sagte sie unter Tränen.

Durch diese ihre Worte getröstet, zog der Kaufmann in die Welt.

Eines Tages traf es sich, daß er ein Gasthaus betrat, wo bereits mehrere Kaufleute, bekannte und unbekannte, am Tisch saßen. Er setzte sich zu ihnen. Wie Welle um Welle folgte ein Wort dem anderen, eine Erzählung der anderen, bis die Rede auf die Treue der Frauen kam. Jeder lobte seine Frau, nur unser Kaufmann schwieg.

»Nun, wie steht es mit deiner Frau, Bruderherz? Ist sie treu?« fragten die anderen Kaufleute, als sie sahen, daß er schwieg.

»Sie ist wirklich treu«, erwiderte der Kaufmann und begann, seine Frau zu loben.

»Und weißt du auch, daß sie dir treu bleibt?« meinte einer der Kaufleute.

»Ich wette mein ganzes Vermögen, daß meine Frau treu ist und mir auch treu bleibt!« rief der Kaufmann.

»Die Wette gilt!« rief der erste und streckte unserem Kaufmann seine Hand hin.

»Sie gilt! Wenn du mir den goldenen Ring, den meine Frau an einer Kette am Hals trägt, zum Zeichen bringst, will ich dir glauben, daß sie untreu ist, und du sollst mein ganzes Vermögen haben. Gelingt es dir aber nicht, mir zu beweisen, daß sie untreu ist, werden wir uns schlagen!« sagte der Kaufmann und besiegelte die Wette mit einem Handschlag. Sie vereinbarten noch, wo sie einander wiedersehen wollten, dann zog unser Kaufmann weiter.

Der andere aber begab sich in jene Stadt, in der die Strohwitwe wohnte. Er ging gleich zu ihr und überbrachte ihr einen Gruß ihres Mannes. Das freute sie sehr, und sie begrüßte den Gast freundlich und bewirtete ihn.

Die junge hübsche Frau gefiel ihm gut, und als er das zweitemal zu ihr kam, begann er Süßholz zu raspeln, um sie zu verführen.

Als die Frau des Kaufmanns merkte, daß er ein falscher Freund war, verbot sie ihm, nochmals ihr Haus zu betreten, wenn er nicht hinausgeworfen werden wolle.

Wutentbrannt ging er fort und dachte darüber nach, wie er das gewünschte Ziel doch noch erreichen könne. Von den Leuten hörte er nur Gutes über die Kaufmannsfrau und sah also, daß es schwer sein würde, ihre Untreue zu beweisen. Aus dieser Schwierigkeit rettete ihn ein altes Weib, das im Hause des Kaufmanns beschäftigt war. Er versprach der Alten goldene Berge, bestach sie, und sie ging auf seinen Wunsch ein. In der Nacht schlich sie sich in das Schlafzimmer der Kaufmannsfrau, nahm ihr den Ring vom Hals und brachte ihn am nächsten Morgen dem fremden Kaufmann. Dabei vertraute sie ihm noch an, daß die Kaufmannsfrau ein schwarzes Muttermal am Knie habe. Der Kaufmann bezahlte die Alte gut und verließ sofort die Stadt.

Zur gleichen Zeit suchte die Kaufmannsfrau den Ring wie eine Stecknadel, wobei sie laut klagte. Sie wußte genau, daß sie den Ring noch am Abend gehabt hatte; nie nahm sie ihn vom Hals, war er doch ein Geschenk ihres Mannes. Alle im Hause halfen ihr beim Suchen, denn sie hatten die Frau gern. Auch die Alte tat mit, als wüßte sie nichts vom Verbleib des Ringes, doch der blieb und blieb verschwunden. Schließlich mußte sich die Frau damit abfinden, obwohl ihr dauernd die Frage durch den Kopf ging, wohin der Ring geraten sein mochte.

Inzwischen war der nichtsnutzige Kaufmann in jene Stadt gekommen, in der unser Kaufmann auf ihn wartete. Der hatte mit einer solchen Nachricht nicht gerechnet, aber als der fremde Kaufmann mit höhnischem Lächeln den Ring herauszog, den er als den seinen erkannte, und ihm auch noch eröffnete, daß seine Frau ein schwarzes Muttermal am Knie habe, brach er, von tiefem Schmerz überwältigt, zusammen. »Nun, wenn es so ist, bist jetzt du Herr meines Vermögens!« sagte er zu dem fremden Kaufmann und kehrte ärmer als ein Bettler nach Hause zurück.

Seine Frau lief ihm voll Freude entgegen, aber er wandte sich von ihr ab. »Ach, du bist meiner unwürdig! Du hast mich um alles gebracht, um meine Zufriedenheit und um mein Vermögen. Nun trennen sich unsere Wege. Ich gehe nach Westen, geh du nach Osten!« Und er verließ sie, ohne auf ihre Fragen und ihre Tränen zu achten.

Da nahm sie ein Bündel, zog Männerkleidung an und machte sich auf den Weg nach Osten, um einen Dienst zu suchen. Der Kaufmann wandte sich nach Westen, wo auch er eine Stellung antreten wollte. In seinem Haus aber machte sich der Betrüger breit.

Nach mehrtägiger Wanderung kam die Frau in eine Stadt, wo sie ein alter Notar in seinen Dienst nahm. Sie diente ihm treu und war sehr klug, so daß der Notar sie mehrmals um Rat fragte. Alle hatten sie gern, und als der alte Notar starb, machte man sie, weil sie klug war, an seiner Stelle zum Notar. Sie hätte es gut haben können, aber was nutzte das alles, sie mußte dauernd darüber nachdenken, warum ihr Mann sie wohl verlassen und sein Herz von ihr abgewandt habe.

Einmal, als sie im Garten spazierenging und an ihren Mann dachte, wobei ihr Herz vor Kummer schwer war, sah sie auf der Straße einen Mann kommen, der einfach gekleidet war. Das war ihr Ehemann. Sie erkannte ihn gleich, doch er sie nicht, weil sie Männerkleidung trug. Schon drängte es sie, ihm entgegenzueilen, da erinnerte sie sich, daß er ihr ja zürnte, und deshalb wollte sie sich ihm nicht gleich zu erkennen geben, sondern ihn erst auf die Probe stellen.

Der Wanderer blieb am Zaun stehen und bat den Herrn Notar, ihn in seinen Dienst zu nehmen.

»Woher kommst du?«

»Von Westen, lieber Herr«, erwiderte der Mann, »aber dort hat es mir nicht gefallen, und es hat mich dauernd nach Osten gezogen.«

»Meinetwegen, bleib hier, ich stelle dich als Diener ein«, sagte der Notar und führte ihn ins Haus. Der Kaufmann war froh, daß er einen gütigen Herrn gefunden hatte.

Am Abend befahl der Notar dem Diener, Wasser für ein Fußbad zu holen. Der Diener brachte Wasser und machte sich daran, seinem Herrn die Füße zu waschen. Da erblickte er an seinem Knie ein schwarzes Muttermal. Sofort brach er in Tränen aus. Als ihn der Herr fragte, warum er weine, begann er, ihm alles zu erzählen: daß er eine schöne Frau gehabt habe, gut und brav, daß sie einander geliebt hätten, doch als er in die Welt ziehen mußte, sei sie ihm indessen untreu geworden. Die Frau wunderte sich sehr darüber und fragte immer weiter; vor allem wollte sie wissen, wie er erfahren habe, daß sie ihm untreu gewesen sei. Und da erzählte er ihr von der Wette und von jenem Kaufmann sowie von dem Ring, den er bei sich trug.

Das rührte sie sehr, doch sie verriet sich noch nicht, da sie ihren Mann völlig von ihrer Unschuld überzeugen wollte. Am

Morgen befahl sie dem Kutscher einzuspannen und auch dem Diener, sich reisefertig zu machen.

Sie fuhren einen ganzen Tag, und am nächsten kamen sie in eine Stadt, wo der Notar zu bleiben befahl. Es war jene Stadt, aus der der Kaufmann stammte. Der wunderte sich, was sein Herr wohl in dieser Stadt zu tun habe, und es verdroß und schmerzte ihn, denn er erinnerte sich an die früheren Zeiten, wie glücklich er hier gelebt hatte, so glücklich, daß er diese Zeiten nicht vergessen konnte.

Als sie in das Gasthaus kamen, bestellte der Notar ein großes Gastmahl und lud viele Gäste ein, darunter auch jenen betrügerischen Kaufmann. Als die Gäste beisammen waren, begrüßte sie der Herr Notar freundlich, und das Gastmahl begann. Die Gäste aßen und tranken nach Herzenslust. Dem unansehnlichen Diener schenkten sie keinerlei Beachtung. Dem war es nur recht, daß sich niemand um ihn kümmerte; hätte er seinen neuen Herrn nicht gleich liebgewonnen, wäre er auf der Stelle davongelaufen.

Nach dem Essen fingen sie an, sich zu unterhalten, und da begann der Notar, die verkleidete Frau des Kaufmanns, zu erzählen, was in einer Stadt geschehen war, wie ein Betrüger ein Ehepaar, das einander treu liebte, auseinandergebracht, den Mann belogen und betrogen und beide ins Unglück gestürzt hatte. Dabei erzählte sie alles, wie es sich wirklich zugetragen, und nicht, wie es ihr der Kaufmann erzählt hatte, denn sie hatte von jener unlauteren Alten alles erfahren; die hatte ihr, ohne sie zu erkennen, für Geld verraten, wie der Kaufmann zu dem fremden Reichtum gelangt war.

Dem betrügerischen Kaufmann war sonderbar zumute, als er diesem Bericht lauschte, doch er wollte sich nicht verraten, und als der Notar zum Schluß die Gäste fragte, was ein solcher Mensch verdiene, rief er als erster: »Den Tod!«

Darauf erhob sich die Frau des Kaufmanns rasch vom Tisch, eilte in ein Nebenzimmer und kam nach wenigen Augenblicken in Frauenkleidung zu den Gästen zurück. Da erkannten sie alle, und ihr Mann, der ohnehin von dem, was er gehört hatte, erschüttert war, fiel seiner treuen Frau voll unaussprechlicher Freude um den Hals und bat sie dann auf den Knien um Vergebung. Sie verzieh ihm gern.

Alle Gäste rühmten die treue Frau, und in der allgemeinen Freude bemerkte keiner, daß sich der Betrüger aus dem Haus stahl und die Stadt verließ. Dem Gericht entging er freilich nicht, ebensowenig die böse Alte.

Der Kaufmann aber zog wieder in sein Haus und lebte mit seiner treuen Frau glücklich bis zu seinem Tode.

Das kluge Mädchen aus den Bergen

Es waren einmal zwei Brüder. Der eine war ein reicher Bauer, er hatte keine Kinder und war sehr geizig. Der andere, ein armer Häusler, hatte eine einzige Tochter und war ein gutherziger Mensch. Als das Mädchen zwölf Jahre alt war, gab er sie als Gänsemagd zu seinem Bruder. Zwei Jahre diente sie nur für die Kost, dann wurde sie Kleinmagd.

»Manka, arbeite treu und brav!« sagte der Onkel zu ihr. »Sobald du ausgedient hast, gebe ich dir anstelle des Lohns eine Kuh. Ich habe gerade ein vier Wochen altes Färsenkalb, das ziehe ich für dich auf; sicherlich ist dir das lieber als Geld.«

»Da habt Ihr recht«, erwiderte Manka, und von diesem Augenblick an war sie wie ein Teufel hinter der Arbeit her und sorgte dafür, daß der Onkel keinen Kreuzer verlor.

Aber der Onkel war ein Betrüger. Nachdem Manka drei Jahre fleißig und ohne zu murren gedient hatte, wurde ihr alter Vater krank, und sie mußte nach Hause. Sie bat also um das Kalb, das schon eine ordentliche Kuh geworden war. Da machte der Onkel Winkelzüge, redete allerlei, sagte, er könne ihr nicht soviel geben und die Kuh habe er ihr gar nicht versprochen, kurz, er wollte die arme Manka mit wenigen Groschen abfinden.

Aber die war nicht so dumm, daß sie das Geld genommen hätte, sondern sie erzählte dem Vater alles und beschwor ihn unter Tränen, zum Richter zu gehen und auf Herausgabe der Kuh zu klagen. Der Vater, der über seinen gewissenlosen Bruder aufgebracht war, ging auch ohne Zögern in die Stadt und brachte seine Klage vor.

Der Richter hörte ihn an und ließ den Bauern holen. Der wußte sehr wohl, daß er, wenn der Richter nicht ein Auge zudrückte, die Kuh herausgeben müsse, deshalb trachtete er danach, ihn auf seine Seite zu ziehen.

Der Richter war in großer Verlegenheit. Den Reichen

wollte er nicht gegen sich aufbringen, doch der Arme hatte das Recht auf seiner Seite. Deshalb entschloß er sich zu einem schlauen Vorgehen. Er rief jeden allein zu sich und gab ihnen ein Rätsel auf: »Was ist das Schnellste, was das Süßeste und was das Reichste?« Wer es herausbekäme, dem wollte er die Kuh zusprechen.

Verdrossen gingen die Brüder nach Hause und überlegten auf dem ganzen Wege, was das wohl sein könnte, doch keiner fand die Lösung.

»Na, wie steht es?« fragte die Frau des reichen Bauern, als dieser nach Hause kam.

»Der Teufel soll die Gerichte holen! Jetzt sitze ich in der Patsche«, sagte der Bauer und warf seine Otterfellmütze auf den Tisch.

»Warum? Was ist geschehen, hast du den Prozeß verloren?«

»Ach was, verloren! Bisher nicht, aber wahrscheinlich sehr bald. Der Richter hat mir ein Rätsel aufgegeben: Was ist das

Schnellste, was das Süßeste und was das Reichste? Wenn ich es nicht errate, verliere ich die Kuh.«

»Soviel Gerede um ein Rätsel! Das kann ich doch lösen! Was gibt es Schnelleres als unseren schwarzen Spitz, was Süßeres als unser Faß Honig, was Reicheres als unsere Truhe voller Taler?«

»Gut, Frau, du hast es erraten, die Kuh gehört uns«, beruhigte sich der Bauer und ließ sich schmecken, was seine Frau gekocht hatte.

Auch der Häusler kam ganz traurig nach Hause, hängte seinen Hut an den Nagel und setzte sich an den Tisch.

»Nun, Vater, was habt Ihr ausgerichtet?« fragte Manka.

»Ach, ausgerichtet! Das sind Herren, die halten unsereinen ja nur zum Narren!«

»Was war denn? Erzählt!«

Da berichtete der Vater, was ihm der Richter auferlegt hatte.

»Wenn es sonst nichts ist! Das Rätsel löse ich, seid nur nicht traurig! Morgen früh sage ich Euch die Antwort.«

Trotzdem tat der Häusler die ganze Nacht kein Auge zu.

Am Morgen kam Manka in die Stube und sagte: »Wenn Euch der Richter fragt, so antwortet: Das Süßeste ist der Schlaf, das Schnellste das Auge und das Reichste die Erde, aus der alles hervorgeht. Aber das sage ich Euch, Ihr dürft nicht verraten, von wem Ihr das habt.«

Der Häusler ging also zum Richter und war gespannt, ob die Antwort richtig sein werde.

Zuerst rief der Richter den Bauern zu sich und fragte ihn nach seiner Lösung.

»Nun, ich meine«, erwiderte der Bauer, »daß es nichts Schnelleres geben kann als meinen Spitz, der überall herumschnüffelt und alles auskundschaftet, nichts Süßeres als mein Faß Honig, das schon vier Jahre liegt, und nichts Reicheres als meine Truhe voller Taler.«

»Mein lieber Bauer«, sagte der Richter und zuckte die

Schultern, »das will mir nicht gefallen, aber ich will hören, welche Lösung dein Bruder hat.«

»Euer Gnaden, ich meine, das Schnellste ist das Auge, das im Nu alles überblickt, das Süßeste der Schlaf, denn der Mensch mag noch so betrübt und ermattet sein, wenn er schläft, weiß er von nichts, und manchmal findet er im Schlaf sogar Trost, das Reichste aber ist die Erde, aus der all unser Reichtum hervorgeht.«

»Du hast es erraten, und deshalb bekommst du die Kuh. Aber verrate mir, wer dir die Lösung gesagt hat, denn ich weiß, daß sie nicht aus deinem Kopf stammt.«

Lange wollte der Häusler nichts verraten, aber als der Richter immer wieder in ihn drang, verhedderte er sich und bekannte schließlich Farbe.

»Nun gut, wenn deine Tochter so schlau ist, soll sie morgen zu mir kommen, doch weder bei Tag noch bei Nacht, weder bekleidet noch nackt, weder gegangen noch gefahren.«

Das war für den Häusler wieder eine drückende Last. »Liebe Manka«, sagte er, als er nach Hause kam, »du hast das Rätsel richtig gelöst, aber der Richter wollte nicht glauben, daß es aus meinem Kopf entsprungen ist, und ich mußte sagen, was ich wußte. Und nun sollst du zu ihm kommen, aber weder bei Tag noch bei Nacht, weder bekleidet noch nackt, weder gegangen noch gefahren.«

»Laßt mich nur machen! Ich finde schon eine Lösung.«

Um zwei Uhr morgens stand Manka auf, nahm einen schütteren Sack, streifte ihn über, zog über ein Bein einen Strumpf, an den anderen bloßen Fuß einen Schuh, und als es auf die dritte Stunde ging, also zwischen Tag und Nacht war, setzte sie sich auf eine Ziege und gelangte halb gehend, halb reitend in die Stadt.

Der Richter schaute aus dem Fenster und erwartete bereits das schlaue Mädchen aus den Bergen. Als er sah, wie gut sie die Aufgabe erfüllt hatte, ging er ihr entgegen und sagte:

»Jetzt sehe ich, daß du ein gewitztes Mädchen bist, und wenn du willst, nehme ich dich zur Frau.«

»Warum nicht, ich bin es zufrieden«, erwiderte Manka und maß den Richter von Kopf bis Fuß.

Der Bräutigam faßte seine schöne Braut am Arm und führte sie ins Haus. Dann schickte er nach ihrem Vater und nach einem Schneider und ließ für seine künftige Frau ein Kleid nähen.

Am Tag vor der Hochzeit sagte der Richter zu seiner Braut, sie solle sich nie in seine Angelegenheiten einmischen, in keinen Urteilsspruch und auch in nichts anderes, sonst schicke er sie unverzüglich zu ihrem Vater zurück.

»Ich will alles tun, wie du es willst«, erwiderte Manka.

Am nächsten Tag fand die Hochzeit statt, und Manka wurde eine große Dame. Sie liebte ihren Mann, schickte sich

.gut in alles und war zu jedermann freundlich; dafür genoß sie auch allgemein großes Ansehen.

Einmal kamen zum Richter zwei Bauern. Der eine besaß einen Hengst, der andere eine Stute, beide Pferde aber hielten sie gemeinsam. Als die Stute ein Füllen warf, entstand die Frage, wem es gehöre. Der Bauer, dem der Hengst gehörte, behauptete, das Füllen gehöre rechtens ihm, der Bauer aber, der die Stute besaß, wies nach, daß er auf das Füllen ein noch größeres Anrecht habe. So stritten sie miteinander und brachten ihre Sache schließlich vor den Richter. Der Bauer, dem der Hengst gehörte, war sehr reich; er zog den Richter beiseite und gab ihm ein gutes Wort. So wurde das Füllen dem Hengst zugesprochen.

Manka hatte im Nebenzimmer alles mit angehört. Das ungerechte Urteil ihres Mannes wollte ihr nicht gefallen. Als der ärmere Bauer herauskam, winkte sie ihn zu sich und sagte zu ihm: »Warum habt Ihr Euch so übers Ohr hauen lassen? Wer hat je gehört, daß ein Hengst ein Füllen hat?«

»Nun, ich bin zwar überzeugt, daß mir ein großes Unrecht widerfahren ist, aber wenn der gnädige Herr so entschieden hat, was kann ich dagegen tun?«

»Ich glaube Euch ja. Aber hört gut zu, was ich Euch sage, allerdings unter der Bedingung, daß niemand erfährt, wer Euch diesen Rat gegeben hat! Nehmt morgen um die Mittagsstunde ein Netz, steigt auf den Berg Skarman in der Nähe von Taus und tut, als wolltet Ihr Fische fangen! Mein Mann kommt um diese Zeit mit einigen Herren dort vorbei. Wenn die Euch sehen, werden sie fragen, was Ihr da macht, und Ihr antwortet: ›Wenn Hengste Füllen haben können, ist es auch möglich, daß auf einem Berg Fische wachsen.‹«

Der Bauer dankte der Frau und versprach, ihren Rat zu befolgen.

Am nächsten Tag ging der Richter mit einigen Herren auf die Jagd. Da sahen sie schon von weitem auf dem Skarman einen Bauern ein Netz auswerfen. Alle lachten, und als sie

auf den Gipfel kamen, fragten sie den Bauern, was er hier
tue.

»Ich fange Fische«, erwiderte der Bauer.

»Du Narr!« schrie ihn der Richter an. »Wer hat je gehört,
daß man auf einem Berg Fische fangen kann?«

»Wenn Hengste Füllen haben können, ist es auch möglich,
daß auf einem Berg Fische wachsen.«

Da wurde der Richter puterrot im Gesicht, rief den Bauern
zu sich, zog ihn beiseite und sagte: »Das Füllen gehört dir.
Aber zuvor sag mir, wer dir diesen Rat gegeben hat!«

Der Bauer leugnete, was er konnte, aber schließlich verriet er die Frau des Richters doch.

Gegen Abend kam der Richter nach Hause und schenkte seiner Frau keinen Blick. Lange ging er im Zimmer auf und ab, sagte kein Wort und beantwortete keine Frage.

Die Frau merkte gleich, was in seinem Kopf rumorte, doch sie wartete geduldig ab, zu welchem Ende die Sache komme.

Nach geraumer Weile blieb ihr Mann mit düsterer Miene vor ihr stehen und fragte: »Weißt du noch, was ich dir vor unserer Hochzeit gesagt habe?«

»Gewiß, ich weiß es.«

»Warum hast du dann dem Bauern einen Rat gegeben?«

»Weil ich keine Ungerechtigkeit ertragen kann. Der arme Bauer wurde betrogen.«

»Ob betrogen oder nicht, dich geht das nichts an. Nun kehre dorthin zurück, von wo du gekommen bist! Damit du aber nicht sagst, ich hätte auch dich ungerecht behandelt, erlaube ich dir, von hier mitzunehmen, was dir das liebste ist.«

»Ich danke dir, lieber Mann, für deine Güte, und wenn es denn nicht anders sein kann, gehorche ich. Aber gestatte, daß ich noch ein letztes Mal mit dir zu Abend esse, und zwar so fröhlich, als wäre nichts zwischen uns vorgefallen!« Damit lief sie in die Küche, ließ ein gutes Abendessen bereiten und den besten Wein auftragen.

Als die Speisen auf dem Tisch standen, nahmen beide Platz, aßen, tranken und unterhielten sich wie bei einem Fest. Die Frau trank ihrem Mann immer wieder zu, und als sie merkte, daß er ein wenig angeheitert war, befahl sie dem Diener, ihr noch ein volles Glas Wein zu reichen. »Lieber Mann! Trink zum Abschied dieses Glas Wein auf meine Gesundheit! Sobald du das getan hast, gehe ich nach Hause.«

Der Richter nahm das Glas und trank es auf einen Zug aus. Er war kaum noch Herr seiner Zunge. Nach einer Weile wurde sein Kopf schwer, und er schlief tief und fest ein.

Die Herrin verschloß alles, und die Diener brachten ihren

Herrn zu Bett. Dann nahmen sie ihn samt dem Bett auf die Schultern und folgten ihrer Herrin.

Der Häusler schlug die Hände über dem Kopf zusammen, als er spät in der Nacht den sonderbaren Zug auf seine Hütte zukommen sah. Doch als ihm seine Tochter alles erklärte, war er damit einverstanden.

Die Sonne stand schon recht hoch am Himmel, als der Richter erwachte. Er schaute sich verwundert um, rieb sich die Augen, konnte sich aber nicht erinnern, was mit ihm geschehen war.

Da trat seine Frau in die Stube. Sie trug einen einfachen, aber sauberen ländlichen Rock und auf dem Kopf eine schwarze Haube.

»Du bist noch da?« fragte er sie.

»Warum sollte ich nicht da sein? Ich bin doch hier zu Hause!«

»Und was mache ich hier?«

»Hast du mir denn nicht erlaubt mitzunehmen, was mir das liebste ist? Du bist mir das liebste, also habe ich dich mitgenommen.«

Da mußte der Richter lachen, und er sagte: »Es sei dir verziehen! Aber nun sehe ich klar, daß du klüger bist als ich; deshalb wirst von nun an du richten und nicht ich.«

Die Frau des Richters war es zufrieden; von diesem Tage an sprach sie Recht, und alles war gut.

Das hoffärtige Mädchen

Vor alten Zeiten lebte in der Bergstadt Schemnitz ein Mädchen, das weit und breit wegen seines Reichtums bekannt war. Sie war die Erbin der fündigsten Stollen, in denen Silber geschürft wurde, und somit das reichste Mädchen der ganzen Gegend. Sie war aber auch über alle Maßen hoffärtig und launisch, und die Leute hatten es bei ihr nicht gut.

Einmal fuhr sie mit mehreren Herren und einer großen Schar von Dienern spazieren. Jeder war ihr zu Diensten, jeder wollte ihr gefallen, aber sie trieb mit allen nur Scherz.

»Gib endlich Ruhe!« wies sie schließlich ein alter Onkel zurecht. »Dein Stolz schreit ja schon zum Himmel. Es kann leicht geschehen, daß auch du eines Tages auf die Gnade der Menschen angewiesen sein wirst.«

Da zog das Mädchen in seiner Hoffart einen kostbaren Ring vom Finger, und da sie gerade über den Gran fuhren, warf sie ihn ins Wasser und rief: »So sicher, wie ich diesen Ring nicht wieder zu Gesicht bekommen werde, so sicher wird sich mein Reichtum niemals verringern!«

Der Onkel zuckte die Achseln und schwieg.

Nach einiger Zeit brachte eine Fischersfrau einen Fisch in die Küche des reichen Mädchens. Die Köchin kaufte den Fisch. Als sie ihn öffnete, fand sie in seinem Magen einen goldenen Ring. Gleich lief sie zu ihrer Herrin und zeigte ihr, was sie gefunden hatte.

Das stolze Mädchen erkannte ihn als den kostbaren Ring, den sie in den Gran geworfen hatte, ihr fielen die Worte ein, die sie in ihrem Stolz gesagt hatte, und sie begann zu zittern.

Von der Zeit an schwand ihr Reichtum zusehends dahin, die reichen Silberadern in den ihr gehörenden Stollen versiegten, alles lief verquer, und nichts, was die stolze Erbin fortan unternahm, gelang, bis schließlich aus dem reichsten

Mädchen der ganzen Gegend eine arme Bettlerin wurde, die nicht einmal das Mitleid des Volkes genoß.

In einer Nebenstraße von Schemnitz aber ist noch heute der Rest eines alten runden Turms zu sehen, den man den ›Jungfernturm‹ nennt und von dem man erzählt, daß ihn jenes hoffärtige Mädchen habe errichten lassen.

Der starke Ctibor

Der zur Herrschaft Nachod in Ostböhmen gehörende Hof Riesenburg war zu alten Zeiten eine große und mächtige Burg, die rings von Wald umschlossen war. Von Sonnenuntergang her gelangte man in die Burg durch ein Tor, gegen Mitternacht aber führte nur ein schmaler Pfad über einen steilen Felshang zur Aupa hinab, die sich unterhalb der Felsen dahinschlängelt. Damals war dieses jetzt so malerische Tal am Ufer des Flusses ganz mit Tannen bewachsen. Nur an der Stelle, die man noch heute ›Im Mühlengrund‹ nennt (weil dort vor etwa 200 Jahren eine Mühle gewesen sein soll), stand eine kleine Hütte, in der ein Schäfer wohnte.

Eines Tages kehrte der Herr von Riesenburg von einem Ausritt zurück. Da sah er, wie unser lieber Schäfer eine riesige Tanne auf seiner Schulter trug. Er war ein guter Herr, aber sehr streng, besonders gegen jene, die es wagten, aus dem Walde Holz zu stehlen oder sonst darin Schaden anzurichten. Er dachte also, der Sturm habe die Tanne geknickt und der Schäfer habe sie im Walde aufgefunden und gestohlen. Zornig fuhr er den Schäfer an: »Wie kannst du es wagen, aus meinem Walde Holz zu stehlen?«

»Verzeihen Sie, Herr Ritter, aber ich habe eine ganz elende Hütte, die mir fast über dem Kopf zusammenfällt. Schon lange habe ich darüber nachgedacht, wie ich sie wieder instand setzen könnte. Als ich gestern hier vorüberging, fiel mir nun die Tanne in die Augen, und ich dachte bei mir: Warte, die würde sich dazu eignen. Und es ließ mir keine Ruhe, bis ich hinging und sie ausriß.«

»Du hast so viel Kraft?« fragte der Ritter und blickte voll Verwunderung auf den Schäfer, der die Tanne noch immer auf seiner Schulter hielt.

Der Schäfer war nicht besonders groß, aber von gedrungener und kräftiger Gestalt. »Was heißt schon Kraft!« erwiderte er. »Wenn ich nur etwas Besseres zu essen hätte.«

»Und was würdest du wohl so brauchen, um noch kräftiger zu sein?«

»Nun, ich denke, wenn ich zwei Sack Erbsen und einige Keulen Selchfleisch essen und dazu einen Eimer guten Wein trinken könnte, wäre ich wohl imstande, es mit jedem Riesen aufzunehmen.«

»Nun gut, du sollst haben, was du begehrst. Komm morgen auf die Burg und hol es dir ab. Die Sache mit der Tanne lasse ich dir diesmal noch durchgehen, aber künftig achte meinen Wald!«

Der Schäfer dankte dem Ritter voller Freude und ging mit der Tanne gemächlich nach Hause. Von Stund an nannte man ihn ›Achte-den-Wald‹ oder tschechisch ›Cti-bor‹.

Als der Ritter nach Hause kam, erteilte er dem Burgvogt den Befehl, dem Schäfer Ctibor, sobald er auf die Burg komme, zwei Sack Erbsen, sechs Keulen Selchfleisch und einen Eimer vom besten Wein zu geben.

Am nächsten Tag zog Ctibor von seinem Bett den Bezug ab und stapfte damit zur Burg.

»Wo willst du das alles hintun, was hier für dich bereitsteht, und wer soll dir tragen helfen?« fragte der Burgvogt, als er sah, daß Ctibor ganz allein gekommen war.

»Das packe ich mir auf die Schultern und trage es heim.«

»Willst du mich zum Narren halten? Wie könntest du soviel tragen?«

»Macht Euch deswegen keine Sorge, gebt nur alles her!«

Der Burgvogt füllte den Bettbezug absichtlich bis oben hin voll Erbsen, da er nicht glauben wollte, daß der Schäfer wirklich die ganze Last schleppen könne. Es waren vier Scheffel Erbsen und dazu noch die sechs Keulen.

Aber Ctibor band den Bettbezug zusammen, warf ihn sich über die Schulter, nahm den Eimer voll Wein, dankte dem Burgvogt und ging ruhigen Schrittes nach Hause.

Einige Tage darauf traf aus Prag die Nachricht ein, es sei ein großes Turnier angesetzt worden, zu dem sich alle Ritter einfinden sollten. Nun war es damals Sitte, daß sich die Ritter starke Knappen, auch Riesen genannt, hielten, die an ihrer Stelle beim Turnier gegeneinander kämpften. Der Ritter von Riesenburg hatte keinen so starken Knappen, auf den er sich hätte verlassen können, und war deshalb in arger Verlegenheit. Zum Glück erinnerte er sich an Ctibor und ließ ihn augenblicklich holen.

»Höre einmal, Ctibor«, sagte er, als der Schäfer eingetreten war, »möchtest du nicht bei mir als Knappe dienen?«

»Ich wüßte nicht, was ich lieber täte«, erwiderte Ctibor.

»Da müßtest du aber reiten und mit den Waffen umzugehen lernen.«

»Das werde ich alles gern lernen. Und Kraft habe ich jetzt fast im Übermaß.«

»Nun gut. So geh zum Burgvogt und laß dir eine Rüstung geben! In einer Woche mußt du aber alles können. Dann geht es nach Prag.«

Ctibor sprang vor Freude fast zur Decke, als er hörte, daß er nach Prag reisen solle, und er lernte Tag und Nacht. Ehe acht Tage vergangen waren, konnte er alles, was ein Knappe beherrschen muß, und der Ritter begab sich recht befriedigt mit seiner Gefolgschaft nach Prag.

Dort waren bereits die Ritter aus ganz Böhmen versammelt, dazu viele Fremde. Vor allem erzählte man viel von einem, der einen ungemein starken Riesen bei sich haben sollte.

Als der Tag des Turniers anbrach, trafen sich alle auf dem vereinbarten Platz. Dort war für die Damen und die Herren eine Tribüne errichtet worden, mit kostbaren Teppichen behangen, davor sollten die Knappen ihre Kunst zeigen. Als alle Gäste versammelt waren, sprengten zwei Knappen auf den Turnierplatz. Der eine war jener Riese, der andere der Knappe eines böhmischen Ritters. Nach kurzem Kampf blieb der Fremde Sieger. In gleicher Weise erging es manchem andern so, daß sich die Fremden maßlos freuten, die böhmischen Herren aber verärgert waren.

Nun kam die Reihe auch an Ctibor. Als er vorritt, maß der Fremde den auf den ersten Blick unansehnlichen Burschen mit einem prüfenden Blick und sagte verächtlich: »Wie kann so ein Knirps es wagen, es mit mir aufzunehmen? Dich zerquetsche ich ja wie diesen Stein!« Und er hob einen Kieselstein auf und zerdrückte ihn wie einen Quarkkäse.

»Nun«, sagte Ctibor und ritt auf ihn zu, »wenn Ihr glaubt, ich sei für Euch zu schwach, dann wollen wir eben nicht gegeneinander kämpfen, sondern als Freunde scheiden. Reicht mir die Hand!«

Der Riese tat es mit verächtlichem Lachen. Ctibor ergriff sie, schleuderte den Riesen in die Luft und schlug ihn dann so heftig auf den Boden, daß der keinen Laut mehr von sich gab. »Wenn Ihr glaubt, nur bei Euch könne man Steine zerquetschen, so wißt: Bei uns kann man noch etwas mehr.«

Da rief der Herr von Riesenburg: »Ctibor, Ctibor! Der Herr des Riesen macht sich davon. Folge ihm!«

Ctibor ließ den Riesen liegen und sprengte dem Herrn nach.

Der Fremde fuhr gerade einen Berg hinab, als ihn Ctibor einholte. Er sprang vom Pferd und griff so heftig in die Speichen des Reisewagens, daß ihm ein Stück der Felge mit drei Speichen in der Hand verblieb. »Mein Herr, so leicht kommt man bei uns nicht davon«, brüllte er den betäubten Ritter an, »erst müßt Ihr bezahlen.« Es war nämlich Brauch, daß der Verlierer dem Sieger ein gutes Lösegeld gab.

Der Ritter mußte, ob er wollte oder nicht, umkehren und zum Gespött der böhmischen Herren Ctibor das Lösegeld auszahlen.

Dieser aber wurde wegen seiner Heldentat zum Ritter geschlagen. Als Wappenzeichen bekam er ein Stück einer Felge mit drei Speichen. Er lebte lange und in guter Freundschaft mit dem Herrn von Riesenburg. Und als er starb, wurde er in der Kirche von Hořičky beigesetzt, wo man noch heute sein Wappen sehen kann.

Der Türke
und die schöne Katharina

Es war einmal ein Bauer, der hatte eine ungemein schöne Tochter, die Katharina hieß. Die Kunde von ihrer Schönheit verbreitete sich weit und breit.

Auch ein türkischer Pascha hörte von Katharina; er hätte sie gern zur Frau gehabt, wußte aber nicht, wie er es anfangen sollte.

Nun betrieb aber der Vater der schönen Katharina ein Fuhrunternehmen und besaß schöne Pferde, deren Pflege er sich sehr angelegen sein ließ. Der Türke kundschaftete aus, welche Straßen der Fuhrmann benutzte, und ließ auf seinem Weg eine tiefe Grube ausheben. Diese Stelle erreichte der Bauer in der Abenddämmerung. Da er den Weg gut kannte, befürchtete er kein Mißgeschick. Plötzlich fielen die Pferde samt dem Wagen in die Grube. Der Arme schrie, rief Gott und alle Heiligen um Hilfe an, aber nirgends war eine Menschenseele zu sehen.

Inzwischen wartete der Türke im Hinterhalt. Als er sah, daß sich der Bauer in größter Not befand, ritt er herbei und fragte, was ihm geschehen sei.

Der Bauer jammerte und wies auf die Grube, wo die Pferde am Geschirr rissen und dabei immer tiefer versanken.

»Nun, ich helfe dir, wenn du mir versprichst, daß du mir das gibst, was dir am meisten am Herzen liegt«, sagte der Türke zu ihm.

Da erschrak der Bauer und sagte: »Ach, wie könnte ich Euch das geben? Was mir am meisten am Herzen liegt, ist meine schöne Tochter.«

»Eben — für dich war sie eine schöne Tochter, für mich wird sie eine schöne Frau«, sagte darauf der Türke.

Der Bauer wußte nicht, was er tun sollte; er wollte seine Tochter nicht dem Türken versprechen, aber Wagen und

Pferde taten ihm auch leid. So versprach er denn dem Türken Geld und Felder, doch der wollte nichts haben als die schöne Katharina. Als der Bauer sah, daß der Türke es nicht anders tat und daß ohne seine Hilfe die Pferde zugrunde gehen würden, versprach er ihm schließlich seine Tochter. Da rief der Türke seine Leute herbei, und sie halfen dem Bauern aus der Grube.

Zu Hause sagte der Türke zu seiner Mutter, daß er die schöne Katharina als Frau heimführen werde; sie möge sie freundlich aufnehmen. Dann befahl er, ein Festmahl zu bereiten und die Hochzeitsgäste zu laden.

Als der Bauer nach Hause kam und ihm seine Tochter entgegeneilte, schossen ihm die Tränen in die Augen.

Da fragte ihn Katharina:

>>Ach, Vater, liebster Vater mein,
Was habet Ihr für Schmerzen?
Schmerzt Euch das Haupt, schmerzt Euch das Bein,
Habt Schmerzen Ihr im Herzen?<<

Und der Vater antwortete:

> »Nicht schmerzt das Haupt, nicht schmerzt das Bein,
> Könnt mir die Haare raufen:
> Ich mußte, liebes Töchterlein,
> Dem Türken dich verkaufen.«

Nun begann die schöne Katharina zu wehklagen:

> »Ach, Vater, Vater, lieb und gut,
> Wie soll den Schmerz ich tragen?
> Ihr habt verkauft das eigne Blut
> Für Pferde und den Wagen!«

Aber weder ihr Jammern noch die Betrübnis ihres Vaters nutzten etwas, das gegebene Wort konnte nicht zurückgenommen werden.

Am dritten Tag schon sollte der Bräutigam kommen. Und in der Tat, als der Morgen des dritten Tages graute, erblickten sie in der Ferne eine Staubwolke.

> »Am Himmel ist ein dunkler Rand,
> Das sind wohl Regenwolken ...«,

sagte da der Vater zu seiner Tochter.
Die aber erwiderte:

> »Ach, Vater, 's ist kein dunkler Rand,
> 's sind keine Regenwolken.
> Die Freier sind's vom Türkenland,
> Und ihnen muß ich folgen.«

Als der Vater sah, daß der Bräutigam nahte, sagte er zu seiner Tochter:

> »Ach, Tochter, nimm dein schönstes Kleid,
> Du, meines Herzens Wonne!
> Es schimmre, flimmre weit und breit,
> So wie der Mond, die Sonne!«

Und Katharina ging in die Kammer und weinte bitterlich. Es fiel ihr schwer, einen Türken zu heiraten. Als sie ihr langes goldenes Haar kämmte, klagte sie:

>>Ach, du mein liebes, goldnes Haar,
Was soll dein sanftes Gleiten?
Muß aus der Heimat, muß sogar
Zum Türken, einem Heiden.<<

Der Türke kam in einer prächtigen Kutsche, begleitet von zahlreichen Herren und Hochzeitsgästen, um seine schöne Braut zu holen, und als man sie vor das Haus führte, war er vor Freude ganz außer sich.

Katharina aber küßte ihre Mutter dreihundertmal und sagte zu ihr:

>>Ach, Mutter, liebste Mutter mein,
Ich muß von Euch jetzt gehen.
Küßt nochmals Euer Töchterlein!
Nie wir uns wiedersehen!<<

Und als man sie über die Schwelle führte, rief sie traurig aus:

>>Glück will ich dir erbitten,
Noch einmal ich dich grüße.
Wie oft sind hier geschritten
Wohl meine weißen Füße.<<

Dann führte man sie zur Kutsche. An die Vorreiter gewandt, rief sie mit klagender Stimme:

>>Ach, Reiter, reitet noch nicht fort!
Brauch meiner Eltern Segen.<<

Vom Vater nahm sie Abschied mit den Worten:

>>Ich sage Euch kein böses Wort,
Daß Ihr mich fortgegeben.<<

Sie wollte nicht neben dem türkischen Pascha im vorderen Wagen Platz nehmen, sondern setzte sich in den hinteren Wagen zu den Brautjungfern.

Als sie ein Stück des Weges gefahren waren, holte sie einen roten Apfel hervor, den ihr die Mutter mit auf den Weg gegeben hatte, wandte sich einer der Brautjungfern zu und bat sie:

> »Reich mir ein Messer, Türkenkind,
> Laß mich den Durst vermeiden
> Und diesen Apfel hier geschwind
> In ein paar Stücke schneiden.«

Sie trug sich nämlich mit der Absicht, sich das Messer in die Brust zu stoßen.

Die Türkin aber erwiderte, daß sie kein Messer habe und, wenn sie eines hätte, es nicht geben würde.

So fuhren sie denn weiter und kamen an die Donau. Da rief Katharina dem Vorreiter zu:

> »Ach, Reiter, steh ein Weilchen still!
> Siehst du den Fluß dort blinken?
> Ich habe Durst, halt an, ich will
> Rasch aus der Donau trinken.«

Die Brautjungfern wollten nicht erlauben, daß die Braut vom Wagen stieg. Sie sagten, sie würden selbst Wasser schöpfen und es ihr in einem goldenen Becher reichen.

Doch Katharina entgegnete:

> »Aus goldnem Becher trink ich nicht,
> Gehör nicht zu den Trägen.
> Ich bin gewohnt, mich frei und schlicht
> Am Ufer hinzulegen.«

Mit diesen Worten sprang sie aus dem Wagen, lief zum Ufer und stürzte sich in die Donau, daß das Wasser über ihrem Kopf zusammenschlug.

Da eilten alle an den Fluß, riefen und suchten, aber sie sahen nur ihr goldgelbes Haar unter Wasser treiben.

»Ach, Fischer, höret meinen Schrei!
Ich bitte euch, ihr Guten:
Mit euren Netzen eilt herbei
Und werft sie in die Fluten!«

rief der Türke voll Verzweiflung.

Die Fischer zogen ihre Netze einmal heraus und hatten darin einen Stein. Sie zogen sie zum zweitenmal und hatten darin einen Fisch. Da warfen sie die Netze zum drittenmal aus, aber was sie jetzt fingen, das war kein Fisch mehr, das war die schöne Katharina.

Die Türken hüllten sie in einen kostbaren Teppich und fuhren traurig nach Hause.

Die Mutter des Türken stand auf der Schwelle und blickte in die Ferne, da sie ihren Sohn und die Schwiegertochter kaum erwarten konnte.

Als sie sah, wie traurig alle waren, fragte sie die Hochzeiter:

»Ihr, meine Freunde, lieb und traut,
Was hüllt ihr euch in Trauer?
Verweigerte man euch die Braut?
Betrog euch dieser Bauer?«

Die antworteten:

»Man gab die Braut uns, schön und gut,
Doch unsre Herzen bluten:
Gestorben ist das junge Blut
Wohl in der Donau Fluten.«

Da stimmte die Türkin an der Leiche ihrer Schwiegertochter die Totenklage an:

»Wovor nur hat es dir gegraut,
Was machte dich so bangen?

Als meines Sohnes schöne Braut
Wir wollten dich empfangen.

Auf sieben Höfen solltest du
Als Herrin fortan walten,
Neun feste Burgen noch dazu
Als dein Besitz schon galten.

Nicht hättest du an spitzem Stein
Die Füße dir gestoßen,
Auf weichen Teppichen allein
Hättst Liebe du genossen.

Hier hatte niemand es im Sinn,
Zur Arbeit dich zu zwingen,
Du konntest sitzen am Kamin,
Das Leben froh verbringen.

Du hättest hier auf keinen Fall
Je Hunger, Durst empfunden,
Aus Gläsern, klar wie ein Kristall,
Getrunken alle Stunden.

Wärst du doch in das Türkenland
Gekommen, heiß umworben,
Hier wärst du einst, war's an der Zeit,
In seidnem Bett gestorben.«

Auskünfte

Božena Němcová

1820 Božena Němcová (geb. Barbora Panklová) wird am 4. Februar in Wien geboren. Der Vater, Johann Pankl, ist herrschaftlicher Kutscher; die Mutter, Terezie Novotná, Dienstmagd.

1820—1837 Kinder- und Jugendjahre in Ratibořice bei Česká Skalice in dem zum Schloß der Herzogin Wilhelmine von Sagan, verehelichter von Schulenburg gehörenden Gutshof. Schulbesuch in Česká Skalice. Starker Einfluß der Großmutter Magdalena Novotná, einer Weberin, die 1825—1829 bei der Tochter in Ratibořice lebt; sie ist das Vorbild für die Zentralgestalt in dem Hauptwerk der Autorin ›Die Großmutter‹. Zeitweilige Erziehung durch den Schloßverwalter Hoch in Chvalkovice.

1837 Am 12. September Heirat mit dem um 15 Jahre älteren Gefällenwach-(Steueramts-)Respizienten Josef Němec aus Červený Kostelec. Aus der Ehe gehen die vier Kinder Hynek, Karel, Theodora und Jaroslav hervor.

1837—1842 Infolge häufiger Versetzungen ihres Mannes Aufenthalt in verschiedenen Städten Ostböhmens: 1837 Červený Kostelec, 1838 Josefov (Josephstadt), 1839 Litomyšl (Leitomischl), 1840 Polná.

1842 Umzug nach Prag. Kontakt zur patriotischen Intelligenz, den Verfechtern der ›tschechischen Wiedergeburt‹. Schließt dauerhafte Bekanntschaft mit allen bedeutenden Vertretern der tschechischen und slowakischen Kultur, u. a. Havlíček, Frič, Čelakovský, Erben, Klácel, Světlá, Chalupka, Kráľ.

1843 Erste literarische Veröffentlichungen in Zeitschriften, u. a. Gedichte.

1845—1848 Aufenthalt im Chodenland (Südböhmen); zunächst in Domažlice (Taus), ab 1847 in Všeruby (Neuhaus).

1845 ›Obrazy z okolí domažlického‹ (Bilder aus der Umgebung von Domažlice, dt. 1846 auszugsweise unter dem Titel ›Skizzen aus der Umgebung von Taus‹).

1845—1846 ›Národní báchorky a pověsti‹ (Tschechische Volksmärchen und Sagen) in sieben Lieferungen; in der zweiten, erweiterten Ausgabe von 1854/55 in 14 Lieferungen.

1846 ›Domácí nemoc‹ (Heimweh, dt. 1846) und ›Dlouhá noc‹ (Die lange Nacht), Erzählungen.
Kuraufenthalt in Františkovy Lázně (Franzensbad).
›Dopisy z Lázní Františkových‹ (Briefe aus Franzensbad).

1847 ›Obrázek vesnický‹ (Ein Dorfbild), Erzählung.

1848 Josef Němec wird wegen seines Eintretens für die bürgerliche Revolution und die tschechische nationale Bewegung nach Nymburk versetzt.
›Selská politika‹ (Bauernpolitik) und ›Hospodyně, na slovíčko!‹ (Frauen, auf ein Wort!), zwei Appelle gegen das soziale Unrecht.

1849 Es erscheint das auf Anregungen von Božena Němcová zurückgehende Werk F. M. Klácels ›Listy přítele k přítelkyni o původu socialismu a komunismu‹ (Briefe eines Freundes an eine Freundin über den Ursprung von Sozialismus und Kommunismus); es ist die erste tschechische Arbeit über den utopischen Sozialismus.

1850 Josef Němec wird zunächst nach Liberec (Reichenberg) und dann nach Ungarn strafversetzt, Božena Němcová geht mit den Kindern wieder nach Prag. Sie und ihr Mann stehen nunmehr ständig unter Polizeiaufsicht.

1851 In diesem und in den beiden folgenden Jahren Reisen zu ihrem Mann nach Ungarn und in die Slowakei.

1852 ›Baruška‹, Erzählung.

1853 Josef Němec wird vom Dienst suspendiert.

1854 Studienreise in die Slowakei.

›Zpomínky z cesty po Uhřích‹ (Erinnerungen an eine Reise durch Ungarn). ›Sestry‹ (Die Schwestern) und ›Rozárka‹, Erzählungen.

1855 Kuraufenthalt in Sliač, Slowakei.
›Babička‹ (Die Großmutter, dt. 1858, 1974), das Hauptwerk der Autorin, erscheint von Mai bis August in vier Heften. ›Divá Bára‹ (Die wilde Bara, dt. 1962, 1964) und ›Karla‹ (dt. 1910), Erzählungen.

1856 ›Chudí lidé‹ (Arme Leute, dt. Aus einer kleinen Stadt 1960, 1962), ›V zámku a v podzámčí (Im Schloß und unter dem Schloß) und ›Pohorská vesnice‹ (Das Bergdorf), Erzählungen.

1856—1857 Josef Němec wird zeitweilig in Villach, Kärnten, eingesetzt, dann vorfristig mit einer kümmerlichen Pension in den Ruhestand entlassen. Božena Němcová muß bis zu ihrem Lebensende den Unterhalt für sich und die vier Kinder von kärglichen Honoraren und gelegentlichen Unterstützungen bestreiten.

1857—1858 ›Slovenské pohádky a pověsti‹ (Slowakische Märchen und Sagen) in zehn Lieferungen.

1858 ›Dobrý člověk‹ (Ein guter Mensch) und ›Chyže pod horami‹ (Die Hütte unter den Bergen), Erzählungen.

1859 ›Pan učitel‹ (Der Herr Lehrer, dt. 1962), Erzählung. ›Obrazy ze života slovenského‹ (Bilder aus dem slowakischen Volksleben).

1861 Božena Němcová geht nach Litomyšl, wo ihr Verleger Augusta ansässig ist, um die Ausgabe ihrer gesammelten Werke vorzubereiten. Bis dahin erschienen alle ihre Arbeiten in Zeitschriften, Almanachen oder in Heftform. Den ersten Band ihrer achtbändigen Werkausgabe erlebt sie noch.

1862 Körperlich und seelisch erschöpft, stirbt Božena Němcová am 21. Januar in Prag. Beisetzung im Ehrenhain auf dem Vyšehrad.

Božena Němcová übersetzte ins Tschechische u. a. ›Das Urbild des Tartüffe‹ von Gutzkow, ›Die Grille‹ (nach George Sands ›La petite Fadette‹) von Birch-Pfeiffer, ›Serbische Märchen‹ von Vuk Karadžić und ins Deutsche die von I. Trdina gesammelten ›Volkssagen aus der altslovinischen Mythologie‹.

Nach ihrem Tod erschienen in den verschiedenen Werkausgaben: ›Z Uher‹ (Aus Ungarn), Fragment einer Reiseskizze; ›Čtyry doby‹ (Vier Zeiten), Erzählung; ›Cesta z pouti‹ (Heimkehr von der Wallfahrt), Erzählungsfragment; ›Urozený a neurozený‹ (Adliger und Nichtadliger), Romanfragment; ›Zápisník‹ (Notizbuch aus den Jahren 1851—1855).

Ein Traum von Glück und Gerechtigkeit

Neben dem Volksbuch ›Die Großmutter‹, diesem ›Buch der
Menschenliebe‹, haben vor allem die Sammlung tschechischer und slowakischer Volksmärchen und ihre literarische
Gestaltung der tschechischen Schriftstellerin Božena Němcová einen dauernden Platz nicht nur in der Literaturgeschichte, sondern auch im Herzen des Volkes gesichert. Mit
ihren Märchen hat sie für die tschechische Kultur eine ähnliche Leistung vollbracht wie die Brüder Grimm für den deutschen Märchenschatz.

Zu Weihnachten 1812, am Vorabend der deutschen Befreiungskriege gegen Napoleon, erschien das erste, noch dünne
Bändchen der ›Kinder- und Hausmärchen‹ der Gebrüder
Grimm, ein Werk, das in Deutschland auf dem Gebiete des
Märchens die gleiche Bedeutung hatte wie für das Volkslied
die Sammlung von Achim von Arnim und Clemens Brentano
›Des Knaben Wunderhorn‹ — der nationalen Bewußtwerdung des deutschen Volkes zu dienen, indem der Stolz auf
eine bedeutende, im Volk noch lebendige Tradition geweckt
wurde. Die beiden Brüder — der 1785 geborene Jacob und
der um ein Jahr jüngere Wilhelm Grimm — bewährten sich
auch im persönlichen Leben als tapfere Patrioten: 1837 erhoben sie sich mit weiteren fünf Professoren der Göttinger Universität gegen die Willkür des Königs von Hannover, worauf
die ›Göttinger Sieben‹ ihrer Ämter enthoben und des Landes
verwiesen wurden.

Ebenso bedeutungsvoll war die Sammlung ›Volksmärchen
und Sagen‹ der Božena Němcová aus den Jahren 1845/47.
Auch sie erschien am Vorabend großer Ereignisse, kurz vor
dem Revolutionsjahr 1848, und ihre Autorin war ebenfalls
wegen ihrer nationalen Haltung der Verfolgung ausgesetzt.

Das Leben der Božena Němcová umfaßt die Jahre 1820 bis
1862. Zwei Jahrzehnte davon, seit ihrer Übersiedlung nach

Prag im Jahre 1842, erlebte sie die geistigen und sozialen Kämpfe bewußt mit. Der Polizeistaat Metternichs, der Völkerfrühling und die bürgerliche Revolution 1848 und dann die Restauration der reaktionären Kräfte in der Bachschen Ära — das war der geschichtliche Hintergrund dieser zwei Jahrzehnte. Die Auflösung der Feudalordnung, den gemeinsamen Kampf des Bürgertums und der Arbeiter, den Verrat der Bourgeoisie — all das erlebte und erlitt Božena Němcová mit. In der Slowakei Reste der patriarchalen Familiengemeinschaft, in Böhmen das klassenmäßig noch kaum differenzierte Dorf im Vormärz, nach 1848 die in die Städte strömende Landbevölkerung, das Reservoir des sich herausbildenden Proletariats in der Zeit der ersten industriellen Revolution — das war die wirtschaftliche Umwelt. In diesem Umbruch der Zeiten lebte und wirkte Božena Němcová als Schriftstellerin und Kämpferin für eine bessere Zukunft.

Vierzehn Bände füllt ihr Werk. Es umfaßt neben dem großartigen Gemälde des tschechischen Dorfes im Vormärz, dem Meisterwerk ›Die Großmutter‹, etwa 20 Erzählungen und Novellen, ferner volkskundliche Skizzen und Reisebeschreibungen, die ersten Aufzeichnungen über die soziale Lage der Industriearbeiter und des Gesindes, eine interessante Korrespondenz und die Tschechischen sowie die Slowakischen Märchen.

Die Sammlung von Volksmärchen und ihre Eingliederung in die Nationalliteratur war die Erfüllung einer Forderung der Stunde. In der Zeit der ›Finsternis‹, die nach der Niederlage auf dem Weißen Berge (1620) über Böhmen hereingebrochen war und die tschechische Literatur in die Emigration getrieben hatte, war in den böhmischen Ländern die Volksdichtung, die innerhalb enger Lebensgemeinschaften gepflegt wurde, ein wesentliches Element bei der Erhaltung nationaler Eigenart, Sprache und Überlieferung. Diese Tradition suchte das aufstrebende tschechische Bürgertum in der Zeit der nationalen Wiedergeburt, die am Beginn des

19. Jahrhunderts immer größere Erfolge aufzuweisen hatte, der gesamten Nation zugänglich zu machen. Zunächst wandte sich das Interesse dem Volkslied zu, das man als ›Spiegel der Volksseele‹ ansah. Seit den dreißiger Jahren fand auch das Märchen Beachtung, freilich nur seine Motive, nicht aber seine Form. Erst mit der Sammlung der Schriftstellerin Božena Němcová wurde dem tschechischen Volk sein Märchenschatz neu geschenkt.

Den Plan dazu faßte die Schriftstellerin, die dem sich seiner nationalen Eigenart bewußt werdenden tschechischen Bürgertum durch einige Gedichte bekannt geworden war, im Sommer 1844 bei einem Aufenthalt an der Stätte ihrer Kindheit, im Großmuttertal bei Schloß Ratibořice. Drei Heimatsagen (darunter den ›Starken Ctibor‹, der sich auch in der vorliegenden Auswahl findet) veröffentlichte sie noch im gleichen Jahre in einer Zeitschrift, und im Juni 1845 erschien das erste, sechs Märchen enthaltende Heft ihrer Sammlung ›Tschechische Volksmärchen und Sagen‹, die dank der ideellen Kraft und der formalen Vollendung der erste große künstlerische Erfolg der fünfundzwanzigjährigen Schriftstellerin wurde. Die Sammlung fand 1847 mit Heft sieben ihren vorläufigen Abschluß. Eine zweite Auflage, die 1854/55 erschien, wurde nur um ein Märchen (›Viktorka‹, ebenfalls in die vorliegende Auswahl aufgenommen) vermehrt. Für Inhalt und Form der Märchen vom dritten Heft an war der mehrjährige Aufenthalt der Schriftstellerin im ›Chodenland‹, einer urwüchsigen, volkskundlich besonders reichen Landschaft in Südböhmen, von entscheidender Bedeutung, zumal sich dort ihr Blick für das Wesentliche der nationalen Überlieferung schärfte und sich ihr soziales Bewußtsein immer stärker herauskristallisierte.

Nach längerer Pause, in der sie bedeutende Prosawerke schrieb, veröffentlichte Božena Němcová dann die ›Slowakischen Märchen und Sagen‹. Sie erschienen 1857/58 in zehn Heften und bedeuten — wie die gleichzeitigen volkskundlichen Schilderungen — viel für die kulturelle Annäherung der Tschechen und der Slowaken. Die Schriftstellerin wollte zunächst nur als Vermittlerin bei der Drucklegung der Sammlungen ihrer slowakischen Freunde auftreten. Als aber kein Prager Verleger die Märchen in der Originalfassung drucken wollte, bearbeitete sie Božena Němcová in tschechischer Sprache und fügte auf eigenen Reisen in den Jahren 1851, 1852 und 1853 sowie bei einem Kuraufenthalt in Sliač im Jahre 1855 aufgezeichnete Märchen hinzu, die sie aus dem Mund von Mägden, Ammen, Holzfällern und Rastelbindern gehört hatte. Diese slowakischen Märchen überraschen durch die Vielfalt der verarbeiteten Motive ebenso wie durch die Unmittelbarkeit der eingestreuten realistischen Schilderungen aus dem Leben der slowakischen Bergbauern.

Es erhebt sich die Frage, wieso das volkläufige Märchen gerade in den Sammlungen der Brüder Grimm und der Božena Němcová zu einem Wert von gesamtnationaler Bedeutung wurde. Die Antwort darauf ist wohl in der engen Verbindung dieser Schriftsteller zum schaffenden Volk und in ihrer meisterhaften Beherrschung des Volkstons zu suchen. In der von ihnen geschaffenen Märchensprache konnte das epische Erzählgut einer Landschaft zum Eigentum des gesamten Volkes werden.

Die Brüder Grimm gelten mit Recht als die Schöpfer des deutschen Märchenstils. Während im ersten Heft ihrer ›Kinder- und Hausmärchen‹ das Bestreben vorherrschte, die volkstümliche Überlieferung auch hinsichtlich der Form getreu widerzuspiegeln, ergab sich bei den weiteren Heften und besonders bei den späteren Ausgaben ihrer schließlich auf 210 Stücke angewachsenen Märchensammlung immer stärker die Notwendigkeit, den Stil zu vereinheitlichen. Im Vorwort zur Ausgabe vom Jahre 1857 heißt es dazu: ›Was wir bisher für unsere Sammlung gewonnen hatten, wollten wir bei dieser zweiten Auflage dem Buch einverleiben. Daher ist der erste Band fast ganz umgearbeitet, das Unvollständige ergänzt, manches einfacher und reiner erzählt, und nicht viele Stücke werden sich finden, die nicht in besserer Gestalt erscheinen.‹

Ein ähnlicher Gedanke findet sich in einem Brief der Božena Němcová an ihre Freundin Bohuslava Čelakovská-Rajská vom Jahre 1846: ›Wenn ich ein Märchen höre, aber ganz verdreht und verstümmelt, kann ich es nicht so wiedergeben. Ich füge Eigenes hinzu, wo es mir nötig erscheint, und das Unschöne lasse ich weg . . .‹

In beiden Fällen handelt es sich somit nicht um ein historisch getreues Dokumentieren, sondern um ein dichterisches Gestalten der überlieferten volkstümlichen Vorlage, um eine dichterische Paraphrase volkstümlicher Erzählstoffe.

Gerade von Božena Němcová, die sich auf eigene Erfahrungen als Märchenerzählerin stützen konnte, kann man sagen, daß sie nicht einfach Gehörtes reproduzierte, sondern als echte Volkserzählerin den überlieferten Stoff weitergestaltete, wobei sie die ihr geläufigen besonderen Gesetze der geschriebenen Literatur beachtete. Dadurch erreichte sie eine so glückliche Einheit von Gehalt und Gestalt, daß die schlichten Märchen zu Kunstwerken von gesamtnationaler Bedeutung und endgültiger Prägung wurden.

Hierbei ergibt sich jedoch ein wesentlicher Unterschied zwischen dem Werk der Brüder Grimm und dem der Božena Němcová, der durch den zeitlichen Abstand bedingt ist — der Unterschied zwischen den deutschen Romantikern und der ersten Realistin der tschechischen Literatur, der Unterschied zwischen fortschrittlichen Bürgern und einer Schriftstellerin, die der nach der mißglückten Revolution von 1848 ins Lager der Reaktion einschwenkenden bürgerlichen Gesellschaft den Rücken gekehrt hatte. Finden sich bei den Brüdern Grimm oft demokratische und antimilitaristische Elemente, so nehmen diese in den entsprechenden Märchen der Božena Němcová ausgesprochen sozialkritische Züge an. Die Schriftstellerin, die die Not des arbeitenden Volkes in Stadt und Land kennengelernt hatte, trat auch in ihren Märchen für soziale Gerechtigkeit, die Gleichheit aller Menschen vor dem Gesetz und die Überwindung einer unerträglich gewordenen Gesellschaftsordnung ein.

Märchen sind schlechthin Ausdruck der Wünsche und der Sehnsüchte des werktätigen Volkes. Die gesellschaftlichen Verhältnisse werden immer von seinem Standpunkt aus beurteilt, und das Eintreten für die Rechte des einfachen Volkes gegenüber den Reichen und deren Günstlingen ist im Volksmärchen selbstverständlich. Der soziale Aufstieg eines Armen bis zum Volkskönig ist Gegenstand vieler Volkserzählungen. Viele sozialutopische Vorstellungen sind damit verknüpft. Die Märchen waren deshalb im 19. Jahrhundert durchaus auch für Erwachsene bestimmt, waren — wie auch der Titel der Grimmschen Sammlung besagt — nicht nur Kinder-, sondern auch Hausmärchen.

Božena Němcová läßt in ihren Märchenbearbeitungen diesen Ideengehalt verstärkt hervortreten, denn Achtung vor dem volkstümlichen Kulturerbe verband sich bei ihr mit tiefem Verständnis für die Forderungen des Tages. Eine dieser Forderungen war, das werktätige Volk zum Gegenstand der Kunst zu machen, damit es — wie V. B. Nebeský ein Jahr vor dem Erscheinen des ersten Heftes der Märchensammlung formuliert hatte — ›in seinen Wünschen und seinem Fühlen, in Liebe und Leid, überhaupt in der ganzen Art seines Lebens erkannt und geehrt werde‹.

Wer die Märchen der Božena Němcová liest, fühlt sich in das tschechische Dorf des Vormärz oder in die Bergwelt der Slowakei versetzt, da sich die Erzählung immer wieder zu kleinen Szenen und Lebensbildern weitet. Von dem Märchen, das die Sammlung eröffnete und das auch am Beginn der vorliegenden Auswahl steht, ›Das goldene Spinnrad‹, ist die erste Skizze erhalten geblieben, in der es heißt: ›Die arme Dobrunka mußte inzwischen daheim spinnen und arbeiten, damit die Mutter der Schwester neue Kleider kaufen konnte.‹ Man vergleiche damit die anschauliche Szene in der endgültigen Fassung. Niemals kennzeichnet die Schriftstellerin einen Beruf nur durch ein Wort; sie beschreibt die Beschäftigung und charakterisiert das Leben, etwa das eines Köhlers im Märchen ›Wie Jaromil das Glück fand‹.

Realistische Schilderungen verbinden sich auf glückliche Weise mit der Traumwelt des Märchens, die hier nicht vom Leben wegführt, sondern ein Träumen in eine bessere Zukunft ist. Die Suche nach dem Glück, die im Titel dieses Märchens zum Ausdruck kommt, ist Inhalt vieler Märchen, die immer einen optimistischen Ausklang haben. Die größten Hindernisse werden überwunden, die schwersten Proben bestanden, und schließlich wird das Gute belohnt, das Böse aber bestraft, und zwar bei allen Menschen ohne Ansehen der Geburt. Der Traum vom Glück wird zu einem Traum von künftiger Gerechtigkeit.

Der sozialkritische Zug ist in den Märchen der Božena Němcová besonders stark. Hier finden wir nicht nur wie bei den Brüdern Grimm den betrügerischen Wirt, sondern auch den eingebildeten und ungerechten Verwalter, wie ihn das Volk aus der Zeit des Vormärz kannte. Er treibt im Märchen ›Des Teufels Schwager‹ den schon um sein Erbe betrogenen Bauernsohn in die Hölle und wird im Märchen ›Katinka und der Teufel‹ vom Volk verflucht. Die soziale Utopie aber erscheint nicht mehr nur als ›Tischlein deck dich‹, sondern — etwa im Märchen ›Der Nimmersatt‹ — in der Vision einer besseren Welt, zunächst verkörpert in der Siedlung Lohnau, und der König als Vertreter der alten Welt muß sich dem Bauernsohn beugen.

Der Weg eines Bauernburschen zum Volkskönig ist ein beliebtes Märchenmotiv. Božena Němcová aber läßt den Hirtensohn Bohumil, dem sie den Beinamen ›der Gerechte‹ gibt, erst gründlich alle Bedürfnisse des Volkes kennenlernen, bevor er den ihm angebotenen Thron besteigt. Und Jaromil erfährt von Narzisse, wie ein König regieren muß, damit ihn sein Volk liebt.

Die positive Beziehung zur Arbeit ist für das Märchen als Schöpfung des einfachen Volkes charakteristisch. Aus der Sammlung der Gebrüder Grimm ist ›Frau Holle‹ ein gutes Beispiel hierfür: Das fleißige Mädchen wird belohnt, das faule bestraft. Auch im slowakischen Märchen ›Die zwölf Monate‹ finden wir dieses Motiv. Daß Arbeit nicht schändet, zeigt das Märchen ›Bestrafter Stolz‹, das tschechische Gegenstück zum Grimmschen ›König Drosselbart‹, das der Schriftstellerin auch Gelegenheit gab, die überhebliche Behandlung der Dienstmädchen durch die ›Damen‹ der sogenannten vornehmen Gesellschaft zu geißeln.

Die Märchen der Gebrüder Grimm und die der Božena Němcová enthalten eine große Zahl von Märchenstoffen und Motiven, die zum Teil Besitz vieler Völker sind, daneben nur für das deutsche beziehungsweise das tschechische und das slowakische Volk charakteristische Stoffe. Immer aber ist die Art der Verarbeitung national bedingt und die Leistung der Märchensammler und -gestalter bewundernswert. Beide Sammlungen enthalten Zaubermärchen, novellistische Stoffe, Tiermärchen, Kindermärchen, Anekdoten, Scherzgeschichten und Legenden. Auch hinsichtlich des vermuteten Alters der Märchen ist die Palette sehr bunt: Nebeneinander stehen Märchen, in denen sich alte Glaubensvorstellungen widerspiegeln, und Stoffe aus der Zeit des Feudalismus, es findet sich der Widerhall des Lebens in den mittelalterlichen Städten, und wir stoßen auf alte Rechtsanschauungen. Alte Arbeitstechniken finden ihren Niederschlag und ebenso Spuren des patriarchalen Lebens. Der Sinn für gegenseitige Hilfe ist hoch entwickelt, eine Hilfe, die nicht nur Menschen gewährt wird, sondern auch Tieren, die sich in Not befinden. Über allem aber steht die Liebe und das Streben nach Gerechtigkeit.

Die beiden deutschen Gelehrten und die tschechische Schriftstellerin haben im Geiste demokratischer Gesinnung, die sie auch in ihrem persönlichen Leben bewiesen, auf

Grund ihres engen Verhältnisses zu breiten Volksschichten einen besonderen Märchenstil entwickelt, der Vorbild für spätere Generationen geworden ist. In der von ihnen geprägten Form fanden die Märchen wieder Eingang ins Leben des Volkes und befruchteten Kunst und Literatur. Sie boten Anlaß zu zahlreichen Dramatisierungen, und Humperdincks ›Hänsel und Gretel‹ sowie Dvořáks ›Katinka und der Teufel‹ sind Beispiele für Opern, deren Libretti auf Märchen zurückgehen.

Die Märchen der Božena Němcová sind fester Bestandteil ihres Gesamtwerkes. Dabei nehmen die Tschechischen und die Slowakischen Märchen — so auch in der neuesten kritischen Ausgabe — je zwei Bände ein. In einer 1957 erschienenen vierbändigen Ausgabe sind von den 67 tschechischen Märchen 47 und von den 59 slowakischen 34 enthalten. Die vorliegende Auswahl fußt auf den genannten Ausgaben. In sie wurden 35 Märchen aufgenommen, davon 11 slowakische. Bei der Auswahl wurde darauf geachtet, daß die für die Autorin besonders charakteristischen Stücke vertreten sind. Auf ausgesprochene Kindermärchen, Tiermärchen und Legenden wurde verzichtet, von den drei tschechischen Sagen wurde eine aufgenommen. Von den slowakischen Märchen und Sagen sind nur solche vertreten, die Božena Němcová selbst von Gewährsleuten gehört und künstlerisch gestaltet hat. Die Auswahl ist ein repräsentativer Querschnitt durch einen wesentlichen Teil des literarischen Schaffens der Autorin.

Hatte noch in der ersten Phase der tschechischen Wiedergeburt Josef Jungmann das Märchen mit einem ›luftigen Traum einer Sommernacht‹ verglichen, einem Traum, um der Wirklichkeit zu entfliehen, so war das Märchen bei Božena Němcová ein Traum, der den Wünschen und Sehnsüchten des Volkes Ausdruck gab, also ein Traum mit einer revolutionären Komponente, denn der Traum von Glück und Gerechtigkeit fordert Verwirklichung.

An Antonie Bohuslava Čelakovská

Domažlice, 14. Februar 1846

Ich bin in Böhmen, unweit von unserem Mütterchen Prag, und doch ist mir bang ums Herz. Hier ist das Volk noch so zurückgeblieben, daß es einem grausen kann. Die Leute sprechen tschechisch, weil sie nicht deutsch können, aber von einer höheren Bildung oder einem nationalen Gefühl wissen sie nicht das geringste. Und was soll ich von den Bauern sagen? In einem Dorf unterrichtet ein Maurer, in einem andern ein Schreiner, in einem dritten einer, der selbst nicht einmal richtig lesen kann, und wenn er will, daß die Kinder etwas schreiben, muß er sich den Text vorher aufschreiben lassen. Überlegen Sie selbst, wohin das führt! Blutige Tränen möchte man über dieses Volk vergießen. Aber der Engel des Herrn wacht über ihm und läßt es nicht untergehen. Wie viele Talente, wie mancher kluge Kopf geht unter, ohne daß sich ein richtiges Bewußtsein entwickelt. Die Leute spüren es, sie würden ja lernen, aber was sollen sie tun, wenn ihnen niemand einen Messias schickt? Kaum einer weiß etwas von der Geschichte oder hat in seinem Leben schon einmal ein Buch gelesen. Erst jetzt kommen sie aus den Dörfern, wo ich bekannt bin, ganz von selbst zu mir, um sich Bücher zu holen; die lesen sie dann beim Spinnabend vor. Dieses Landvolk ist meine Freude. Immer wird mir warm ums Herz, wenn mir eine Bäuerin ihre schwielige Rechte reicht und aufrichtig fragt: »Nun, Frau, wie geht es Euch? Warum seid Ihr so lange nicht bei uns gewesen?« ... Das übrige haben Sie ohnehin in den ›Květy‹ gelesen, und etwas folgt noch in der ›Včela‹, ich brauche es also hier nicht eingehender zu beschreiben. Nur soviel will ich erwähnen, daß ich wegen dieser ›Bilder‹ (›Bilder aus der Umgebung von Domažlice‹) beinahe von den hiesigen Bürgern Prügel bezogen hätte, und zwar deshalb, weil ich geschrieben habe, daß die Gehilfen Fenster einschlagen, daß sie in alten Zeiten nackt geschlafen haben und daß sie bis heute abergläubisch sind. Diese Niedertracht! Ich gehe keinen Schritt aus dem Haus, außer in die Dörfer, und um die hiesigen Honoratioren kümmere ich mich nicht im geringsten. Das sind lauter Spießer!

Ihre etwas zu schmeichelhafte Kritik (über die Tschechischen Volksmärchen) hat mich doch sehr erfreut. Also kann man es den Kindern vorlesen. Dabei wurde behauptet, es sei nichts für Kinder. Nun, ich will glauben, daß es nichts für Kinder ist, und stimme zu. Aber nicht alles, etwas kann man selbst den jüngsten Kindern vorlesen, das werden Sie bei dem folgenden Heftchen sehen. Manchmal kann ich dem nicht ausweichen, sonst müßte ich den ganzen Stoff umarbeiten, aber ich glaube, wenn ein Vater oder eine Mutter wie Ihr Herr Gemahl und Sie selbst es vorlesen, läßt sich leicht weglassen, was sich für das Kind nicht eignet.

Für Heft 4 soll ich ein Vorwort schreiben und darin bekennen, was von mir stammt und was ich aus dem Volksmund aufgezeichnet habe. Ich werde es tun, obwohl ich mich ungern zu manchem bekennen muß, was nicht aus dem Volksmund stammt, und das wird man mir böse ankreiden. Es läßt mir einfach keine Ruhe, wenn ich ein Märchen höre, aber ganz verdreht und verstümmelt — dann kann ich es nicht so wiedergeben. Ich füge Eigenes hinzu, wo es mir nötig erscheint, und das Unschöne lasse ich weg. Ganz selbst gemacht habe ich aber nur zwei, und ich will es in Zukunft auch nicht mehr tun. Heft 3 ist eben im Druck, aber ich schreibe bereits an Heft 5. Dieser Pospíšil ist mit seiner Trödelei zum Verzweifeln, aber was kann man tun?

Die Prager Mädchen werden also jetzt einen ›Almanach‹ herausgeben. Glück auf! Das hat mich aber geärgert, daß sie nicht eine Frau zur Redakteurin gemacht haben. Ist denn Frau Zappová nicht mehr dort? Sie schreibt doch so schön.

Nein, sie haben es unter sich abgesprochen und Herrn Havlíček Borovský zum Sekretär gemacht. Ich weiß nicht, ob ich etwas schicken soll oder nicht; vielleicht würden sie es von mir auch gar nicht annehmen. Meine Liebe, ich glaube gern, daß Sie das verdrossen hat. Es ist eben nicht alles Gold, was glänzt. Und Frauen vom Schlage einer Bohuslava sind nicht mehr unter ihnen. Doch lassen wir das! Ich mache mir nichts aus ihnen, aber ich kann sie auch nicht achten. Ich habe eine Dorferzählung geschrieben (wahrscheinlich ›Domácí nemoc‹, Heimweh), weiß aber nicht, ob sie gefallen wird. Falls man sie annimmt, schreibe ich noch weitere, nur habe ich dafür sehr wenig Zeit und kann lediglich die Abende sowie die Sonntage dazu benutzen. Aber wenn man zur Kirchweih mit einer bequemen Kutsche kommt, ist es, wie man sagt, nicht dasselbe Verdienst, wie wenn man zu Fuß hingeht.

An Antonie Bohuslava Čelakovská

Domažlice, 25. November 1846

Schöne Märchen habe ich hier gesammelt. Nun wird Herr Pospíšil wohl das sechste Heft drucken; er klagt, daß er jetzt schlechteren Absatz hat als am Anfang ...

Was sagen Sie eigentlich zur Kritik des Herrn Malý? Sehen Sie, falls jemand eine ordentliche, unparteiische, wenn auch strenge Kritik schriebe, wäre ich ihm dafür sehr dankbar, aber diesem Herrn traue ich nicht. Einige haben mir bei den ersten Märchen vorgeworfen, sie seien für Volksmärchen zu poetisch, ich solle sie ganz schlicht erzählen, und nun gefällt es wieder nicht. Ich weiß nicht, wie ich es recht machen kann. Gewiß, das eine oder andere ist nur leicht bearbeitet, aber das kommt daher: Mancher Stoff gibt mehr her, und ich arbeite mich mit größerer Freude in ihn ein, ein anderer Stoff weniger, und meine Lust nimmt ab. Das ist freilich ein Fehler, den ich ablegen muß.

Was sagen Sie zu den Märchen? Ich bitte Sie, schreiben Sie mir unumwunden, was Ihr Herr Gemahl davon hält! Mich würde es sehr freuen, aus seinem Munde einen freundschaftlichen Rat und eine unparteiische Beurteilung zu hören. Nicht wahr, Sie werden es mir aufrichtig sagen und nicht schmeicheln?

Ihre Frau Schwester Staňková wird Ihnen das dritte und das vierte Heft schicken, ich will es nicht der Post anvertrauen. Die übrigen kleinen Sachen, die ich manchmal schreibe, lesen Sie ohnehin.

Sehr bedauere ich, daß das Reden über den Almanach wieder umsonst gewesen ist. Die Mädchen sollten sich mit den Männern zusammentun, allein werden sie wohl keinen Almanach zustande bringen, dazu sind ihre Kräfte zu schwach. Es ist eine Schande, daß die Männer diesen Gedanken nicht aufgreifen.

An Karolina Staňková

Všeruby, 3. März 1848

Du hast keine Vorstellung von der Not, die unter dem armen Volk herrscht; glaube mir, daß mancher verzärtelte Herrenhund das nicht fressen würde, was diese Armen essen müssen, und selbst von dieser Nahrung können sie nicht satt werden. Wieviel Geld wird verhurt, wieviel verspielt, für Putz und anderen Unsinn ausgegeben, und hier verhungern Menschen! — Oh, diese Gerechtigkeit, diese christliche Liebe! Sieh, das ist der Fortschritt, so vervollkommnet sich die Menschheit! Wenn ich mir alles überlege, wie es ist und wie es sein sollte, dann befällt mich die Leidenschaft, unter diese Armen zu gehen und ihnen zu zeigen, wo die Gerechtigkeit zu suchen ist. Solange der Hund an der Kette liegt, geht es dem Dieb gut; wenn er aber die Kette zerreißt, wehe ihm!

An Josef Němec

Prag, 13. Juni 1857

... Auch ich würde Dich gern sehen. Oft, wenn ich allein oder mit den Kindern spazierengehe, fühle ich mich sehr einsam und sehne mich nach Dir, aber ich habe gelernt, vieles zu entbehren, also auch das. Andererseits glaube ich, wenn Du hier wärst, ginge es doch wieder wie früher los, wir würden einander nicht verstehen, und so bin ich froh, wenigstens mein eigener Herr zu sein.

In Wirklichkeit ist es freilich nicht so — ich würde die Last gern mit jemandem teilen und die Herrschaft ihm überlassen, aber wenn die Umstände schon einmal so sind, daß ich sie allein tragen muß, dann tue ich es eben.

Ich lebe hier auch besser als manche Nonne, aber mitunter überfällt mich unwillkürlich das Verlangen, daß Du dawärst, daß ich meinen Kopf an Deine Brust lehnen und mich ausweinen könnte. Ich weiß ja, daß dort meine einzige Zuflucht ist, alles andere ist mir fremd. Du hast mir immer gesagt und glaubst es wohl auch, daß ich Dich gering achte und daß in meinem Herzen ganz andere Ideale wohnen, aber damit hast Du nicht ganz recht.

Ich bestreite nicht, daß ich einstmals ein Idealbild eines Mannes vor mir gesehen habe, ebenso ein Idealbild der Ehe. Das eine war ein Muster an Vollkommenheit und Schönheit, das andere stellte ich mir wie den Himmel vor. — Nun, ich war jung, unerfahren, allein in der Natur aufgewachsen, mir selbst überlassen. Keiner hatte sich um meine Phantasien gekümmert noch mir die Welt vom richtigen Standpunkt aus gezeigt. Meine üppige Phantasie hat mich auch zu Dir geführt, und Dich hat wohl auch nur mein Äußeres angezogen und vielleicht mein unverdorbenes Gefühl. Hättest Du damals den Verstand besessen, den Du jetzt hast, und mich so gekannt, dann hättest Du aus mir eine andere Frau gemacht. Ich hätte Dich geliebt und meine Ideale vergessen.

Aber es ist anders gekommen, und so haben wir beide gelitten.

In meine Seele ist schon seit frühester Jugend das Streben nach Bildung eingepflanzt, das Verlangen nach etwas Höherem, Besserem, das ich in meiner Umgebung nicht gesehen habe, und der Abscheu vor allem Groben und Gemeinen. Das war mein Glück, aber es war auch die Ursache für unser Auseinanderleben, mein Unglück. Hätte ich die Welt und mich selbst so gekannt, wäre das freilich nicht geschehen. Kaum eine Frau empfindet eine solche Achtung vor der Würde der Ehe, wie ich sie besaß und noch immer besitze, aber den Glauben daran habe ich bald verloren. Wo gibt es sie? Nur Lug und Trug, privilegierte Versklavung, erzwungene Pflichterfüllung — kurz: Gemeinheit. Mein Herz verlangte danach, sehr geliebt zu werden, ich brauchte die Liebe wie die Blume den Tau — aber ich habe vergeblich eine solche Liebe gesucht, wie ich sie empfand. Ich wollte einen Mann haben, den ich hätte verehren können, der hoch über mir gestanden hätte, ihm hätte ich mein Leben geopfert, aber ich erkannte in den Männern nur Despoten, nur den Herrn. Das hat all meine Innigkeit abgekühlt, die Achtung ging verloren, Bitterkeit und Trotz setzten sich in meinem Herzen fest. So kam es, daß ich wieder in mir selbst lebte, wie einst als junges Mädchen; die alten Ideale fanden wieder Platz in meiner Seele. Meinen Körper habt ihr besessen, meine Taten, meine Aufrichtigkeit, aber meine Sehnsüchte gingen in die Ferne, wohin, begriff ich selbst nicht. Ich empfand Sehnsucht, wollte den leeren Platz in meinem Herzen mit etwas ausfüllen, und wußte nicht, womit.

Damals glaubte ich, es könnte nur durch die Liebe zu einem Mann geschehen — jetzt weiß ich, daß das nicht zutrifft. Ich war mit mir selbst unzufrieden, uneins. Die Kinder waren meine einzige Wonne, und doch konnte mich ihre unschuldige Liebe nicht befriedigen. Ich wollte besser sein, wollte die Wahrheit finden, doch die Welt zwang mich zu lügen. Mein Gott, was hat mich die Religion an inneren Kämpfen gekostet! Jetzt habe ich das alles überwunden, und meine Seele ist in dieser Hinsicht ruhig.

Die nationale Idee ergriff ich mit ganzer Seele, ich glaubte, sie würde meine Sehnsucht stillen. Doch auch sie tat es nicht. Freilich wurde diese Idee mit der Zeit zu meiner festen Überzeugung und zum Ziel meines Strebens, während sie früher mehr unbewußte romantische Phantasie gewesen war. Ich lernte die Welt kennen und sah, daß es kein vollkommenes Ideal gibt. Die Begierde meines Herzens brachte mir oft Enttäuschung — ich hielt für Gold, was nur taubes Gestein war. So habe ich gelernt, und doch habe ich nie aufgehört, mich danach zu sehnen, daß mein Ideal Wirklichkeit wird.

Ich hatte manchen Verehrer — der eine besaß Geist, der mich für ihn einnahm, der andere einen schönen Körper, der dritte ein Herz, der vierte Verstand, aber letzten Endes habe ich in ihnen nicht gefunden, wonach ich mich sehnte: einen Mann, den ich verehrt hätte. Alle hatten ihre Schwächen, der Nimbus fiel von ihnen ab, und plötzlich waren es ganz gewöhnliche Männer, von denen ich mir keinen zum Ehemann erwählt hätte.

Die Sehnsucht ruht in meiner Seele wie ein Tautropfen, der nicht vertrocknet und nicht wegfließt, sondern ewig funkelt — wie ein Diamant. Es ist das Verlangen nach unendlicher Schönheit und Güte, die Sehnsucht, die den Menschen aus dem Staub erhebt, die ihn, wenn er sich in der Natur befindet, die Arme ausbreiten läßt, daß er das ganze Weltall an sein Herz drückt, die ihn aber auch auf den Kalvarienberg führt.

Dieses Verlangen ist mit Liebe gepaart, mit wahrer Liebe, nicht zu einer einzelnen Person, sondern zu jedem Menschen, zur ganzen Menschheit, eine Liebe, die keinen Lohn fordert, die in sich alles findet, den Wunsch, immer besser zu werden und sich der Wahrheit anzunähern; das ist mein Paradies, mein Glück, mein Ziel. Das gibt mir Kraft, das beglückt mich, und was wäre ich ohne diese Liebe?

Aber die Welt erkennt das nicht an. Ich weiß, die Welt schmäht, was im Menschen das Schönste ist, Natürlichkeit gilt ihr als Sünde. Wer sich nicht mit der großen Herde zum Futtertrog drängt, wird gekreuzigt, jeder solche Mensch wird zum Märtyrer. Doch besser, ein Märtyrer zu sein als ein Tagedieb, der nicht weiß, warum und wofür er lebt.

Wenn ich diese Liebe, diese Poesie nicht hätte, wie könnten wir da miteinander leben? Da hätte es mit mir bereits ein böses Ende genommen, denn ich hatte alles Vertrauen zu Deinem Herzen und alle Achtung vor Dir verloren. Wäre ich nicht zu einem besseren Verstand gekommen, wäre es so geblieben. Das aber ist wahr: Wenn Du fern von mir bist, erscheinst Du mir schöner, und ich empfinde öfter Verlangen nach Dir. Das ist nur natürlich, und Dir geht es vielleicht genauso. Wenn zwei Menschen ständig zusammen sind, befriedigt der eine alle seine Bedürfnisse immer vor dem andern, die schönen und die weniger schönen, dann wird der eine dem andern alltäglich. Es gibt dann kein Verlangen und keine Poesie, nur Gewohnheit und Bedürfnis ziehen sie gegenseitig an. Und das ist es, was mich anwidert. Mir wäre jeder Mann zuwider, wenn er dauernd um mich wäre. Das ist es, worum ich die Aristokraten und die Reichen beneide, daß sie die Möglichkeit haben, sich rar zu machen. Wie Du weißt, habe ich nun einmal so seltsame Ansichten, und über die kann ich mich wohl nicht hinwegsetzen. Ich überwinde mich zwar, ich kann mich überwinden, aber was nützt das, dann geschieht alles ohne Freude.

Ich möchte wünschen, daß zwischen uns bei allem Tun und Handeln Freude herrscht und nicht nur kalte Pflichterfüllung. Goethe sagt: ›Was ist Pflicht? — Pflicht ist, was sich der Mensch selbst befiehlt!‹ Aber alles kann sich der Mensch nicht befehlen. Ich würde Dir auch gern manchmal bei einer Pflicht willfahren, aber gerade in diesem Fall gilt kein Gesetz, kein Muß, kein Drohen noch Bitten, wenn keine gegenseitige Entflammung des Gefühls da ist. Gerade in diesem

Falle sollten die Männer vergessen, daß sie die Herren sind, und sich gegenüber den Frauen, die sie achten, wie Liebhaber verhalten. Hier muß man das Gefühl möglichst schonen und sich von allem Gewöhnlichen weitgehend fernhalten. Ich wenigstens glaube, daß ein solches Verhalten die Blüte manches Ehebundes bis in die späten Jahre bewahren könnte. Was meinst Du dazu?

Nun habe ich mich wieder einmal zum Schwatzen über Dinge fortreißen lassen, über die ich vielleicht mit Dir nicht sprechen sollte. Doch was geschrieben ist, bleibt geschrieben. Vielleicht hilft es Dir wenigstens, die geheimen Verstecke Deiner Frau, in denen sie ihre Geheimnisse verwahrt, besser zu erkennen...

Theodora Němcová
Aus den Erinnerungen an ihre Mutter

An dem Tisch, den Božena Němcová als Hochzeitsgeschenk erhalten hatte, schrieb sie noch zu Beginn der fünfziger Jahre. Als sie an dem Buch ›Die Großmutter‹ arbeitete, ging sie öfter zu Frau Čermáková zu Besuch. Gesprächsweise erwähnte sie, wie oft sie bei der Arbeit dadurch gestört werde, daß der Tisch häufig schwanke (er hatte nur ein Bein, das sich unten verzweigte). Ihre edle Gönnerin schickte ihr als Geschenk einen geschmackvollen schwarzen rechteckigen Tisch mit vier Beinen und dazu zwei schwarze Stühle. Von nun an schrieb Božena Němcová an diesem Tischchen, das seinen Platz an der Stirnseite des Zimmers gegenüber der Tür hatte. Darauf standen eine Gipsbüste Goethes (ein Geschenk Purkyněs), ein Briefbeschwerer aus Bronze (ein Geschenk Lambls) sowie einige Kleinigkeiten. An der Wand über dem Tisch hing ein Stich der George Sand (ein Geschenk Čejkas) und darüber ein großes Bild, das den schönen Kopf Masaniellos mit phrygischer Mütze zeigte.

Soll ich beschreiben, wie man hier im Böhmerwald die Ausrufung der Landesverfassung feiert? — In den Städten ertönt Jubel, es wird eine kirchliche Feier veranstaltet, die Soldaten führen eine Parade durch. Es wird gespielt, gesungen, Kokarden werden genäht und getragen, die Städte illuminiert. Selbst der ärmste Mieter muß eine Illumination haben, wenigstens vier Kerzen im Fenster — er muß es, so ordnet es der Herr Polizist an, sonst werden ihm die Fenster eingeschlagen. — »Ja, vier Kerzen soll ich kaufen«, sagt ein blasser Arbeiter zu einem anderen, »und mein ganzes Vermögen beträgt nicht mehr als neun Kreuzer; wenn ich nur Kerzen zu einem Kreuzer kaufe, dann macht das vier Kreuzer, und mir bleiben nur fünf übrig, und davon soll ich heute mit meiner Frau und drei Kindern leben, und morgen habe ich vielleicht gar keine Arbeit. Warum geben die Herren den armen Leuten nicht Geld für die Kerzen, wenn sie eine Illumination haben wollen? — Was haben wir davon, daß Freiheit ist, die gibt uns weder Arbeit noch Brot.« — »Ich glaube, es wird auch für uns gut werden«, wandte der andere ein, »die Akzise soll geringer werden, und da wird alles gleich billiger, und dann soll auch darüber verhandelt werden, daß die armen Leute Versorgung und Arbeit bekommen. Und siehst du, schon das ist etwas wert, daß sich der Mensch nicht mehr zu fürchten braucht, das Maul aufzutun, daß man sich nun melden kann, wenn einem Unrecht geschieht.« — »Der Herrgott hört die Stimme eines Hundes nicht, das kannst du dir merken. Was die Arbeit betrifft, warte nur ab, bis die Herren sich um uns kümmern; du wirst schon sehen, wohin du kommst. Die Akzise wurde zwar ein wenig gesenkt, aber viel wird das nicht sein, und wir werden gar nichts davon spüren. Weit mehr würde man es spüren, wenn den Wucherern das Handwerk gelegt würde, denen, die aus den

Schwielen der armen Leute Gewinn ziehen ... Wer kümmert sich denn um den Armen? Niemand. Soll er doch verhungern!« — Die Bitterkeit, die in solchen Worten liegt, läßt sich nicht beschreiben. So haben diese beiden Arbeiter gesprochen, aber trotzdem hat der eine die Kerzen gekauft und sie ins Fenster gestellt, sonst hätte es ja der Herr Polizist eingeschlagen! — Und am Abend gingen die Leute an dem Fenster vorüber und lachten über die winzigen Kerzchen, aber keiner dachte daran, wer sie gekauft hatte und daß nun dahinter in dem feuchten Raum fünf hungrige Menschen sitzen ...

Aus dem 1848 für die ›Česká včela‹ geschriebenen Artikel

Julius Fučík
Aus ›Božena Němcová — die Kämpferin‹

Biedermeier — das ist der große Stil der kleinen Verhältnisse. Die große Konzeption des kleinen Bürgers, der noch nicht reich geworden war und erst seinen Machtantritt vorbereitete. Aufrechterhaltung von Ruhe und Ordnung, Zufriedenheit selbst mit kleinsten Erfolgen und ständige Verbesserung des Lebens, das sich durch nichts beunruhigen läßt, sind seine größte Weisheit und Bürgertugend. In Böhmen, wo einst Václav Matěj Kramerius, der erste gute tschechische Journalist, die Bedeutung der Großen Französischen Revolution überhaupt nicht begriff und für sie nur Worte der Ablehnung fand, wo selbst in den bewegtesten und ereignisreichsten Zeiten ängstlich darauf geachtet wurde, daß die Forderungen mäßig waren und in Ruhe durchgesetzt wurden, wo die Dichter *erst* anakreontische Lieder sangen, als jenseits der Grenzen bereits die Marseillaise erklang, in diesem Böhmen hatte das Biedermeier sicherlich eine nicht weniger günstige Pflegestätte als in dem verarmten, aber trotzdem siegreichen Lande, in dem es entstanden war.

Das tschechische Spießbürgertum nahm es dankbar an,

gleichsam als Kodifizierung seines Geschmacks, als geschriebene Sammlung der Regeln, nach denen es sich schon längst richtete. Der Spießbürger liebt nicht große Leidenschaften und große Gefühle und noch weniger große Gedanken in Leben und Kunst; er vertraut nur dem Alltagsmaß, dem Durchschnitt, dem soliden und verläßlich bedächtigen Menschen, der seine Umgebung nie durch etwas Neues überrascht und beunruhigt. Überhaupt steht ihm alles Große hinderlich im Wege: Entweder bedrängt es ihn — und dann ruft er nach der Obrigkeit, auf daß sie einschreite, oder es imponiert ihm —, und dann macht er es sich zurecht, schneidert es auf sein Maß zu, verniedlicht und vereinfacht es. Das Biedermeier war für ihn wie geschaffen.

Man braucht nur die wertvollste Leistung des Biedermeiers zu betrachten: wie es aus dem Empire seine Wohnkultur entwickelt. Dem Spießbürger imponieren Pracht und Stolz des Empire, aber dieser Stil geht ihm allzusehr über seine Verhältnisse; das Empire ist für ihn zu kalt, weil es gemessen ist. So verengt der tschechische Spießer also den Raum, verniedlicht das imposante Vorbild zu einer Miniatur, anstelle von Gold gibt er sich mit Vergoldung zufrieden, anstelle von Bronze mit Messing, anstelle von Mahagoni mit Eiche, anstelle von Säulen mit einer Zierstange bei der Fuchsie am Fenster. Das Biedermeier ist klein (wohlgemerkt: klein, aber sein), es hat seine Großartigkeit verloren, dafür aber ist es wärmer, anheimelnder, zweckmäßiger.

Gerade die Zweckmäßigkeit aber macht die Wohnung zu einer positiven, ja zur vollkommensten Ausprägung des Biedermeier-Geistes. In allem übrigen hat diese zustutzende Manier nicht nur unvergleichlich schädlichere, sondern geradezu vernichtende Folgen; sie verkleinert nicht nur, sondern erniedrigt, und vor allem — sie verwässert. Sie verwässert das Detail zur Lappalie, Spielerisches zur Spielerei, das Gefühl zur Sentimentalität und den Traum zur Idylle, die weder Träume noch Wahrheit verträgt.

Deshalb findet man in der damaligen tschechischen Literatur kein wirkliches Leben, nicht einmal in den sogenannten ›Bildern aus dem Leben‹. Alles mußte frisiert, geglättet, süß, sentimental sein; jede Abweichung von tugendsamer Mittelmäßigkeit und unwirklicher Glätte traf auf Unverständnis oder Ablehnung. Selbst in einer völlig sachlichen Literatur, wie es die Handbücher der Magdalena Dobromila für den Haushalt sind, wird streng darauf geachtet, daß alles so zierlich, glatt und zuckersüß wie nur irgend möglich sei, daß kein einziges Wort in allzu natürlichem Zustand durchschlüpfe, in dem es Gehör und Geschmack des Spießers der Biedermeierzeit verletzen könnte. Die Rettigová schreibt ein Buch für tschechische Mädchen, aber sie kann sie nicht einfach ›Mädchen‹ nennen, sondern nur ›liebe Mädelchen‹ oder ›allerliebste Mädelchen‹. Sie rät ihnen, wie sie es bei der Heirat halten sollen, damit sie nicht ›Frauen‹, sondern ›Frauchen‹ werden. Zehn Seiten lang beschreibt sie ein Schweineschlachten und seine Vorbereitung, eine wahre Gargantua-Menge von Speisen, daß nur ein ausnehmend gut gefüttertes Schwein dafür ausreichen könnte; bei der Rettigová ist es aber ein edles ›Schweinchen‹ mit ›Leberchen‹ und ›Herzchen‹, die zusammen mit Brötchen schmackhafte ›Leberwürstchen‹ oder ›Hackbrätchen‹ ergeben. Nichts ist so klein, daß es nicht noch mehr verkleinert, nichts so dünn, daß es nicht noch weiter verdünnt und so für den zarten Geist des Spießers genießbarer gemacht werden könnte. Das ist lächerlich, aber es ist nicht zum Lachen. Vielleicht eine Karikatur, aber eine, die nicht im geringsten die wahren Züge des Porträts übertreibt. Denn in dieser Atmosphäre lebte die ganze tschechische Literatur in der ersten Hälfte des 19. Jahrhunderts. Jede ihrer schöpferischen Persönlichkeiten war mit dieser starken Deformation belastet, und wenn wir heute viele bedeutende Werke jener Zeit als wenig lebensfähig empfinden, dann vor allem wegen dieser gegen das Leben, gegen die Natur gerichteten Belastung. Nicht ein Mangel an

Begabung, sondern das tödliche Hindurchzwängen des dichterischen Gedankens durch ein Sieb alberner Spießerei macht die meisten dieser Werke zu einem bloßen Absud, saft- und kraftlos, ungenießbar. Wie widerwärtig spürt man auf der Zunge alle diese unorganischen ›Wässerchen — Messerchen, Bändchen — Händchen‹, die einem selbst bei den besten Dichtern jener Zeit begegnen! Und wie angenehm empfindet man es dagegen, wie dankbar ist man einem Dichter, der den Mut aufbringt, ein Wort auszusprechen, ohne es durch dieses Sieb gepreßt zu haben, der nicht erschrickt vor der Mächtigkeit des Ausdrucks und der es versteht, einfach und stark zu sagen: Hand, Quelle, Band! Aber solche Dichter gibt es nur wenige. Dazu ist nicht nur Mut erforderlich, sondern auch Kraft, die sich bereits auf die Keime des Künftigen stützt, also eine Kraft, die das Gegenwärtige erschüttert. Deshalb dieses Entsetzen, dieses Unverständnis, diese Ablehnung, als in die kraftlose Stille das unerhörte Wort Máchas dringt!

Wenn es aber einem Mann nicht erlaubt ist, straflos das widerliche Gewebe der bürgerlichen Kleinheit zu zerreißen — wie dann erst einer Frau, die schon in der privaten Sphäre durch die Regeln der gesellschaftlichen Moral tausendmal fester gebunden ist, und noch mehr im öffentlichen Leben!

Božena Němcová hatte den Mut, diese ›moralische‹ und literarische Konvention zu durchbrechen. Und dabei stieß sie nicht nur auf Unverständnis, sondern geradezu auf Haß. Haß — begründeter Haß des Geätzten gegen den Ätzenden — ist der Lebensgegensatz zu ihrem herzlichen Wesen. Sie selbst mied ihn leichten Herzens wie ein Kind, das diesen Begriff nicht kennt. Erst gegen Ende ihres Lebens wurde sie sich seiner bewußt. Aber gerade darin wurzelt das, was wir das bittere Los der Božena Němcová nennen.

Man lese heute ihre ›Bilder aus der Umgebung von Domažlice‹! Das ist die erste moderne tschechische Prosa, wenn auch noch nicht in vollendeter Erzählform. Aber auch nicht mehr bloß eine volkskundliche Studie, als die sie gewöhnlich bezeichnet wird. Die Němcová sprudelt hier bereits von einem zauberhaften Reichtum des Fabulierens über. Sie muß gleich die ganze Geschichte von der armen Mutter erzählen, wenn sie auf dem Markt im Vorbeigehen nur einen Blick von ihr auf die Brotschüssel erhascht. Sie sieht nicht nur mit den Augen eines volkskundlichen Sammlers, sondern mit den Augen eines Künstlers, die immer frisch sind und immer weiter in die Tiefe dringen. Und wieder fabuliert sie. Oft zeichnet sie das Geschaute in dichterischer Kürze als Typus oder als ganzes Schicksal eines Menschen. Aus eingefangenen Bruchstücken der Wirklichkeit spinnt sie so verdichtete Erzählungen, so voll von Handlung, daß sie sich zu selbständigen Geschichten ausweiten können (so erwächst tatsächlich aus dem beklemmenden Erlebnis der Bäuerin von Milavec, das sie hier in wenigen Zeilen erzählt, später das tragische ›Dorfbild‹ . . .) In diesen ›Bildern aus der Umgebung von Domažlice‹ erkennt man die gütige Seele einer Dichterin, die das Leben liebt, die liebenswürdige Seele, die nicht nur schauen, sondern Anteil nehmen, nicht nur Gutes erzählen, sondern sich mit ihm freuen, nicht nur über Böses sprechen, sondern es auch ändern will.

So versteht man es heute.

Aber so konnte es nicht der tschechische Spießer verstehen, obwohl man bereits das Jahr 1846 schrieb. Die Honoratioren von Domažlice waren über die ›Bilder‹ aufgebracht, sahen in ihnen eine Verhöhnung ihrer Sitten, eine Schmähung ihrer Stadt; sie haßten die schlanke Frau aus dem Eckhaus am Marktplatz — und sie vergaßen ganz die idyllischen Vorschriften für gesellschaftliches Betragen und gaben ihren Haß lärmend zu erkennen. ›Ich gehe keinen Schritt, außer in die Dörfer, und um die hiesigen Honoratioren kümmere ich mich nicht im geringsten. Das sind lauter Spießer!‹ tat die Němcová diese Erfahrung in einem Brief an ihre Freundin Čelakovská ab. Aber die Honoratioren hörten nicht auf, sich um sie zu kümmern. Eines Abends veranstalteten sie unter den Fenstern der Němcová (hinter denen ihre schwerkranke Tochter lag) eine boshafte und kreischende Katzenmusik und drohten der Němcová und ihrem Mann Prügel an. Ja sie schrieben an Havlíček und die Redaktion der ›Česká včela‹ (Die tschechische Biene — belletristische Beilage zu den ›Pražské noviny‹, der ›Prager Zeitung‹), wo die ›Bilder‹ nach der ersten Veröffentlichung in den ›Květy‹ (Blüten — literarische Zeitschrift der älteren tschechischen Romantik) neu herausgekommen waren und ihre Fortsetzung gefunden hatten, und dabei schonten sie nicht einmal die eigene Tasche und schickten für den Herrn Redakteur einen Truthahn mit, damit der Brief nur ja abgedruckt und die Němcová nicht nur in Domažlice, sondern in ganz Böhmen gebrandmarkt würde.

Vergeblich sucht man in den ›Bildern‹, warum soviel eifernde und aufopfernde Bosheit gegen sie aufgeboten wurde. Hier ist doch alles voll Liebe zum Menschen und voll sorgender Sehnsucht nach seiner Vervollkommnung. Als hätte die Němcová in einer anderen Sprache geschrieben, daß die Bürger von Domažlice ihre Worte nicht verstanden!

Sie schrieb wirklich in einer anderen Sprache! Die anmutige Erzählersprache, die uns heute aus ihrem Werke anspricht, klang für die Biedermeier-Honoratioren wie eine Beleidigung. Warum? Weil es keine kastrierte Sprache mehr war, mit Gewalt deformiert, mit Gewalt um lebendige Worte verarmt, sondern eine lebendige Sprache, nicht abgeleitet, fähig, nicht mehr nur immer das Alte zu wiederholen, sondern auszusprechen, was bisher nicht gesagt worden war.

Nur, wenn man sich diese Biedermeier-Kastration der Schriftsprache vor Augen hält und dazu ihre mächtige Vorherrschaft in der Vormärz-Literatur des tschechischen Bürgertums, begreift man, was wir wegen der Anmut der Prosa der Božena Němcová ganz vergessen: daß sie eine literarische Revolution durchführte und daß sie die Errungenschaften dieser Revolution konsequenter beachtete als viele, die nach ihr kamen. Nur darum konnte sie zur Begründerin der modernen tschechischen Prosa werden.

Es erschienen ihre ersten Märchenbände. Es wurde nicht viel darüber geschrieben. Nur Jakub Malý, reaktionärer Meister der tschechischen Literatur, betrachtete sie genauer: Er bestritt den Märchen die Märchenhaftigkeit und beschuldigte ihre Autorin emanzipatorischer Bestrebungen.

Ein Reaktionär kann unglaublich empfindlich sein, wenn er sich fürchtet. Er ist wie eine photographische Platte — augenblicklich reagiert er auf einen selbst noch so geringen Lichtschein. Ohne diese Empfindlichkeit des Jakub Malý würden wir uns vielleicht gar nicht völlig klarmachen, daß in dem ›magischen Idealismus‹ dieser ersten Märchen, in dem überschäumenden Reigen der Abenteuer und der zauberhaften Farben tatsächlich auch die leidenschaftliche Sehnsucht nach der Freiheit des Frauenherzens Ausdruck findet, daß hier die Frau immer ein tätiges und schöpferisches Wesen ist, daß es hier geradezu demonstrativ nirgends ein Gesetz gibt, das die Beziehungen zwischen Mann und Frau regelt, außer dem Gesetz der Liebe. Es ist verborgen, eingehüllt in das bunte Gewand eines Märchens, noch unbestimmt, allzu radikal, aber man sieht doch den Keim, aus dem die heroische Blüte des Frauentums der Božena Němcová hervorbrach: eine tätige Frau, befreit von der Dienstbarkeit gegenüber ihrem Herrn, eine Frau, die ein Mensch ist ...

Nichts von dem, was bis zu dieser Zeit für die Frauen im Alltag Regel war, findet man bei der Němcová; auch nichts von der festtäglichen Mystik der Liebe, die durch die Romantik großartig gestaltet wurde; aber auch nichts vom Wahnsinn mechanischer Gleichmacherei, die im Namen der Emanzipation der Frau am liebsten den Mann gezwungen hätte zu gebären oder den Menschen zu einem geschlechtslosen, unwirklichen und widerlichen Wesen gemacht hätte.

Das, wonach die Němcová verlangte, war unendlich mehr: es war das Recht auf direkte Teilnahme der Frau am Aufbau der Welt. Auf Teilnahme also auch am höchsten Schöpferwerk, das der Mann sich selbst vorbehalten hatte.

Sie wollte dem Mann nichts nehmen, wollte nicht seine Funktion an sich reißen oder sich mit ihm in sie teilen. Sie wollte die Frau nicht vermännlichen, sondern wollte im Gegenteil eine völlige Entfaltung des Frauentums. Sie wollte nicht dem Manne gleich werden, sie wollte gleiches Recht mit ihm.

Und vor allem: sie verlangte das nicht aus eitlem Stolz, nur zum Wohl der Frauen, sondern zum Wohl der ganzen Menschheit, und mithin auch der Männer. Sie sprach die bewußteste, geradezu revolutionäre Erkenntnis aus, daß nur durch gemeinsame Anstrengungen der Männer und der Frauen eine vollkommenere Organisation der Welt erreicht werden kann und daß bei einem Mann, der die Bedeutung der Frauenbefreiung nicht begreift, jedes Wort über die Freiheit Verschwendung ist.

›Die Unwissenheit der Frau‹ — liest man in ihrem ›Bergdorf‹ — ›ist jene Nemesis, die dem Mann unablässig auf den Fersen bleibt, ihm den Boden unter den Füßen wegzieht, die ihm, wenn er sich zur Höhe erheben will, Bleigewichte an die Flügel hängt, die seine Bauten niederreißt, seine Fluren in Asche legt. Die Unwissenheit der Frau ist eine Peitsche, die der Mann für sich selbst flicht! Solange sich die Frau nicht ihrer hohen Stellung und ihrer Aufgabe bewußt ist, die ihr Gott zugeteilt hat, als er in ihre Hand das Glück der ganzen Zukunft legte, baut der Mann auf Sand. Die Frau muß seine Mitarbeiterin sein, soll der Bau gelingen . . .‹

Zu der Zeit gab es bei uns keinen Schriftsteller, der nicht wenigstens das Gymnasium besucht hätte. Klassische Bildung war geradezu die Voraussetzung für literarische Tätigkeit. Mit bloßer Grundschulbildung konnte selbst der Begabteste — wie František Chládek, Webergeselle und Holzschnitzer — nur bis zur Gruppe ›Poesie der Autodidakten‹ durchdringen. Und die Autodidaktin Němcová — man erinnere sich: mit Grundschule und einem Handarbeitskurs — wurde zur Begründerin der ganzen modernen tschechischen Prosa.

Das ist eine kämpferische Energie, eine heroische Energie, mit der sie sich zu diesem Ziele durchkämpfte. Schon war sie eine tschechische Schriftstellerin und lernte erst die tschechische Rechtschreibung. Sie lernte die tschechische Rechtschreibung und machte sich gleichzeitig mit der Hegelschen Philosophie vertraut. Sie kannte Hegel erst von fern und forschte nach den praktischen Gesetzen für die Neuorganisation der Gesellschaft ... Aber wer in Böhmen konnte ihr etwas darüber sagen?

Niemand in Böhmen konnte ihr mehr sagen, als sie selbst wußte. Keiner wußte mehr, als sie selbst erahnte. Mit ihrer intuitiven Erkenntnis war sie weiter als alle ihre gebildeten Freunde, bei denen sie Hilfe suchte. Und so stand sie allein vor dem Ziel ihres Strebens, das auf Reichweite vor ihr lag — und doch geschieden durch sieben Siegel des Unwissens. Sie verstand es, sich die Welt auf ihre Art, neu und im wesentlichen richtig, zu erklären, aber sie wußte nicht, wie sie zu ändern war.

Die Texte übersetzte Günther Jarosch. Die Auszüge aus dem Essay von Julius Fučík wurden zitiert nach der vollständigen Fassung, die enthalten ist in: Božena Němcová, Die Großmutter, Leipzig 1974.

Inhalt

407

* Diese Märchen stammen aus der Slowakei